# 乌蒙响杜鹃

冯俊科 著

四川人民出版社

图书在版编目（CIP）数据

乌蒙响杜鹃 / 冯俊科著 . — 成都：四川人民出版社，2024.1
ISBN 978-7-220-13211-7

Ⅰ.①乌…　Ⅱ.①冯…　Ⅲ.①中篇小说—小说集—中国—当代②短篇小说—小说集—中国—当代
Ⅳ.① I247.7

中国国家版本馆 CIP 数据核字（2024）第 014792 号

WUMENG XIANG DUJUAN
## 乌蒙响杜鹃
冯俊科　著

| | |
|---|---|
| 出 版 人 | 黄立新 |
| 策划统筹 | 石　龙 |
| 责任编辑 | 蔡林君 |
| 装帧设计 | 李其飞 |
| 责任校对 | 蓝　海 |
| 责任印制 | 周　奇 |
| 出版发行 | 四川人民出版社（成都三色路238号） |
| 网　　址 | http://www.scpph.com |
| E-mail | scrmcbs@sina.com |
| 新浪微博 | @四川人民出版社 |
| 微信公众号 | 四川人民出版社 |
| 发行部业务电话 | （028）86361653　86361656 |
| 防盗版举报电话 | （028）86361661 |
| 照　　排 | 成都木之雨文化传播有限公司 |
| 印　　刷 | 成都蜀通印务有限责任公司 |
| 成品尺寸 | 170mm×240mm |
| 印　　张 | 26.5 |
| 字　　数 | 267 千 |
| 版　　次 | 2024 年 1 月第 1 版 |
| 印　　次 | 2024 年 1 月第 1 次印刷 |
| 书　　号 | ISBN 978-7-220-13211-7 |
| 定　　价 | 68.00 元 |

■版权所有·侵权必究
本书若出现印装质量问题，请与我社发行部联系调换
电话：（028）86361656

CONTENTS

# 目 录

**卷一 乡情**

1. 德 爷 ……………………………………………… 3
2. 流 沙 ……………………………………………… 23
3. 张磨油 ……………………………………………… 41
4. 爷儿们 ……………………………………………… 55
5. 城市青年 …………………………………………… 77
6. 儿气人 ……………………………………………… 91
7. 崖边鲜花 …………………………………………… 112
8. 养 生 ……………………………………………… 124

**卷二 军情**

9. 乌蒙响杜鹃 ………………………………………… 143
10. 流水营帐 …………………………………………… 179
11. 归队 ………………………………………………… 237
12. 男娘们儿 …………………………………………… 251
13. 人是一个秘密 ……………………………………… 259

卷三 文情

14. 哥，咋整的？ ……………………………… 295

15. 马克·吐，咋办？ ……………………………… 332

16. 了了先生 ……………………………… 354

17. 催眠 ……………………………… 371

18. 维纳斯的恋情 ……………………………… 387

很多人，很多事，很多情，已经消失，变成了音符，在心弦上跳动。心在，弦鸣，人生之歌依旧……

——冯俊科

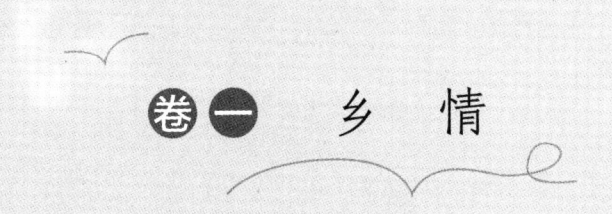

卷一　乡情

# 1 德 爷*

老家传来一个消息,八十多岁的德爷死了。

我离开家乡多年,平时很少想到德爷。猛然得知他死了,心情说不上悲伤,却有些沉重。晚上,墙上报时钟里一雌一雄两只鹦鹉,轮换着各自叫了六声。我依然没有睡意。走到窗前,透过夜幕中漫天星辰,遥望着家乡的方向,思念着死去的德爷。

突然,隔壁传来了一阵打闹声。

那是一对老夫少妻,年初结婚时搬来,楼门口的大红喜字新色未褪,就开始打架。三天两头的打架,尤其是在周末,夜深人静的时候。简易楼房的隔音不好,隐约听见男的呼哧呼哧喘着粗气,好像还有巴掌击打肌肉的沉闷的啪啪声,女人时而呜呜啼哭,时而喊"你打你打……"时而又有笑闹声。

真弄得人莫名其妙。

我在楼道里碰到过这对夫妻几次,相互之间没说过话,只是点点头,脸上挤出一丝僵硬的微笑就走过去了。那个男的约四十岁,中等身材,体态略瘦,穿着米黄色夹克。头顶发少,闪着亮光。面皮白皙,戴着金丝边

---

\* 原载《作品》2015 年第 8 期,原名《〈查拉图斯特拉如是说〉之惑》。《小说选刊》2015 年第 9 期转载。

框眼镜，一副文质彬彬的样子。女的20多岁，娇小玲珑。满头红黄相间的彩发。高胸脯，瓜子脸，细眉大眼，脸庞白嫩。敞露的脖子上项链闪动着金光。身着短上衣，前露肚脐后露细腰。红色的皮短裤，紧紧包裹着圆鼓鼓的屁股，像一刀切开的两瓣苹果。两条修长的腿，套在过膝盖的皮靴里。绝对的现代美人。

无法入睡，我想起了近半个世纪前的德爷。

德爷在溟梁村的名声平时就不太好，也可以说从来就没有好过。只要有人一提"骚蛋货""大流氓"，都知道说的是他。其实，农村人说的流氓，主要指在男女方面言谈话语不正经。后来知道，城里人把这叫作下流话。看来，农村的流氓和城里的流氓不太一样。

三老奶（溟梁村人把曾祖父曾祖母辈叫老爷老奶）是德爷的亲婶子，小脚，六十岁出头。她说："小德新中国成立前逃荒要饭到西安，十四五岁，在青楼妓院提壶沏茶站班喊号当伙计，就在那时，装了一肚子的坏水。"

德爷三十多岁，也可能四十岁出头吧，具体岁数搞不清楚。长相也不好，外号三不照。照，溟梁村土话，是正或直。不照，就是不正或不直的意思。德爷五尺多高的身材，一条腿瘸了，一张大嘴歪咧着，一只眼睛瞎了。碰见人，他用另一只眼睛斜翻着往天上看，露出大片眼白，才能对准要看的对象。溟梁村人说话讲究，不直接说德爷的腿、嘴、眼残疾，只说他三不照。德爷的头脸也不好看，一毛不长，没有一根头发、眉毛和胡须，连眼睫毛也没有。像村北溟河洼的盐碱地，白光光的，寸草不生。

但是，村里的一些年轻人和孩子喜欢德爷，尤其是十八九岁和二十啷当岁的小伙子。农村没有电视机、收音机、报纸，孩子们除了捉迷藏、玩骑马打仗、弹琉璃蛋、打榭儿，偷生产队的甜瓜、黄瓜、西红柿，就是爱听故事。德爷半残疾，孤身一人，没啥负担，干活不多，爱讲故事。

秋天的夜晚，月光如水静无波澜。村里的麦秸垛、马坊院、柴火垛、土坑里，既僻静又背风还暖和，年轻小伙子们都爱围着德爷，说：

"爷，讲个故事？"

"想听故事？"

"想听。"

"去，弄朵葵花来。"

德爷爱吃葵花，听故事的人轮流去给德爷弄葵花吃。弄，就是偷。溴梁村人家的房前屋后，树园里、地边上、祖坟地种着不少葵花。第二天，村里会有女人扯着嗓子嚼（土话：骂人）："哪个狗比掰（土话：骂人的口头语）把俺的葵花偷走了？吃了让他的嘴里长疔疮。"那十有八九是听故事的人弄走的，给德爷吃的。德爷吃着偷来的葵花，嘴里也没有长疔疮，常常一边嗑着葵花子，一边用那没有长疔疮的嘴绘声绘色地讲故事。

德爷敢讲嫖客和妓女之间的风流韵事。不过德爷讲这些故事时也是极其小心的，讲前先要审查听众。他用那只斜眼翻着白眼珠子，像做贼一样四处张望一番，问："有没有小猫狗在？"

噢，你们大概不知道，溴梁村对十来岁的孩子极不尊重，统称为小猫狗。德爷审查、清理完听众，然后再讲。他这么小心，也没有挡住坏名声向外面播扬。

一个秋天的晚上，刚刚收完玉米红薯，村北大土坑里的玉米秆垛旁，一群毛头小伙围着德爷，众星捧月一般，叫他讲故事。我藏在马五蛋背后黑暗处偷听。

德爷背靠着玉米秆垛，拍拍自己那条瘸腿，问："知道我这条腿咋瘸的？"

大伙说："不知道。"

德爷说："摔的，趴窗台上偷听一个嫖客给妓女讲故事，一高兴，没把着滑，从二楼掉下来摔的。"

大伙喊："啥故事？"

德爷："想听？"

大伙："想听，快讲。"

德爷翻翻白眼珠，清清嗓子开始讲。德爷声情并茂，讲得很精彩，我只是记了个大概：

有一个傻小伙子，结婚很多天不会做夫妻之事，急坏了新媳妇。新媳妇找到婆婆说，恁那儿子是个憨囟球（土话：智力障碍者的意思）？婆婆问咋了，俺儿子精精明明的，和你一结婚，咋就变成憨囟球了？新媳妇把事情告诉了婆婆。婆婆笑了，哦了两声，说别急，过两天他就学精了。婆婆叫来了自己娘家弟弟，就是小伙子的舅舅。舅舅带着外甥去了一趟妓院，回来给姐姐交差后走了。晚上，新媳妇脱光衣服躺在被窝儿里，小伙子坐在椅子上，津津有味地看小人书，迟迟不动。新媳妇问：你咋不过来？小伙子喊：俺舅哩？俺舅去哪了？叫俺舅来！

德爷讲完，抠个葵花籽还没放到嘴里嗑，有人就吹起了尖厉的口哨，有人"啪啪啪"拍手叫好，有人喊："俺舅哩？俺舅哩？叫俺舅来！"司马二哏哈喇子流出来多长，用袖子擦了擦。马五蛋说想尿，掏出家伙哗啦啦撒起尿来，腥臊的尿溅了我一身。真恶心。不过我没敢吭声。

你想，德爷讲这样的故事，传扬出去，村里人能不骂他是老流氓？

三老奶说："麻子俏秃子能，一只眼儿了不成，这老话一点没说错。"

德爷对这些话并不在乎，一脸坦然，说："食色是本性，谁不吃不喝，谁不嫁娶婚配？小伙子们将来长大结婚，男女之事不懂咋会中？"

德爷身体残缺，却浑身技艺。每逢村里婚丧嫁娶、过年过节，德爷在那条瘸了的小腿上绑一副小竹板，用脚尖在地上一压一压地点动，竹板就打出有节奏的声响。德爷在歪嘴里含着个小物件，腮帮子一吸一鼓，吹出人笑、马嘶、鸡鸣、火车响、汽车喇叭叫等声音来。德爷不懂乐谱，却对音符高低、音节长短把握得极其准确，板胡也拉得极好。农闲时，德爷常坐在老槐树下那半截石磙上，提一把油乎乎黑黢黢的板胡，翻着那只白眼儿看着天，左手虎口卡住琴杆，右手抽动弓弦，左手的四个指头在琴弦上掐掐松松，上下滑动，那板胡发出的声音悠扬动听，让人如痴如醉。德爷常拉《小寡妇上坟》《王老九偷媳妇》等豫剧曲调，有时也自拉自唱，喊上几声河南坠子、老怀梆啥的。德爷身上都是宝，那瘸腿歪嘴斜眼睛，都有它们各自的用场。

德奶名叫刘小翠，模样俊俏，是二十多里外黄河滩长沟村人。她从小跟爷爷放羊，放羊不用鞭子，拢羊时，往头羊身上扔坷垃瓦片碎砖头，准头极好。据说，能把树上的鸟雀击打下来。长大了爱唱戏，嗓音好，会唱豫剧、曲剧、河南坠子、二加弦、老怀梆等。扮相也好，举眉飞眼，伸臂掐指，招招式式都惹人爱。

"文化大革命"轰轰烈烈地开展起来，各村要组织毛泽东思想宣传队。为了培养文艺骨干，县革命群众艺术馆举办毛泽东思想宣传队培训班，德爷被招到了培训班培训，刘小翠也在这个班。德爷比刘小翠大十多岁，一个月的培训班还没有结束，就把如花似玉的刘小翠黏上了，刘小翠哭着喊着要和德爷结婚。

德爷第一次带刘小翠来溴梁村认门，村里几乎炸开了锅。尤其是马五蛋之流那些肢体健全的单身壮汉，包括司马二哏、马大喷那些结过婚孩子已经一大堆的人，个个像发情的公狗，红着眼珠子满街乱窜，口流涎水，逢人就嚼：

"这个癞蛤蟆，咋就能吃上一只贼好的肥天鹅？"

"老流氓用啥手段，把这个天仙弄到了手？"

"我×××，真是'好汉无贤妻，癞汉娶仙女'。"

"妈那×，老天爷咋贼不公平？"

德爷和刘小翠结婚时，红卫兵们"破四旧、立四新"造反运动正风起云涌如火如荼。

井冈山农民造反委员会司令马大喷主持婚礼。

德爷和刘小翠各自左手拿本红宝书，紧紧贴在胸前，面对着毛主席画像，恭恭敬敬地站着。

马大喷说："伟大领袖毛主席教导我们，要'破四旧、立四新'，移风易俗干革命。司马德和刘小翠为了宣传战无不胜的毛泽东思想走到了一起，今天举办一个革命化的婚礼，比赛背诵伟大领袖毛主席语录，大家说中不中？"

大家喊："中，背毛主席语录。"

马大喷说："为了提高妇女地位，妇女优先，刘小翠先背。"

刘小翠清清嗓子开始背诵："伟大领袖毛主席在《湖南农民运动考察报告》中教导我们：至近年，农村经济益发破产，男子控制女子的基本条件，业已破坏了。最近农民运动一起，许多地方，妇女抬头的机会已到，夫权便一天一天地动摇起来。"

德爷接着背："毛主席教导我们，白求恩同志为了中国的革命事业，不远万里来到中国，这是什么精神？是国际主义精神。"

刘小翠背："男女平等。妇女要顶半边天。"

德爷背："我们的原则是党指挥枪，而决不容许枪指挥党。"

正在看比赛，三老奶揪着马五蛋和我的袖子到堂屋，说："来，借你两个小猫狗点东西。"

"借啥？"

"头发。"

三老奶拿起剪刀，不由分说地在我俩的头上剪头发。在三老奶咔嚓咔嚓的剪刀声中，我和马五蛋的头变得黑一块白一块的，像没有摘干净的棉花地，更像是村东头玩鹰的秃德义得了斑秃病。

三老奶说："恁俩是孙子辈，兄弟姊妹多，用恁俩头发，恁德爷德奶将来会子孙满堂。"

三老奶又把那些头发剪得粉碎，和木屑、蒺藜等混在一起用纸包好，带我们来到新房，抖开床上崭新的被褥，把碎头发像往地里撒化肥一样撒在上面，接着又用手揉搓一阵，然后把被褥又叠整齐放好，嘱咐说："夜里，恁俩儿再找一个小猫狗来，听房。"

听房，是溴梁村一个古老的习俗。

晚上，德爷德奶送完乡亲，手拉手进了新房。新房里的煤油灯立刻熄灭了。马五蛋、我和孙坷垃，吃过三老奶给的一个玉米面窝窝头，像夜里准备抓老鼠的猫、偷鸡的狐狸，悄无声息地蹲在了新房的窗户下，侧耳静听。

夜黑人静，天高星稀，不远处草垛里传来"呜啊——呜啊——"的号叫声，像是两个被打得死去活来的孩子的惨叫声，声音凄厉，听着瘆人。马五蛋说，那是两只野猫在走窝，正欢着哩。

新房里，德奶也正在叫："我的娘，被窝里扎。"

德爷嘿嘿嘿笑了："咦，你也太着急了。快爬起来，把被褥都揭了，扔地上。"

德奶："那，盖啥？"

德爷："箱里有，我藏有被褥哩。"

屋里一阵窸窸窣窣声。一对新人大概是摸着黑在调换整理被褥吧。

马五蛋低声骂："这个德爷，比狐狸还狡猾。"

屋里恢复了沉寂。不一会儿，屋里一对新人又在说话。

德奶："不会有人听房吧？"

德爷："四旧都破了，伟大领袖毛主席的语录也背了，谁还听个×？"

德奶："噢。"

德爷："嫁给我，你亏不亏？"

德奶："亏大了。"

屋里一阵沉寂，没人说话。接着是一阵响动，像是两个人在打架。

德奶哭了，声音不高，却很惨烈，喊："娘啊，我的娘啊！"

听起来也真有些瘆人，像那两只走窝的野猫。德奶每惨叫一声，就像有一把小刀在我身上割下一块肉，我浑身起了一层鸡皮疙瘩，连汗毛都竖了起来。马五蛋、孙坷垃也被惊得四眼儿相对，不知所措。我们屏住呼吸，竖起耳朵细听。德奶的哭喊声突然变了，变得不敞亮起来，呜呜呜，像是被什么东西捂着，隐隐约约地还听见噼啪噼啪声，像是在打架。

我紧张起来，直纳闷："咋就打起架来了？"

马五蛋和孙坷垃低声商量:"咋办?"

马五蛋嚼:"这个老鸡巴货,肯定是用被子捂着人家头打,手把儿也太狠劣了。"

孙坷垃说:"人家仙女一样的,嫁给了你这个半残废,咋还敢打人?"

马五蛋说:"敲窗户吧,惊吓一下那个歪龟孙?"

我建议:"喊吧?迟了会出人命。"

突然,屋里不哭了,很安静。不一会儿,又传出低低的笑声,是德奶的笑声。

马五蛋站起身,把耳朵贴着窗户听。听了一会儿,蹲下来,低声说:"德奶咋在笑?"

我们都听清楚了,绝对没错,德奶是在笑。

孙坷垃说:"德奶这人,是不是个精神病?"

我说:"肯定是,德奶长得恁好,要是精神上没啥毛病,咋肯嫁给德爷这个三不照?"

忽听德爷问:"嫁给我亏不亏?"

德奶说:"不亏。"

德爷:"实话?"

德奶:"实话。"

德爷:"为啥?"

德奶没吭声。

德爷:"再打?"

德奶仍没吭声。

屋里又响起啪啪啪的声音。德爷在笑。听笑声,感到德爷是个不折不扣、老奸巨猾、心狠手辣的人。

德奶没再哭了,好像又在笑,嘴里还说:"打,打吧……"

"打吧!"马五蛋突然大叫了一声,像被蝎子蜇了一样,跳起身来,对着窗户大声喊:"打!打!打!老流氓,使劲打!"

我们风一样地跑了。

春天了，德爷家后院的树园里，老榆树上榆钱一串一串的，柳树吐出了嫩绿的絮芽，粉的桃花、红的杏花、雪白的梨花盛开，绿油油的青草钻出了地面，一派生机勃勃的景象。

下午放学后，我去打猪草，挎着篮子刚出门，就听见德奶喊："救人啦！救人啦！"

那声音从德爷家的树园里传出，如同春节时，生产队那头猪被杀时的叫唤声一样惨烈。

我跑过去时，已经有一帮孩子们围着看，孙狗蹄也在。

德爷是个闷人，手啪啪啪打，嘴里不吭声，哑巴了一般。

德奶披头散发，在德爷的胯下一边挣扎，一边号叫："救人啦！救人啦！"

围看的小猫狗们没人去劝说德爷，也没有人去救德奶。我很奇怪：德奶那呼天唤地的求救声，撕心裂肺的，传得很远，连大椿树上几只灰斑鸠，榆树柳树上的一群麻雀都吓得翅膀一扑棱飞走了，街坊邻居能听不见？咋没有一个大人前来劝解？

霄老爷来了。

霄老爷是曾祖父辈，在家族里辈分最长、年纪最大，和德爷他爹是亲兄弟俩。德爷他爹是哥哥，遭荒年死在逃往西安的路上，只留下了德爷这根独苗。霄老爷把德爷像亲生儿子一样从小养大。

霄老爷穿着米黄色短褂，黑粗布裤，嘴里衔着尺把长的竹烟袋，一口一口地吐着青烟，迈着四方步，慢条斯理地走来。到德爷打德奶的地方站住了，他停止了抽烟，稳稳地站着，在旁边看，像是欣赏着一对打架的公鸡母鸡，也像是观看着新野县老曾来表演的那一对嬉笑打闹的公猴母猴。

德奶发现了霄老爷，像遇见了救星，央求说："叔，快把恁侄儿拉走，这龟孙子下手太狠。"

我们都看着霄老爷。

霄老爷面无表情，脸色庄严如水。他瞟了德奶一眼，从嘴里拿下竹烟袋杆，往鞋底上啪啪啪磕烟灰。磕完烟灰，霄老爷声音洪亮地说："小德，打，给我狠狠地打。"

霄老爷说完，转身径直走了。

德爷倒住手了，不再打德奶。他站起来，把手里打德奶屁股的鞋丢在地上，光脚丫子伸进去，对着远去的霄老爷，说："有恁这样当长辈的吗？我还就不打了。"

德奶也站起来了，仰头挺胸地和德爷并排站在一起，像一对并肩战斗的红卫兵战友，嘴里说："呸，就恁家的这种长辈，天上少有地下稀。"

德爷回过头，剜了德奶一眼。德奶立刻不再言语，像只被打服帖的狗，依附着德爷，蔫蔫地站着。

三老奶来了，嚼："小德，你尿泡尿照照自己，看看自己是个啥狗比掰熊样，还打老婆？"

孙狗蹄和我一起去打猪草，路上说："我知道霄老爷这一招叫激将法，真灵。"

我说："你知道个屁。"

我这样说孙狗蹄，是因为我经历过一件事情。

去年秋天吧？收完玉米、芝麻、绿豆等秋庄稼，在耕耙好的地里，父亲摇着耧，我们像一群牲口，在前面拉着耧播种麦子。霄老爷从地边过，喊着我父亲的乳名说："那事可别忘了。"父亲说："爷，放心吧，忘不了。"霄老爷笑吟吟地走了。父亲给我妈说："霄爷年纪大了，嫌住在老院人多，乱，想躲清净，叫我们种完麦，在后院的树园里，给他盖间茅草房。"

霄老爷那时六七十岁了吧？具体岁数我也弄不清。我过了六十岁，才理解了霄老爷那时候的心情：人老了愿意躲清静。

种完麦子，一场霜冻下来，绿茵茵的红薯叶一夜间变成了黑色。西北风呼呼呼刮了起来，天气说冷就冷了。本家的一帮年轻人，七手八脚、叮当二五、吆五喝六的，几天工夫，就把霄老爷的那一间茅草房盖好了。黄土掺着麦秸垛的墙，房架只有檩条，没有椽，一尺多厚的高粱秆搭在檩条上，上面苫着麦秸，抹一层泥巴。茅草房不大，非常简陋。我进屋里看过，仅能放一张单人床、一张小桌、一把柳圈椅。那树园很大，长着很多大树小树，没膝深的荒草。那间茅草房在树园里，像在大树上垒的一个鸟窝，一点也不起眼。

一天中午，我放学路过树园，见树园里僻静，想拉屎，就地捡了一碎砖头块儿拿在手里，等拉完屎后好擦屁股用。我正在找地方办大事，裤子还没有脱下，忽然听见啪的一声，接着又是啪的一声，那声音有些沉闷，却也很响，是碎砖头块儿、瓦片土坷垃砸在窗户上的声音。

这种声音我熟悉。孙狗蹄和我在冬天的夜晚，用碎砖头瓦片、土坷垃砸过教我们四年级算术课的田老师的窗户。田老师两次考试故意不让我俩及格，最多那次给过我五十九分，很明显就是整人。

霄老爷出来了。他看了看砸破的窗户纸，四处张望，发现了我。我手里正拿着一砖头块儿。

霄老爷朝我走来。

我赶紧脸上堆笑，怯怯地喊："老爷。"

霄老爷没有答应，拽着我的手，像老鹰抓小兔子一样，把我拉到我们家院里，大声喊我父亲的乳名。

父亲从屋里出来，满脸堆笑，嘴里孙子般地叫着"霄爷、霄爷"。

父亲听霄老爷说完，送走了霄老爷，从屋里门后面土墙窟窿里掏出一把钥匙，打开三屉桌小铁锁锁着的抽屉，拿出一个颜色发白、陈旧的铝肥皂盒，从肥皂盒里拿出一个灰乎乎的小手绢，解开包裹着的小手绢，从里面数了半天，取出三个一分、一个二分的钢镚儿，给了我弟弟，说："去，供销社买张牛皮纸，给霄老爷糊窗户。"

我妈搬起面瓮，底朝天拍打着，倒出了仅有的一把白面，打成糨糊，舀进一个碗里。

父亲的脸毫无表情，端着装糨糊的碗走了。

我知道闯祸了，虽然这真的是冤枉我。

天已经黑了，我迟迟没敢回家，学校院里僻静，我就在校园操场上和教室间的空地上游荡。电线杆上的电灯不死不活地亮着，看校的老赵头发现了我，问："贼晚了，咋不回家？"

我没有理他。

老赵头说："前几天，学校图书室的窗户夜里被人撬了，丢了不少图书和别的东西，你知道是谁干的吗？"

我瞪了他一眼，只得走了。

出校门没了电灯，眼前一片黑蒙蒙的，依稀可以看见遮掩在黑幕中的房子、树木和熟悉的土路。天再黑，时间一长，依然可以看见附近的东西。

我一声没吭地回到了家。昏黄的煤油灯光下，父亲坐在那块老榆树疙瘩上，端着他那个头号大碗呼噜呼噜地喝玉米面糊涂，见到我像没有看到一样，表情如同平常。

我端着我妈递给我的二号碗，碗里的玉米面糊涂已经凉了，上面已经结了一层干皮。我没敢先喝玉米面糊涂，像投案自首的罪犯一样，对父亲实话实说："霄老爷的窗户真不是我砸的。"

父亲依然喝他的糊涂，呼噜呼噜的，没有说话。

晚上，我脱光了衣服躺在被窝里，父亲来了。他掀开被子，抡起巴掌狠狠打我的屁股。那啪啪啪的声音，就像德爷打德奶的屁股一样，声音比他打得还清脆还响亮。

第二天走路，我一瘸一拐的。

虽然冤屈，但我并不恨父亲。我比豫剧《窦娥冤》里的窦娥强多了。那太守桃杌把窦娥打得皮开肉绽，一连昏死过三次，我这一瘸一拐的算个啥？我起码还活着，有玉米面糊涂喝。我已经明白了，这世间有很多事情，明明很冤枉很委屈，可有的根本就无法解释，也解释不清。就像上吊自杀的马鞭、跳井自尽的犟驴妈、放火烧死自己的苇根妈，他们难道没有冤情？没有委屈？可谁去为他们洗刷？要不我妈常说："庙里的冤死鬼多着哩。"我看过《阿Q正传》。阿Q精神，不失为一种自我开脱的方法。

几天后，霄老爷又来了。一进我们家院子，又是大声喊着我父亲的乳名，声音很严厉。

我父亲赶紧从屋里跑了出来，嘴里又是孙子般地叫着"霄爷、霄爷"。

霄老爷黑着脸，指着我对我父亲说："你不能再打他了，你打他，他心里有气，转脸又去把我那窗户砸了三四个窟窿。"

我吓得浑身哆嗦，说："老爷，那窗户真的不是我砸的。"

霄老爷没有理我，转过身走了，气傲傲的。

我父亲跟在他身后说："霄爷霄爷，别生气，我立马给您糊去。"

父亲送走了霄老爷回来，对我妈说："打浆吧，贼冷的天，霄爷那草房咋住？"

我妈说："家里一把白面也没有了，拿啥打？"

我妈转身照屁股上给了我一巴掌，质问我："你是吃饱了撑得难受？咋老去砸恁老爷的窗户？要真是撑得难受，就拿你的得脑儿（土话：脑袋）往墙上撞。"

我说："妈，那窗户真的不是我砸的。"

父亲对我妈说："再去谁家借点吧。"

我妈一把拉着我，避开父亲走出了院子。

那天晚上，我像一只有家难归的狗，一直躲在黑暗里四处流浪。后半夜了，冷风飕飕像刀子刮。月亮出来了，漆黑的夜亮了，冰冷如水的月光下，看见了德爷家院子里的那座小山一样高的麦秸垛。思考片刻，我撒开腿快跑几步，双手按着半人高的土墙头，一个鲤鱼跳龙门，翻进了德爷家的院子。

地上是一层干草。我像只轻巧的猫，落地无声。跑到麦秸垛前，三下两下掏出一个小窝窝，躬身缩头钻了进去，搂一把麦秸放在胸前，身子感觉暖和多了。

那年月,农村人家穷孩子多,一窝一窝的像遍地野养的猫,大人们每天忙着在地里刨食,很少关心哪个孩子夜里回不回家。

我钻在麦秸垛窝窝里,毫无睡意,想着我满腹的冤屈。

好像听见屋里德爷德奶在说话。我好奇,不再怕冷,钻出麦秸窝,靠近窗户上偷听。

德爷嘴里好像在吃啥东西。

德奶说:"一年四季跟老鼠一样,咔吧咔吧天天咬葵花籽,烦人。"

德爷说:"你懂个屁,葵花子是壮阳籽,吃多了对你好。"

噢,我这时才明白,村里很多十八九岁的小伙子和刚结婚的男人,为啥手里常抱着一朵葵花,咔吧咔吧嗑葵花子吃。

德奶没再吭声。

我正想离开,回麦秸垛里暖和,忽听屋里有响声。我耳朵贴着窗户,好像德爷又在打德奶,德奶又是一会儿哭一会儿笑的,跟他们结婚那天夜里差不多。

天实在是太冷了,我冻得像一只寒号鸟,浑身直打哆嗦,心里骂:"一个是暴君,一个是精神病。"

过了一阵,屋里消停下来。

德爷说:"你以后别再去砸咱叔的窗户了。"

德奶说:"那树园地是咱爹和他兄弟俩的,他也没有给咱分家,自己跑到树园里盖房占地,他不拆,我还砸。"

德爷说:"咱叔老了,还能再活几年?"

德奶说:"我就怕他死在那屋里,他一死,那房子占的院地就是他们家的了。"

德爷说:"不会吧?"

德奶说:"不会?他有四个儿子,九个孙子,将来都住哪儿?咱爹就你一个儿子,咱也没有儿子,那阵势还不是明摆着?"

德爷没吭声。

德奶说:"把新根接来吧,你又不干。"

德爷还是没吭声。

我听了纳闷:"新根是谁?谁叫新根?"

片刻,德爷说:"你老去砸窗户,咱叔就搬了?"

德奶说:"他想清静,我就不让他清静。再说了,冬天不像夏天,窗户纸破了他就得糊,不糊还不冻死他?我就不信能经常糊。就是想糊,纸哩?买纸的钱哩?打浆糊的面哩?连饭都没吃的,谁能老拿白面给他打浆?"

德爷说:"你砸窗户,小中挨他爹打,多冤枉。"

德奶说:"冤枉?庙里的冤死鬼多着哩。再说,小中也不是啥好东西,听说他和坷垃常用砖头瓦片,砸学校老师的窗户。"

我牙齿咬得嘎嘣嘎嘣响,愤怒的火在心中烈烈燃烧。要不是想到德爷多才多艺会讲别人讲不出的故事,我真想学马鞭,点一把火把这烂草房烧了。我跑了,披星戴月顶着凛冽寒风一蹦一跳地跑到后院树园,敲开了霄老爷茅草房的门。

那天夜里,霄老爷没有让我走,我和他挤着睡在一张床上。

后来,霄老爷让人把那座茅草屋拆了,又住回了原先的老屋。

孙狗蹄说,霄老爷那天用的是激将法,个中原因他知道啥。

德爷倒骑驴一样打过德奶后没几天,我端着一碗稀汤面条,蹲在三老奶家的猪圈旁吃。

三老奶拿着一根木头棍,给她家的那只半大猪搅拌着猪槽里的猪食,旁边站着孙狗蹄他妈,两个人在说话。

德爷笑着,骑一辆三成新的自行车,白山牌,沈阳产的,后座上带着德奶,从三老奶家的猪圈旁边飞一样地蹿过去了。德奶的脸上好像也在笑。

三老奶说:"看把那两个小兔崽子高兴的?见了人连屁都不放一个。"

孙狗蹄妈说:"高兴?高兴那天在树园里,老德咋还把她打成那样?哭爹喊娘的,像头灰土驴,也没人去拦。"

三老奶说:"哼,这个翠,本事大着哩。结婚前生过一个孩儿,这么大的事瞒着小德,小德知道了会不打她?"

孙狗蹄妈说:"没结婚?没结婚咋就生过一个孩儿,不会吧?"

三老奶说:"不会?第一次见到她我就疑惑,没有生过孩子,她那奶子咋恁大?再看她那屁股,裂开得像两扇磨盘。"

我停止吃汤面条,瞪眼看着三老奶和孙狗蹄妈。

三老奶发现了我,从猪槽里抽出拌猪食的木头棍,那木头棍上的猪食,滴答滴答地往下滴,那是大粗糠拌的猪食。

三老奶用木头棍指着我:"小猫狗,偷听大人说话?不想吃,把碗里面条倒给我家猪吃?"

我吃着面条走了。

后来,我偷偷观察过德奶,人真的长得很漂亮。中等身材,两个乳房饱满,屁股像两扇磨盘一样向后面撅着,和人说话像唱戏,爱踮起一只脚尖踩在地上,一颠一颠地打着节拍,带动屁股,一上一下地抖动着。尤其是那双眼,是一双杏眼,放射出勾魂的光。

霄老爷那天说:"小德,打,给我狠狠地打。"现在想来,也不单单是因为德奶砸过他的窗户。

一天中午,我和孙狗蹄放学回家,德奶拉着一个五六岁的男孩儿,从供销社门口出来,小男孩手里拿着两块糖,甘甜瓜脆地叫德奶:

"妈。"

"天!听错了?"

我和孙狗蹄很惊异。回到家,听我妈给父亲说:"德婶把她那个孩子接来了,叫新根。"

新根来到溟梁村,给村里人茶余饭后增添了一个新的话题。听说新根他爹和刘小翠是一个村,在焦作火车站当工人,是火车上烧锅炉的,吃商品粮。有一年，那工人回家过年，被刘小翠勾魂的眼睛吸引，几天工夫，就把刘小翠肚子搞大了。孩子生下来后，那男的说农村户口往城里不好迁，在城里又娶了一个，把刘小翠蹬了。德爷和刘小翠结婚几年没孩子，为了传宗接代，和德爷商量，把新根从娘家接来了。现在村里很多人才明白过来，德爷这个癞蛤蟆为啥能吃上这只肥天鹅。

新根上学时，德爷把他的名字改叫司马继。

德爷待司马继还算亲。过春节，新野县来村里耍猴，德爷把司马继架在脖子上挤到人群前，像老猴脖子上架着一只小猴一样，看猴们杂耍。西冷村一个叫小刚的，常来村里卖琉璃嘎嘣（由熔化的玻璃吹制冷却而成，上部瓶颈为细管状，四五寸长，中空；下部是扁圆瓶体，底部薄如蝉翼。口噙管口轻轻吹吸，底部震动发出嘎嘣嘎嘣的响声）。二分钱一个，我妈老说太贵，从来没给我买过。司马继围着卖的琉璃嘎嘣看，德爷问："想要？"司马继点点头，德爷掏出二分钱买了一个。

我心里直痒痒，想问我妈："我是不是你亲生的？"

德爷对司马继那么好，没想到一天夜里，司马继差点把他的命给要了。

那天夜深人静，听见德奶喊："救命啦！救命啦！"

那声音很大，很恐怖。

我听见了，想起床跑出去看，我妈不让，说："他俩打架是家常便饭，有啥看的？"

德奶后来又喊："快救命啦，老德叫斧给劈了。"

父亲说："不好，咋出人命了？"立刻披衣下床，跑了出去。我也跟着跑了出去。

街上的路灯亮着，街上像赶集，全都是人。街坊邻居们像炸了窝的麻雀，呼呼啦啦地跑出来了，议论纷纷。

从德爷家架出个人来，头上七七八八地缠绕着白布单，看不见眉眼鼻嘴，像打仗电影里，战场上被击中了脑袋的伤兵，被包裹得严严实实。

我知道那个人是德爷。

父亲、豹腿叔他们一帮人，七手八脚地搬出三老爷家的小竹床，抬着德爷急匆匆地往县医院去了。

街上的人群没有散，大家还在议论："大半夜的，哪个阶级敌人贼猖狂，敢钻家里，把老贫农用斧子给劈了？"

"啥阶级敌人？是司马继干的。"

"啥？不会吧，司马继是工人阶级的后代啊？"

"绝对不可能！毛主席说：亲不亲阶级分。工人阶级和贫下中农是一家人，司马继是工人阶级的种，咋会拿斧子劈他老贫农的爹？"

村革命委员会副主任马大喷，瞅了瞅司马继，司马继躲在墙根站着。马副主任走过去，一把揪着司马继的耳朵，揪到众人面前，喝问："小兔崽子，是不是你干的？"

司马继也不害怕，挺胸仰脸说："是我干的，咋？他打俺妈。"

马大喷问："你睡外间，恁爹妈睡里间，黑灯瞎火的，你看见啥？"

司马继说："我听见里屋啪啪响，我妈在呜呜哭。我拿手电筒进去一照，他正骑在我妈身上打我妈哩。"

马大喷："恁爹打恁妈，你管得着？"

司马继："我妈当时被他打傻了，嘴里直说胡话。"

马大喷："啥胡话？"

司马继："俺妈说，恁打，恁打，使劲打，说完又笑了，一边笑一边哭还一边说，恁打，恁打，使劲打。俺妈要是真让他给打傻了，以后谁管我？"

马大喷转身问德奶："是不是真的？"

德奶不说话。不知道是谁用手电筒打出一道白光，照着德奶的脸。德奶赶紧用手遮挡住眼睛，两个脸蛋红得像西天边日落时的火烧云。

三德走过来，抡起巴掌朝着司马继没头没脸地打，边打边骂："小鸡巴熊孩子，恁爹愿打，恁妈愿挨，你懂个啥？"

马五蛋拦住了三德,说:"算了,打几下就行了,哪能往死里打?他再孬再坏,也是工人阶级的种,老贫农的儿,打坏了要批斗你,专你无产阶级的政。"

三德这才住了手。

德爷出院后少了一只耳朵。后来演动画片《黑猫警长》,村里的孩子们都改叫他一只耳。司马继说啥也不能再在淏梁村混了,时间不长,又被送回了德奶她娘家了。

德爷和德奶打架的事对我刺激很大,我发誓终身不娶。

后来,我考上大学,离开了淏梁村。毕业后一直在大西南成都工作,很少回家。

我现在年近六十,仍然孤独一身,对男女之事更是淡漠不思了,日子过得倒也安宁。尤其邻居那对年轻夫妻经常打闹,更证明了我当年的选择是正确的。


清晨,墙上时钟里的两只鹦鹉似乎又钻了出来,叫了七声。我醒了,穿衣起床,拉开窗帘推开窗户。清新的空气扑面而来,淡淡的晨曦把窗外的柳树镀上一层鹅黄色,一群麻雀在相互撕咬跳跃飞扑着,叽叽喳喳地叫唤,被啄掉的雀毛飘然下落。

嗨,这世间,鸟、人都不安生。

楼道里传来开防盗门声。大概是邻居那对打架的夫妻出门上班了。昨天夜晚,那女人又是被打得哇哇乱叫。我心里泛起从来没有过的好奇心,跑到门口打开门镜窥探。隔壁走出了那一男一女。那男人亲昵地抚摸着女的背后那长长的秀发,搂着女的那柔软细窄的腰际。女的小鸟依人般地挎着男人的一条胳膊,紧紧捏着男人的大手,一脸的甜蜜幸福。他们偎依着向楼下走去。我又回到窗前。窗户正对着不远处的公共汽车站。那对夫妻出了楼,手拉手到了公共汽车站,女人仰起小嘴在男人的脸上轻轻地贴上一个吻,男人用大手拍两下女人的脸,送那女的上了公共汽车,自己穿过马路，到对面的车站候车去了。

泡了一杯茶，我坐在沙发上。

茶叶，被玻璃杯里的开水泡得慢慢舒展开来。我看着优雅地舒展开来徐徐向下坠的茶叶发呆。突然，我想起了19世纪德国著名哲学家尼采。尼采在他的哲学著作《查拉图斯特拉如是说》中有一句风靡世界的名言："你要去女人那里么？别忘了带着你的鞭子。"这个尼采，他是借用一个饱经沧桑的老妇人之口说的这句话，并被誉为是一个"小小的真理"。一百多年来，人们一直骂尼采是个疯子，说他极端仇视女性，男权至上，用鞭子征服女人。

我的脑子里突然闪过一念：这个老尼采，是不是被人们曲解了？

# 2　流　沙*

## 引　子

2017年7月的一天，黄河小浪底水库枢纽放水排沙。数股激流从排沙洞群中喷涌而出，如数条黄龙腾空而起、翻滚搏杀，咆哮着直向黄河下游冲去。几百米外烟雾缭绕、水汽漫天，场面尤为壮观。这是在现代化技术条件下，利用"人造洪峰"，将下游河床淤积的泥沙送入大海，疏浚河道，防止溃堤。下游15公里处的黄河南岸，有汉光武帝陵、王铎故居、杜甫故居等景点。这些景点的对岸，即黄河北岸，是司马懿故里，陈式太极拳的发源地，盛产铁棍山药。也是我的故乡。看着拍岸惊涛，千堆白雪，经过消力池后沿河道缓缓东去，不由得想起约50年前，黄河两岸发生的那桩惨烈事件。

临近春节，学校放了寒假，窝在家里无事可做。早晨一睁开眼睛，就想着出去找点能填饱肚子的活儿干。大街上好像有人喊，隐隐约约的，喊

---

\* 原载《北京文学》2018年第6期。《小说选刊》2018年第8期、《中华传奇》2018年第27期转载。

的啥听不太清楚。石榴树上的麻雀们，叽叽喳喳地叫唤，真让人讨厌。仔细听，好像是马大喷的声音。这是个二货，无论大小事，总爱在街上咋呼。

"来，帮我贴神像。"我妈喊我。

我这才想起，明天是小年了。我妈是个虔诚的神鬼主义者。逢年过节，对大鬼、小鬼、小魅各路神仙都顶礼膜拜，格外尊敬。不光是老灶爷、老天爷，还有地王爷、龙王爷（水井）、钟馗爷、孙针爷（孙思邈）、磨虎老爷（磨坊），包括老祖宗先人们，一个都不落下。

帮我妈把老天爷像贴在了上房外的窗户上，两边贴上巴掌宽、尺把长的红纸对联：上天言好事，下界保平安。横幅：惟天为大。老灶爷像贴在灶台前的墙上，两边的对联是：二十三日去，初一五更来。横幅：一家之主。

贴好了老灶爷，我妈端详着，一脸祈福的神情。那老灶爷涂着满脸红色，像个红脸关公，彰显出一家之主的尊贵。它的眉毛眼睛鼻子嘴巴胡子是黑线条画的，喜笑颜开，像个慈眉善目的老爷爷。在我眼里，这种尊贵色调和活泼线条组成的老灶爷，显得有些不伦不类，滑稽可笑。

我妈掰开一个糖火烧，用手指头抠出里面一块糖稀，抹在老灶爷嘴上。她又跑到外面，把手指头上剩下的糖稀抹在老天爷的嘴上。老天爷居高临下，目光威严，一副大公无私、铁面无情、赏罚严明的神情。

我吸溜着口水，可惜了那些糖稀，问："为啥给它们糖吃？"

妈说："弥上它们的嘴，省得它们到天上胡说八道。"

妈把掰开的火烧给我和弟弟一人半个。我咬了一大口糖火烧，转身往街上跑。

"跑啥？"奶奶坐在大门口小竹椅子上，拐棍一横，拦住我，"别光为嘴。黄河没底海没边。"

奶奶六十多岁，满头白发，一脸慈祥。她除了因得过轻微脑梗左腿有些行走不便，心里清楚，耳朵很灵，曾经在漆黑的夜里用拐棍敲死过一只从床边跑过的老鼠。"别光为嘴",这是她经常告诫我的一句话。她还有一句话说得有些难听:"整天价嘴就地拖。"嘴就地拖的是啥?猪。这两句话平时她说得多了,我从不放在心上。饥饿难忍的孩子,正是长身体的时候,哪个不为嘴?哪个不是整天价嘴就地拖?但奶奶刚才说的后一句话我不太懂。

"黄河没底,那它在天上流啊?"我问。

奶奶不回答我,笑眯眯地举起了拐棍。我躲闪开,滋溜一声跑了。

最终,我还是跑去了黄河边,是跟着马大喷去的。

大街上,真是马大喷在喊:"谁去修黄河大堤,每天杠子馍,肥肉疙瘩粉条随便着①。"

这是个无耻之徒,反戈一击把老靳逼死后,当上了大队革委会副主任,后来又正赶上党中央提出党员队伍要"吐故纳新",便入了党,当上了大队党支部副书记兼民兵营长。人的命运好不好,很多时候靠机遇。

我跟在马大喷屁股后面走。那半个糖火烧早已进了肚里,消化得无影无踪,听着马大喷喊,嘴里像有涎水溢出。

马大喷的屁股后面跟着一群人。他真的有些得意扬扬,好像忘了他姓啥名谁。那两颗黑豆粒大小的眼珠子游离不定,不停地在眼眶里滑来滑去,流露出的是一种贼光,那贼光焕发出一种发自内心的得意和喜悦。马大喷是他的外号,这外号起因于他那张嘴。他的嘴有些大,嘴片有些薄,吹起牛来,活像生产队那头老牛屙硬屎蛋时的屁股眼儿,张张合合,合合张张,不停地鼓出来再翻进去,翻进去再鼓出来。溟梁村人吹牛不叫吹牛,叫大喷。马大喷这个人,骨子里永远觉得,整个村里就他有能耐,就他本事大。抓住一只麻雀,他能喷成老鹰。喷抓老鹰吧,他也会喷:抓之前心里也很害怕,恁厉害的老鹰,放谁能不害怕?可真没想到,恁厉害的老鹰看见我就软了,软成了一团泥,凭我随便弄它,不知道是因为啥,真

---

① 着(zhāo):溟梁村人把放开了肚皮张开大嘴,痛痛快快吃东西叫着。

的，不知道是因为啥。

就他喷的这些话，谁听了能不明白啥意思？他真把别人都当成傻瓜了。

马大喷一边走，一边喷："知道吗？县革委会为了抓革命促生产，备战备荒为人民，提出了修筑黄河大堤的战略任务，以粮为纲，向黄河滩要粮，这是战略任务，要求组织基干民兵完成。基干民兵是干啥的？平时劳动，战时打仗。公社民兵团分给咱村民兵营一段大堤，咱村由我负责，就我一个人。我一个人，咋能负起贼大的责任？也不知道公社革委会这是咋了，贼信任我。"

豹腿叔嚼："大喷，你说这话，纯粹是脱裤子放屁——多余。"

郑黑球说："你是民兵营长，那肯定由你一个人负责。"

不知道谁说："老鼠掉进油缸里，不油（由）你油谁？"

众人的嘲笑声中，我跟着马大喷，满怀希望地进了大队革委会院子。司马砖头、郑鳖、孙狗蹄早已经在院子里等着。我们一起报了名。

孙狗蹄经常是好多天不洗脸，头发刺棱着，活像一只蓬毛狗。马大喷拍着孙狗蹄的头说："这小民兵，从小就有一不怕苦二不怕死精神，为了响应伟大领袖毛主席备战备荒为人民的号召，去修黄河大堤，向黄河滩要粮，支援世界革命，为解放世界上三分之二的穷苦人民做贡献，真不愧是贫下中农好后代，毛泽东思想教育出来的好苗子。"

我对司马砖头嘀咕："啥一不怕苦二不怕死精神？没杠子馍吃，没肥肉疙瘩粉条随便着，谁去？"

司马砖头赞同我的话："他不能喷，能当上副支书、民兵营长？操，不为了嘴，谁去？谁也不是憨凶球。"

估计哪个村的革命群众都不是憨凶球。这几年，每逢初春时节，天气渐暖，庄稼地活儿也不多，县革委会不是组织广大革命群众挖河道就是修河堤，再就是打机井平整土地沟壑，搞农田基本建设，反正是不能让革命群众闲着。革命群众每年也都盼着这个时候，乐于去干这些活儿，放寒假的学生们也是争着去。为啥？为嘴。每当冬春时节青黄不接，家家的粮缸、面瓮几近见底，人人肚子饿得咕噜咕噜叫唤，天天一副半死不活的样子。只有到工地上干活儿，才能张开大嘴随便着，把肚子装饱。

后来听说，这叫以工代赈，中国历朝历代都这么干过。

这次修筑黄河大堤，溴梁村八个生产队，组织了八个民兵连，每个连四五十号人，加起来三四百人。马大喷走在队伍最前面。我和郑鳌、司马砖头等人扛着红旗，紧跟着他。民兵们拉着架子车，扛着铁锹镐头，背着行李卷，腰上系着茶缸饭碗等，像电影里支援前方打仗的民工队，浩浩荡荡去修筑黄河大堤。

修筑黄河大堤须穿过黄河滩。黄河滩到底有多大，没人能说得清楚。站在县城南门外的黄土坡上，向黄河的方向望去，看不见黄河，也看不见沙滩。黄河滩春来早。一望无际的野草、芦苇、红柳、矮榆和其他各种杂树，有的已经耐不住寂寞，兴致勃勃地吐芽泛绿。进了黄河滩，横七竖八的河汊、支流、浅沟、水坑中的冰凌已渐渐融化。一条新近蹚出来的沙土路，坑坑洼洼曲曲折折，在脚下伸向前方。

马大喷从前头传过话来："跟紧了，小心牛皮沙，陷进去死路一条，没人能救。"

谁敢不跟紧？牛皮沙看上去是沙，一脚踩上去就走不脱了，像牛皮糖一样粘脚，越挣扎脚就越往下陷，能把整个人陷进去。马大喷说，他亲眼看见过一头野猪，小牛犊一样大，跑到牛皮沙上，四蹄陷到里面，野猪越挣扎陷得越深，最后整头猪都进去了，不见踪影。自救的办法是一屁股坐下，身子往地上一躺，打滚儿，就能滚出牛皮沙。这都是马大喷出发前说的，不知道是真是假。反正这龟孙子嘴里，说出来的真话不多。先不说牛皮沙。最直接的感觉就是那些叫不出名字的小咬，又小又黑，像黑芝麻粒。它们大概从来没闻过人味儿、叮过人血，一群群一团团的，拼了命地往脸上扑，往鼻孔、耳朵眼里钻，叮得人们不停地拍打，又蹦又跳，走路像巫婆神汉驱瘟疫跳大秧歌一样。

司马砖头说："操，没吃上杠子馍肥肉疙瘩粉条，小咬们倒把爷们儿当肥肉疙瘩吃了。"

孙狗蹄说："知道贼苦，孙子才来哩。"

我往肚里咽着口水，没有吭声。一张嘴说话，保不齐会有小咬飞进嘴里。我已经听见几个人咔咔咔的，咳嗽得厉害，说是嗓子眼飞进了小咬。

黄河大堤的位置早有人规划好了，两边楔着柳橛，堤界撒了白灰道，距离黄河二三十米。

黄河水一片黄色，无波无浪，静静流淌着。

马大喷跳上一辆架子车，擤了一把鼻涕，哏了哏脖子，看样子要做重要讲话。果然，他瞭了一眼黄河，说："都说黄河可怕，可怕个球？都看看，好好看看，黄河风平浪静，像个没出门的大闺女……"

这黄河好像有些故意和马大喷较劲儿。

突然间，河水掀起了浪头，个个有墓骨堆大，一人多高，一排接着一排，此起彼伏，哗哗发响，像一群野马奔腾咆哮起来。

"我×，咋是后娘的脸，说变就变？他妈……"

马大喷话没说完，突然两腿一蹦，跳下了架子车，踉踉跄跄跑了两三步，才勉强站住。原来是公社一个领导模样的人来了，后面还跟着几个人，手里拿着卷尺拐尺图纸绳子锤子木橛等。

那领导身穿蓝色中山装，留着三七分头，面色红润，神色庄重，把手一挥，对广大民兵说："伟大领袖毛主席教导我们：一定要把黄河的事情办好。"然后扭过头，对马大喷说："马营长，让恁村的民兵按照画好的白灰线，先把堤基用夯打实了，然后把沙土和白灰搅拌均匀，每堆上一层，就用夯砸实了。等我们检查验收合格后，再堆上一层沙土白灰，再用夯砸，一定要符合战备的要求。百年大计，质量第一，绝对马虎不得。"

马大喷一挺胸脯："请刘团长放心，我拿得脑儿（土话：脑袋）担保，我们一定要把黄河的大堤修好，百年大计，质量第一。美帝国主义和苏联修正主义的炮弹要是打来，保证只砸个小坑，把炮弹再反弹回去。"

有人在偷偷地笑，不知道谁在嘟："真是个大喷。""那张牛屁股眼儿嘴，没白长，真能喷。"

工地上，四面插上了红旗。绑在木头柱子上的高音喇叭，不停地播送着毛主席语录"一定要把黄河的事情办好"，播着《愚公移山》，播着一个叫作劫夫的人谱曲的毛主席语录歌："下定决心，不怕牺牲，排除万难，去争取胜利。""这支军队具有一往无前的革命精神，不论在任何艰难困苦的场合，只要还有一个人，这个人就要继续战斗下去。"歌声嘹亮，曲调激昂，把民兵们唱得热血沸腾。有的挥镐刨沙挥锹装车，有的拉架子车穿梭般的运送沙土，年纪稍大些的搅拌沙土和白灰。我和司马砖头、孙狗蹄一帮学生，两个人一班，在架子车两侧负责推车。壮劳力十二个人一台石头夯，呼吆嗨吆地喊着号子，把五六十斤重的石夯高高抛起，又狠狠地砸下。那个劳动场面，真是热火朝天龙腾虎跃，包括红旗啦，标语啦，口号啦，歌曲啦，战报啦……都有。后来，很多电影和文学作品，反映那个年代战天斗地的壮丽场面，都大同小异。

经过几天奋战，黄河大堤已建成了一半，像一条巨大的土龙，东西走向，横亘在黄河边上。

谁也没想到，除夕后半夜，发生了一件大事，惊天动地。

那天晚饭后，我躺下就进入了梦乡。几天下来，我已经累得腰酸腿痛，浑身像散了架。

咚——咚——咚——，爆炸声接连响起，把我从梦中惊醒，我以为是庆祝春节放的鞭炮，蒙蒙眬眬地。后来才觉得天摇地动，草棚直晃，声音也不对。有人在议论：

"是不是搞民兵爆破演习？"

"哪有这时搞训练的？"

"除夕夜，也不让爷们儿睡个安稳觉？"

"会不会有阶级敌人破坏，炸大堤？"

"美帝、苏修打过来了？"

民兵们像炸了窝的麻雀，叽叽喳喳，说啥的都有，纷纷爬出了被窝儿往外跑。

夜色中，大堤上火光闪闪，爆炸声震天，沙土飞扬。

马大喷住在食堂附近的一间小草棚里（我们住的是几十个人一排的大通铺，他远离大家，住单人单间，这是当领导的特权）。他跑出来，拿着雪亮的手电筒四处乱照，挥着手喊："操他×，阶级敌人借过春节搞破坏，来炸大堤了，快，都给我上，抓坏人。"

民兵们胡乱喊着骂着，乱糟糟的。我睡眼蒙眬，也听不清楚他们喊的骂的啥。我站在草棚门口外，看见有人提着马灯、汽灯、手电筒，有人举着火把，也有人拿着镐头、铁锹、扁担、火铳等，各式家伙都有；他们不顾一切地扑了过去。几堆做饭用的柴火垛也被人点燃了，火光冲天，把大堤上照得通亮。有人说是做饭的麻西犊和司马狗勺媳妇点的。我听见她俩在喊："快，快，往南面跑了一个"，"这里有一个，这里有一个，快来抓！"黄河滩上乱得像一锅粥，老鳖翻了潭一样。

一阵忙乱后，在溟梁村承建的堤段，抓住了八个炸大堤的人。

这时，东边的天已经放亮了。晨曦里，弥漫着淡淡的青烟和炸药的味道。大堤被炸得坑坑洼洼到处开花，像电影《南征北战》里，我军在大沙河阻击敌人撤退后被敌军大炮炸毁的工事，有几处几乎被夷为平地。

马大喷身上穿了一件褪了绿色已经变黄的旧军大衣，没有扣扣子，一手掩着怀。他怒不可遏，用另一只手指着被抓的人，喝道："把他们都给我捆了，让他们的脸对大堤，跪着。"说完转身要走，样子急匆匆的。

"大喷，先审审他们，看是哪儿人，为啥炸大堤。"麻西犊喊。

"肚子憋不住，赶紧回去拉屎。"

"审了再拉嘛。"

"还用审？炸社会主义大堤的能是啥人？肯定是地富反坏右，阶级敌人。留几个人看着他们，其余的去吃饭，拿杠子馍，端汤，都来这儿吃。看着他们吃，让他们看着吃。咱们吃饱了，让他们去把大堤修补好。修补不好，全扔到黄河里喂老鳖鱼虾。"

"大喷，还是先审清楚再走吧？"麻西犊一把揪着马大喷的军大衣。马大喷一扯身，里面浑身上下光着，只穿了一个鲜艳的花裤头，红底大牡丹，像是女人穿的，紧绷在他的屁股上。

"操，肚太紧，憋得难受，先让他们跪着。"马大喷有些生气，甩开麻西犊，急匆匆地走了。

郑黑球说："蒋介石当年炸开花园口，淹死了多少老百姓。这些人是不是躲藏在黄河滩的国民党土匪，残渣余孽？"

豹腿叔说："瞎扯！解放多少年了，哪还有国民党土匪？国民党早跑台湾去了。他们这么干，一定有原因吧？"

"你们才是国民党土匪，"一个被捆着的中年人说，"原因就是你们为啥抢占我们的地？"

"恁的地？笑话。这黄河滩哪一块地是恁的？"郑黑球问。

太阳已经升起来了，小石磨盘那么大，橘红色的，把霞光洒满了黄河滩，一眼望去金灿灿的。

大年初一的天气真好。

马大喷已经穿戴整齐了，他手拿筷子扎着两个大杠子馍，端一大碗汤，啃着馍喝着汤来了，一副胜利者的神态。

"今天大年初一，要不让他们先吃点饭，吃了饭再问？反正大堤已经这样了。"豹腿叔说。

"你说啥？炸了大堤还给他们吃饭？老豹，你这是啥阶级立场？"

"大喷，好好问问，这些到底都是啥人？为啥要炸大堤？"郑黑球说。

马大喷说："给他们多恁些嘴干啥？破坏毛主席提出的抓革命促生产，破坏备战备荒为人民，炸社会主义大堤，还能是啥人？我是营长，是革命委员会领导，要炸你们炸我啊？贫下中农辛辛苦苦修的大堤，你们炸它干啥？绝对是阶级敌人，太猖狂了。"

"谁是阶级敌人？"那中年人说，"我是黄河南贡移村的大队长。"

马大喷说:"大队长?革命样板戏《龙江颂》里,龙江村的李志田也是大队长,啥鸡巴大队长?没有革命眼光,没有阶级立场,受阶级敌人黄国忠怂恿,打着救龙江村地的旗号,破坏龙江大坝。你们村和龙江村一样,肯定有黄国忠那样的阶级敌人,你就是那个李志田。"

那个大队长说:"俺们几个都是村里的贫下中农。黄河去年夏天塌沿,往南边滚动了三百多米,把俺们几百亩地变成了河道,给恁这黄河北留下了几百亩地,这地原本应该是俺们的。你们修黄河大堤,要以粮为纲,向黄河滩要粮。我们也要以粮为纲,在黄河滩种粮。可你们一下子圈走了俺几百亩地,那咋会中?俺们公社和你们公社头头交涉了好几次,你们根本不听,就是要修。你们敢修,我们就敢炸!"

马大喷说:"你说啥?恁的地?啥是恁的?这河南河北,哪不是社会主义的地,不是伟大领袖毛主席的地?我们修大堤,是为了保护毛主席和社会主义的地不被黄河水淹了。恁竟敢狗胆包天,把大堤给炸了,这是啥行为?你们知不知道,这是炸社会主义,炸……炸……知不知道?太无法无天了。"

马大喷突然卡壳了,连说了两个炸,也没敢炸出后面的话来。我看见他注意到,豹腿叔、郑黑球在一眼不眨地瞪着他,可他没敢说。他要是敢说出这句话来,豹腿叔和郑黑球保不齐会借机把他暴打一顿,然后扔进黄河。

别看马大喷这人爱喷,可喷中有细,奸着哩。

那个大队长说:"自古以来,黄河都是该咋流咋流,河道该咋滚咋滚。滚过你们这边,那边留下的地我们种;滚过我们那边,这边留下的地你们种。历朝历代祖先们都这样办。人要顺从自然,不能欺天。你们这一修了大堤,黄河水一直淹着我们的地,那咋行?我们南边要是也修大堤,用钢筋水泥修,修得更坚固,黄河一旦涨了大水,会是啥局面?"

张黑毛出来帮腔:"你们要用钢筋水泥修,那我们就用石头钢筋水泥修,比你们的还坚固,看你们咋办。"

那大队长说:"两边比着修大堤,修得再坚固,说不定哪一年,黄河使起性子,洪水暴涨,掀起滔天大浪报复我们,吃亏的肯定是两岸的贫下中农。人力再大,还能斗过老天爷?自古以来,人力不可欺天。"

马大喷冷笑一声,说:"顺从自然,不能欺天?人力斗不过老天爷?屁话,全都是屁话!你这简直可以说是反革命言论。伟大领袖毛主席说:与天斗,高兴得不行;与地斗,高兴得不行;与人斗,高兴得不行。(毛主席原话是:与天斗,其乐无穷;与地斗,其乐无穷;与人斗,其乐无穷。)大寨人民就不顺从自然,就敢做大自然的主人,就敢把七沟八梁一面坡,改造成层层梯田。他们和地斗,和天斗,改地换天,咋啦?咋没有见报复大寨人?你是不是反对毛主席,反对农业学大寨?"

那大队长说:"你这人说话咋不讲理,净掐榾柮①?"

马大喷说:"我就不讲理,你敢咋?敢把老子咬了?"

那大队长也横起来,说:"你来,不敢咬你我是你孙子。"

马大喷不由自主地用两手摸着皮带。

张黑毛说:"大喷,快看。"

黄河里,从河的南岸开过来四五条大船。船上满是人,拿着叉耙棍棒,呼啥喊啥听不清楚。

黄河上的风呼呼地刮,浪哗哗地响,声音太大,也太嘈杂了。

马大喷立刻咆哮起来:"点铳,快,点铳,快点铳,民兵们紧急集合,准备打仗,黄河南的阶级敌人打过来了。"

咚——咚——咚——

铳声响了起来,一股股青烟伴着火星冲向天空,火药味弥漫开来。溴梁村几百多号人拿着铁锹镐头木棍,呼喊着叫嚷着谩骂着向河边跑去,在河边一阵势摆开。

---

① 榾(gǔ)柮(duò):原指木头块,树根墩子。掐榾柮,当地人用来比喻说话蛮横、断章取义,不讲逻辑,不讲道理。

黄河的风浪越来越大，汹涌澎湃，像一群恶狼，奔涌着，咆哮着，撕咬着，不顾一切地向前滚动。

那几条船在大浪中无法抛锚，又不能靠岸，晃晃悠悠的，随时有翻船的危险。

眼看见，船上跳下两个人，一点也不怕冷，在浑浊的水里拨浪穿行，往岸边凫过来。看样子，那两人的水性很好，在浪里一会儿钻进去一会儿浮出来，像两只欢快出没的水鸭。离岸边不到二十米，他俩站住了，甩了甩头，用手抹拉着脸头上的水。原来那里的河水并不深，才淹到他俩胸部。那两个人蹚着水，毫不畏惧地往岸边走，大腿露出了水面，接着露出了膝盖、脚脖。看得出，他们冻得有些发抖。

马大喷喊："操，水咋恁浅？快顶住他们，绝不能让这俩龟孙上岸，冻死他，冻死他俩。"

岸上的人们抡起锹，一铲一铲的沙土朝他们撂去，纷纷扬扬，打土炮一般。

那两个人站在水里，冷静地回过头，对船上的人挥了挥手。船上一些人扑通扑通的，开始往河里跳。

那两人既不怕冷也不怕死，冒着劈头盖脸的沙土，依然往岸边走来。离岸边眼看只有十米左右了，突然咕嘟一声，两个人同时沉入水中，不见了踪影。

岸上的人一下子沉静下来。

马大喷大声喊："玩潜泳吧？给爷们来这一套？提高警惕，准备……"

突然，他的背后跑出来一个年轻人，不知道是从哪里跑来的。那年轻人二十岁出头，一只胳膊勒住马大喷的脖子，另一只手拿着明晃晃的匕首，尖儿对着马大喷的胸口，嘴里喊："马大喷，我操你×！"

人们一下子惊呆了，弄不清楚是咋回事。我以为是玩潜泳的黄河南的人从哪里钻出来了。事后知道，当时很多人都和我想的一样。

只听那年轻人喊："我女朋友哩？快说，我女朋友哩？不说我捅死你这个龟孙。"

马大喷被勒歪的脸,正好对着东升的太阳,像舞台上主角脸上打的追光灯的光。霞光里,马大喷斜着眼儿看,眼眶里的那两颗黑豆立刻不再滑动,露出的光是惊恐、哀求、绝望?说不清楚,声音也变得像孙子,说:"小兄弟,别这样,可别这样。咱俩都是一个战壕里的革命战友,有啥话好说,好好说……"

这场面真像是演电影。

那个人紧紧勒着马大喷的脖子,死不松手。那把匕首,随时会捅进马大喷的心窝。

"小兄弟,你听我说,小刘调回郑州的介绍信早开好了,革委会的大红章也盖了,就放在我的抽屉里。回去就给你,春节一过,恁俩就回郑州工作。"

"老子不回郑州了,老子今天要和你一起去见阎王爷,到那儿评评理。"那年轻人不依不饶,"我女朋友哩?快说,我女朋友哩?"

那人晃着匕首,使劲把马大喷一直往黄河里推。

忽听咔嚓一声,河岸塌陷下一大长条,有一米多宽十几米长。那个小伙子和马大喷一起陷进了水里。

"黄河塌沿了,快往后退。"不知道谁喊了一声。

咔嚓,河岸又塌下一条,河里溅起了一道巨浪。

马大喷和那个拿着匕首问他要女朋友的年轻人不见了。那两个玩潜泳的人也一直没有露面。

"知道吗?那小伙子是刘月季的男朋友,也是郑州知识青年,在五里岗村插队。"

"刘月季是独生女,爹妈有病,按照知识青年政策应该返回郑州。可大喷一直拿把着人家,不给开证明信,不让人家走。"

"这下可好了,到阎王爷那儿,好好评评理吧。"

"马大喷,流氓!到了阎王爷那儿,一准儿把他刀劈斧砍锯子锯,然后把他扔油锅炸了。"

人们议论纷纷，看来有人知道其中的缘由。

正在这时，一个女人跑过来，双手捂脸，披头散发，呜呜呜哭着，一头栽进了波涛汹涌的黄河……

"刘月季！刘月季！"

"没错，是刘月季。"

"哎，这闺女，真是……"

黄河里漂起一片白沫。白沫慢慢消散，浑浊的河水很快又恢复到以前的模样，无声无息，打着旋涡流向前方。

一个滩人赶着一群羊来了，看上去有六十多岁。他说："黄河塌沿，是下面让水旋空了，成了无底深渊。黄河水看似平静，底下全是流沙。一排旋涡过来，眨眼儿工夫就旋出一个深坑。一股流沙涌来，很快就能把深坑填平，变成沙滩。老人们说，流沙无形，黄河无底。修条大堤就想把黄河水挡住，白天做梦，瞎想。"

滩人说完，吹着口哨，领着那群羊走了，像一朵悠然飘去的云。

河南船上的人见出了人命，像一群疯狂的狼，隔着河水嗷嗷叫着，胡嚼乱骂，举起棍子抢着家伙。

他们要是跳上岸来，绝对是一场你死我活的血腥拼杀。

正在这时，一阵摩托车响声由远而近。三辆挎斗摩托车停了下来，从车上下来几个干部模样的人，都是身穿中山装，其中就有那个刘团长。他旁边一个人提着手枪。刘团长大声喊：

"大家安静，安静，我是公社武装部刘部长。"

没有人搭理他。

刘部长从身边那人手里拿过手枪，朝天上啪啪啪打了三枪，人们才沉寂下来。

刘部长说："大家要冷静，冷静！现在，两个公社革委会的领导正在协商，大家一定要克制，保持冷静。千万不要忘记阶级斗争。阶级斗争，一抓就灵。要严防阶级敌人借机破坏捣乱。"

刘部长一提抓阶级斗争这个纲,果然立竿见影,嘈杂混乱的局面立刻安静下来了,没有一个人敢再出声。

谁愿意去当那个借机破坏捣乱的阶级敌人?

刘部长喊:"赶快救人,水性好的,赶紧下去救人。"

船上和岸上几个水性好的年轻人,扑通扑通跳进了河里捞人。那几个人在河里不停地潜入水中,浮出水面,再潜入水中,再浮出水面,像饥饿的鱼鹰在河里找鱼。

"找到了,找到了,"一个人骑着自行车,慌慌张张地跑来,没下车就喊,"那两个黄河南的人找到了,冲到下游,被人救了。亏了他们是船老大,水性好,没淹死。"

太阳坠落在西边的天上,淹没在一抹红色晚霞中。晚霞由红色变成昏黄,显得有气无力。终于,失去了一切光彩,无可奈何地消逝在西边的地平线上。黑漆漆的夜幕悄悄拉起,遮住了一望无际的黄河滩。

马大喷、知识青年刘月季和她的男朋友依然不见踪迹。

黄河水悄悄地退去了,退到了一百多米之外,原先汹涌澎湃恶浪翻滚的河道变成了崭新的沙地。

这已经是第二天早上了。

太阳升了起来,照在沙滩上。那沙滩经过水洗,干干净净,平平展展,在朝霞中泛着金光。光脚丫子踩在上面,像踩在黄绸缎子面上一样,细腻软和,滑溜溜的,脚心直痒痒。弄得人不知道是想笑,还是想哭。几只乌鸦呜哇呜哇叫着,打头顶上飞过。

马大喷他爹妈、老婆孩子、亲戚们来了,在沙地上或跪或坐,对着黄河,哭天喊地:

"儿啊儿,你这个狗比掰儿,你是做了啥孽啊,就这样让龙王爷叫走了?不养活恁爹,不养活恁娘,俺白把你养大,你就这样走了?你那良心叫狗吃了?龙王爷呀,恁咋不睁睁眼啊……"

"孩子他爹，你真是造了大孽啊，你死了……你留下这一堆儿女，谁来替你养活啊……你这个千刀万剐的……我这命咋贼苦啊……"

"爹呀，我的爹呀……"

黄河已变得平静温顺起来了。没有一朵浪花，没有一层波浪，茫茫一片，静静流淌，好像啥事根本就没有发生过，根本不理睬齐哭乱喊的这一家人。那种平静，有些冷漠阴险，有些残酷无情，让人们想起来觉得可怕。

我终于相信了奶奶的话："黄河无底海无边。"

元宵节前夕，黄河大堤还是修好了。

元宵节过得很冷清，村里没再像往年那样热闹。老虎不耍了，狮子不逗了，小鬼摔跤游戏也不玩了，铳也没有再听见响。只听见零零星星的鞭炮声，软弱无力，没有了往年的喜悦与张狂。

马大喷家的院子里，停放着一口黑漆漆的棺材。棺材大头写着一个金色福字，洗脸盆那么大。大门框上贴着两条白纸，门头贴着一块白纸，两扇门心贴着方块白纸。全都空无一字，寡白刺目。马大喷的老婆带着一群没爹的孩子，坐在棺材旁边抽泣流涕。他们大概已经哭累了，已经没有那天在黄河滩上肝肠寸断撕心裂肺的痛哭。

我妈正在盛饭，问父亲："大喷寻到了？"

父亲没吭声。

奶奶坐在椅子上，说："寻？寻个狗比掰。一片黄沙滩，哪儿寻？"

"那棺材里装的啥？"

"用稻秆捆个草人，安个葫芦当的脑儿，用黑墨水画上嘴鼻眉眼儿，把他的衣服被子往棺材里一塞，抬到坟地一埋，就去狗比掰，拉倒了。"

奶奶大门没出二门没迈，说马大喷的事，和我在现场看到的咋一模一样？

我妈走过来，捧着一碗饭递给了奶奶，毕恭毕敬。一个念头在我的脑子里闪过：奶奶难道是下凡的神？

元宵节过后,《黄河日报》头版发表了一篇通栏新闻报道:十里长堤镇恶浪,千亩沙滩变良田。介绍×县民兵师在春节期间,战天斗地、抓革命促生产、备战备荒修筑黄河大堤的英雄事迹。右下角有一篇,是表彰的修筑黄河大堤劳动模范者名单。

我捧着那篇报道和劳动模范名单,一字不落地至少看了三遍。

令人意外的是,那天发生的惊心动魄的炸堤事件一句没提。知识青年刘月季和她的男朋友一字没提。劳动模范名单里也没有马大喷的名字。

我抬头看看老灶爷,又跑屋外看看老天爷。过小年时,我妈弥在它们嘴上的糖稀已经风干了,黑黑的一坨,硬邦邦的,像风干的鸡屎。它们的嘴,被粘得结结实实牢牢固固一丝不漏。

今年夏天的雨特别多,也出奇的大。接连下了三天三夜暴雨,那雨水像是从天上倒下来一样。雨刚停,听说黄河又发大水了。村里很多人,包括我、司马砖头和孙狗蹄,急匆匆地往县城南门外高坡上跑。都说是想看看,春节期间修筑的黄河大堤,是如何镇住了滚滚恶浪,保护了千亩良田。

我的娘,南门外的高坡上全都是人。黄河水一直淹到了高坡下面,再有一两米就涨到坡上来了。包括枪毙黑老瘫的沙滩刑场,全都淹没在水里。那水黄泄泄乌泱乌泱的,浩瀚得无边无际,打着旋涡,闪着亮光,浑浊、深沉、坚毅、有力,翻卷着从上游带来的树木、柴草、家具、牲畜、棺材、尸体等,汹涌澎湃浩浩荡荡,不由分说地向前滚动着。

哪还有十里长堤、千亩良田?

几天过后,大水退去了,留下了清洗一新的沙滩,没有一棵树一棵草一棵庄稼,光秃秃平展展黄灿灿的,空旷干净,一眼望不到边。就和黄河塌沿淹死了马大喷、刘月季和她的男朋友第二天水退去之后的那样,软软的、细细的,犹如水洗过的黄绸缎子。

盛夏的夜格外燥热。夜色中,蛐蛐、马叽哩(土话:蝉)和一些不知名字的虫们在声嘶力竭地叫唤。我躺在生产队打麦场上,仰望星空,胡思乱想，死活睡不着。

　　我想到了那个放羊滩人的话，心里不由得紧缩着，涌起一阵恐惧感。黄河水时而奔腾咆哮，恶浪滔天，像泼妇一样号叫恶骂。时而风平浪静，悠悠流淌，像少女般温柔羞怯。但是，它随时会涌动起流沙，把平坦细腻的沙滩变成河道，变成无底深渊。可转眼之间，又会把河道深渊变成平坦沙滩。沧海桑田，转瞬之间。这种不可预测的变幻魔力，并不在于它吞噬了多少财富和生命。但最可怕的是：它经常表现出像什么事情也没有发生过。

　　夜空繁星闪烁，浩瀚无垠。一颗流星放射出璀璨的光，拖着长长的尾巴，从高空飞速划过，消失在遥远的天边。这颗流星永远地消失了，什么也没有留下。只是在看见它的人们的心里，或许会留下淡淡的记忆。时间一长，或许什么都没有了。这世间的事，即使再惊天动地，再轰轰烈烈。这世间的人，活着的时候费尽心机你争我夺，如同虎狼。最后呢？它们都无一例外地遵循着这个规律，都无一例外地消失了，永远地消失了。

　　夜空依然寂静，群星依然闪烁。

## 3　张磨油*

张磨油是个老地主，祖上是开油坊的。听说他爹正在磨油，油垛上的油像泉水一样，咕嘟咕嘟渗涌出来。他娘去油坊送饭，看着高兴，咕嘟一声，在油垛旁边生下了他。

他娘问他爹："这孩儿叫啥？"

他爹说："磨油。"

我对张磨油有印象时，他已经40多岁，村里早已没有了油坊，也就没有看到张磨油家磨油。在我的印象里，张磨油倒是天天卖酱油卖醋。他肩上一根油腻腻的扁担，挑着两只木桶，一桶装酱油一桶装醋。扁担钩上悬挂着大小不一的几个竹提桶，有一钱、半两、一两和二两的，相互间磕磕碰碰哈啦哈啦响。最响的是张磨油手里的木鱼。他走村串街，手里的短木棒，敲着木鱼"梆——梆梆——，梆——梆梆——"响，嘴里喊："打酱油打醋，香醋五分，酱油一毛。"

割麦天，我妈在擀面条。听见喊声，吩咐我："去，拿个鸡蛋，换点醋。"

当时醋在农村是奢侈调味品。不过年过节，农闲期间，家里是从来不

---

* 原载《北京文学》2017年第4期，原名《老地主张磨油》。被收入2017《北京文学·年度短篇小说精选》。

吃醋的。

换醋回来，我妈看见说："咋才半瓶？应该多半瓶啊。"

我没吭声，放下瓶跑了。

晚上吃饭，我妈讲故事："恁姥姥村里有个人叫留福，到西安他大伯那里学徒。他大伯开的糕点店。留福去的头一天，看见店里的糕点，黄澄澄香喷喷的，他肚饿嘴馋，偷偷吃了两块。晚上，他大伯给他端了一盘新出炉的糕点，热乎乎虚腾腾的，让他放开了肚子吃。留福哪见过恁好的糕点？三扒两口就吃光了。他大伯说你路上累了，睡吧。第二天醒来，他大伯又让他吃了一盘新出炉的糕点，不让他干活，他吃了又睡。连续吃了睡了三天。留福后来做了一辈子糕点，从来不吃糕点，说看见糕点就直恶心。"

我妈一边喝粥一边讲那留福偷糕点吃的故事，并不看我，一副漫不经心的样子。我的心里却像装了只兔子，扑腾扑腾直跳。

鸡蛋换醋回来路上，我噘着瓶嘴，偷喝了两口醋。

这得怪我奶奶。我奶奶常说："盐筋醋力。"意思是多吃盐长筋骨，多喝醋有力气。实践证明，肚子再饿，几口醋下肚，就神清气爽、浑身轻松，走路脚步轻快，干活不觉得累。因此我经常想偷喝瓶里的醋。我妈讲她娘家留福偷吃糕点的故事，我知道那是敲打我的。农闲时一天喝两顿面糊涂，饥饿像一把刀，在我的肚子里刮来刮去，刮得我腿软无力，走路直想摔跟头。我像一只饿极了的耗子，常盯着窗台上的醋瓶看。那醋瓶太小，醋也太少，喝一口下去我妈就会发现。一旦让我妈逮着，我妈就动手不动口了。

我一直想去偷张磨油家的醋。

我注意观察过，村里批斗"五类分子"（"文化大革命"中被管制对象：地主、富农、反革命、坏分子、右派）时，虽说是张磨油也站立其中，除了马鹞眼儿马狗头那几个二货，很少有人去打他骂他揭发他啥罪行。这不光是张磨油逢人笑眯眯，像个弥勒佛，主要是村里有人说他太冤柱。新中国成立初斗地主搞土改，把他爹和祖上积攒下的丰厚家业分给了贫下中农，他没享过几天当地主的福，却戴上了地主这顶灾难深重的帽子。贫下中农家的闺女都爱憎分明，阶级立场坚定，谁肯嫁给他？张磨油体壮如牛精明似猴，错过了娶妻结婚的机会，孤身一人，住在村东头。

　　我也想到过万一失手咋办？失手了也不怕。他张磨油是地主，在村里属于被管制对象。我是老贫农家的孩子，偷他这个地主家的醋，就是被他抓住，他又敢把我怎么样？马鹞眼儿常说："哎，好人打好人——误会；好人打坏人——应该；坏人打坏人——随便；坏人打好人——不行。"张磨油就是个坏人，他即使真的抓住我，也不敢打我。

　　老贫农阶级地位的优越感，使我偷醋的心更加坚定。

　　张磨油的拿手好戏是做醋，也卖酱油。据说那酱油是从县供销社批发的，搭配着卖（政府当时有规定：不卖公家的东西，就不准卖私人的东西）。我有事没事爱到张磨油家周围溜达，装着无所事事的样子向他的院子里张望。半人多高的一圈土墙，院里一座三间草上房，还有一间草棚是灶火，城里人把灶火叫厨房。空闲地方长满了荒草小树。最显眼的是那三棵高大的柿子树。秋天了，三棵柿子树的树叶已落尽，树上挂满了磨盘柿子，红彤彤的，像一树的小红灯笼，勾得我满嘴口水，吸溜吸溜直往肚子里咽。可恨的张磨油这个老地主，就像一条忠于职守的看家狗，天天搬把椅子坐在柿子树下，看守着他的柿子树。我发现他用柿子做醋。他做柿子醋时，一个人钻在屋里关门封窗，秘不示人。

　　司马狗勺媳妇马鹞眼儿他妈几个老女人爬在墙头上，像偷东西的贼，伸长脖子看，嘴里嚼（土话：骂）张磨油：

　　"这个老娼子，一天到晚钻在奸窟窿里不出来。"

　　"关在奸窟窿里，也不怕把他憋死？"

　　只有晒柿子醋时，张磨油才把醋缸搬到院里。那醋缸敞开了，醋香散发开来，弥漫了大半个村庄。中午，不仅是我，半条街的大人孩子老人都端着碗，或蹲或坐或站的，围在他家大门口吃饭。张磨油有时会用二升盆，端着半盆醋出来，用小竹提桶给围在门口的乡亲们碗里点醋，有点像后来电影里看到的佛祖给众信徒们摸顶洒圣水的场景。点到醋的人喜眉笑眼，交口夸赞："磨油，恁这醋真好，比香油还香。""老磨油，谢谢恁那醋呵。"有两次中午，我好不容易盼到我妈擀的杂面条，我舍不得吃，端着一碗面条，满心希望地跑到张磨油家大门口，眼巴巴地等着张磨油给我点醋。可两次都是快轮到我时，盆里的醋就点光了，好像张磨油故意整我似的。

人要是倒霉，连想点一滴醋都不顺。

我心里的火气油然升起，开始怨恨张磨油，觉得他是故意的："操，咋每次快轮到我，醋就点完了？"偷张磨油醋的念头，像钻在我身体里的一头野兽，整天的上下奔突四处折腾，搅闹得我肠胃发痒浑身烧灼十分难受。

一天夜深人静，月高星稀，我一个鲤鱼翻身，跳墙到张磨油家偷醋。他家的土墙不高，不过四尺。如果再按捺下去，搞不好我会发疯。

我想，他的酱油桶醋桶一定是放在灶火里。灶火的门就是一扇烂木板，也没有上锁。我往门轴上撒了一泡尿，灶火门无声无息就被推开了。夜幕下，隐约看见两个桶放在靠门口的地方。我揭开一个桶盖闻闻，是酱油味。另一个不用说就是醋桶。我掂掂桶鋬，桶很沉。看来醋一定不少。我一阵窃喜。揭开桶盖，一股醋香扑鼻而来。我兴奋不已。提起桶，双手捧着往嘴里倒。噗——，半桶稀乎乎、粘溜溜、酸苦苦的东西，像拉的稀屎一样，劈头盖脸的，倒了我满嘴满脸满脖子，浑身上下都是。

原来是半桶醋糟。

我浑身酸臭狼狈不堪，一蹦一跳地跑到村东的大水坑边，脱下腥酸烂臭的衣裤，放在水坑里胡乱洗了洗，又跳进水坑里扑腾几下，洗去了浑身的醋糟，赤裸着身子溜回了家。

夜不能寐。我想起了老贼张六指的话："贼不走空。凡是走空，都是动手前没把情况瞭哨清楚。"

又一个夜晚，我翻墙进了张磨油家的院子，没有丝毫的犹豫，就直奔草上房的西房间。西房间里堆着苇席、高粱秆箔、大钎、錾劂、锄头、十指耙、五指爪等杂七杂八的农具，靠墙根立着两个半人多高的川口缸。川口缸肚大口小，像两个没长脑袋的大弥勒佛。揭开一个川口缸盖子，妈呀，醋香迎面扑来，沁人肺腑。我激动万分，双手颤抖，刚要往缸里伸手，忽听门外有响动。我赶紧缩下身子，蹲藏在角落里的一卷高粱秆箔后面。

张磨油进来了，手里提着一盏纸糊的红灯笼。看到那红灯笼，使我想起了电影《红色娘子军》。那南霸天的家丁们在搜寻逃跑的吴琼花时，手里提的灯笼和张磨油的差不多。我家是老贫农，只有两盏煤油灯，还没有灯罩。看着红灯笼，我想到了南霸天，由南霸天想到了张磨油是老地主，心里自然也就不怎么害怕了。即便我是一个蹲在黑暗角落里偷东西未能得手的贼。

人聪明还是愚笨，反应敏捷还是迟钝，心理素质好与坏，关键要看他在遇到突然降临的危险面前，能否瞬间找到壮胆的理由，让自己冷静下来。冷静了就会有办法，就会化险为夷。我很冷静。

我看到张磨油手里拿着一把笊篱。他把笊篱伸进了川口缸，搅豁了几下，从里面捞出三四个柿子，放在大碗里端着走了。

我心中窃喜，爬在川口缸上，把手伸进了缸里，没想到竟然抓了两把稀粑粑一样的东西，又酸又臭。我明白了，上面一层是腐烂的柿子，好醋柿子肯定在下面，要不张磨油咋会拿一长把子笊篱？我伸开胳膊，使劲往缸下面勾探。川口缸圆鼓鼓的大肚子针锋相对地顶着我的小肚子，我个子小胳膊短，蹦了几次，一直勾探不着稀粑粑下面的醋柿子。

眼看着到手的美食却勾探不着，其间也只是差了那么一点点距离，你想想我是啥心情。

我溜出西草房，在草房的土墙上四处巡视。我想找到一把笊篱。土墙上楔着一些木头橛，橛上挂着一串串晒干的萝卜、茄子、辣椒、大蒜等。

窗户上贴着陈旧发黄的报纸，报纸上透出微弱的淡黄色的光。我耳朵贴着窗户，听见张磨油的声音，他和一个女人在屋里说话：

"你摸摸，软不软乎？"

"软乎。"

"像不像你那大奶？"

"呸，狗嘴里吐不出象牙来。"

"来，用嘴片摁着，吸，看好吃不好吃？"

一阵吸吸溜溜的声音。

女的说："好吃，真好吃，酸甜酸甜的。"

"以后常来吃。"

"嗯。"

屋里的灯已经熄灭了，黑黢黢的。夜晚寂静，屋里好像是两个人的吸溜声。吸吸溜溜，喃喃呻吟，清晰入耳，欢快撩人。

我实在忍不住，想吸溜口水……

听那说话声音，那女人好像是马狗头媳妇。马狗头媳妇二十八九小三十岁的样子，江苏徐州人。细高挑的个儿，屁股肥硕，奶头高耸，皮肤白皙，狐媚溜眼，秋波荡漾，一天到晚脸上带着勾人的笑。马狗头娶这个媳妇，是三年前的事。那时徐州发大水遭灾，那女的来要饭，看到马狗头家砖墙瓦房，院落齐整，像个殷实人家，喝了两碗粥吃了一个馒头，就嫁给了马狗头。马狗头前两年突然一场大病，变得面黄肌瘦腻腻歪歪的，一阵风就能刮他仨跟头。马狗头是老贫农。老贫农媳妇夜里来老地主家吃柿子，这阶级立场哪去了？张磨油这老地主胆子也够大的，敢厮跟（土话：姘）上老贫农马狗头媳妇。

不管咋说，眼前的事真令人难以相信。

为了不弄错人，我躲藏在张磨油家的麦秸垛后面，直到看见一个女人从张磨油的房间里出来。天上的启明星已经很亮了。我看得清清楚楚，一点没错，是马狗头媳妇。她手里提着一个瓶子，瓶子里装的醋还是酱油搞不清楚。

那女人像一只夜晚跑出来偷嘴吃的猫,抹拉两下嘴片儿,四处张望一番,蹑手蹑脚地,溜出了张磨油家的院子。

张磨油送走了那女人,轻轻关上大门,回过头来走到院子中间。他突然蹦跶起来,用两只手在自己屁股蛋上啪啪啪轮番打了几下,然后一颠一颠地回屋里去了。这个动作我很熟悉,他是高兴。平时张磨油只要是卖醋挣了大钱,经常是当街拍打自己的两瓣屁股。

后来,我干脆自己带着一把笊篱,潜伏到张磨油家,从川口缸里捞醋柿子吃。那醋柿子表皮细薄柔滑,柔滑得犹如缎子。捧在手里,圆溜溜软沙沙暖乎乎的,像捧着一包细纱软缎裹着的琼浆玉液,胀鼓鼓的,充盈柔软,在手心里微微颤动。那感觉真是美妙无比,令人激动不已。

我把醋柿子蒂把揭掉,嘴唇轻轻地贴着小孔,使劲吸溜着。一股黏稠的液体涌进嘴里,通过嗓子,流入肚子。那味道简直无法用语言表达。我说话本来就木讷,一高兴就更木讷。简单说就是:甜中有酸,酸中有甜,酸甜都有,美味可口,比醋好多了。

白天,我开始关注马狗头媳妇的奶。她的那两个奶确实很大,胀鼓鼓的,像两个灌了八成满的猪尿泡,挂在她胸前悠来晃去,不停地颤动。

连续好几天,我像着了魔一样,脑子里不停地浮现出一个画面:胀鼓鼓圆溜溜软沙沙暖乎乎的东西。那东西丝绸般的油滑细腻,充盈柔软,在手心里微微颤动。

那究竟是张磨油的醋柿子,还是马狗头媳妇的大奶?我没那工夫也没有心思去区分清楚。

有一点是坚定不移挥之不去的,就是我每时每刻都在想着去偷张磨油的醋柿子吃。不知道为啥,每次我只要把笊篱伸进川口缸,立马就想到了我妈讲她娘家的留福吃糕点的故事。知道人不能太贪婪,做事要适度,要细水长流。因此,我每次捞醋柿子不敢太多,一两个为宜,最多一次捞过仨。

我有时也顺手牵羊，偷张磨油做好的醋。他做好的醋放在一个小缸里。我开始用手捧着喝，喝多了肚子里难受，像一团火在熊熊地燃烧。几天不喝又想喝，想得难受。后来，我就干脆拿一个瓶子灌，灌满了拿回家藏到柴草垛里，没人时拿出来偷偷喝上两口。

一天，我妈说："你咋整天身上酸溜溜的，从张磨油醋缸里钻出来的？"

我心里一惊，没敢吭声。

我妈难道真是火眼金睛？后来一想，不会，她大概是在诈我，也可能是顺口说说。

一次偷醋，听见张磨油在屋里和马狗头媳妇说话："俺家以前不做醋，开油坊。俺爷弟兄五个，开油坊起家，生意越做越红火，挣了大钱，在溟梁村置办了半条街，村里人起外号叫张半街……"

马狗头媳妇问："后来呢？"

张磨油吸溜吸溜嘴，没再吭声。

张磨油家祖上的事我知道一些，听我奶奶说的。我奶奶说：张磨油的老奶（溟梁村把曾祖母称老奶，曾祖父称老爷）一口气生过五个儿子。两口子啃着窝窝头，喝着清沟里的水，跑黄河渡口背盐，跑北山拉煤，跑沁阳城倒缸，跑温县城卖瓮，一年四季入冬历夏，吃尽了千般苦，受尽了人间累，省吃俭用，攒些银两让五个儿子读书，硬是把五个儿子供养出来。五个儿子个个都有出息。张磨油的爷爷排号老大，在溟梁村开油坊。二爷在北京大栅栏经营绸布店、中药铺。三爷在上海开纺纱厂。四爷在广州用轮船往外国卖铁棍山药、地黄、牛膝、菊花四大怀药。五爷是国民党师长。他们有钱有势，在溟梁村置地盖房，轰轰烈烈地弄了半条街的家业。

我奶奶告诉我张磨油家祖上艰苦创业的事，目的是教育我不要胳肢窝里夹着书本、耳朵上夹着铅笔，一天到晚疯来疯去，不好好读书。从小要好好读书。书中自有黄金屋，书中自有颜如玉。将来也像张磨油祖上一样，置地盖房，光宗耀祖。古语说，吃得苦中苦，方为人上人。少小不努力,老大徒伤悲。再悲伤,还有个狗比掰(土话:多意。这里是狗屁)用?

我奶奶只要教育起我来,话就特别多,比我妈还多。我妈平时在地里劳动,只是在吃饭时唠叨。我奶奶不去地干活儿,一天到晚看见我就唠叨,听得让人心烦。她的意思很清楚,就是要我好好读书,将来像张磨油祖上,也干出一番事业来。

马狗头媳妇问张磨油:后来呢?意思是指他这几个爷爷的结局。

新中国成立前夕,张磨油的五爷跑到台湾去了。他爷爷和返乡养老的二爷四爷,被土改工作队乱棍打死。半条街的院落家产和田地被分了,分给了村里的贫下中农。三爷不知所终。土改工作队把张磨油他爹赶到了这个破院里。

这个破院原来的主人叫马铁锤,就是马狗头他爹。

马铁锤家和马大喷、黑老瘫家一样,新中国成立前几代老贫农。农忙时打短工,农闲时蹲墙根。一家人穷得盖不上被子,几个人穿一条裤子。穷人恨死了富人。得红眼病的人世代都有,永无绝迹。溟梁村搞土改斗地主时,马铁锤是积极分子。他怀着对地主富农的刻骨仇恨,手里掂着一根短头棍,整天围着四分区工作队长老焦转悠,分浮财时明争暗斗,开斗争会时把地主富农往死里打。溟梁村的斗争会一般是在夜里开的。会场上点着几盏马灯,昏黄的灯光里,混混沌沌模糊不清,有人能借机干出一些出格的事来。土改青年突击队员们就是这样。他们在恍恍惚惚影影绰绰的光线下,抡起短头棍,雨点般落在张磨油二爷四爷和几个地主恶霸身上,哭喊声哀求声惨叫声传得很远,听着瘆人。张磨油的爷爷就是被马铁锤一棍子打得脑浆迸流,当场毙命的,连叫都没来得及叫出声来。按说,马铁锤真不该这样对待张磨油他爷爷。我奶奶说,马锤铁八九岁时跳到村东头大水坑里洗澡,不知道深浅,快要淹死关头,张磨油他爷爷跳进去一把把他掂了出来。马铁锤他爹妈让他跪在张磨油他爷爷面前磕头谢恩,并当场过继给张磨油他爷爷当干孙子。干爷爷做梦都有没有想到,几十年后的干孙子，竟然会一棍子把他打得脑浆迸流，一命归天。干孙子这样做，是要表现自己爱憎分明恨敌入骨的阶级觉悟。张磨油后来说，他当时偷偷爬在斗争会场旁边的老槐树上看，那个场面血腥残酷，让他刻骨铭心到只要不死就永远不会忘记。老焦为了奖励马铁锤的突出表现，把张磨油家的老宅院分给了一贫如洗的马铁锤。马铁锤做梦都没有想到，共产党的天上会给自己掉下这么大一个金饼。这个大金饼，够他和几代子孙们吃喝不尽的。马铁锤和他媳妇像新婚大喜一样，兴高采烈地带着爹妈和马狗头，住进了张磨油家的砖墙大瓦房里，睡上了张磨油家的雕花大红木床。只可惜，马铁锤夫妇没有福气，三五年间都相继去世了。

村里人说："心比天高命比纸薄，这些财富本来就不该他们两个享受。"

再后来，马铁锤的爹妈也撒手西去，只留下马狗头孤身一人。

张磨油他爹也够惨的。他带着张磨油九十多岁的老奶（曾祖母），像一窝惊魂落魄的狗，住进了马狗头家的破墙土院子和狗窝一样的烂草房里。据说，张磨油的老祖奶整天在屋里长吁短叹，不停地絮叨："俺几辈人省吃俭用，一滴汗一滴血积攒下贼大的家业，咋说没就没了？马铁锤和他爹他爷，几辈人都好吃懒做，偷鸡摸狗，这一条街上，这整个村子，谁不知道？他凭啥占有俺家的祖业？他凭的啥？"

张、王两家的最终结局，奶奶并没有给我说。我也没听见张磨油对马狗头媳妇说。我没有经历过那个年代，我只是听村里很多人的风言风语。

不过，我喜欢思考。思考的结果是，我妈说过的一句话好像有点道理："每个人都有自己的命。命里没的不要强求，命里有的不要发愁。命由天定。"想想也是。这世界上芸芸众生，谁不是一心想过上好日子？有人吃苦受累拼命劳作精打细算省吃俭用一点一滴积攒财富，有人明偷暗抢杀人越货无恶不作挖空心思攫取别人财物。可能不能过上好日子，能不能享受荣华富贵，那要由老天爷来定。

父亲说得更直白，人这一辈子只遇到三件事：老天爷的事，别人的事，自己的事。老天爷的事老天爷说了算，谁想去干也干不了。别人的事别人干，不需要你去操心。自己的事要自己干，不干没人替你干。

我自己的事就是偷张磨油的醋柿子吃。

夜幕下的世界，环境密闭，宽松自由。麦苗嘎吱嘎吱地拔节。树木偷偷地抽枝发芽。花骨朵悄悄地绽放。万物尽情地展现出自己的真实需求。自然界提供了夜幕，同时赋予了它很神奇的功能。比如遮羞遮丑遮贼遮凶，凡仇杀奸杀图财害命，贼偷东西黄鼠狼偷鸡老鼠偷鸡蛋，包括张磨油厮跟马狗头媳妇，不是都选在了夜里？

当危险突然发生时，所有处于这个境地的人都认为自己是最安全的。这好像是一条颠扑不破的真理。

后半夜，下起了小雨，淅淅沥沥的。我特地选择这个时辰去偷醋柿子。

我绝对没有想到，刚捞出来一个醋柿子，正准备下笊篱捞第二个，张磨油突然闯了进来，把我堵在屋里抓了个正着。

他揪着我的耳朵，像逮着一只兔子，把我拖到了他住的屋里，喝我："小兔崽子，给我跪下。"

给你跪下？真是笑话。你也没想想，自己是啥成分？

我已经很快镇静下来了，没搭理他。

我想起了鲁迅先生的话：最大的轻视就是无言，而且一句话也不说。

张磨油说："快一个月了，你偷了我多少柿子？偷喝了我多少醋？"

我依然保持沉默。

张磨油声音严厉起来，说："不老实交代，我剁掉你的爪，你信不信？"

我还是没有搭理他。

张磨油简直是有些暴怒了。他说："当年老贼张六指偷生产队东西，老靳让他剁掉一根手指头，你也在场，都看见了吧？"

我理直气壮起来，说："张六指偷的是生产队的东西，那是挖社会主义墙脚，他的手指头该剁。我不是。"

张磨油大概听出了我的话外音，愣了几秒钟。但他很快就跑了过去，在擀面板上抄起了一把切菜刀，对着我的脸忽闪了几下。寒光闪闪，着实吓了我一大跳。难道说这老地主要杀贫下中农？只听啪的一声，他把切菜刀拍在了八仙桌上，恶狠狠地喝道："你要不说，看我敢不敢把你那爪子剁下来。"

"你要敢剁我手，我就跑出去吆喝你。"

"小兔崽子，你吆喝我啥？"

"吆喝你厮跟马狗头媳妇。"

记得我有时饿了，猛地吃了一大块红薯，嗓子会被噎住，半天喘不过气来，无法吭声。张磨油听了我这句话，就像我吃红薯被噎住了似的。他绝对没有料到，我的手里有个撒手锏。

真没想到，张磨油扑哧一声，竟然笑了。

这个老地主心理素质真好。他遇事不慌，冷静沉着，反倒笑得我一头雾水。

最后，我两个达成一项交易：有醋柿子时，他时常不断地给我醋柿子吃。没有醋柿子时，就给我醋喝。他厮跟马狗头媳妇的事，要我替他永远保密。

他厮跟马狗头媳妇，与我有啥关系？

我这人没啥追求，有几个醋柿子吃有几口醋喝就是我最大的心愿。

每天，张磨油照常挑着担子敲着木鱼喊着号子，走村串街喊打酱油打醋，香醋五分酱油一毛。

我时不时地去他家，吃上一两个醋柿子，喝上一小碗醋。不过去的时间变了，都是白天去，光明正大理直气壮去的。

张磨油厮跟马狗头媳妇的事，在他活着的时候，我真的是装在肚子里，让喝下的醋吃进的醋柿子把它发酵沤烂，消化得无影无踪。人做事要有底线，说话要讲信用。这是我妈对我的谆谆教导。要不是今天为了写张磨油,我还是不会说。

马狗头媳妇臀肥乳丰,活力无限,真能生养,像生产队的那头英雄的老母猪。她接二连三地生孩子,竟然生下了五个儿子两个女儿。

村里人说:"这媳妇嫁给马狗头头些年,没生出一个屁毛。这些年是咋了,生了五男两女?"

"咋了?马狗头这些年摸对路子了。"

大概只有我心里明白,这都是谁的功劳。

一直没有摸对路子的马狗头也没享几天福,"文化大革命"的第五年还是第六年,搞不清楚了,反正是在一个冬天,北风呼啸雪花飘飘,他就一命呜呼了。他们家代代人都短命。村里人说是因为坟地的风水不好。现在看来,应该是品种问题,遗传基因不好。

马狗头媳妇一人顶着一个家的天。关键是马狗头媳妇也学会了做醋,卖醋成了她家的一笔大的收入。

二十多年后,那时我早已经离开溟梁村了,一直没有再回去过。一次在西藏阿里古格王朝遗址,碰到了溟梁村的一个发小孙狗蹄。他先是在新乡造纸厂扫茅厕(方言,茅厕)、掏下水道,后来成为一个叫什么天泉公司还是天眼公司的老总,记不太清楚了。记忆犹新的是,他带着两个二十多岁如花似玉的姑娘,说一个是秘书,一个是办公室主任。这两人描眉画眼穿着暴露,活像两个小妖精。孙狗蹄说是来考察水源,想在珠穆朗玛峰脚下办一个宇宙矿泉水厂。他乡遇故知,晚上住天上人间宾馆,孙狗蹄请我喝着坦卡门①。几瓶坦卡门进肚,27%的酒精烧得他有些晕晕乎乎。他借着酒劲儿,绘声绘色地告诉了我意想不到的老地主张磨油的后半生。

马狗头媳妇带着她的儿女们长大了,正赶上了改革开放的好时代,个

---

① 坦卡门:一种极其高档的啤酒。它最先是在埃及太阳神庙的一个角落里被发现的,配方和酿造方式是剑桥大学的考古学家和埃及学家们,从苏格兰、纽加塞尔和爱丁堡找到了一些酿酒的专家研究复原,最终在剑桥大学实验室中又让这种啤酒重见天日。这种啤酒现在全世界生产销量有限,每一瓶都有编号,一瓶出厂价50多美元。

个都有出息了。大儿子在村里先开造醋厂又到县城开榨油厂，后来到濮阳中原油田开公司倒腾石油，当上了省城一个石油集团公司的副董事长。二儿子在郑州广州香港倒腾铁棍山药牛膝菊花地黄，后来在莫斯科开中药铺，买了一栋楼，娶了一堆媳妇，生了一群儿孙。马狗头媳妇去莫斯科住了半年，回来说妈那×，总共有多少个孙子孙女，全是一帮小杂毛，到底也没弄清楚。老三搞房地产，在溟梁村借新农村建设为名，拆盖了半条街的房子院落。唯独留下了那座老宅院。说是从小住惯了，那院风水好，打这里发的家，留着当文物，教育子孙后代。老四在广州搞贸易进出口。老五在部队当团长。大女儿在英国读博士。二女儿大学毕业后在深圳工作。

马狗头媳妇住惯了老式的砖墙瓦房土屋地。半条街的产业，空荡荡的老宅院，就剩下了马狗头媳妇一个人，孤零零的。她像一只被吸干了营养的老母狗，身架猥琐，皮松肉散，两个猪尿泡一样大的乳房，像晒干的瘪茄子耷拉在胸前。只是那两只狐媚溜眼，依然水波闪动，透露出当年的风采。马狗头媳妇也去儿女们那儿住过，但住的时间都不长，说："不习惯，住哪儿也没有住自己家随势儿，舒坦。"

张磨油地主帽子也摘了，酱油醋早已不卖了。他年近八十，说话声如洪钟，行走脚步带风，身子板依然硬朗。这大概和他年轻时做醋喝醋走村串街卖酱油卖醋有关吧。

一天，马狗头媳妇对张磨油说："到俺家过吧。"

张磨油真的去了，一句客气话也没说。村里人风言风语，张磨油躺在那张雕花大红木床上，马狗头媳妇给他洗脸擦背、捶腿捏脚，温顺得像个老丫鬟。

马狗头媳妇说："以后就住俺家吧，我天天伺候你。"

张磨油说："恁家？这原本就是俺家。"

## 4　爷儿们

爷儿们，是豫西北农村男人们见面时的称呼。这些爷儿们之间，大都没有血亲关系，或是血亲关系远的。无论长辈见了晚辈，晚辈见了长辈，还是同辈之间，甚至是互不相识，只要迎头碰上，张口就是："爷儿们！"也有自称爷儿们："咱爷儿们""爷儿们我"。当然，对那些敢于担当的男人，也称："那爷儿们""这爷儿们""是个爷儿们"等。这一俗称起源于何时，不得而知。据说，近几十年来，村里已很少再听见了。爷儿们呢？

这里说我小时候，我们村的两爷儿们。也许，看了有人会说：嗨！这哪是两爷儿们啊……

### 马四爷

"老标，把那幅'大跃进'千里马的画，画在我家这后檐墙上。"

"爷儿们，恁好那砖墙，用泥一抹不成土墙了吗？"

"操，我让你弄你就弄，哪那么多废话？"

王老标细眯着的两只小眼睛看着马四爷，没再吭声，只是咂了咂嘴，用袖头杠了杠流出的两行清水鼻涕，领命而去了。王老标小时候上过几天私塾，新中国成立前在县城当过师爷，摆摊帮人写诉状、分单等。别看王老标眼睛小，却写得一手好毛笔字。字画同源，他也画画。很快，王老标用泥巴把马四爷家的街屋后檐墙糊上，黄粑粑一片。接着，又涂上一层白灰，白得刺眼，像一道挺尸棚的围挡。有人背后骂："操，这爷儿们，真可惜了这好砖瓦房！"

马四爷家，在村里那条东西走向的主街上，路北。他家的那座街屋是溴梁村里最好的房子。临大街的后檐墙，是用青石条铺的地基，三层。地基上的墙全是青砖，一砖垒到屋檐下，支撑五脊六兽铺满青瓦的屋顶。那气派，周围十里八庄很少有。20世纪五六十年代的豫西北农村，草房土墙居多，矮矮的，或是临街，或是羞羞答答地散落杂树中间。稍微富裕一点的人家，盖房时也只是用青砖铺上三五层地基，上面全用的土坯。不过知道底细的人说，这里原本不是马四爷的家。马四爷的家在村东头，溴河故道边上，没有院儿，祖上只留下两间薄瓦房，弟兄五个分家，每人只分了几十道瓦垄。这座房子是马四爷土改时分的。那时，这爷儿们年轻气盛，斗地主、打恶霸、搞土改，事事冲在前面，分得了全村最好的房子，还当上了民兵队长。搞互助组、合作社、人民公社，这爷儿们不减当年勇，依然是风风火火的，两只耳朵上挂着大雷炮光着膀子驾辕拉马车，冬天裼脊梁（方言，光着上身之意）穿裤头嘴里唱着"火红的太阳当空照"跳进结着冰的河道里清淤泥，敢说敢干，后来当上了八小队队长。

几天后，墙面干了，王老标挥笔抹墨，把那幅"大跃进"千里马的画画在上面。最左上角的天上，画着一轮太阳，火红火红的，比烙馍的鏊还大，放射着万道金光。画面的正中间，是一匹千里马。那马厉害，昂着首挺着胸，长有一双巨大的翅膀，展翅翱翔，四蹄腾空，斜着向太阳直飞过去。飞马上骑有一个人，肩上扛着一面红旗，上写着"'大跃进'万岁！"画的右下角，快接近地面，是一头老母猪。老母猪身体肥大，四蹄短粗，肚皮几乎拖着地，看样子行走得很慢。据说这是头荷兰的猪。为啥叫荷兰的猪？荷兰在哪儿？都不知道。后来有人猜过味来，说大概是谐音，寓意为"可懒的猪"吧？这幅画最吸引人眼球的是，那头猪的后屁股被一个人的双腿紧紧夹着,那人用双手抓着猪的双耳,嘴里喊着"慢点走!慢点走!"这个人,当时被象征为暮气分子,意思为落后分子。大小会上,驻村工作组组长老靳喊"扫暮气",就是指扫这些人。当时的农村,这种画非常普遍,村村都有,都画在最显眼醒目的地方。

问题就出在这头猪上。

这幅画画好了没几天,不知是谁,一定是在夜里,狗在睡觉鸡还没醒来麻雀也没有开始喳喳喳吵窝的时候,在那骑猪的人身上写上了三个字:马四爷。这一来,全村立刻炸开了锅。发现时正吃午饭,很多人端着饭碗,在老槐树下议论纷纷:

"爷儿们,净瞎整!这人咋会是马队长哩?"

"马四爷,该是那骑飞马扛红旗的。"

"说的是啊,爷儿们!"

"操,谁敢这势乱弄?这爷儿们的胆子也太大了!"

把马四爷说成是骑老母猪的暮气分子,那可真是冤枉了马四爷,天大的冤枉。马四爷是啥人,谁人不知啊?远的不说,单就眼前,那是全公社的积极分子!从开办大食堂一开始,到各家各户搜粮食、砸锅鏊、搬桌椅、大炼钢铁,到创建亩产万斤粮,哪一次马四爷不是走在最前面?最出彩的还不是这些。让这爷儿们在全公社、全县扬了大名的,就是他敢想敢干敢创新,在八小队建立了三个大家庭。一个叫社会主义儿童大家庭。队里所有的孩子,都集中在这个大院里,白天上学,晚上住在大院,不准回家。孩子一律不准姓自己爹的姓,全都姓社,社土改、社援朝、社新生。二个叫社会主义妇女大家庭。全队的女社员,白天在地里干活,收工回来在大食堂吃完饭,一律不能回家,全住在这个大院里。最后一个大院在村西北角,离村一百多米远,偏僻一些,门口挂着木牌:社会主义男人大家庭。这里原来是座庙,和尚们早就没影儿了,全住的男社员。这三个大家庭各自独立,门口派专人把守,不住这大家庭的人不能随便出入。马四爷立下规矩:有敢不听规矩的,不仅停止在食堂吃饭,还要开会批判他。你想想，这时间一长，谁能受得了？社员们心里有气，但又不敢说，便私下里撺掇郑天魁：

"爷儿们，能不能去找马老四，说说？"

郑天魁是什么人？革命伤残军人。他参加过淮海战役、渡江战役、解放南京和攻克上海，在大西南灭过土匪。他常说，想当年为解放全中国，为让老百姓过上好日子，看爷儿们这右胸肩胛下，这疤痕，淮海战役冲锋时中了一枪。再看爷儿们这只手，大拇指和食指没了，是在大西南灭土匪时被打掉的。打过仗的男人脾气一般都暴，郑天魁的脾气也暴，不过，这爷儿们毕竟是枪林弹雨走南闯北见过世面的人，脾气暴归暴，说出的话却也常常站在理上。郑天魁二话没说，去找到马老四："嗨，爷儿们，你看你弄这，大人孩子有家不能回，男人和媳妇不能同居，爹妈和孩子不能住一起，算啥？"

马四爷翻开眼皮看看郑天魁，咋？对爷儿们这创新有意见？他打内心深处也看不起郑天魁，不甩他。多年来，马四爷一直捧着积极分子的甜果子吃，满嘴流香斗志正旺着。你郑天魁除了打过仗，有伤残，好咋呼，还会啥？操！他理直气壮地对郑天魁说："爷儿们，啥叫有家不能回？共产主义是啥？革命大家庭。这你不懂？咹！搞共产主义，就是不要小家庭，都过大家庭。我们现在不仅吃大食堂，老少爷们聚在一起，吃一锅饭，还要住在一起，在一个大家庭里，这是跑步先进到了共产主义。男人和媳妇不能同居，你就不活了？爷儿们，你当年打仗，枪响得跟爆炒豆似的，枪子儿跟蝗虫一样呼呼乱飞，你和谁同居过？咹！"

当当当一顿呛，这爷儿们，把郑天魁噎得瞪眼儿半天说不出话来。

出风波的当天晚上，天上布满星，月牙亮晶晶，八小队里开大会。男、女两个大家庭的全体成员，被集中起来，大食堂院子里，黑压压坐了一地人。那张老旧的八仙桌上，放着一盏汽灯，发着昏黄的光。驻村工作组长老靳也来了，他是县上派下来的，溟梁村一号人物，掌管着村里的一切。这老靳山西人，个子不高，一头硬短发，不会笑，一天到晚板着脸。

他端坐在八仙桌前的柳圈椅上,表情威严,满脸煞气,像一尊黑煞神,两只眼睛时而看看半死不活的汽灯,时而看看黑压压的一地人,一言不发。马四爷赶紧的,往汽灯底座的油壶里酷嗤酷嗤打气,气足了,那灯头腾地蹿了一寸多高,灯光亮了不少。马四爷走过去,贴在老靳耳边轻轻问:

"老靳,开始吧?"

老靳没有吭声,微微点了点头。马四爷挺直起身来,双手叉腰,对着社员们喊道:

"爷儿们,妇女社员们,今夜开大会,就是要弄清一个事,是谁,在那个骑老母猪的人身上,写上了我那名字的?唉!说出来就散会,谁写的?"

天上的星星们高远冰冷,都眨着疑惑的眼睛。满院子里无人吭声,安静极了。"一开始就弄成这样,啥意思?"马四爷有点生气了:

"妈的,当年你们斗地主、打恶霸、揭发汉奸的劲头都哪去了?"

"操,敢写还不敢承认?写时当英雄现在变狗熊了,谁写的?说!"

满院子还是没人吭声。屋檐下的几只麻雀受到惊吓,翅膀一扑棱,向着夜空,仓皇地飞走了。

老靳站起来了,突然啪的一拍桌子,用浓重的山西温县腔严厉地说:

"马队长是啥人,大家不会不知道吧?他要是骑上老母猪,成了落后分子、暮气分子,那我们工作组来村里是干啥的?污蔑马队长,就是污蔑工作组;污蔑工作组,就是污蔑'大跃进';污蔑'大跃进',就是污蔑社会主义,你们知不知道?既然敢写,当了英雄,就不要再当狗熊。一人做事一人担当,不要连累大家。谁写的,快说!"

夜幕下的食堂大院,空气像凝固了似的,更加寂静,寂静得让人害怕。

老靳顿时感到自己的权威受到了冷落。这种冷落其实就是挑战,挑战就是对抗。这么多人敢用无声来对抗他这个工作组长,那以后他在这个村里还咋待?轰轰烈烈的"大跃进"高潮还咋掀得起来?老靳生气了,他把手一挥，说：

"找不出人来，一夜不散会。基干民兵，去把大门口看好，谁也不许出去！"

从黑影里跑出一个人来，个子高脑袋小，眉目不清精瘦如猴，在老靳面前弓着腰站了一下，点点头，一声不吭地提着步枪，招呼上几个民兵，去守住了大门。哦，这爷儿们，是民兵队长马哒哒。

夜，越来越深了。天，也越来越凉了。一开始，好像还有人在低声议论，嘀咕些啥听不清楚。后来，就没有说话声了。再往后，听见呼噜呼噜响。有人竟打起呼噜来了，而且呼噜声越来越多、越来越大。

"妈那个×！找不出人来还想睡觉？唉！"

马四爷气愤地骂着，跑进屋里，转眼间掇出一杆铳枪来。那铳枪平时根本不用，只是在过春节、过元宵节，村里耍老虎时在人多拥挤的地方打场用，还有就是黄河发大水，大堤决口、垮塌有危险召集村民们紧急动员去抢险时用。谁都没想到这爷儿们，现在竟动用起铳枪来。马四爷在那铳枪里装上火药，用火香一点，轰的一声炸响，一道火光冲向夜空，火星四散开来。

人们立刻惊醒起来。半个村子的鸟们也受到惊吓，哀号着，逃命般地向村外飞去。

大院里的人们骚动起来了，有人从睡梦中惊醒过来，迷迷糊糊地乱问：

"这是干啥？"

"半夜三更的，耍老虎？"

"黄河大堤又决口了？"

很多人还没有明白是咋回事，就看见马四爷一边往铳里装火药，一边骂道：

"没人说？没人说我还点，唉！让你们睡？睡个×！"

社员们终于明白了。不过，他们都愣在那儿，瞪着眼看，没人敢上前去劝说老马。操，这爷儿们是不是疯了？有几个人嘀咕一会儿，又搬出了郑天魁，让他去说。郑天魁站起身来，走过去对马四爷说：

"爷儿们，别这势办，谁要是知道了，还能不说？"

马四爷两眼直勾勾地瞪着他，瞪了半天，没吭声。不知道他是根本不想回答，还是不知道该回答啥。郑天魁又说："爷儿们，那墙上画个那，能当真？谁不知道你是个老先进，天天骑着飞马往前跑？"

"妈那个×，你不要以为自己打过仗，有功劳，就处处和我顶，咳！我当年斗地主、打恶霸、搞土改也有功劳。你说，是不是你写的？咳！你要是个爷儿们就说，你说！"

马四爷大概是憋了一肚子的火，想撒没找到地方，正好，你郑天魁竟自己找上门来了，爷儿们不吃你那一套。马四爷不再理郑天魁，晃着手里的铳枪：

"没人承认，我还点！"

院里的人们又乱嚷嚷起来。劳累了一天的社员们，浑身酸懒，眼睛都不想睁，明天还得剜地、拉耙、担茅粪，你老靳、马四爷光会用嘴喊"大跃进"，又不下地干活。谁能经得起这样折腾？社员们心里骂，憋屈，可又不敢出声。你想想，连郑天魁这爷儿们他都不甩，谁还能劝住他？没料到，郑天魁也火了，他梗直了脖子，和马四爷脸对脸站着，像一对掐架往死里打的公鸡，嘴里喊："爷儿们，你他×的再点，就对着我点，让别的爷儿们先走。大伙累了一天，先回家睡觉，明天还得干活。爷儿们在战场上，啥枪啥炮没见过？就你这杆烂铳，瞎！"

"对你点就对你点！你反对开揭发大会，肯定就是你写的。爷儿们，你到底招还是不招？咳！"

马四爷提着铳，把铳尖扎在地上，把装满药的铳眼儿直对着郑天魁。

郑天魁毫不惧怕，他嚓啦一声撕开衣服，拍打着留有伤疤的胸脯，顶着马四爷那铳眼儿，喊道：

"你点，你点，不点你是龟孙子，爷儿们！"

马四爷被顶到了墙死角，恼羞成怒，他用嘴吹了吹火香，做出来要点铳的架势。

这还了得？生生要出人命，人们慌了。有人赶紧去拉郑天魁，有人去劝说马四爷，也有人去求老靳。在这人命关天的紧要关头，老靳的态度很重要。就连马四爷，也不时地用眼睛偷着瞟老靳。老靳满脸凶气，站起身来，两腿一趔一趔地走到郑天魁面前，说：

"郑天魁，你不要以为你受过伤，有战功，就想破坏'大跃进'，比你打仗多、受伤多、功劳多的人有的是。我三八年就参加革命，啥仗没打过？啥奖没得过？身上的伤绝不比你少，你狂个啥？当年为了解放你们这县城，老子差一点没把命贴上。"看来老靳也急了，想压郑天魁，"你要不就说出是谁写的，要不就坐回去，别吭声。"

老靳既然亮明了态度，马四爷就更加有恃无恐。他用嘴又吹吹火香，看样子真的要去点铳。有几个人赶紧劝拉着郑天魁：

"爷儿们，算球了吧，不是你写的就算球了，何必拿命去较劲儿？"

"天魁，打仗枪子都没要你那命，这，让耍老虎斗狮子的铳枪把命给要了，不值得，爷儿们，走吧，走吧！"

郑天魁这爷儿们，犟得像撞死在南山也不肯回头的牛，梗着脖子毫不退缩："我还非要较这个劲儿。不能因为那骑母猪的人写有你那名，你就折腾全队人不能安生。爷儿们，你点，你点，不点你是孙子，我要眨一下眼儿是你孙子！"

这不是火上浇油硬在拱火儿吗？一时间，会场上剑拔弩张，不是你死就是我活，眼看着要出大事。正在这时，突然有人说：

"马队长，那是我写的！"

顿时，人们静了下来，死一般的静。回头一看，是郑三茂，郑天魁的儿子。郑三茂的话让全大院的人深感震惊。操！这熊孩子，你咋能承认是你写的？你这不是找死吗？为救你爹，也不能自己去送死啊？你才多大？十二三岁，还是个孩子。这郑三茂真是他爹的儿，毫不惧怕，毫不退缩，

犟得像头小驴,对着老马说:

"我问你,那个骑老母猪的人敢说不是你?"

马四爷听了这句话,大惊失色,立刻愣住了。

"要不要我把那事,给老少爷们儿说说?"

马四爷的嘴张了几张,没发出声来。

"那,我可说了!"

谁也没有想到,马四爷把铳枪往地下一扔,赶紧说:

"小爷儿们,三茂侄,不说,不说,啥也不说了,咹!"他又转过身去对老靳说,"老靳,散会吧,散会吧?"

郑天魁懵了。

老靳也懵了。

全院的人都懵了。

这到底是咋回事?片刻过去,郑天魁对儿子说:

"你说,咋回事?"

"爷儿们不说了,不说了,天魁哥,爷儿们,听你的,散会了,散会了!都回家睡觉吧,咹!明天还得干活哩。"

马四爷软得像一堆稀泥,顺溜得像个孙子,对着郑天魁直抱拳作揖。

"不行!得说清楚。"

郑天魁横气不减,不依不饶,他转身质问郑三茂:

"你说不说?"

郑三茂看看他爹,看看马四爷。看看马四爷,又看看他爹,张着嘴,说不出话来。郑天魁抡起胳膊,扇了郑三茂一个大嘴巴,骂道:

"妈那×,你说不说?不说我还扇你!"

郑三茂用手捂着脸,带着哭腔说:"大前天夜里,我路过生产队猪圈,听见猪乱叫唤,仔细一看,见马四爷,正骑着一头猪在弄。我后来看那画上画的,怪像他那天夜里的样子,就……"

你就看吧,满院子的人更加喧闹起来了。有人喊叫,有人拍手,有人跺脚，有人又喊叫又拍手又跺脚，大院里像一口杀猪的大锅，一大锅的开水哗哗地沸腾着，准备把一刀放倒的猪身上的毛退掉。只见郑天魁捡起马四爷扔在地上的那杆铳枪，夺过马四爷手里的火香，对着天上"轰"的点了一铳。

那爆炸声在寂静的深夜，显得很响，传得很远很远。

全村的老百姓都惊动了。人们纷纷穿衣起床，往八小队开会的地方跑，一边跑一边互相问：

"爷儿们，八小队这是咋了？"

"这深更半夜的不睡觉，又喊又叫又点铳的，到底是要干啥？"

"马四爷这爷儿们，是不是真疯了！"

这一夜折腾的，全村鸡飞狗跳踢天闹活龙似的。

第二天一大早，老靳就来到八小队马房院。他虎着脸，样子很疲惫，像是没睡醒，也可能一夜根本没睡，他让饲养员老谭去叫来了马老四。

马老四更是一夜未眠，黎明时才刚刚迷糊着。忽听说是老靳叫，浑身打了个激灵，赶紧起床，手和脸都没来得及洗，犹如要求取救命草一样地就匆匆赶来了。他看到老靳，用手使劲揉搓着惺忪的眼，想看清他自己的命运。他人都还没站稳，就听老靳呵责道：

"老四，立即把你那三个大家庭给我解散，立即解散，今天就解散！男女老少，统统回自己家去住！"

老靳说完，转身走了，气哼哼的，连头也没回。马老四像根拴马桩一样立在那，一动没动。牲口房里，传出来两声牛叫，"哞——哞——"送走了老靳。

太阳从东边已经冒出了地面，霞光万道，欢快，灿烂，辉煌。树林里，麻雀、黄鹂鸟、喜鹊们开始欢天喜地地飞翔，它们自由自在，有的展开歌喉唱着。老靳一边走，一边嘴里骂骂咧咧的：

"他×的，小的没人管，老的瞎整，什么鸟大家庭……"

## 林八爷

林八爷这爷儿们，在溟梁村也是独有。他无儿无女，老伴死得又早，孤身一人，成为生产队里的五保户，就是保吃、保穿、保住、保医和保葬。没料到六十三岁那年，林八爷被生产队委任了一个职位：护秋员。

护秋员，就是看护秋庄稼的。

20世纪50年代末60年代初，农村一切财产都归公，家里的锅都砸碎了，送去街上用土坯垒砌的小高炉大炼钢铁，家家不准生火，户户不准冒烟，男女老少全都吃大食堂。吃大食堂热闹，一二百号人在食堂大院里坐了一地，又吃又喝有说有笑，男女老少一起聚餐像个大家庭。不料时间不长，赶上了三年困难时期，吃饭开始定量，没有干的，粥稀得照得见人影。人们饿极了，就偷吃生产队地里的庄稼。麦子熟了，路过麦地，顺手捋一把麦籽，两手一搓，吹去麦壳，把麦粒砍进嘴里胡乱一嚼就咽进肚去。红薯还没长大，有人就拨开红薯秧，在红薯棵周围狠狠地踩上几脚，从松虚的土里摘出来一个，然后再把土埋好。秋天是收获的季节，玉米、芝麻、黄豆、绿豆、萝卜、茄子、白菜等，都有人偷。偷的人也讲究，不偷本队的，专偷外队的；不偷本村的，专偷外村的。队与队之间，村与村之间，盗贼遍野，互偷成风。驻队工作组长老靳，气得在社员大会上骂：

"这些人，哪儿还有一点社会主义新社员的味道？和过去的土匪强盗有啥两样？"

"要不把基干民兵组织起来护秋？"八小队长马四爷，建议老靳。

"那生产队地里的活儿谁干？"老靳说，"这样吧，每个小队选一个人，提着锣在地里转悠，发现有偷的，就当当当筛锣，基干民兵听见锣响就跑去抓。"

"这一招俺们都会，老靳。"马四爷把一口唾沫咽进了肚子，说，"过去抗日战争时，老日本一进村，村里民兵就是这么干的，当当当筛锣，乡亲们一听见锣响，就赶紧躲。"

"你瞎扯个啥？那是抗日，这是护秋。那是对付日本鬼子，这是逮那些思想觉悟低的社员，别瞎胡扯！"老靳严肃地说，"这也是上面的精神。还是推选一个护秋员吧。"

"我去！我去！"

"我去当护秋员！"

"爷儿们，选我！选我！"

老靳话一出口，很多人齐刷刷地举着手，指头伸开着朝天，像是抢天上掉下来的蒸馍、烧饼、红薯、窝窝头。

社员们都心知肚明，护秋不仅是一项轻活，但不能说出口的是，借着护秋还可以偷些东西吃，方便。因此，八队争着当护秋员的人很多。选来选去，吵吵嚷嚷的，意见分散定不下人来。郑天魁站了起来，说：

"爷儿们，我提议，林八爷当护秋员，咋样？"

社员们立刻鸦雀无声。郑天魁这爷儿们，队里很多事只要他一亮明态度，很少有人敢和他顶撞。队长马四爷有点不甩他，也可能心里已有人选，说：

"爷儿们，你胡选哩，哎？就林老八那熊样，软得像个空柿，偷秋人还不一口把他吃了？"

"爷儿们，话不能这么说。林八爷年纪大了，干不了重活，需要照顾。再说，林老八孤身一人，能以地为家，一人吃饱全家不饿，不会往家偷东西。爷儿们都说说，咱八小队，还有谁比林老八更合适？"

郑天魁把理由一说，大多数人都举手同意。

确实，林八爷性情温和，是队里最弱势的一个人。不知道是他自己觉得无依无靠，无人壮胆，还是天生这样，总是一副见谁都笑的脸，谦恭卑琐唯唯诺诺，说话柔风细雨，从来没大声过。

林八爷上任后，每天手提着锣拿着槌，举着旱烟袋放在嘴里，一边走一边吐着烟雾，在庄稼地和田间小道上穿行。玉米穗刚刚灌浆，就有人偷掰。各个小队的玉米地,不时听见有锣声响。唯有八队,十多天过去了,风平浪静,没听见一声锣响。老靳是个很会抓典型的人,在全村大会上表扬了八队,表扬了林八爷。老靳还说:

"玉米是大面积种植的秋作物,越来越熟了,偷的人就会越来越多,护秋员就越是要精心看护。从今往后,各小队的护秋员要白天夜里都守在地里,送饭,再拿上块油布,困了草地上一滚,风雨无阻,决不能再被偷一穗玉米、一块红薯。哪个小队,凡是偷玉米五穗以上、红薯五块以上的,护秋员不仅要停饭两天,还要开大会批斗。"

秋天的太阳像一团火球挂在天上,喷放出的气浪灼人,烤着玉米地。玉米穗子在烈日下暴晒,一天比一天鼓胀,一天比一天坚硬。果然不出老靳所料,偷的人多了。老靳嘴里直骂娘,两眼冒着疑心四处巡视,见谁都像贼。走起路来两条腿一趔一趔的,像是要去抓贼。老靳快疯了,这爷儿们,纯粹是被气的。大队广播室播音员王二昵,通过架在那棵老榆树上的大喇叭,不断地广播着"四川少年英雄刘文学"的光辉事迹。刘文学是四川的一位少先队员。他发现一个地主在偷生产队的海椒,为了保护海椒,奋不顾身和地主搏斗,献出了自己年幼的生命,被树立为全国少年英雄。老靳号召全村社员向小英雄刘文学学习,人人争当护秋模范。大喇叭里,不止一次地听见老靳在喊:

"广大贫下中农同志们,刘文学还是个孩子,可他为了保护生产队的海椒不被偷,命都不要了,这是啥精神?共产主义的牺牲精神!村里那些偷生产队玉米的人,学学英雄,比比自己,你们可耻不可耻?从今天开始,白天查,晚上播,要播各生产小队偷玉米的数,被偷最多的前两名,护秋员要停饭两天,把嘴吊起来,把贼偷走的粮食省回来!"

村子里一片寂静,连一声鸟叫都没有,只听见老靳的声音,一波一浪地在村里荡漾。

平原地区的村庄都相隔不远,大喇叭声波荡漾,把老靳的喊叫,一直传到周围的村庄。周围村里也有大喇叭,他们的喇叭声,也能荡漾到溟梁村来。可以说村村喇叭响，处处护秋声。

几天后的一个晚上，突然召开全村社员大会。大队院子中间的空地上，坐着全村几百口社员，都是各家各户当家主事的。长条几上，放着两盏汽灯，打足了气，灯头气呼呼地亮着。雪亮的灯光，映照着老靳那张威严可怕的脸。有很多社员，都坐在黑暗处。老靳这人，祖籍山西，打仗出身，嘴里从不讲爷儿们。他个子不高，面皮黝黑，满头短发，除了行走有些不便，一条腿一趔一趔外，一张标准的山西男人的脸。突出特点是嗓门大，说话压茬儿。老靳喊：

"把王茅池带上来！"

老靳后面的大队屋里，走出来一个人，是王茅池，六十多岁，三小队的护秋员。他佝偻着背，两只干枯的手交缠在一起，放在小肚子前。瘦削的脸上贴着一层皮，两只眼窝深陷，看不出脸上啥神情。他后面，跟着民兵队长马哒哒。马哒哒推搡着他，推搡他到社员们面前，又扒拉他转过身来，脸对着老靳，屁股对着群众。老靳问：

"这几天，三小队的玉米、红薯被偷得最多，连续两次，排在全村的最前面。王茅池我问你，你这护秋员是咋当的？"

王茅池耷拉着脑袋，灯光照着他发黄的脸，他一言不发，像一只被牵进屠宰场任由宰杀的羊。

老靳又讲了很多话，非常严厉。社员们都鸦雀无声。最后，老靳扫了一眼夜幕下的会场，厉声说：

"从今往后，要是再发现三小队有偷秋的，就撤换三小队队长。"

老靳话音没落，噌地蹿上来一个人，照着王茅池的脸，噼噼啪啪扇了好几个耳巴，嘴里骂道：

"操，爷儿们，靳组长问得多好啊，你这个护秋员，是咋当的？你是不是监守自盗啊？我宣布，三小队护秋员换人，现在就换，王茅池停饭三天，按靳组长规定的办，把嘴吊起来！"

原来，是三小队长王黑粥，二十多岁，个子不高，短粗，眼睛小，眉毛恶，胡子硬，外号小日本。有人私下里嚼舌头，说老日本侵占这里时，有一次进村扫荡，糟蹋了他娘，留下了他。

"小日本"王黑粥的言行，惊呆了所有在会场的人。王茅池是王黑粥的本家爷，近着哩，还没有出五服，岁数比王黑粥他爹都大八九岁。一时间，各小队队长、小队的社员和护秋员，都心情沉重，精神高度紧张。

林八爷为了保住八队和自己的好名声，操心尽责。白天，他顶着烈日暴晒，在玉米地不停地巡查，一天三顿饭让人送到地里吃，浑身上下布满了被玉米叶子拉出的一道道口子。晚上，林八爷顶着满天星辰，依然在玉米地不停地巡查。累了，就躺在沟边、坟头、青草上迷糊一会儿，爬起来继续巡查。

老靳和马四爷也很辛苦，白天夜里到处跑，紧着检查。每次检查，都发现林八爷像个忠于职守的哨兵，守护在玉米地里。也怪，看得这么紧，有时白天有时晚上，还是能听见筛锣声，却从来没有看见被抓到的贼。有人猜测，说不定是护秋员自己偷的，偷完了吃进肚子再筛锣，你抓个屁？这完全有可能。你老靳再厉害，总不能把肚子扒开检查吧？不过，唯有林八爷的锣从来没有响过，唯有八队的玉米从来没有被偷过。老靳是个很会抓工作，善于运用典型引路的人。他说：

"林老八是个尽职尽责的护秋员，树他为全村的护秋模范，大力宣传。"

林八爷胸前戴着大红花，手里捧着老靳奖励给的一个红薯面窝窝头，骑在生产队里那头半死不活的老驴背上，在村里前、后街游走。"小日本"王黑粥、马哒哒、狗旺们，带着几个青年积极分子，在老驴前面"当当当"地筛着锣，"通通通"地点着铳，喊：

"向模范护秋员林老八爷儿们学习！"

"向林老八爷儿们致敬！"

游完村，林八爷从驴背上下来，一群孩子围上去，七嘴八舌地喊：

"爷爷，我饿！"

"爷爷，给我一点窝窝头吃吧！"

"爷爷，我也饿！"

面黄肌瘦的孩子们围着林八爷，个个像饿极了的小狼，眼巴巴地看着他。林八爷心里一阵酸楚，他没有丝毫的犹豫，把老靳奖励给自己的那个窝窝头分给了孩子们。

地里的玉米马上就要成熟了，穗子个个长得饱盈盈，高兴得咧开了嘴儿，吐着胡须直笑。谷子黄澄澄的，高粱也红了。村里到处能听见嚓嚓嚓的磨镰声。大豆、绿豆、芝麻等，都在等着人们去收割。这关节眼儿上，护秋的任务更重。上边要树立护秋员先进模范。老靳把林八爷推荐到公社，公社又推荐到县里，林八爷很快就被公社、县里树为"护秋模范"，天天在村里、公社和县的广播里宣传。听着宣传，村里人私下见面也有杂音：

"爷儿们，看来这……这东西……是不是多了？"

"哈哈……可能是不少，爷儿们。"

"我说哩，这天天的，咋老是播林老八！"

这爷儿们林八爷，没想到突然遇到了大事。一天上午，他巡查到北河洼玉米地。那块地离村庄和大路远，偏僻一些。尤其是那块地的老坟很多，三五个一群，十几个一片，坟头也很大，坟间的野草、杂树疯长，还有一些猪獾、狐狸、黄鼠狼等野生动物出没。人们都说，那地方阴气很重，冬天的夜晚看见有鬼火游动，说是鬼们饿极了，提着灯从那里出来四处弄吃的，听着瘆人。因此，平时很少有人敢到那儿去。林八爷平时也很少到那儿巡查。突然，他看见地上有一些杂乱的脚印。有人跑到这里来偷玉米？林八爷的心咚咚咚地跳快了。他站稳步，揉揉眼，定了定神，再看看那玉米，一棵一棵的，随着微风在轻轻地摆动。噢，玉米穗子都还长在那儿。林八爷的心这才平静下来。不过，他还是有点不放心，便紧走几步，伸手去摸玉米穗子。一捏，大吃一惊，是空的。撕开了看，真真切切，是个空壳。我的天，里面的玉米棒早已被人掰走了。

这肯定是个老贼干的。他撕开了穗子皮,掰走了棒子,又把皮儿包拢起来,看上去像没人动过似的。

林八爷慌了。他心急火燎地捏了捏周围的玉米穗,有几十棵全被偷了。他倒吸几口凉气,一屁股瘫坐在地上。他想哭,可哭不出声来。他想骂,也不知该骂谁。他想筛锣,锣和槌早不知扔到哪去了。这,要是被老靳和马队长知道了,还不被剥层皮?这到底是谁偷的?

林八爷慢慢冷静下来,他觉得,只有抓住偷玉米的人,才好给老靳他们有个交代。这么多棵玉米被偷,肯定不是一次干的,贼肯定还会来的,一定要抓住他。

林八爷两腿发软,眼前发黑,他跌跌撞撞地离开这个地方,躲到了不远的刘家坟。刘家坟有十几个坟头,长满了半人高的灌木、野草,两棵三四丈高的古柏枝叶繁茂,阴森森地长在坟地中间。林八爷不怕鬼,不怕坟,有两三个坟里埋着的人,活着的时候他都认识,见了面张口就叫爷儿们。他趴在一个坟头上,用两只昏花的老眼死盯着玉米被偷的地方。天正中午,头上骄阳似火,炙烤着,林八爷不觉得热。饭没吃,也不觉得饿。太阳偏西了。夜幕上来了。贼亮的星星们已挂满了天空,不停地眨着眼睛,好像在嘲笑他。林八爷在耐心地等。一直到后半夜,也一直没有任何响动。难道贼不来了?这抓不住贼,咋给老靳、马老四交代?林八爷的脑子里,闪现出老靳那张威严的脸,王黑粥扇王茅池耳光的凶相,还有队长马老四、自己骑着老驴在游村……

林八爷的胸口,像堵着一团玉米缨,乱糟糟的,撕拽不开,吐不出来,也咽不下去,憋得难受。

秋天的夜晚,凉气从地下慢慢生起来了。秋虫们大概是知道好日子不长了,在长一声短一声地拼命叫唤,听上去很凄凉,很无奈,很悲伤。林八爷觉得身上有点发冷。他抬起头,看着东方的天,启明星已经升起来了,天快要亮了。看来这贼,是不会来了。林八爷也有些累,发困,想睡。毕竟是六十多岁的人了,哪经得起这样折腾?林八爷刚闭上眼,好像听见有玉米叶子的响声。他警觉起来，睁大了眼睛，仔细听。没错，沙啦沙啦的，接着是咔嚓声。有人在偷玉米，绝对没错。林八爷爬起身来，蹑手蹑脚地向有响声的地方走去。

哦，是个小女孩，有八九岁。

那小女孩发现突然站在面前的老爷爷，她没有哭，也没有跑，扑通一声跪在林八爷面前，轻声说：

"爷爷，饶了我吧，我就偷这一次，以后再也不敢偷了。"

眼前的情景，反倒让林八爷镇静下来了。他慢慢地蹲下身子，慈祥地看着夜色中的小女孩。小女孩很瘦小，仿佛一阵风就能吹倒似的，瞪着一双大眼看他，露出的目光是惊恐，是哀求，是可怜。小女孩说：

"爷爷，我爹爹得了浮肿病，去年冬天死了。妈妈……也快要……死了。听村里有人说，后半夜到刘家坟能掰到玉米吃，那里长有两棵大柏树，好认。我想给妈妈掰两个吃，我不想妈妈死，妈妈死了，就没有人管我了。"小女孩说着，又趴在地上不停地给林八爷磕头，不停地央求，"爷爷，饶我这一次吧，爷爷，我以后再也不敢了。"

林八爷仰望着夜空，浩瀚深邃，泛着说不清道不明的冷光。

他想起了1942年河南的那次大饥荒。蝗虫吃秋，家家断粮，人饿死无数。当年自己的独生女儿，也和眼前的小女孩一样大。因为没东西吃，女儿饿得趴在地上，一把一把地抓着土往嘴里塞。那时候，自己一个堂堂男子汉，也想过去当贼，也想去偷点东西给女儿吃。老辈人曾说，饥饿出盗贼。当贼也比饿死强。可庄稼全被蝗虫吃光了，家家没吃的，连榆树皮、观音土都被吃光了，村村都死人，哪有东西可偷啊。他仰天无泪，低头无路，最后女儿还是被活活饿死了，死在了自己的怀里。

林八爷看着眼前不停地给他磕头的小女孩，心里一阵酸楚，禁不住老泪涌流。他一把抱过小女孩，说：

"闺女，别怕，爷爷给你掰玉米，掰回去和你妈一起吃。"

林八爷心里有一种潮水在涌动，顿时觉得浑身是劲儿。他站起身来，脱下自己的大褂铺在地上，然后去掰玉米。很快，林八爷用大褂裹起一包玉米穗，夹在腋下，拉着小女孩，送她回家。

黎明前，天突然变得黑暗起来，比夜里其他时间更昏暗。林八爷问小女孩：

"闺女，知道天快亮时，为啥会有一阵变黑吗？"

"爷爷，不知道。"

"过去有个皇帝叫朱元璋，小时候家穷，没东西吃，快要饿死了。一天夜里，他和几个小伙伴偷杀了富人家的一头牛，可是没有锅煮，就又去偷了那家人的锅。等把牛肉煮熟吃完，要去送锅时，天快亮了。咋办？朱元璋指着天说：'再给我黑一次，让我把锅还回去。'朱元璋虽然偷了东西，但他是皇帝命，老天爷也得听他的，就赶紧又黑了一次。现在，天也猛地一下子变黑，那是为了好让你回家。闺女啊，你将来也是个大富大贵的人。"

小女孩听完笑了。她紧紧拉着爷爷的手，在夜色中往自己家走。

过了一条干河沟，爷爷拉她钻进庄稼地中间的一条小路，小路偏僻，很少会碰见人。没料到刚走几步，突然迎面走来一个人影，扛着一包东西。林八爷想躲已经来不及了，就只好硬着头皮走过去。在这个时间这个地方扛着东西的人，十有八九都是贼。

都是贼，谁怕谁？

当两个人头碰头时，林八爷做梦也没有想到，迎头撞上的竟然是队长马四爷。不用问，马四爷也是偷东西的，他是去偷了外村的东西。但当马四爷认出是林八爷时，低声却严厉地说：

"爷儿们，你他×的监守自盗啊？"

"爷儿们，你呢？"

林八爷不知道从哪来的勇气，反问马四爷。

"我？噢……我是去×××村，取回来被人偷走的玉米。明天……要在咱村开批斗会……这是……证据。爷儿们，你也……等着吧！"

马四爷吞吞吐吐地说完，一撅一撅地走了。

小女孩吓得抱着爷爷的腿，直想哭。林八爷说：

"闺女，别听他瞎说，他也是贼，经常偷，他偷的是你们村的玉米。"

林八爷送走小女孩回来时，天已经大亮了。

血盆一样的太阳，不怀好意地从东边的天上升起来了。夜晚的地气很快蒸发殆尽，庄稼地又变得燥热难忍。

林八爷没有像平时那样去巡查。他径直来到北河洼那块被偷的玉米地，抬脚把十多棵玉米踩翻，整出来一块空地。接着，他又到刘家坟抱来一些前几天晒干了准备回家烧火做饭的树枝和原本冬天铺垫在床上取暖的干草。然后，他把那块油布摊开在草上，坐在上面，一袋一袋地抽着旱烟。林八爷一边抽烟，一边看着周围长着的玉米。林八爷这时才发现，玉米其实已完全熟了。叶子已经干枯，秆子也变得焦黄，有的穗子已经裂开，就等着收获了。他又看看被人偷去玉米棒后留下的空壳，看看自己偷时撕开的包皮，像残败的花，一朵一朵的，挂在玉米秆上，很显眼，也很可笑。马四爷说要开他的批斗会，这些都是证据。斗就斗吧，不怕！爷儿们活到这大把年纪，啥场面没见过？

林八爷的心里，又想起了邻村那可怜的小女孩，想起了小女孩说起的她那死去的爹爹和快要死去的妈妈，想起了小女孩趴在地上不停地给自己磕头，不停地喊着爷爷让饶了她。一个多么可爱又可怜的小姑娘！林八爷又想到了1942年遭蝗灾，小女儿被活活饿死……林八爷的心如刀割，禁不住老泪纵横。他看着眼前满地的庄稼，心里愤愤不平：

这些庄稼，都是庄稼人辛辛苦苦用汗水种出来的，为啥就……

林八爷活了六十多年，这，他想不通啊！

正中午，太阳像火球在头顶上炙烤着。开饭的时间到了。吃大锅饭，生产队的男女老少，都集中在大食堂的院子里，拿着桶、盆、罐和碗筷，准备排队领饭。大喇叭里，正在播送少年英雄刘文学的英勇事迹。忽然，广播声停止了。过了片刻，大喇叭里传出了老靳的声音，清晰，洪亮，严厉：

"全村社员们请注意，全村社员们请注意，八小队护秋员林老八，昨天夜里偷玉米，监守自盗。现在我宣布：撤销他护秋模范称号，停饭两天。今天晚上，召开全村批判斗争大会，批判斗争林老八，还有八小队长马老四。每个社员务必参加！务必参加！"

老靳的声音像炸雷，在村中回荡，向四周的村庄播扬……

八队食堂大院里，没有一个人再走动，没有一个人再吭声。据后来人们讲，听完老靳的通知，全村人都像八队社员一样。有人心里在嘀咕：

"咋会是林老八这爷儿们？"

"监守自盗？这爷儿们孤身一人，盗了谁吃？"

"操！现偷现吃，直接装进肚子里，咋还能被抓着？这爷儿们太老实！"

"咋还有马老四，啥意思？"

老靳播完了，村里一片寂静。突然，听见郑天魁喊：

"着火啦！着火啦！玉米地着火啦。"

顺着郑天魁指的方向看，八队北河洼的玉米地冒着一股巨大的青烟。社员们赶紧用饭桶、饭盆灌上水，操起铁锹、铁叉等家什，往着火的玉米地跑去。

成熟的玉米，在骄阳的炙烤下，水分早已经干枯，像散开一地的柴火。火苗炽烈，向四处蔓延，吞噬着地里的玉米。玉米穗在烈火燃烧中，痛苦地发出噼噼啪啪的声响。郑天魁和社员们把大火扑灭后，在烧毁的玉米地里，发现了被烧死的林八爷。林八爷直挺挺地躺着，一地灰烬冒着丝丝青烟，像是林八爷慢慢消散升天的灵魂。不知谁说：

"爷儿们，老靳来了！"

郑天魁抬起头，看见了老靳。老靳正沿着田间小道走来，一条腿一翘一翘的，手里拉着一个八九岁的小女孩儿，看不清她的脸色。郑天魁脱下自己身上的衣服，轻轻地覆盖在林八爷的脸上。他光着上身，用那双为解放全中国在战场上举枪拼杀、为能过上好日子种了大半辈子庄稼的手，抱起了林八爷，迎着老靳走去，一步，一步，又一步。这爷儿们，脸色沉重如水，两眼含着泪花，右胸的肩胛下那块枪伤留下的疤痕，闪动着紫色的光……

老靳走近了，人们发现老靳变了，完全变了，他沉默无语，脸色阴郁着。在离林八爷还有两三步远，老靳站了下来，他两条腿并拢，对着林八爷，深深地鞠了一躬，又鞠了一躬，再鞠了一躬。那个小女孩泪流满面，扑通一声跪在地上，喊着：

"爷爷！爷爷……"

抱着林八爷遗体的郑天魁后面，是八小队的社员，他们都在看着老靳，看着那小女孩，有惧怕，有疑惑，有担心，也有愤恨，啥神色都有。老靳的眼圈红了，他语调沉重，缓慢：

"林八爷，这是我姐姐的女儿，听见广播，我那……快死的姐姐……让她……来了……昨天夜里……你……你救了她娘俩……"

老靳说着，突然弯下腰，把自己左腿上的裤子捋了起来，人们一看大惊失色，一条假腿？木头做的！

老靳的泪水流了下来，已经泣不成声：

"当年……为解放你们县，我……我……失去了一条腿。现在你……你……你这爷儿们……"

## 5  城市青年*

20 世纪 60 年代末,一个冬天的夜晚。天气很冷,没有风,细小的雪粒在不知不觉中飘落下来。这是一个千把口人的小村子,坐落在豫西北溴河故道边上。

从村东头生产队的马坊屋里,走出来一个人,看不清眉眼,约二十岁出头的样子,瘦高个,水蛇腰,刀把脸。他匆匆地往村后街走去。这时的夜,已经很晚了。街上空无一人,很安静,连狗叫声都没有。低矮的农舍上,凌乱的草垛上,路边的猪圈棚上,在稀疏的沙沙声中,被覆盖上了一层薄薄的白色。那人一边走,一边不时地把脑袋扭向身后看上一眼,像一个去偷东西的贼怕后面被人发现一样。贫困年月,这样的夜晚,贼们一般都有自己的打算。村后街的那条土路,虽平实却简陋,坑洼多,不顺直,宽窄也不一样,最宽的只有两三步,好像不是专门修筑的,只是人走得多了才形成的路。后街的住家户也少,三三两两的茅草房,低矮破旧,羞羞答答地散落在树林中间。那些树,高大而不茂密。

那人走到村后街,在一座草屋的檐下停了下来,他回头张望着。雪粒依然飘洒着,稀稀疏疏,轻轻松松,没什么异常。他放下心来,伸出手指,对着窗棂迟疑一下,窗棂响了起来:嘭——嘭嘭——,嘭——嘭嘭

---

\* 原载《江河日月》,冯俊科著,人民文学出版社出版。原名《回乡知青丁茂》,略有改编。

——。屋里"啪哒"一声，门闩拉开了。弹窗棂的人推开门，闪身进去，随即把门又关上了。很快，屋里传出来一个女人睡意蒙眬的声音，在嘟嘟囔囔地骂：

"养一条狗，也知道看家护院，你可好，整天不见人影，回家就知道折腾。"

那个闪身进到草屋里一声不吭开始折腾的人，是刚刚在马坊屋里，听到了一个信息，便迫不及待地跑出来的。

生产队的马坊屋，是饲养牲口的地方，充满了牲口粪尿的腥臊味儿，干草马料味儿，刺鼻的土烟味儿，霉烂潮湿的苦酸味儿……初次进到这里的人，闻着这种复杂空气，会有些晕乎，甚至恶心。然而，这里的人气却最旺，村里的小青年们最爱聚集在这里。尤其是在冬季，天寒地冻寒风如刀，人们闲得无处可去，马坊屋里生着煤火炉子，暖和。大家围坐在一起，摆龙门阵，说笑话，吹大牛，其乐融融，享受着愉悦精神生活。"故事大王"李二狗，"二杆子"王丘，都是这里的常客。李二狗思想活跃想象力丰富，肚子里藏不住东西，爱说，讲起故事来声情并茂。今夜，没人撺掇他，就主动讲了他与老婆之间的一件秘事：

"从今天往后，老子夜里回家再晚，我老婆也不用再出热被窝，就能把房门给老子打开了，不再受那皮肉之冻。"

"为啥？"

大家感到奇怪。李二狗狡黠一笑：

"老子设计了一个机关。"

"啥机关？"

"把一钉子，钉在门闩上。拴上一根绳子，拉到床头。晚上回家后，老子用手指头在窗棂上一弹暗号，我老婆就知道我回来了，一拉绳子，门闩咔哒拉了出来。我轻轻一推，门就开了。"

丁茂问："啥暗号？"

"这……不能说。"

"说!"丁茂坚持着,其他小青年们开始起哄,"说,啥暗号?"

李二狗咧着嘴,仍坚持不说。

丁茂威胁道:"不说,弟兄们把你脱光了扔到雪地去,信不信?"

"对,不说,脱光了扔到雪地里。"

"看雪地里暖和,还是你老婆的被窝里暖和。"

"二杆子"王丘不仅动嘴,而且已经站起身来了,准备动手。旁边的几个小青年也狐假虎威起来,有了动作。李二狗一看这阵势,故出一脸的傻笑,便弯起一个手指头比画着,说出了暗号。

"狗日的,聪明。"

人们大笑起来,都夸李二狗会动脑子,心疼媳妇。这也难怪,李二狗人长得不咋样,可娶的媳妇,除了心眼少,有些大大咧咧外,人长得身材高大,胸部丰满,屁股肥硕,眉眼也长得端正,柳眉凤眸,一脸的喜庆,是村中的美人。

那盏挂在马坊屋梁架上的马灯,黑乎乎的,核桃大小的灯头散发出昏黄的光,映照着这帮年轻人的脸。他们火力旺盛,激情四溢,大都性子急。一个刚讲了东家媳妇的长,另一个就开始讲西家姑娘的短,"故事大王"李二狗把大腿一拍:"都闭嘴,听我讲一个隔壁村的老公公,是咋势(土话:怎么)扒他儿媳妇灰的,今天上午刚听说的。"李二狗眉飞色舞地讲了起来。讲到了精彩处,这帮小子们又是跺脚,又是吹口哨,大喊大叫,喧闹声几乎要掀翻了马坊屋那厚厚的麦秸房顶。饲养员老谭看着李二狗发笑。这老谭,不仅饲养牲口,也是个拢摊的主儿。他每天晚上烧炉子,倒开水,有时也给他们弄几把牲口料吃,如榨过油的黄豆饼、花生饼,或玉米粒、碎红薯片啥的。小青年们的激情,撩动了牲口槽里面的牲口们。一头耐不住寂寞的老驴,把脖子上的铃铛摇得叮当叮当响。那匹三岁的小公马,火烧火燎地跺起蹄子,咴咴咴直叫。闹腾了一阵子,突然"二杆子"王丘问:

"丁茂呢?"

"是啊，丁茂哪去了？"

这时人们才发现，丁茂不见了。

丁茂是从大城市西安来的，时髦的称呼叫回乡青年。自从毛主席发出号召，知识青年到农村去，接受贫下中农再教育，很有必要。全国掀起了轰轰烈烈的知识青年上山下乡运动。丁茂便借着这个时代潮流，回到了他以往一天也没有来过的溴梁村。村里上了年纪的人说，这里是丁茂的根。他爷爷那一辈，赶上了大饥荒，便举家离开溴梁村，逃荒要饭走西口，出函谷关，去了西安。

丁茂的住房是生产队给盖的，在村里最好。三间新草房坐北朝南，苫着三层厚厚的麦秸，土坯垒的墙，外面抹着一层泥巴，屋里抹着一层白灰。桌椅板凳床等家具，锅勺碗筷瓢盆等炊具，一应俱全，这些都是生产队给置办的。丁茂穿着蓝色迪卡布学生装，两边两个斜口袋，左胸上一个小口袋，挎支黑色钢笔，外露的笔挎闪着白光。裤子是黄色的灯草绒，系着皮带，裆前开着一道口子，半尺长，扣着扣子，一看就知道不是农村人。农村的小伙子，穿着土气。上衣肥大，裤子又粗又直，像两只装粮食的布袋，都是自家纺线、自家织布、自家用染料染的土粗布。有人还穿着掩裆裤，系一根布条当裤带，走路时两腿间夹着一团布，活像夹着一个鸟窝儿。丁茂那头上，长发三七分开，最引人注目的是嘴里镶着的两颗大金牙。他见人先笑，嘴里忽闪着金光。但仔细一看，发现他的笑，只是脸上的肌肉在抽动，眼睛里并无笑意，即人们常说的那种皮笑肉不笑。

丁茂虽说是回乡青年，大城市来的，却也是马坊屋的常客。丁茂在马坊屋里不讲故事，爱提问题，提了问题常常自己回答，相当于自问自答。比如："嗨，提个问题：西安是个大古都，很多朝代都建在那儿，谁知道有多少皇帝在那里干过？不知道吧？有秦始皇，有项羽、刘邦、武则天，还有刘备、曹操、朱元璋，也有温县出的皇帝司马懿。"（有人捂着嘴偷偷笑）再比如："我们现在都在地球上，要是哪一天地球爆炸了，谁说说，那人们都去哪了？不知道吧？一帮憨冈球（土话：笨蛋）！都掉到大海里去了嘛。"丁茂的这些话，传到了一个小学老师的耳朵里，那老师是丁茂的长辈，破口大骂："纯粹扯他×的臭脚！"

今天晚上，马坊屋里小青年们正嬉笑怒骂热火朝天的，丁茂却走了，谁也不知道什么时候，他就走了，悄无声息地离开了马坊屋。

"二狗，丁茂不会去敲你老婆的窗户吧？"

"二杆子"王丘突然点起了一把火，往李二狗身上烧。李二狗的脸色立刻变了：

"他敢！"

"他敢？你小子刚才说出了暗号，丁茂他不会去用了吧？"

"哎，丁茂可是大地方来的，脑子油活，啥世面没见过？"

"听说这小子在西安时，蹲过大狱，啥缺德事都干得出来！"

"没错，这小子蹲过大狱，是丁八爷说的。"

人多嘴杂，把那团火越吹越大。丁八爷五十多岁，和丁茂的血缘最近，在村中德高望重。"二杆子"王丘便借着丁八爷的嘴，讲了丁茂在西安的事：

丁茂并没读过几天书，小学四年级毕业，肚子里也没啥知识，平时游手好闲，溜门撬锁偷东西打架，啥坏事都干。他爹是个老实人，在西安棉纺织厂当工人，天天忙着上班，根本管不住他。一天，丁茂和他的几个小弟兄，偷了工厂的变压器和电线，倒卖给废品收购站，被抓住判了几年刑。服刑期间，他受不了牢狱之苦，便和几个狱友策划越狱。在一个刮风下雨的深夜，犯人们开始越狱。当犯人们都跑时，丁茂不跑，他对狱友们说：

"弟兄们，你们先跑，我来殿后！"

谁都没有料到，犯人们没跑多远，丁茂突然大喊：

"有人越狱了，快抓逃犯！"

几个落在后面的犯人，被闻讯赶来的哨兵和值勤的公安干警抓住了。丁茂立了功，被提前释放出狱。那几个又被抓进监狱的犯人，传出话来说，出狱后一定要杀了他。丁茂为了保命，便借着……

操，有关丁茂的故事还没讲完，咋李二狗也不见了？李二狗是啥时候离开的？大伙你看我我看你，都说不知道。

不知道什么时候，雪粒变成了雪花，纷纷扬扬，悄无声息，把整个村子变成了一片白色。

李二狗的家住在村后街，破旧简陋。左右没邻居，四周没院墙，两棵干枯的枣树，一棵半死不活的歪脖老槐树。一间四面无墙顶部盖着茅草的灶火，砌着一个灶台，一张老旧的面板，一个裂了缝隙用铁丝箍了一圈的水缸。不远处，是一个柴火垛。院内的主要建筑，就是那座三间草房，已经有些年头了。房顶苫着一层麦秸，有不安分的鸡飞在上面，刨乱了几个地方，下面的麦秸裸露出来，都腐烂变黑了。草房的墙是用黄泥垛的。中间开着门，两边挖着一尺多见方的小窗户，像两只深陷在土墙里的眼睛，掩藏着草房里的秘密，注视着草房外面的世界。李二狗结婚几年了，夫妻俩也没有孩子。到了晚上，为了节省灯油，很少点灯，草房里黑暗、冷清、沉闷、无趣。

那个在稀稀疏疏的雪粒中推开草房门闪身进去的人，在纷纷扬扬的雪花中一声不吭地把一切该做的事情都做完之后，那个睡意蒙眬的女人也有些清醒过来了，她浑身发热，睡意全无。她突然感觉到，刚才那个把她折腾得神魂颠倒的人，身上的味道，那些动作，咋不像是二狗？嚓的一声，那女人划着了一根火柴。我的天！那个折腾得她神魂颠倒的人坐在床上，一脸征服者的满足，正在对她狞笑，嘴里两颗金牙闪动着淫邪的光。那女人头发凌乱，脸上有些吃惊，丰满红润的嘴唇，轻轻地咧了咧。她一声没吭，赶紧熄灭了手里的火柴。就在这时，李二狗回来了。

第二天，人们发现丁茂的脸上，青一块紫一块的，淤着血青，头上肿胀着几个包，便问：

"丁茂，脸上是咋整的？"

"昨夜下雪滑，走路摔的。"

"摔的？咋摔了那么多地方？鼻青脸肿的。"

"问他×那么多干啥？滚开！"

"文化大革命"的强劲东风，把共产主义电器化的喜讯吹到了贫困乡村。淇梁村因为靠近县城，最先得益，家家都扯上了电线，要安装电灯。共产主义的标准，村里临街的墙上写得到处都是，字有磨盘那么大："楼上楼下，电灯电话！"把低矮的茅草房变成楼上楼下，那还是美好的理想，远大着呢。可眼下，最现实的是马上要安上电灯了。村里人的那个高兴劲儿，就别提了。李二狗高兴得，一脚踢飞了一只大公鸡，那只火红的大公鸡嘎嘎嘎地笑着飞上了茅草房。后来，又听说村里有规定：电线公家扯，灯泡个人买。人们一下子又沉默下来了。因为买一个十瓦的灯泡，要两毛多钱，社员们穷，拿起来像割自己的肉。李二狗看着扯到屋里的电线，直发愁，直咂嘴，逢人就说："这高头大马都跑来家了，买不起一个马的嘴笼头，干瞪眼不能用，你说急不急死人！"

忽然有一天，丁茂从西安市回来了，带回一些"回炉"灯泡。"回炉"灯泡，就是把城里人用坏的灯泡钻个眼儿，把烧断了的钨丝重新装好，抽出空气，再密封上。这样的灯泡，下边都带个一厘米左右长的尖儿，那是抽真空后留下的。"回炉"灯泡卖一毛钱，丁茂当时从西安市买时大概只有五分钱。不管怎么说，很多人家都用上了便宜省钱的"回炉"灯泡。社员们夜里相互串门，一见亮着的"回炉"灯泡，就会问：

"这是丁茂弄的吧？"

"买丁茂的吧？"

丁茂还有大动作。后来，他不知道从哪里弄来了一些废旧电线，在村中的那条主街上，间隔几十米或一百米左右栽上一根木桩，桩上面钉两个白瓷瓶，扯上旧电线，用"回炉"灯泡装上了路灯。天一黑，木桩上的路灯亮了。虽说那灯光有些昏黄，每天只亮一两个钟头，可在漆黑的夜晚，毕竟是人家丁茂，为全村人带来了一路的亮光。淇梁村的名声也很快传扬开来，成了全县第一个装上路灯的社会主义新农村。再后来，丁茂自掏腰包，为村里的两个伤残军人、三个孤寡老人家里，装上了"回炉"电灯。看看，这是个多么好的回乡青年！

夏天，电闪雷鸣一场暴雨过后，上边来了新精神，要大力宣传上山下乡运动，要树立知识青年的先进榜样。村里推荐了丁茂。农村人朴实厚道，谁要是做了好事就念念不忘，常挂在嘴上。村会计王狗头把丁茂的事迹整理了好几张纸，上报到公社。公社又报到县里。正好，县里要成立"活学活用毛主席著作讲用团"，丁茂被吸收为团员之一，在全县各公社巡回讲用。当然，溟梁村也有个别人背后议论：一个城市辍学青年，无业流氓，咋一转身来到农村，就变成了先进榜样？

不过，真不能隔着门缝看人。这个丁茂，在全县组织的万人"讲用会"上，忽闪着满嘴金光，能大段大段地背诵毛主席语录，满嘴都是村里的贫下中农如何爱护他、如何帮助他、如何教育他，很少讲自己的事迹。他说：

"我给贫下中农送了个小小的电灯泡，只是在夜里给贫下中农带来一时的光明。可贫下中农给我送来无微不至的关怀，点亮了我心中的明灯，带给我的是一辈子的光明。我所做的一切，都是对贫下中农家乡父老的回报。这一点点回报，比起贫下中农家乡父老给予我的教育相比，简直不值得一提。"

讲到对贫下中农家乡父老的感恩感激之情时，丁茂会禁不住热泪盈眶，泣不成声。丁茂的口袋里，备着好几条手绢。台下的群众一万多人，乌泱泱一片，听丁茂感人至深的讲述，都睁大眼睛，看着他，心中涌起一股股激动的潮水。最后，全场响起了经久不息的掌声。掌声中，丁茂站起身来，向听众弯着九十度的腰，深深地鞠躬。然后，他直立起身子，挺着胸膛，举起右手握紧拳头，庄严地宣誓：

"伟大领袖毛主席教导我们：农村是一个广阔的天地，在那里是可以大有可为的。我决心以后，一定要像伟大领袖毛主席教导的那样：'谦虚、谨慎、戒骄、戒躁'，'不要吃老本，要再立新功'，滚一身泥巴，炼一颗红心。做一个贫下中农信得过、靠得住、用得着的革命青年!"

丁茂,一下子成了全县的名人。

丁茂的事迹,人们奔走相告,口口相传,惊动了《河南红色造反报》。几个记者来到溟梁村,吃了两天生产队的派饭。很快,《河南红色造反报》头版,用通栏标题,核桃大的字"回乡青年的好榜样——丁茂",整版的篇幅宣传报道了丁茂的事迹。丁茂的有些事迹,把溟梁村人都搞糊涂了,有人私下里碰面悄悄地问:"丁茂那些光辉事,你知道吗?"听者有的摇摇头。也有的说:"太多了,记不住了。"转身就走了。又有记者来了,是省黄河奔腾广播电台的,也采访丁茂。几天后,全省的喇叭匣里,听到丁茂声情并茂的"讲用",伴随有感激涕零的哭泣声。

丁茂,一下子又成了全省的名人。

人的命运,很多时候要碰机遇。丁茂就碰到了好的机遇。河南省成立了"三结合"革命委员会,实现了"中原大地一片红"。随之,全省各地区、各县市、各公社和农村,都要相继成立革命委员会。丁茂作为回乡青年的先进典型,被"三结合"进了公社革命委员会,当上了副主任。

春天来了。

村外的油菜花黄澄澄地开着,蜜蜂们嗡嗡嗡地忙碌着,唱着人们听不懂的歌曲。燕子们也回来了,又开着剪刀尾巴尽情地飞,时而贴着地面,时而钻入高空,玩着各种花样。丁茂去了一次西安市,回来时带了一些铁方块,上面缠绕着一团细电线,说叫漆包线圈啥的,半截砖头大。还有一些电灯泡,大的像红枣,小的像葡萄。丁茂说:

"知道这些是什么吗?最省钱的电器新产品——家用变压器。别看这小小的变压器,它可以把二百多伏的电压,变成三伏的、五伏的低电压,用起来很安全,手摸着也没事,不像现在的电,碰上能把人电死,烧成一块黑煤疙瘩。这些小灯泡,只有三瓦、五瓦,可用起来很亮堂,也很方便,可以扯着线拿着它到处照明,屋里啊屋外呀,棚上啊床下呀,旮里缝道的都行,不怕灭。关键是更省钱,一个月的电费只要几分钱,比点煤油灯强得多。老少爷儿们，我这次在西安，可没少找关系，没少托后门，也没少请人吃饭喝大酒，才弄来了这些电器新产品，非常适合咱们贫下中农用。"

丁茂巧舌如簧。人们听了，都为能多节省钱而高兴。

丁茂把这套电器新产品装在自己的屋里进行示范，村里很多人都拥挤在那儿观看，有人赞不绝口：

"看看人家丁茂，真是咱贫下中农的贴心人。"

"丁茂时刻想着咱贫下中农，真不愧是毛泽东思想武装起来的好青年。"

突然，"二杆子"王丘问："丁茂，你这套东西装下来，共要多少钱？"

人们沉寂下来，把目光都投向了丁茂。是的，这套电器新产品好是好，要掏多少钱，那才是最关键的。

丁茂抽动着那张皮笑肉不笑的脸，嘴里放射着金光，说：

"我是全省的青年模范，是公社革命委员会的领导，是贫下中农培养了我，我还能赚咱贫下中农的钱？这个变压器，出厂价二十五元，我从西安带来村里，只要二十元，灯泡八分钱一个，我只收五分钱，咋样？"

人们还是没有吭声，都在默默地算账。二十元一个变压器？一个壮劳力，拉车、挑粪、扛百十斤的麻袋，干一天的重体力活儿，才能挣到五分钱，买一个变压器，把脖子扎上屁股眼缝上，不吃不喝不拉，也得用一年多的血汗。这放在谁心里，能不盘算盘算？

"丁茂，能不能先交十块，剩下的宽限宽限，明年生产队发了余粮款，再交？实在是太没钱了。"饲养员老谭央求说，"称盐舀油，孩子上学，都得用钱。为了用个电器化，你总不能让我和恁嫂子去卖血吧？"

"谭哥，让孩子上啥学？天天学习封、资、修那一套。你那儿子谭不了，恁大了，跟着你喂牲口，也能挣点工分，年底也能多分点余粮款。"丁茂显得不屑一顾，说，"我也想宽限宽限，可人家厂里的工人阶级不同意呀！毛主席教导我们说：'工人阶级是领导阶级。'咱们不能不听领导阶级的话吧？"

丁茂又说："老少爷儿们要是嫌贵，那我就把这批货先让给外村吧，已经有好几个村听说了，找我要哩。"

"二杆子"王丘急了，大声喊："丁茂，你小子不能胳膊肘向外扭，再怎么说，这村子也是生养你爹你爷你祖先的地方。"

丁茂说："这样吧，每个变压器再减两块钱，算是我出的。你们也可以向外村亲戚朋友借点，咱们先用上，不是向革命化电器化的新农村先迈进了一步吗？让外村的人看着眼馋去吧！"

村民们都不再说话，一个个无声无息地离开了丁茂的屋子。

第二天，有几户人家把钱交到了丁茂的手里。丁茂很快就把小变压器和灯泡装了上去。没有几天，丁茂带来的十几套变压器全卖完了。电器化的春风在溟梁村中荡漾。村民们看着先装好的那十几户人家，一脸豪气地扔掉了不知道从哪代祖先传下来的那火苗只有黄豆粒大小风一吹就熄灭了的黑油灯、煤油灯，用上了既亮堂又省钱风再大也吹不灭的新电器，心里直后悔，后悔自己手里没钱。终于，村民们禁不住现代化电器的诱惑，开始向外村的亲戚借钱，向朋友借钱，纷纷要求丁茂再去西安市，给大家采购一批新电器。

丁茂呲着两颗大金牙，爽快地答应了。

秋天是个收获的季节。社员们收了玉米，割了谷子，种上了小麦。一场霜冻下来，一夜之间，满地的红薯叶子由鲜活碧绿变得黑黢黢的，秋风一刮哗啦哗啦响，像一地黑色的蝴蝶在欢快地飞却又飞不走。丁茂走了，又去了西安，怀里揣着全村一百多户交上来的两千多元钱。那些钱，都是村民们勒紧了裤带从牙缝里节省下来的。据说，托丁茂买新电器的人，还有外村的亲戚和朋友。

十多天过去了。二十多天过去了。一个月过去了。人们始终没见到丁茂的影子。

交了钱的村民们，天天巴望着冬天能够电器化，急了，去敲丁茂家的门。没有动静。用脚踢,还是没有动静。后来,有人用砖头砸。当砸开了丁茂家的门一看,妈呀,里边空空的,什么都没有了。丁茂不知什么时候已拿空了屋里的东西。

人们知道受骗了。

村革命委员会赶紧向公社、向县里报了案。县革命委员会的一个领导来到村里,说:"丁茂同志是一个回乡青年的先进典型,也是公社革命委员会的领导,县里宣传过,省里宣传过,全县、全省都闻名,怎么可能会做出这样的事来?"

李二狗、王丘、老谭和村民们都异口同声说:"难道我们贫下中农说的是假话?"

那领导沉思了一会儿,口气严厉地说:"不管怎么样,这件事不能声张出去。这是个政治问题,一定要讲政治,顾大局,要严防阶级敌人借机搞破坏。谁如果声张出去,那就是给县革委会脸上抹黑,给毛主席派来的知识青年脸上抹黑,他就不是毛主席革命路线上的人。"

凄厉的寒风,像魔鬼一样号叫着,一连刮了好几天。树上的叶子被扫荡一空,干查查的枝条,无可奈何地伸向灰蒙蒙的天空。

春节到了。革命委员会明令不许燃放鞭炮,说是要"破四旧立四新",移风易俗,过革命化的春节。可除夕的那天夜里,不知是谁,放火烧了丁茂的房子。大火冲天,烧红了大半个村子。村民们看着熊熊燃烧的烈火,没有一个人说话,也没有一个人去救火。顷刻间,丁茂的房子化为了灰烬。从此后,丁茂销声匿迹,再也没回过溟梁村。溟梁村人可就惨了,新电器没用上,卖鸡蛋、卖鸭蛋和积攒余粮款,硬是从牙缝里挤钱还账,一直还了好几年。

党的"十一届三中全会"如春风荡漾,给神州大地带来了神奇的变化。日子一天一天过,很多年过去了。

溟梁村位于县城近郊,在领导的眼皮底下,早已实现了机械化。世世代代的祖先们种着庄稼的土地上,近些年来盖起了许多楼房,三层、五层的都有，也有盖着七八层的。现在的溴梁村人，已经好多年见不到牛马驴骡了，包括活着的猪羊，跑着的鸡，嘎嘎叫的鸭。昔日的马坊屋早已拆了，村委会在原地基上盖起了两层简易小楼，玻璃窗，铺着地板砖，夏天有空调，冬天有暖气。这里成了溴梁村村委会的文化站。

又是一个冬天，也是飘着雪花。文化站里，村民们热热闹闹，正在打扑克、下象棋、看电视，也有的在抽烟、喝茶、侃大山。"二杆子"王丘，"故事大王"李二狗，依然是这里的常客。他们都年纪大了，儿女们都有自己的事忙，老家伙们天天聚集在这儿，像当年冬天在生产队的马坊屋一样。不过王丘的脾气已不再火暴，人老了，血气就不足了。李二狗也已不再怎么讲故事了，电视里的故事、节目，远比他讲的故事更精彩、更吸引人。饲养员老谭已作古好几年了。他儿子谭不了，大专毕业后在广州、深圳干了几年，老谭一死，他为了照顾老娘，回村里当了文化站站长，每天拢摊儿，提着暖瓶一趟一趟地给大家续水沏茶。他挂在嘴边的话就是：

"爷儿们，村委会一直在筹划着想盖养老院，只是这资金有缺口。等着吧，爷儿们！等盖好了，我去给爷儿们当院长！"

"小子，当年恁爹当饲养员，喂了一辈子牲口，你这是想干啥？想把我们这些老家伙，饲养到和你爹去做伴儿啊？"李二狗开着玩笑。

突然，丁茂出现在电视屏幕上，打着领带，西装革履，一副彬彬有礼的绅士像。他正在接受香港凤凰电视台记者采访。文化站里立刻鸦雀无声，人们的动作瞬间定格下来，空气仿佛也凝固了，不再流动。溴梁村人这才知道，消失多年无影无踪的丁茂，现在在深圳，那是个特区，改革开放的前沿，他成了名人，是一家中外合资电器集团公司的大老板，大企业家，手里有十几个亿的资产。面对着镜头，丁茂正侃侃而谈，谈他的人生起步，谈他的艰难创业：

"我从十多岁开始，就筹划我的电器王国。当时，我手里没有一分钱，两手空空举目无援啊，我是靠捡废品卖废品起步的。后来，我离开了条件舒适的大城市，到偏僻落后的农村，走家串户，卖小变压器，卖'回炉'

灯泡……"

"你这个大流氓，大骗子！"

"这龟孙子！你该说说，你的那第一桶金是从哪来的？"

"你艰难创业？你比旧社会村里的老地主王扒皮还黑，还奸，还狠！"

"当年，他就是靠演戏欺骗乡亲们的，现在还演，在电视上演，演，演，演，演恁妈那个×！"

乡亲们实在看不下去，也听不下去了，愤恨起来，文化站里立刻像炸了锅，骂声一片，骂啥的都有。"二杆子"王丘刚才还蒙着一层迷雾的眼睛，立刻发起亮光来，他第一个开骂。村里年轻人，虽说没见过丁茂，可父辈们把对丁茂的仇恨早已传给了他们，他们也跟着骂。李二狗把老榆木拐棍在地板上杵得"嘭——嘭嘭——、嘭——嘭嘭——"响，骂得最凶：

"你艰难创业？你走家串户？当年，你搜刮溟梁村老少爷儿们的血汗钱呢？我×你先人祖宗……"

"爷儿们静静，静静！骂有啥用？"谭不了的脸上好像还带着笑，他把开水壶往桌上一放，挥了挥手，口气很坚决，"爷儿们，我爹常说，牲口吃啥拉啥，爷儿们就请等着吧！"

## 6　儿气人*

故乡豫西北农村，把一种人称为儿气人。儿气人或有孩童般的直率、愣头愣脑，又有些像是缺心眼、不着调；或有泼妇悍男般的鲁莽、敢作敢为，又有些憨掬、滑稽，令人啼笑皆非。几十年来，几个真儿气的故乡人一直历历在目，每想起他们，心中就有种别样的滋味。

### "咬蛋虫" 吴亩三

咬蛋虫，是农村骂人的话。意思是一个人做了错事，被众人责问时，他往往会牵扯出别人来，或者说出与这件事本不相干的事来，转移人们的视线，减轻自己的责任。村南头的吴亩三就是个"咬蛋虫"。小时候，常常听村里的孩子们传顺口溜骂他：

咬蛋虫，

吴亩三。

咬蛋别咬烂，

咬烂不好看。

---

\* 原载《北京文学》2012年5期，获得"第六届北京文学奖"。原名《家乡有人真儿气》。

这顺口溜其实是大人们编的,大人们不便讲,就通过小孩子的嘴四处传播。我开始和小朋友们一起喊时,吴亩三已是年过五十的人了。他看上去很瘦弱,脸儿不大,脖子细长,眼放贼光,咬起人时爱歪着头,扭着细脖子,青筋绷起老高,话都是横着飞出来的。

"咬蛋虫"外号的风起,其实还另有原因。吴亩三没出生时就死了爹,刚出生后又死了娘。孤独的老奶奶每天抱着他,东家一口饭,西家一口奶,把他拉扯大。奶奶死后,吴亩三扛一把铁锹,去祖坟挖死去多年的爷爷干骨,要和奶奶合葬。村里的孩子们没见过死人骨头,觉得很新奇,就围在墓坑四周看。吴亩三在墓坑里一边挖一边大声呵斥:

"滚蛋,这东西有啥稀罕?"

孩子们哈哈笑着,往后退了几步。吴亩三弯腰又开始挖,孩子们又围上来看。吴亩三急了,刚好这时他挖到了爷爷的头骨,就双手端起头骨往一个孩子的胯裆里塞,一边塞一边喊:

"咬蛋!咬蛋!"

孩子们都吓跑了。很快,村里人都说,怪不得吴亩三爱咬蛋,原来这是他家祖传,他爷爷就是个老咬蛋虫。

1966年,一场席卷全国的"文化大革命"开始了。吴亩三本不愿意起来造反,他起来造反,都是"似火烧战斗队"队长马细逼的。马细当时在村中很是个人物,身穿件旧军装,袖上套个红箍,上边用黄漆涂着"红卫兵"三个大字,嘴里叼着用破报纸卷成的烟卷,指挥着一帮造反派在村中"破四旧、立四新"。一天,马细带人来到吴亩三家,说:

"老咬,现在都造反了,你是老贫农,堂桌前咋还挂有中堂?那是牛鬼蛇神,必须烧了。还有那敬神的蜡台、香炉,都得砸了。特别是你住的这座瓦房,当年是分老地主王老八的,你看房顶上的几个脊兽,扬头伸角的,整天对着红太阳,多张狂?必须敲了!"

马细一挥手,一群人不由分说冲进屋里,撕中堂,摔香炉,砸蜡台。马细亲自提着铁锤,搬梯子爬上房顶,三下五除二地把那几个脊兽敲得粉碎。一场革命行动很快结束了。突然,有人发现吴亩三不知在什么时候,把他奶奶的牌位紧紧抱在怀里。

马细指着吴亩三说:"这不行,革命不能不彻底,恁奶奶的牌位,也必须砸了!"

吴亩三急了,抓住马细,说:"你不能光砸俺家的,马兵家,老秋家,洪水家,马明义家都有这些东西,你们为啥不去弄?"

马细说:"操,弄他们还不容易?但必须先把你怀里的东西弄了。你是贫农,要带头'破四旧'。"

吴亩三说:"那不行,必须先把那几家弄了,我再弄。"

马细说:"中,这还不容易。"

说完,马细带人离开吴亩三家,去那些人家"破四旧"。吴亩三跟在他们后面看。等破完那几家的"四旧",吴亩三被逼无奈,只得把奶奶的牌位放在火堆里烧了。事后,吴亩三心里很不平衡,为了使全村人家都变得和他家一样,吴亩三就参加了马细的队伍,开始走家串户地破起"四旧"来。

一天晚上,队屋里灯火通明,马细带造反派开队长老跑的斗争会。

有人揭发说:"老跑当队长,粮食往家扛,自己吃不完,还送给老咬奶奶吃。"

吴亩三一听就急了,说:"老跑又不是光送给俺奶吃,听俺奶说,老跑还送给狗蛋妈、马二旺妈和马细他妈过。"

马细正在指挥批斗老跑,听到这话,气得火冒三丈,腾腾腾几步冲上去,抡起巴掌抽了吴亩三两个嘴巴:

"老咬,你敢胡扯?老跑啥时候给我妈送过粮食吃?"

"你敢打我?就送过,就送过,不信你问老跑。"

吴亩三捂着脸,和马细理论,看样子想揍马细。马细转身问老跑:

"你送过没有?"

老跑一脸死相,一言不发。

突然，狗蛋、二蛋、三蛋、马二旺、马三旺等人骂声连天，拳脚齐上，把吴亩三打得躺在地上，哎哟哎哟直叫唤，半天没有起来。老跑则被放在一旁，斜眼看着他们，没事人一般。

"咬蛋虫"吴亩三，最后也是死在他爱咬人的这个习惯上。1968年秋天，有人贴大字报，揭发吴亩三在玉米地抱过憨俊。马细抓住这个机会，要整治吴亩三。他让人把吴亩三押到操场上，审问他：

"为啥抱憨俊？"

吴亩三不吭声。

"憨俊是个疯子，疯子你也敢抱？你这个老光棍太不要脸了吧？"

"又不是我一个人抱过她。"

"还有谁抱过？"

"王冲水。"

"你见了？"

"听说的。"

王冲水是什么人？参加过淮海战役、抗美援朝战争的伤残军人，战场上被打掉两个脚趾头，右胳膊上有一块紫色疤痕，是枪伤留下的。他出身好，有战功，脾气暴烈得很，村里一般人不敢和他较劲。他平时爱拿着一支打兔枪打鸟追兔。听到咬蛋虫咬出王冲水来，人们吃了一惊：

"你他妈的不要命了，敢咬王冲水？"

不知老咬说的是真是假？敢不敢去批斗王冲水？马细犹豫着。人们议论纷纷，造反派们不知所措。正在这时，突然有人喊：

"王冲水来了！"

"老咬快跑，王冲水拿枪来打你啦！"

人们转身一看，只见王冲水手提一支打兔枪，红着两只眼，凶神恶煞般地走来。吴亩三撒腿就跑，王冲水提枪在后边紧追。满村的人都跑到街上看热闹。有人劝说王冲水：

"算了吧，老咬这人你还不知道？他就是条爱咬人的狗！"

王冲水不干,他说:"他咬谁都中,咋就敢咬我这老革命?他咬我啥都行,咋就敢咬我抱过憨俊?我非崩了他不行。"

吴亩三窜胡同爬院墙四处乱奔。可他毕竟咬的人太多了,被他咬过的人通过各种方式给王冲水提示吴亩三的行踪。最后,有人告诉王冲水,吴亩三被追得爬上了村中的那棵老槐树。老槐树树龄有数百年,树干粗得三四人抱不过来,是村中的一棵神树。他大概是心想:

你王冲水再横,还敢对神树开枪?

王冲水提着枪,在老槐树下转了好几个圈,往树上寻找着吴亩三。老槐树枝叶繁茂,什么也看不见。王冲水不知是急了,还是对神树有点畏惧,他闭着眼睛,举枪朝树上放了一枪。只听得扑通的一声,一个人从树上掉了下来,是吴亩三。人们说,王冲水真不愧是朝鲜战场上下来的神枪手,不睁眼就能打着吴亩三。其实,后来人们仔细一看,吴亩三身上并没有一点枪伤,只是被惊吓得跌落下来,摔得昏迷不醒。

几天后,"咬蛋虫"吴亩三就死去了。

## 痞子狗旺

"狗旺——!"

"狗旺——!"

融融月色一泻大地,喧闹一天的乡村刚刚沉寂下来,那喊声便像阵阵闷雷,从村北响到村东,从村东响到村南。喊狗旺的是狗旺他爹,五十多岁,瘦高个,背微驼,两只手背在屁股后,两条腿一前一后地扭动着。当雷声响到了村西时,在一堵半截土墙后边站着一条黑影。那黑影冒出一个低沉的声音:

"弄啥哩?"

"杀你哩!"

狗旺爹骂了一声,头也不回地走了。那条黑影从土墙后走了出来,跟在狗旺爹后边往家走。是狗旺。狗旺是村中有名的二杆子，心野胆大，像个幽灵似的，整天价带着一帮小无赖，在村中飘来飘去。谁要一说他，他立刻两眼一瞪：

"你管个屁！管住你家的猪圈就行了，小心你家的猪半夜跑出来吃生产队的红薯，队长老山非开你的批斗会不可！"

果然，那家的猪圈门夜里被人打开，猪跑出来满村子惹祸。

狗旺已十五六岁了，却三天两头尿床，他娘气得没办法。有一次，阴雨连绵，狗旺又尿床了，狗旺娘用棍子挑着湿被子，骂着叫狗旺用头顶着被子晾干。狗旺随手操起根扁担，来了个骑马蹲裆式，对他娘喊道：

"你过来！你过来！太欺负人啦，你自己顶着晾吧！"

狗旺活活气死了他娘。他娘出殡那天，狗旺竟然不哭。村中几个青年汉子实在看不过去，一合计，扭住他狠狠揍了一顿，狗旺才"娘呀、娘呀"地哭喊起来。

村中赌博成风，狗旺也常常跑进赌场赌上一把。有一年春节前夕，狗旺赌输了，又急又气，便悄悄地报告了公社派出所。派出所立刻来人，端了赌窝。狗旺贼得很，他怕被抓走的人知道是他告的密，便招呼几个小兄弟，对着被押着往村外走的赌友，大声唱：

"送战友，踏征程……"

警察一瞪眼，几个小兄弟立刻不敢再出声响，狗旺却一点也不怕，冲着警察喊：

"你瞪个球？老子一不赌博，二不犯法，唱电影插曲你敢把老子怎么样？"

狗旺说完，回头招呼那几个小兄弟："来，唱！送战友，踏征程……"

"唉，你看看，连警察对这种人都没办法，谁还敢管他？"村中人叹息着。

警察一出村，狗旺两手一拍屁股说："赌博高手们都被抓走了，来，咱们继续赌！"便又和几个人赌起来。

谁知，警察没走远，抽两袋烟工夫，三个便衣警察杀了个回马枪，把狗旺抓了个正着。警察也真有办法，让狗旺两手合抱在大队部门口的电线杆上，用手铐铐着。一个警察说：

"你就这么待着，想唱你就大声唱，等后天大年初一，你就给村中的老少爷们儿好好唱唱电影歌曲吧！"然后转身走出了村庄。

狗旺傻了。

改革开放的春风吹绿了中原大地。村中很多人还把自己捆绑在土地上耕作时，狗旺却背着两箱山药下了广州。在广州市的一个自由市场，狗旺把货摆在摊位上。放了一整天，直到太阳偏西才来了一个男人，指着山药问：

"这山药是哪里的货？"

"河南温县，怀庆府的铁棍山药。"

"温县？"

"没错，司马懿的家乡。这是地地道道的铁棍山药，到香港准能卖大价钱。温县不仅盛产铁棍山药，还是司马懿的故乡。连毛主席他老人家1963年接见我们县委书记时，还说'你是司马故里来的？'我也是司马故里来的，不信，你看这儿有证明信！"

那男的看了看证明信，没再还价，把两箱山药全买了。狗旺不到几袋烟工夫，净赚了三百多元钱，高兴得直乐：

"我×，别看你把裤腰带系在脖子上，两片玻璃架在鼻子上，到底还是让老子给骗了。什么铁棍山药？老子那是从河北正定县进的货！"

有了钱，狗旺买了只烧鸡，一瓶酒，坐在马路牙子上，又啃又喝，然后一抹嘴，拍拍屁股，打个饱嗝，沿着大街转悠起来。十月的广州气候宜人，大街两旁，高楼林立，车流如梭，人头攒动。广州就是比俺县强。马老九见了县城那三层楼房就直喊头晕、头晕，到广州看这几十层楼房还不晕得说不出话来？井底蛤蟆。天慢慢黑下来，他有点累了。忽然，看到一张穿着三点式的女人的广告画挂在电影院门口，狗旺心里一热，猛然醒悟：广州是个开放城市，开放城市里的女人是啥味道？听说给钱就能和你睡觉。狗旺动了邪念。为了体面一点，他花36元买了一套西装，5元买了条"一拉得"领带系在脖子上，然后来到一家旅馆。

"先生，几位？"服务员问。

"我一个。住一天多少钱？"

"单间八十元。"

"单间。"

一位二十多岁的姑娘笑盈盈地把狗旺带到二楼一个房间，关上门，帮他脱下西装，放了洗澡水，要狗旺洗澡。狗旺想脱衣服，见那姑娘还没有出去的意思，便有点不好意思。谁知那姑娘拉过他的胳膊，要帮他脱衬衣，吓得狗旺直往后退。他忽而一想，我×，怕什么？老子是掏了钱的。立刻又镇静下来。

狗旺光着上身，下身只穿条裤头，可脖子上的那条领带怎么也拉不开。狗旺急了，说：

"就戴它洗吧！"

"那怎么行？"姑娘说话像唱歌。

"好办！"

狗旺掏出打火机，对着拉链扣就烧。一股怪味飘过，使劲一拉，领带解了下来。狗旺把它往地下一扔：

"算了，明天再买条好的。"

狗旺进了洗澡间。洗澡水不冷不热，正好。狗旺在里边洗澡，心却想着外边。那姑娘真好看，比俺村王木头家那素珍好看多了。王木头他老婆到处吹她女儿长得好，呸！到这儿一比她是大粪。姑娘会走吗？她走了怎么办？狗旺心猿意马，草草洗了一下，走出了洗澡间，一看，妈呀，狗旺几乎叫起来，只见那姑娘穿着三点式，坐在床上，笑眯眯地看着他，比刚才那广告上的还好看。狗旺两眼由惊异变得贪婪，射出两道绿莹莹的光，活像饿狼。

狗旺毕竟是狗旺，很快他就得到了那姑娘。

第二天醒来，姑娘不见了。狗旺赶忙一掏口袋，顿时倒吸了一口凉气：我×，昨天卖山药的钱全不见了，一分钱也没剩。上当了。狗旺找到旅馆经理，谁知那经理正是昨天买他山药的人。经理听他把情况说了一遍，面色严肃地告诉狗旺：

"我们这儿的服务员全是男的，哪有姑娘？是不是你把野鸡带到我们旅馆来了？"那经理一脸正气地说，"要不是看在昨天买山药的份儿上，非把你送公安局不可。"

狗旺像一只偷腥荤被发现的老鼠，赶快跑出了旅馆。他边跑边想：

"妈的，广州人真精，吃人不吐骨头。我昨天骗了他，还给了他两箱山药。他今天整了我，一个子儿也没给我留。"

狗旺扒车回到了家。

## 劁猪匠牛小方

牛小方是牛沟人，有五尺多高，长得粗壮结实。因小时候得过天花，脸上长满麻子，在太阳光照射下，麻坑闪光发亮，给人一种阴森森的感觉。更可怕的是他那职业——劁猪。这是牛家的祖传。牛小方从14岁操家伙劁猪，一辈子劁过多少猪，谁也说不清楚。他骑着一辆破自行车，车把上竖根尺把长的铁丝，铁丝上拴着几缕红布，那是劁猪的招牌；腰间挂一个油乎乎的皮盒，把盖子往上一拉，几个明晃晃的刀具闪现出来，小孩子见了，立刻往后退出几步。

我亲眼看过牛小方劁猪。二婶家买只小母猪，两个月才长十多斤，满院奔窜，长膘很慢。一天，二婶喊来了牛小方。牛小方把自行车往地上一扎，手指小猪问：

"是不是这个？"

二婶点点头。那只猪不知怎么了，平时欢蹦乱跳，两三个小伙子都不容易抓住，此刻见了牛小方，竟趴在地上一动不动，浑身发抖。真是一物降一物。人们说，牛小方劁猪太多，身上散发出一种杀气，不仅猪见了他服服帖帖，连凶猛的狗见了他也不敢叫、不敢咬，远远躲着，耷拉着尾巴悄无声息地走开。

牛小方劁猪前，一声不吭，用眼睛盯着猪，慢慢走到离猪两米多远的地方，忽然抬脚往地上一跺，口中喊着"过来吧！"随着声落，那头猪就被抓在手里。猪在嗷嗷叫着，牛小方把猪往地上一放，用一只脚踩着猪脖子，另一只脚踩着猪后腿，用手在猪肚子上揪下几把细毛，掏出家什在鞋帮上蹭了几下，"刷"地在猪肚子上切开一道两三厘米长的口子，然后用手一挤一掏，一堆软乎乎的东西被弄了出来。牛小方手起刀落，把那堆东西割了下来，随手抓一把土，往刀口上一抹，猪就劁完了。前后不过几十秒钟时间。

牛小方以劁猪为生，一年四季走村串户，十里八庄，没人不知道牛小方的。牛小方当时不到五十岁，孤身一人。虽然劁一头猪挣两毛钱，一年下来也挣不少钱。但不知道为什么，竟没能找上一个媳妇。突然有一天，在大槐树下的饭场上传出一个爆炸性新闻：

牛小方把前村的刘寡妇给劁了。

刘寡妇有三十多岁，丈夫在焦作煤窑挖煤时因塌方砸死了，留下一个独女小翠才八岁。刘寡妇在地里干不了重活儿，每年养上三四头猪。牛小方每次给刘寡妇劁完猪，从不要钱。刘寡妇过意不去，经常给牛小方一碗饭吃，做双鞋穿，一来二去，时间长了，两人就好上了。刘寡妇想嫁给牛小方，但刘家的几个小叔子认为牛小方太野，怕将来小翠受委屈，百般刁难，坚决反对。但刘寡妇和牛小方经常在玉米地、荒草丛、麦秸垛等处苟合交欢。当时，由于没有避孕工具，怕怀孕，每次两人都不能尽兴。一天，牛小方突然提出一个大胆想法：

"把你给劁了，咋样？"

刘寡妇一听，吓得半天没敢吭声。她想到了那些被劁的小猪。过了几天，刘寡妇也忍耐不住了，就问牛小方：

"你说那，能行吗？"

"咋不行？人和猪一个理。你看看我劁过的猪，哪个公的还发情？哪个母的还下崽？"

"疼吗？"

"我下手快，快刀不疼。不等你感到疼我就把你收拾完了。"

刘寡妇笑了。她终于同意了牛小方的意见。一天，刘寡妇洗好身子，躺在床上。牛小方掏出家伙，在煤油灯上烧了烧，算是消了毒。然后，牛小方脱下刘寡妇的裤子，手起刀落，刘寡妇疼得肚子一鼓，一股鲜血喷射出来。

"妈呀疼死我啦！""快救救我，我要死了！"刘寡妇杀猪般地号叫起来，在床上滚动。

人毕竟不是猪，尤其是大活人，更不是小猪。牛小方傻了，赶紧扔下刀，撕开一条被子，掏出里面的棉花堵在刀口上。街坊邻居听见喊声赶来，立刻用小竹床把刘寡妇抬到了县医院。好在刀口不深，医生缝了几针，总算没能丧命。

经过这件事，刘家弟兄怕将来会出人命，就同意刘寡妇和牛小方的婚事，但有一个条件：牛小方招赘上门，不准虐待小翠。牛小方同意了。

时光如梭，二十年过去了，两人的日子过得还算安稳。不知为什么，刘寡妇却从来没有再生育过。人们背后嘀咕说，这是牛小方作孽太多，一辈子劁公骗母，不让猪生育，老天爷也让他绝后。

小翠慢慢大了，出落得十分漂亮，引得村中的小伙子眼里喷火，想尽各种办法和她沟通，但小翠终不为所动。当小翠年近三十岁时，和西村一个小伙子好上了，小伙子是个养猪专业户。订婚前，刘寡妇提出一个条件，和当年刘家给牛小方提出的条件一样，招赘上门，到刘家落户。结婚那天，新郎前脚进门，他兄弟就把一群猪赶进了刘家的猪圈。牛小方看到猪，眼睛立刻放出光来，想操起家什去劁那些猪。但他毕竟年纪大了，力不从心，趴在猪圈上看了半天，也没能跳进圈去抓猪。那些猪们也一点不怕他，以为要喂它们吃东西，个个冲着牛小方，把嘴伸得老高。

猪面前，再也看不到 20 年前的牛小方了。

## "白眼狼"广叔

广叔的脸上皮厚沟深，一副猥琐相，30 多岁的人看起来像 50 多岁。一双大眼往外翻着，白眼珠大，黑眼珠小，看什么东西直勾勾的，活像一只白眼狼。尤其是那鼻涕，一年四季像两条黄白色的蚕虫挂在嘴上头。叔婶们见了他，就说：

"小广，蚕虫又出来了！"

广叔用鼻子"哧溜"一吸，把蚕虫吸进了肚子里。有时，干脆用袖头一抹。时间长了，袖头上变得油光光的，又亮又硬，像油布。

广叔人长得窝囊，可心气高。"文化大革命"中，他给李铁梅写过求爱信，给江水英写过龙江分水的办法，给柯湘写信建议怎样处理和雷刚的关系，更多的是为王连举辩护。王三家门前有半截土墙，广叔常常袖着手蹲在土墙根下给人们讲：

"你们都说王连举不好，是叛徒，我看就怨李玉和。王连举为掩护他朝自己胳膊上打了一枪，疼得够呛，忽然听见那边李玉和在唱，'鸠山设宴和我交朋友，千杯万盏能应酬。'就想，这老李真他×的不够意思，我在这里受罪，他在那儿大吃大喝，干脆我把你供出来算了。"

人们听后大笑。开始笑得厉害，时间长了，人们也就淡漠了。但广叔还是常讲，不过，每次别人笑时，广叔不笑，一脸木然。

广叔很懒，爹娘死后，家里从不收拾。院里除了常走的那条道光光亮亮，其他地方长满了荒草。那荒草一棵棵、一簇簇，有一尺多高。常有邻居家的鸡在草丛中下蛋。广叔捡到鸡蛋，就丢到锅里煮了吃。他从不养鸡，却常有鸡蛋吃。一年春节，广叔偷杀了隔壁二婶家的一只鸡吃，二婶跺着脚满街骂，看见广叔就骂得更凶：

"娘那×，谁吃了俺的鸡，叫他满嘴长疔疮！"

"谁吃了俺的鸡，下辈子叫他托生成鸡！"

那声音，那凶相，满街人都觉得难以忍受。而广叔却用眼睛直勾勾地盯着二婶，一声不吭，一脸平静。等二婶一走，广叔就自言自语地说：

"你骂吧，过几天你家的鸡还得丢！"

一年春天，桃花盛开的时节，一个四川女人进了广叔的家，成了广婶。广婶个子不高，长得精明利落，一双大眼明亮有神，一头乌黑的头发盘在脑后，做成个抓髻，一根银簪横插在上边，旁边还挂个小红葫芦，走路忽闪忽闪的，更显出广婶风韵无穷。美中不足的是广婶一条腿有点瘸，走路一拐一拐的。人们都说：

"傻人傻福气，广叔能找到这样的女人，真是他的造化。"

有了广婶，广叔就变样了。一件藏蓝色的上衣，青色的小腰裤，一双合脚的布鞋，走路踏踏有声。有了广婶，广叔很少再蹲到王三家的那堵土墙根下去讲王连举。有了广婶，广叔的头脸也开始干净起来，蚕虫很少再爬出来，袖头上虽然时有鼻涕，但却不再发光变硬。有了广婶，院里的草被拔得干干净净，满院跑着鸡，不过那已不再是邻居家的，是广婶自己养的。广叔还是常吃鸡蛋，过年过节也能杀上两只鸡吃。广叔的日子真是从地下过到了天上。

几年过去了，广婶生了两个儿子。大的叫全，二的叫发。不知为什么，广叔突然变得烦躁、威严起来，动不动就骂儿子、打广婶。广婶身上常被打得青一块紫一块。院里常常闹得鸡飞狗跳，四邻也不得安宁。又是一个春暖花开的季节，广叔家里突然没了吵闹声。几天过去，院里仍静得出奇。人们问广叔：

"你老婆呢？"

"被我打跑了。"

"孩子呢？"

"那家伙全带走了!"

至于广婶为什么走了,局外人很难说得清楚。没过多久,广叔家的院子里又长出了青草,衣服又变得肮脏起来,鼻腔中两条蚕虫又爬了出来。王三家的那截土墙根下又成了他常蹲的地方。不过,他已不再讲王连举,而是一声不吭,一脸木然,泥胎一般,那双往外翻着的白眼,直勾勾地盯着眼前的小土路。小土路直直地伸向村外,连着通往远方的大道。

大道的尽头,是灰蒙蒙的天。

## 天杀的天法

天法姓田,邻村人,上小学时和我一个班,是全班年龄最大的一个,比我大五六岁。

天法家里很穷,弟兄四个,只有两间破草房。天法从小就养成了一种很野的性格。一年冬天下大雪,放学时,雪已把地面盖上了三四寸深。大多数同学都没有棉衣穿,一个个冻得直打哆嗦,不知道该如何回家。天法说:

"谁给一个饼吃,我就光膀子穿裤衩回家。"

有一个想和他较劲的同学说:

"天法,说话算数?"

"不算数我是你孙子!"

"我给你一个饼,吃了就跑!"

"好,吃了不跑是孙子!"全班同学一起喊道。

那人递过一个玉米面饼,天法两三口就吞下肚子。然后,他脱下上衣、露出光膀子。又脱下裤子,只剩一个小裤衩。天法又弯腰把鞋脱下来提在手里,一纵身跳出教室,在厚厚的积雪上狂奔起来。全班同学没有一个人再喊冷,一起呼喊着"天法,狗日的"向雪地跑去。

天法人很聪明,但学习一直不好。无论语文、算术,都排在全班后边。给我印象最深的是他写作文，往往几句话就是一篇，而且笔画多的字不会写，就用笔画少的字乱凑。有一次，他在半张纸的作文中，用了十多个"了"字，语文老师也很幽默，用红笔在他的作文上批道：

"了了先生：了了太多了，光会写了了，了了用多了，得了零蛋了。真要能了了，就不得了了。"

老师念完批语，同学们哄堂大笑。从此，"了了先生"名声风传，在村里妇孺皆知。

"文化大革命"开始那年，天法由于学习不好，他在学校带头成立了"星火燎原战斗队"，造起反来。一天，天法组织战斗队开批判会，要斗争老校长。他光着脚丫子，站在一张课桌上，挥舞着胳膊大声喊：

"革命战友们，我们要响应伟大领袖毛主席的号召，砸烂旧的教育制度，绝对不能再当'五分加绵羊'的牺牲品，坚决把以×××为首的黑帮们斗倒、斗烂、斗臭！"

天法正说着，冷不防屁股上被人"啪啪"地抽了两鞋底子。天法疼得双手捂着屁股嘴里骂道：

"谁他×的敢打革命小将？真是吃了狗胆了！"

没人吭声。天法屁股上又被重重地抽了两下。他回头一看，是他爹。天法爹目露凶光，手里提着一只鞋，一声不吭，还要抽他。天法赶紧跳下桌，捂着屁股一颠一颠地跑了，边跑边喊：

"你这是破坏'文化大革命'，亲不亲阶级分，从今后你不是我爹！"

人们大笑。天法爹还是一声不吭，把鞋扔在地上，趿拉着慢吞吞地走了。

"文化大革命"初期，天法带领着他的战斗队，东拼西杀，"破四旧立四新"。今天斗老师，明天斗支书，后天又到邻村支援"文化大革命"，一时间，天法成了乡村的风云人物。人们正在吃饭，见天法走来，就赶紧停止吃饭，双手端着碗问道：

"天法，先吃点饭吧？"

人们正在干活，见天法走来，就赶紧停下手中的活，说：

"天法，坐下歇歇？"

人们正在聊天，见天法走来，就赶紧停下话语，说：

"天法，抽袋烟再走？"

天法对所有人的问候，都像他爹用鞋底子抽打他时一样，一声不吭，一脸凶煞，一瘸一拐地走了过去。人们背后不再叫他天法，而叫他天杀。

真被人们说中了。1967年秋的一天，郑州市的一批造反派到我们县抢枪闹革命、搞武斗，天法被一颗流弹射中动脉，一声没吭地倒在地上死了。

从此后，村里再没有人谈起天法。

## 刘氏豫乡厨

刘印年轻时是杀猪的。那时，农村人杀猪不收钱，杀完猪，提走一副猪下水。杀猪多了，猪下水也多，刘印家吃不完，就变着花样做着卖。光卖猪下水太单一，刘印又学做猪下水面、猪下水粥、猪下水包子、猪下水饺子、猪下水熬菜、猪下水胡辣汤，还学做各种面点、凉菜。久而久之，刘印成了村里的名厨。三里八村的婚丧嫁娶，都请刘印去做厨。

刘印做厨有名，不是他手艺高，是他啥饭啥菜都敢做。敢做清蒸老鼠、清炖老鼠、油炸老鼠、酱老鼠、卤老鼠、烤老鼠。他不仅敢做老鼠，还会抓老鼠。家里的老鼠不好抓，刘印从野外抓回几只地老鼠，在它们的肛门里塞进两粒黄豆，用线缝上。地老鼠性情野，又憋得难受，见到家老鼠洞就钻，见到家老鼠就咬，追得家老鼠满院乱窜。刘印手拿套网，很快就套住很多老鼠。刘印不仅敢做老鼠，野猫、野狗、野兔、狐狸、斑鸠、乌鸦、麻雀、知了、长虫、蝎子、蚂蚱、青蛙、蚯蚓，无论是天上飞的，地上跑的，地下钻的，水里游的，凡是能够抓到的他都敢做、都会做。刘印做出来的东西谁见谁想吃，闻见流口水。刘印逢人就说，他做的这些都是祖传，方法秘不示人。

刘印做厨有名，还在于他头脑灵活，手脚麻利，从不给主人丢面子。有时饭做好了，宾客来多了，主人急得团团转。刘印说：

"急啥？饭肯定够吃。"

他从锅里舀出一盆让贵客吃，然后抱起盐罐，抓几把盐扔进锅里。饭再少，客再多，肯定有剩的。有时做饭家伙不够，刘印抓起什么用什么，从不给主人提要求。盆不够，洗脸盆、喂猪盆、喂鸡盆，提过来用水一涮就行。炒完一种菜洗锅，坏了炊帚，扫地笤帚，扫床笤帚，刷猪盆、鸡盆的笤帚，拿来就用。有人看见，刘印急了还用过刷尿盆的笤帚。刘印认为，天地生万物，万物都能吃。砒霜厉不厉害？少吃不仅没事，还能治病。做厨的关键是看你会不会拿味。刘印做厨最会拿味。他兑的调料据说也是祖传秘方，独特、喷香、新鲜，往菜肴里一放，能飘半个村子。正是这些调料，拿住了菜肴中的各种杂味、异味。人们都说刘印做的菜肴花样新奇，香美可口，风味独特。

其实，刘印自己清楚，他做厨用的东西、用的方法，都是三年困难时期被逼出来的。那时没东西吃，人都快饿死了，还不是抓住啥吃啥？再说农村穷，条件差，做厨哪能恁讲究？随着改革开放，农村的生活慢慢好了，白面馒头鸡鸭鱼肉，慢慢多了，也就很少有人再请刘印去做厨。刘印年纪渐渐大了，也不太愿意外出做厨。人们渐渐忘记了刘印。可谁也没有想到，刘印快六十岁时，又有了大显身手的机会。

一天，一辆小轿车开进村里。车里跳下一个穿着时髦的中年人，南方口音，见人就问："刘印大师傅家住哪儿？"有人告诉他刘印不在家，几年前就去黄河滩了。黄河滩离村有十多里地，他儿子在那里开了个养猪场，刘印整天在猪场帮儿子养猪。时髦中年人又开车跑到黄河滩养猪场，找到了刘印。刘印正在煮猪食。他站在一口杀猪锅旁，手握一把小铁锹，在锅里挥锹搅拌。他头发蓬乱，满脸污垢，浑身沾满猪食，脚下还有几只小猪崽叽叽叫着，在那儿乱拱。这难道就是那个远近闻名的乡厨？来人看着刘印的这副模样，迟疑了一下。很快，他不由自主地看了看那一锅香味扑鼻的猪食，又问了问刘印一些做厨方面的问题，然后一拍大腿，扔给刘印儿子三千块钱，拉着刘印上南方去了。

没多长时间，村里有人看见，在南方一座名城的大街上有一家饭馆，饭馆的门口悬挂一横匾额，匾额上用斗大的字写着："河南名厨刘印，祖传乡厨手艺。"过了两年，刘印家拆掉了祖上留下的三间破瓦房，盖起一座两层混砖小楼。村里大都是茅草房，小楼就成了村里的标志性建筑。又过了几年，刘印在那座城里自己开了个饭馆，名字叫"刘氏豫乡厨"。"刘氏豫乡厨"靠着刘印祖传的厨艺，专做刘印祖传的菜肴，名气越做越大，生意越做越火，钱也越挣越多。赚了大钱的刘印，在那座城里买了一套别墅，接走了村里的儿子和孙子。

十多年后，七十多岁的刘印告老还乡，回到村里。有人闲聊时对刘印说：

"爷儿们，你做了一辈子厨，只是太不讲究了。"

"没有条件还讲究个啥？现在做厨可真讲究，用洗衣粉炸油条、硫黄熏馒头、苏丹红腌辣椒、甲醛泡海参、三聚氰胺拌牛奶，咱爷儿们可从来不用那些东西。"

刘印说完，淡淡一笑，走了。

## 缸圈妈

缸圈妈因生了个儿子叫缸圈而得名。她真正姓啥叫啥，村里很少有人知道，但她在村里却是个很有名的人。她中等个儿，有些肥胖，衣着打扮极不讲究。夏天穿一条短裤，赤裸着上身，光脚丫子拖着木底鞋，手拿一把破大芭蕉扇不停地扑扇，扭着浑身颤抖的肥肉满街走动。缸圈妈脖子肉多，腮帮子肉厚，腔调粗，嗓门大，快言快语，半条街的人都能听见她的笑声骂声和说话声。

缸圈妈虽然人粗陋，却一直想把自己当成有知识的人。

20世纪50年代农村扫文盲,缸圈妈只读了两天夜校,第三天就拿着一张报纸坐在大门口的青石头上认真看,嘴里啧啧有声,发现有人过来,声音就更大。小学生们放学回家,发现缸圈妈在读报纸,很新奇,都围了过去,发现报纸是反着拿的。有人嘴快,说:

"三婶你把报纸拿反了。"

"恁妈那×净胡扯,我这是让你们看的。"

缸圈妈还爱唱乐谱,不过她只知道"1,2,5"三个音。就用这三个音,她能把《东方红》《大海航行靠舵手》的曲调全部唱下来。她还会唱一首歌谣:"七门庄、八晁村,骑着方头到贺村。东林肇、西林肇,中间有个济渎庙。济一济,尿一尿,一泡尿到牛林肇……"我长大后才知道,她唱的都是村名。她用这首歌谣,把周围十几里几十里范围内的村子连在一起,方便人们记住这些村子。

缸圈妈敢作敢为,不拘小节,不知羞耻。一次,邻居刘小胖和缸圈打架,一边打一边骂:

"我×恁妈!×恁妈!"

缸圈妈听见了,跑过去把裤带解开,揪着刘小胖的头往裤裆里塞,一边塞一边说:

"我让你×,我让你×,不怕掉进去淹死你?"

刘小胖吓得哇哇大哭。秋收后社员们剜地,一个本家兄弟在不远处拿着家伙撒尿,一边撒一边朝缸圈妈喊:

"三嫂、三嫂,快来看看这是啥?"

缸圈妈莞尔一笑,提着铁锹跑了过去,说:"你等着,太远了,嫂子我看不清楚,把那家伙铲下来,我才能看清楚那到底是啥驴玩意儿。"

那个本家兄弟,吓得提起裤子撒腿就跑。满地里干活的社员,又笑又喊又叫又跳。

缸圈妈干活胜过有些男子汉。冬天赤脚跳进冰冷的河水里疏挖河道,春天下到几米深的土井里掏井,夏天光着膀子在打麦场上像牲口一样拉着石磙碾麦，秋天剜地、担粪、提耧耩麦，样样干得都很出色。1958年"大跃进"时，驻村工作组长老靳组织拉大车比赛，辛民赤裸着膀子，肚皮上画个红太阳，两个耳朵上挂着大雷炮，双手驾着辕在街上跑，满以为没人敢和他叫板。没料到迎头碰见了缸圈妈。缸圈妈也拉着一辆大车，赤裸着上身，肚皮上画着一匹长着翅膀的飞马，耳朵上挂着两条红绸飘带迎风飘动，最引人注目的是她那两个像气球一样大的乳房，在乳头上系着两朵大红花。缸圈妈双手驾辕，一边拉大车还一边唱：

社会主义像大车，
俺拉大车像飞马。
一天能跑一万里，
转眼跑到老君家。
太上老君哈哈笑，
要到咱村把车拉。

最后老靳拍板，缸圈妈得了第一，拔了头筹。理由是妇女能顶半边天，缸圈妈不仅能拉大车、画飞马、戴红花，还能歌唱社会主义。

"文化大革命"中，村里"似火烧战斗队"队长马细组织社员们背诵毛主席语录比赛，很多社员说连字都不认，咋背？但缸圈妈对马细说：

"我出身贫农，对毛主席的阶级感情最深，毛主席说的都是我的心里话。只要你马细把毛主席的话说一遍，我就能背下来。"

"真的？"

"真的！"

"毛主席教导我们，'政策和策略是党的生命。'"

"毛主席教导我们，'正吃和吃了都为的活命。'"

社员们哄然大笑。

马细说："错了。"

缸圈妈说:"毛主席说得多好啊,哪会错?"

马细给她解释一遍,缸圈妈才知道真错了。但她不服输,说:

"那一句太长了,再教一句短的,我肯定会背下来。"

马细说:"毛主席教导我们,'为人民服务。'"

缸圈妈说:"毛主席教导我们,'喂卫民红薯。'"接着又自言自语地说:"毛主席多伟大,连咱村老和尚家的卫民都认识,还怕卫民饿着,要我们喂他吃红薯,毛主席真是咱贫下中农的贴心人啊。"

社员们听了,一个个笑得前合后仰。缸圈妈不笑,一脸胜利者的表情。马细突然翻脸了,说:

"缸圈妈,你恶毒篡改毛主席语录,是现行反革命!"

"扯恁娘那脚!老娘我娘家婆家,几代都是老贫农,咋会是现行反革命?"

"不行,缸圈妈的现行反革命流毒,必须现场肃清!赛背会马上变成批斗会,批斗缸圈妈,肃清她的流毒。"

马细革命立场坚定,一点也不动摇。批斗会刚开始,缸圈妈说:

"我要尿尿。"

"装洋蒜,不行,不能去厕所。"

马细话音没落地,缸圈妈突然把裤子脱了下来,露出又肥又大的屁股,蹲下就尿,羞得社员们撒腿就跑。马细也捂着脸边跑边骂:"真他×的不要脸。"

缸圈妈一边尿一边说:"恁再革命,还能不让俺尿?"

此后,只要马细说要批斗缸圈妈,缸圈妈就说她想尿尿、想拉屎,弄得马细没办法。一直到"文化大革命"结束,马细再也没敢动批斗缸圈妈的念头。

去年回家,听母亲说缸圈妈去世了,活了一〇三岁。

## 7　崖边鲜花*

七月的成都真热。骄阳火一样，热辣辣地炙烤着街道、广场、楼房、树木、花草等。人走在太阳下脚步匆匆，像是热锅上的蚂蚁。不经意间，天边涌上来一团团乌云。几道闪电，把那乌云撕裂开来，接着传来几声炸雷，落下了一阵小雨。空气变得潮湿憋闷，人像在蒸笼里，浑身出汗，衣服和身上的肉黏在一起，感觉非常难受。我拉着小行李箱，提着一捆从古旧市场淘来的旧书，上了开往北京西站的高铁。

真好，车厢里放着冷气，我顿时觉得凉爽起来。

我坐的是5D号座位，靠着通道。左边是5F，靠着窗户，空着。前排靠窗的位置是4F号，坐着一个小伙子。他看见我拿的箱子有些沉，立刻站起来转过身子，帮我把箱子放到了行李架上。小伙子憨厚热情，看上去二十岁左右，近一米八的个子，胖瘦适中，大眼睛，高鼻梁，皮肤白净，长发分头，黑发中有几缕染成了淡黄色。上身穿一件黑色的短袖T恤，下身着淡黄色宽松肥大的裤子。

"谢谢，小伙子。"

我是发自内心地感谢他。那小伙子微笑着，没有说话，只是轻轻摆了摆手，一副无所谓的样子。接着，又来了一个女人，四十多岁，个子矮

---

\* 原载《山西文学》2021年第4期。

小，精瘦如猴，推着一个拉杆箱。她走到与小伙子挨在一起的4D座位，提起拉杆箱往行李架上放。举了一次，没能放上。再举时，那小伙子站了起来，帮她放好了拉杆箱。

那女人说："谢谢！"

小伙子微笑着，也没有说话。

这小伙子，看来不太爱说话。也许是懒得说话。我发现小伙子的脸色有些疲惫，目光有些恍惚，像是没睡好觉。果然，整个车厢的旅客你来我往，还没有安顿下来，他就用一件海蓝色夹克衫兜头盖上，隔开了周围的闹腾和混乱，睡觉养神去了。

我独自一人回北京，窝在这小小的天地里，要熬过十多个小时。人多嘈杂，枯燥乏味，想起来就心里有些发怵。不过还好，我喜好看书。书是人类进步的阶梯。读书也是爬在这阶梯上消磨时光的一种方式。我便在那捆旧书里，挑出来一本《妇女与社会主义》。这本书的作者是奥古斯特·倍倍尔，写于1879年。1955年三联书店翻译出版。我过去听说过这本书，一直想看，却一直没能找到。

奥古斯特·倍倍尔这个人，目前在我国知道他的人不多，尤其是年轻人。他出生于德国，曾经是世界名人，风靡世界。他是19世纪德国社会民主党和第二国际的主要创始人之一，与马克思、恩格斯的关系非常密切。恩格斯临终前，指定他为自己著作的遗嘱执行者之一。他写的《妇女与社会主义》一书，当时和后来相当一个时期，享誉世界，被誉为马克思主义最早研究妇女问题的重要文献。它探讨了过去与现实中妇女生活的状况，为世界妇女的觉醒、奋斗和解放指明了道路，对未来社会主义妇女生活做出了科学展望。遗憾的是，现代社会早已把他淡忘了。很多妇女根本就不知道这个老头是谁。不过话说回来，世界妇女们即使根本不知道有这样一个老头，根本不知道有这样一部让自己获得新生、享受幸福的经典，还不是一代又一代地走到了现在？还不是潇洒自由地走向丰富多彩的新生活？现实就是这样：再好的理论，再有名的人物，一旦离开了所处的社会，一旦成为历史，就像是历史长河上空飘游散去的云。这社会离开了谁，太阳照常升起，地球照样转动。

车厢里已经安顿下来了。旅客们已各就其位，通道里已无人走动。只有年轻利落的女列车员在忙碌着，她手脚麻利地整理着行李架上放得不规范的行李。我看了看表，离开车还有一分多钟，身边的5F座位依然空着。

我的心里一阵轻松。

"快点，马上就要开车了，怎么就不能提前来几分钟？"女列车员的声音在耳边响起。

一个姑娘五大三粗的，满脸冒汗，厚厚的嘴唇上叼着一张蓝色的车票。她一手提着黑色手提包，一手拿着手机，风风火火地进了车厢。女列车员伸手取下那姑娘嘴上的车票，看了看，指了指我坐的方向，又整理行李架去了。

那姑娘走到我身边，站住了，像座敦敦实实的肉山。我顿时感到了一种气势，一种压抑，呼吸有些急促困难起来。姑娘很年轻，看上去二十一二岁，但骨骼粗壮，人高马大，披肩黄发，一脸肥肉，蒜头鼻子，嘴唇厚实，眼睛不大，有些似醒非醒的神色。她上身穿一件淡黄色运动衣，左胸印有"CD体育学院"，字号如新疆熟透的大枣，色泽鲜红，引人注目。下身穿黑色半截裤，紧紧绷在屁股、大腿上。屁股肥硕，大腿粗壮。小腿肚子光着。宽大厚实的脚板上，穿一双黑色运动鞋。我猜测这女生，在学院里大概学的不是举重，就是摔跤。

"先生，请让一下，这是我的位置。"

姑娘的嗓音很粗，有些嘶哑，吓了我一大跳。如果只听声音不见人，会以为是到了盛产人妖的东南亚某国。姑娘取下嘴里的车票，指了指5F座位。我赶忙趄一下身子。那姑娘肥硕的屁股几乎是贴着我干瘦的老脸，走过去坐了下来。二等座位本来就不太宽敞。她的胳膊粗壮，和我的大腿差不多。上臂的一坨肌肉耷拉下来，压在我的胳膊上，像压着沉甸甸的沙袋。

真让人无可奈何。我赶紧把身子往外面挪了挪。看来这一路，我是不会轻松的了。这个体育学院的姑娘，会让我受尽那难言、难受之苦。出门在外，旅途中遇到的，绝不都是宽松、开心与幸福。

列车开了。离开站台后，很快就提速了。车厢里座无虚席，旅客们个个都很忙碌。有兴致勃勃专心致志心无旁骛低头玩手机的，有大口大口往嘴里塞着东西有滋有味嚼吃的，有用手捂着半边嘴脸带着激动神秘兮兮打电话的，有抱着孩子解开衣襟脸上带着自豪神情喂奶的……侧脸右望，过道对面靠窗的位置，坐的也是个女人，四十岁左右，在照小镜子，很专注。那是一张并不年轻的脸，上下左右摆动着。另一只手，满怀希望地往脸上拼命涂抹揉搓着化妆品之类的东西……

一阵鼾声传来，是前排4F号座位上的那个小伙子。他虽然用海蓝色夹克衫蒙着头，依旧可以听见那鼾声，清晰而不聒耳，酣畅而无节奏。

"先生，请让我出去一下，谢谢！"

是胖姑娘。她离开了座位，扭着肥胖的屁股，一撅一撅地走了。大约二十分钟，她再回来时，身后跟了一个乘警。那姑娘脸色有些不太好看，有些阴郁，有些无奈，像一只被猎获的母兽。她拿上自己的东西，跟着那乘警走了。

列车在飞驰。我放下书，望着窗外。连绵起伏的山峦，火车在悬崖峭壁上行驶，一会儿贴着山崖，在离山崖只有几十厘米的地方飞驰而过；一会儿在下面是万丈深渊的桥上驶过。我看过资料，这是西南地区最为险要的一段铁路，当年修筑这段铁路是为了三线建设，备战备荒要准备打仗，曾动用了铁道兵几个师的兵力，平均每修筑一公里就有一个战士倒下去。车厢里的旅客都在兴致勃勃地欣赏着窗外的美景。美景往往和险景相伴，最危险的地方往往是景色最吸引人的地方。珠穆朗玛峰最险要的高达七八千米的峰峦，每年都有几千人忍受着胸闷头疼气短等各种痛苦，冒着雪崩、坠崖、掉进冰缝甚至丢掉性命的危险，前去观赏奇景、体验幸福。柏拉图说："幸福和痛苦是同时发生的。"欧洲文艺复兴时期的哲学家布鲁诺说:"没有痛苦,即也没有快乐。"古希腊哲学家伯利克里说得更加干脆:"幸福和死亡同在一起。"我这么想,是因为当年,我曾经也是激情满怀的驴友,钻过乌蒙山区的地下暗河,攀登过世界屋脊珠峰,去过险情环生的南极……

列车在飞驰。我放下书,望着窗外。列车进入山区。连绵起伏的山峦。涵洞多了起来,一个接着一个,车厢外一会儿黑暗一会儿明亮。渐渐的,山峦变成了丘陵。接着,丘陵又开始变小,变少。终于,窗外变成了原野,一马平川,开阔无垠。夕阳下,是一片一片的水田,白墙红瓦的村舍……

天渐渐黑了下来。

我一直在想着那个姑娘。那姑娘一走,敦敦实实的肉山没有了,我忽然感到心里空落落的。人心不能空着,空着就容易胡思乱想。我一直在想着那胖姑娘是遇到啥问题了,可是她却一直没有回来。右面隔着通道的邻座,是一个膀大腰圆腿粗胳膊壮的男人,光着头,头顶上闪动着油腻腻的光。他看上去五十岁左右,壮得如一头马赛马拉草原的野牛。上身穿着黑色的无袖短衫,下身穿着裸露大腿的黑色短裤,大腿和胳膊上满是刺青,盘绕交错花里胡哨的,分不清楚是啥图案。臃肿的脖子上套一条金项链,小拇指头粗,在灯光下闪烁着黄惨惨的光。他要开始进晚餐了。他把面前的小桌板放了下来,摊开一张皱皱巴巴的报纸,从地上放着的纸袋里掏出一只烧鸡,放在小桌板上。这男人一把撕下一条鸡腿,塞进嘴里,咯吱咬下一大块,没等咽进肚子,又端起旁边的一听德国黑啤酒,滋溜喝了一大口。

这头野牛,洒脱中带着野蛮,胃口真好。

中庆市北站到了。车厢里的灯光一下子亮堂起来,由昏黄变得如同白昼,犹如一场好戏拉开了帷幕。一个打扮时髦,娇小妩媚的姑娘走进了车厢,推着一个黄色的大箱子。她的出现,吸引了车厢里不少人的目光。不知道哪个位置,发出了嘘嘘声。一个孩子正在大声啼哭,"别哭!"那大概是孩子的父亲，呵斥声粗暴严厉。孩子没再哭出半声来。那头马赛马拉野牛，正吃着烧鸡，看见了那姑娘，眼睛立刻瞪得溜圆，手里捏着的一块鸡胸脯，定格在嘴边。那嘴半张着，唇和胡须发着贼亮的光，油乎乎的腻人。

姑娘走到我跟前，站住了。她用那双漂亮的眼睛，看了我一下。然后，推着大箱子，往一等座车厢去了。这种姑娘，一般是不会坐这等车厢的。

一阵铃声响过，列车离开了中庆市北站，很快就提速了，飞驰起来，呼啸着。

前排4F座位上的那个小伙子，依然蒙着海蓝色夹克衫在睡觉，传出来的鼾声，依然是不高不低，酣畅香甜。4D座位上，那个四十多岁、个子矮小、精瘦如猴的女人，自从上了车，就捧着手机，不停地玩着游戏。那游戏一定非常复杂精彩，逗得她嘴里不时地发出感叹，有时是笑声，有时是啪啪啪地拍打自己大腿的声音，弄不清她是兴奋还是遗憾。

突然，我闻到了一股淡淡的清香。一侧头，噢，是那个年轻漂亮的时髦姑娘，又站在我身旁。大箱子不见了。她一只纤细嫩白的手，提着一个金色链子的白色小皮包，豪华精致。另一只手的两个指头尖，捏着一张车票。姑娘看着我，不吭声，一双媚眼微笑着。我的心有些发毛。她用拿票的手，在我的眼前画了个小小的圆圈，然后，点了点5F的座位。姿势轻柔而优雅，像个有修养的哑巴用肢体打着哑语。

我明白了，赶忙欠了欠腿。姑娘轻盈地从眼前飘过，坐在了5F座位上。

车厢里，发出了一阵声响，喊喊喳喳的，像是有不少人在窃窃私语。我耳朵有些背，听不太清楚他们私语的是啥。我只是觉得奇怪。这5F座位上，原本是一个牛高马大胖如肉山一样的姑娘，咋换成了一块娇小妩媚的小鲜肉？这是在变魔术，还是在演电影？我心里直犯疑惑。该不是在做梦吧？

这个姑娘绝对的现代美人。身高一米六上下，年龄二十岁左右，一把淡黄淡红淡蓝相间的秀发，像捆着的一把墩布甩在脑后，右耳朵上打着五个银色耳钉，闪烁着亮光。一双秀美的眼睛，弯月眉，长睫毛，双眼皮，大黑眼珠子，忽闪忽闪的。这姑娘身材极好，蜂腰丰乳。鹅黄色无袖网眼短上衣，短得上露半个胸脯，下露着肚脐眼儿，粉红色的乳罩清晰可见，裹着一双高耸的乳房。下身是白色毛边短裤，裤腿超短，几乎短到大腿根部。两条修长光洁的大腿，细腻白嫩，上面有刺青图案，各有一只彩色的凤凰。那两只凤凰，有拳头大小，是刺的还是贴的画？分不清楚。它们欢快地展开青蓝色羽毛的翅膀，昂着酱紫色的脑袋。尤其是那两只小凤凰的嘴巴，长长的，尖尖的，红艳艳的，格外引人注目。更吸引人眼球的是，一个尖嘴大大地张开着，另一个尖嘴微微地闭合着，一张一合的两个尖嘴，隔着姑娘两条大腿的缝隙，相互之间急切地张望着，像是盼望着要热烈地接吻，却被两条大腿无情地隔离开了。

我略微有些遗憾的是：这姑娘戴着一只黑色口罩（这是发生在新冠疫情之前的事），看不见她的鼻子和嘴巴。我想到了白居易，想到了他"犹抱琵琶半遮面"的诗句。这全车厢里，大概就她一人戴着口罩。

"姑娘到哪儿？"

"我到哪儿，需要告诉你吗？"

姑娘的眼睛并不看我，语气不高不低，神情不卑不亢，噎得我不知道该再说些啥。我的天，这样的年轻人我还是第一次遇到。不过让我想起了一句话：人到老年别多话，人到中年别多情。

姑娘说完这句话，便不再理会周围的世界，犹如坐在自己闺房里，纤细白嫩的手，从小皮包中掏出一个精美的手机，十个灵巧的指头不停地点动，拨发着信息。她手指头上的指甲，约有一公分长，弯弯的，涂满了黄色金粉。

我不再吭声，拿起《妇女与社会主义》，打发无聊的时光。正好，我看到倍倍尔的一段话："妇女离家外出，必须戴上面纱，以免引起其他男人的情欲。在东方，由于气候炎热性欲要求强烈，所以直到今天还流行蒙面纱的隔离方法……"

我笑了。当然是在心里笑，没敢笑出声来。

过道右边的邻座，就是那头马赛马拉野牛，已经不再吃烧鸡，改吃俄罗斯火腿肠了。他脸色涨红，一手举着啃剩半截的俄罗斯火腿肠，嘴里呼哧呼哧地咀嚼着，一手握着半瓶牛栏山二锅头酒，不时地咕咚灌进嘴里一口。眼睛里射出的光，像一只饥饿的狼，隔过我，射向了5F座。

我思索：姑娘戴的黑色口罩，与倍倍尔老先生说的那流行的蒙面纱，是否具有相同的功能？我的老祖宗，您的这句经典语言，是怎么调研出来的？

不过，车厢里的空调度数低，冷气有些袭人。我不由自主地像是无意间又扫了一眼那头马赛马拉野牛。野牛的眼光依然热烈，火辣。姑娘身上的缕缕冷香，不时地扑鼻而来。

我没事瞎琢磨：这小美女是干什么的？

"先生，我出去一下。"姑娘的声音，轻细，柔和，低得大概只有我能听见。

我偏了一下腿，姑娘身轻如燕地从眼前飘过去了。过一会儿，她又回来了。一身的打扮全变了。紫红色的长袖上衣，肩上胳膊上，后背前胸，开着几个不规则的窟窿。裤子是牛仔布做的，大腿上撕开两个巴掌大的窟窿，边沿的线头凌乱，像被耗子刚刚撕咬过。两只凤凰从窟窿里显露出来，像是在毛茸茸的窝里卧着。她裤子的膝盖上，小腿肚上，也分布着一些窟窿，大小不一，宽窄不同，形状各异，边沿都很凌乱，都像是被耗子撕咬过。旧社会的叫花子们做梦也不会想到，他们当年衣不蔽体无可奈何的装束，成了现代年轻人最喜欢、最流行的服装。祖宗们如有在天之灵，肯定会疑惑这些后世子孙是在讽刺他们，还是在讽刺时代？姑娘的脚上，是一副白色呱嗒板木鞋，横拦在脚面的带子上，是长长的绒毛，黑色的，弄不清是兔毛、狗毛还是其他杂毛。不过，从黑毛中钻出的十个脚指甲上，倒是色差明显，俏丽刺眼，个个涂着血红的油彩，像摆放着十颗红色的小樱桃。

列车在飞驰。姑娘已经不再玩手机了，像一尊戴着黑色口罩的雕像，沉默不语，一动不动地坐着，望着窗外，像是在思考着什么。

窗外一片漆黑，偶尔闪过星星点点的灯光。

车厢里已寂静起来了。4F座上的蒙头小伙子，鼾声依旧。我却毫无睡意，打开座位顶上的阅读灯，继续看《妇女与社会主义》。

晚上九点四十分，火车到了辛阳东站，停了两分钟，又开了。

终于，那姑娘摘下了黑色口罩，露出了一张完整的脸。呵，这是一张多么漂亮精致的脸！细高俊美的鼻梁，红润丰满的小嘴，厚薄适度的尖下巴，浑身上下，活脱脱一个令人心醉情迷的小美人。

小美人从小白皮包里拿出手机，打起了电话："小四，我×，憋死我了，好不容易忍到了咱们省，才敢给你打电话，漫游费省了。"

语惊四座，大概说的就是这种场景吧！

岂止是语惊四座？小美人的声音特别清脆，特别明亮，特别是"我×，憋死我了"，穿透力极强。惊得我一愣。美感和激情，犹如晶莹剔透的冰山，轰然崩塌。前排4D座上那个捧手机玩游戏的女人，也回过头来，隔着座位间的缝隙，狠狠地剜了她一眼。

"没买上票，买的站票。上了车，见二等车厢有个空座，去找列车长，列车长说，这座原是一个胖姐的，吸面儿，给拘下车了，她的座补给了我。是男的，咋了？姐往他面前一站，没开口他就软了，孙子似的，还给我扫了微信，留了电话，说以后再坐这趟车就找他。"

"这次假期出来，是蹚蹚路，我们年级不少人都跑出来了。小曹？嗨，别提他了，没放假就回CD市了。嗨，他妈去年得了脑血栓，他父亲上个月又得了脑出血，都在医院住着呢。有啊，他有姐姐，有姐夫，也有弟弟，都在CD市。那是个大孝子，心里只有他爹妈。我这次来中庆，没告诉他。姐自从和他好上，运气就特背。俺俩成不成，还两说呢！"

"好找，中庆市最好找工作的，就像姐这种人，条好，盘亮，有大学生证，最好使。我去过三个地方，带班的姐一看我的证，非要我留下，我没同意，挑挑再说吧。太便宜了不行，上大学这几年，投入太多了。"

"在这儿，我试着上了一次班，那爷，×，快七十了吧？验了我的证，干完活儿，出手就甩一个，说包月，八到十个。姐还要上学，咋包？"

天呐，你听听？现在有些年轻人，真是思想开放，天地不吝，他们在公共场合说话做事，从来不考虑别人的感受。公园里，大路旁，楼道间，地铁里，公共汽车上，有些青年男女，大胆放浪，毫无顾忌，令凡是看见的、听到的人都感到尴尬，无地自容。他们则好像这整个世界里就只有他们自己，他们拥有着这整个世界，随心所欲，为所欲为。

"啥？你都用上妞拉①了？自己给自己注？妹妹吔，你真行。噢，我用的××，低档货。啥？妞拉注一次能顶两年多？好，好，回去姐也用妞拉，一定！"

"鼻子和下巴，我用的是××，快一个月了，也没长好，出门还得戴口罩。钱？小曹？×，以后别再提他，三脚跺不出一块钢镚来。学习好，当个学生会主席，顶××个屁用？还天天教育我，做人要正派，要有远大理想，要有高尚追求，×，他简直像个五六十年代的出土文物。"

我斜眼看那姑娘，黑色的口罩有气无力地耷拉在胸前。姑娘大概是被新发现的妞拉所刺激，极度地亢奋起来，肆无忌惮地打着电话。全车厢除了她的声音，没有任何杂音。

"后天，后天开学。再上不到一个月课，就毕业了，咱两个到中庆市？好啊，中庆市好，打麻，喝酒，做事，钱好挣，绝对生活高质量。小曹？我不是说了嘛，俺俩成不成，还两说哩，以后不要再提他了，提起他，姐心里就窝憋得很。这年月，挣钱才能有出路，有钱才是硬道理，嫁个男人

---

① 后来知道，妞拉是一种新型美容产品，可以隆下颏、隆鼻、隆胸、隆臀及丰唇等，注射后形态自然，容易被吸收。

去受罪,那是傻×。"

我看着《妇女与社会主义》,手里拿着红彩笔,在倍倍尔的一些精辟论述上涂抹:

"当前,大学生中的绝大多数人道德观如此低下,已到令人吃惊的地步,或者可以说他们已腐化透顶。"

"谁出钱最多,她们就委身于谁,她们不知道柔情和真正的爱情是何物。"

"男人遇到的妇女,大多竭力以外貌和容颜取悦男人……如果她们成功地逮到一位丈夫,那么她们已经养成的好打扮爱修饰、好虚荣爱享乐的习惯,婚后也不想改变。这对于男人来说简直是碰到万丈深渊,所以不少男人见到悬崖边上盛开的鲜花,宁可视而不见,决不冒着粉身碎骨的危险去采摘。"

奥古斯特·倍倍尔老先生,您生活在一百多年前的德国,可您对于一百多年后的中国,怎么会这么了解?怎么会了解得这么清楚?

"旅客同志们,汉口车站马上就要到了,要下车的旅客请拿好自己的行李物品,准备下车。"

喇叭声响了起来,播音员的声音清晰而柔和,带着蒙蒙眬眬的睡意。

我看看表,差五分钟夜里十二点。

车厢里立刻骚动起来。有人站了起来,开始从行李架上取行李。那姑娘关上了手机,看样子要下车了。4F座位上的小伙子,取下了那件蒙头的海蓝色夹克衫,站了起来,向后转过脸来。哦,看来他也要下车了,大概是下车前要和我告别。这小伙子,真不错,谁说当今的青年人缺乏修养,不懂礼貌?然而,当我的脸上刚刚露出感谢的笑容,还没有来得及张口说感谢,那小伙子竟然抡起了巴掌,朝着那姑娘的脸上,"啪啪"扇了两个耳光,扇得我大惊失色、目瞪口呆。只见那小伙子转过身去,一言没发,提着双肩包,向着车厢门口,走了。那悠然离去的样子,好像是刚才什么事情也没发生过。

憨厚热情的小伙子这一举动，令我完全没有想到。这人世间有很多突然间发生的事情，往往会弄得你莫名其妙，连做梦都想不到。

那姑娘被突如其来的耳光打蒙了，用手抚摸着被打红的脸，凝视着那小伙子的背影，声调有些发颤："×（曹？），你？"

啊，我醒悟过来了：一朵悬崖边上盛开的鲜花。

# 8  养　生[*]

20世纪60年代,村里有个老头儿,不怎么干活儿,常在村里街上、村外路上和田间小道上跑步。他跑起步来,像个定了速度的机器人,步子不大不小,速度不快不慢。夏天烈日炎炎,他穿着大裤头,裼着脊梁。十冬腊月,他穿着单衣单裤。这老头五十多岁,一头花白短发,脊背宽厚肥实,肚子溜圆凸鼓,像吊着的一只大猪尿泡。腮帮上有两坨肉,那肉不停地抖动,闪动着油腻腻的光。两只眼睛像老挑家的那只大狼狗的一样,炯炯有神,仿佛是把世间的一切东西都要看透了似的。这人一脸的福相,别说是在溟梁村,就是走遍十里八村,也很难见到第二个。不少人认为,他起码能活一百岁。

记不清是哪一天,没看见他。过了好几天,还是没有看见他。以后就一直没有再看见过他。

老挑,小四十岁,尖嘴猴腮的,身板干瘦,裼着脊梁弓着背,伸着鹅一样细长的脖子,满头大汗地拉着一架子车猪粪过来,后面是那只大狼狗,再后面是几只猫,不远不近地跟着。这人有一大爱好:逮老鼠吃老鼠,穿老鼠皮做的衣服,戴老鼠皮做的护耳、帽子。一年四季,他浑身散发着呛人的老鼠气味。当然,村里人都知道,他的这个爱好也是被逼的,

---

[*] 原载《北京文学》2020年第12期,《小说选刊》2021年第2期转载。

那个后来被称为"三年困难时期"的年代,粮食奇缺,人们饿急了,吃啥的都有。

老挑前面是一道坡,我上去帮他推了一把。

从老挑嘴里,我知道那个经常跑步的人已经死了,他叫夏端,就住在坡下那个院子里,死时才五十三岁。村里经常有人死,谁死了都很正常。唯有这个被认为能活一百岁的人突然死了,我心里多少有些意外和遗憾。

我开始注意那个院子。那院子极其平常,在农村随处可见。门前横着一条土路,围墙外是生产队的菜地,种着白菜萝卜西红柿南瓜豆角之类的蔬菜。四周没有邻居,围墙是黄土筑的,有一人多高,夜来香、牵牛花、带刺的紫藤等,兴致勃勃地爬满了围墙,有些藤尖儿不安分地冒出来,在微风中摇晃着高傲的头。院子里看不见树,一座薄瓦房的脊,羞羞答答地从院墙顶弓露出来。两扇大门始终关着,门口长满了葛巴皮草、鬼圪针、蒲公英、蓑衣草等,覆盖了原有的道儿。常有一只大公鸡带着几只母鸡,昂首挺胸地挥动爪子,在草丛里、土里刨东西吃。母鸡们不时地咕咕咕叫唤,像是吃到了美食满心喜悦。

这个院子荒芜了。

后来,我进入这个院子,才发现院子里竟然还住着一个人,一个孤老太太——夏党氏。她看上去八十多岁,后来知道她已九十六岁,三寸金莲,满头白发,身体清瘦,精神矍铄,上身穿着蓝粗布大襟上衣,掩裆裤,裹着绑腿,穿一双又尖又小的黑布鞋。脸上皮肤白净、细腻,几道浅浅的皱纹趴在额头,她的两只眼睛,经常是半睁半闭着,透露出的神色自信、平静、慈祥。

夏党氏问:"你,××的儿子吧?"

我点了点头。

"哦,××的孙子。"她认真地打量着我,顺口说出了我爷爷的小名。我发现,她说我爷爷名字时,眼珠子立刻像点亮的灯,睁大开来,发出了异样的光,"都长贼大了?"

这话说的，谁的孙子能不长大？再说，我爷爷奶奶已经故去了多年，奶奶死得比爷爷还早，我那时还很小，对他们的印象模模糊糊，弄不清晰他们的眉眼相貌。后来听人说，夏党氏从外地回来没多长时间，我爷爷就去世了。

我是受了村革委会主任张黑毛的指派，来为夏党氏做好事的。张黑毛和我家沾点老亲，他是我爷爷他姑姑的外甥。大做好人好事并且不计任何报酬，是党的号召，也是一种非常时兴的社会风气，目的是培养贫下中农子弟从小要养成一种助人为乐的良好品德。我为夏党氏做好事，主要是帮她担水、扫地、掏茅缸、挑粪，干些体力活儿。她现在是无儿无女，孤身一人，是村里的"五保户"。张黑毛说："她的丈夫已经死去了多年，听说当年和红军还有点啥关系，到底是咋回事，政府还正在调查，不管咋说，这老太太年纪大了，还是要照顾的。"要不，我也不会见到这位出土文物一样的老太太。

我非常喜欢这个院子。东北角有一口手压的水井，轻轻一压手柄，清凌凌的水就欢快地流了出来，下面有一个青石头琢成的水槽，半尺高一尺宽二尺长左右，水槽的一头有个拳头大的眼儿，水从眼里流出，顺着水沟浇灌着菜园。院里宽敞干净幽静，种着一沟小葱两行玉米三畦白菜和几畦萝卜茄子红薯西红柿等，绿意盎然，生机勃勃，弥漫着一种清新的气息，真像个世外桃源。这样的院落，这样的居住环境，在后来的溟梁村已经完全消失了。

我家要是有这么一个院子该多好！我们家十几口人，挤在一个又小又窄的院子里。过道里两个人碰面，侧着身子才能过去。夜里走路稍不注意，常常会相互撞头，撞得头晕眼花直冒金星，我有两次鼻子还碰出血来。尤其是我们弟兄五个，天天窝在家里，惹得我妈直叹气："看看你们，一个个枪橥一样，满院子晃来晃去，将来给你们说媳妇，谁能看上咱这院儿？"就俺家这院儿，简直像一扇磨盘，压在我妈的心头，用她的话说："让我少活多少年。"弄得我们弟兄几个憋闷的，连喘口气都不均匀。你们不知道，农村里姑娘寻婆家，首先要相男方家的院落。相就是看，看男方家的院子宽不宽敞，尤其要看有没有瓦房。村南头的那个小名叫狗尾巴的，歪嘴塌鼻子独眼儿，说话颠三倒四不成句子，一天到晚流着口水，谁看见了都感到恶心。就这么个货，就因为他家是独门独院，有一座大瓦房，他又是个独子，比我还小三岁，前年就结婚了，找的媳妇那个漂亮，活像电影《铁道卫士》里的女特务王曼丽。

"来了？"夏党氏说，"坐，说说话。"

这我很乐意。可坐下来没说几句话，我就发现很尴尬。

夏党氏问："咋不读书啊？"

我说："闹革命，停课了。"

夏党氏问："闹啥子革命，咋还停了课闹？"

这，谁三言两语能说得清楚？

"不读书，不识字，肚子里不装上几个字眼儿，长大了成个憨凶球，你凭啥子吃饭？"

菜地边那两行玉米已经快成熟了，穗有小棒槌那么大，鼓胀饱满，龇牙咧嘴地在微风中憨笑。我看着它们，没再吭声。

"就你们这些小屁孩，脱了开裆裤才几天，就闹起革命？你们懂个棒槌吆？"

你听听，就这么个老太太，你能和她聊？这话要是传出去，造反派能要了她的老命。

夏党氏大概不知道，现在社会上，像我们这样的学生，都叫作红卫兵革命小将，被誉为"早上八九点钟的太阳"，"肩负着人类的命运和世界无产阶级革命的希望"。他们正意气风发斗志昂扬地走出了学校，在广阔天地里，扇"破四旧、立四新"的风，点"革命无罪、造反有理"的火，发"舍得一身剐，敢把皇帝拉下马"的誓，走"重上井冈山"的路，喊"读书无用""知识越多越反动"的口号，把整个世界弄得风云激荡。他们无论到了哪里，革命群众都把他们当神敬。我家土改时被划为老中农（后来相当于下中农），不是革命的依靠对象和中坚力量，不允许冲锋陷阵前去造反，只允许跟在革命小将们后面帮他们拿拿衣服或抄家弄来的东西，随声附和他们喊喊口号，总之是做些辅助打杂的事。但我打心底里感谢他们，给我创造了一个冠冕堂皇不读书的环境。因为我有个毛病：一进学校门就头晕，拿起书本就头疼，在教室里待上一天，就如同霜打的茄子，头晕眼花走路直想摔跟头。憨凶球才天天读书识字哩。

我天天都想着去夏党氏家。

夏党氏是个非常勤快的老太太，黎明即起洒扫庭除，不停地忙活。我每次去，庭院和屋里，她总是收拾得干干净净、利利索索，让你无从下手，不知道该干些啥。夏党氏性格很直爽开朗，爽言快语，见到我总是说："来了？坐，说说话。"接着就开始叨唠："恁爷，那可是个肚子里有字眼儿的人，常听他说，从小读书不用心，不知书中有黄金。早知书中黄金贵，恨不当年早用心。这些话，我都记得清清楚楚，你是他孙子，咋不懂得这个理儿？"

要不就说："一寸光阴一寸金，小时不读书，长大落伤悲。快回学校读书识字去吧。"

"那哪行？学校都停课了，我是村革委会派来的，我的任务就是帮您干活儿，陪您聊天。"

我发现，夏党氏很少与村里人交往，除了张黑毛半个月一个月地露一下脸外，也很少见到村里有什么人来看望她。她孤独而不苦闷、娴静而不忧郁，生活过得平静如水、悠然自得。一天，我进院后屁股还没坐下，推门进来一个孩子，十三四岁的样子，红扑扑的脸蛋，额头冒着热气，肩上扛着一个小布口袋，胳肢窝夹着一个细腰两头粗的弯脖子南瓜，那口袋里大概是装的米面粮食。那孩子一脸的稚气，叫了她声"姨姥姥"，看着我微微一笑，进屋去了。

"亲戚，十里铺的。"夏党氏对我介绍说，然后声音突然提高了八度，

"以后啊,你就别来了,我死了,这院子有人䞍①。"

这后一句话扩散开来,满院子里跑,搞不好会飞出墙外,连外面过路的人大概也能听见。

我一头的雾水,满脸诧异,啥意思?

夏党氏笑了,偷偷地笑。当她那一丝笑意飘过之后,两眼半眯缝着,神情变得平静,变得深邃,像生产队那眼机井里的水,清澈不见底。真是令人莫名其妙。

那个小亲戚进屋里放下东西,出来走了。以后,他时长不短地来,带着些米面食物等。这孩子很少说话,他来回要跑十多里的路,也真够辛苦的。

夏党氏说:"孙子,这院儿恁那个爷,弄了一辈子中草药。在西康省,后来改叫四川省雅安,开有一家大药房,天天配药制药,整年往云南贵州西藏卖药。1935年冬天,红军在名山县的蒙顶山打仗,他去送了几次药,后来又去送药,就再也没有回来。"

"听人说了,那个爷好像与红军有啥关系。"我立刻有些兴奋起来,"他要真是红军,您就是红军家属,政府每个月会给钱的,您咋不去问政府要?咱村有两个参加过抗美援朝的,每月还领好几块钱哩。"

"人都没有了,要钱有啥用?"夏党氏接着就说起了另一个话题,"孙子,这院儿恁那个伯,该叫伯吧?嗯,该叫伯,他比恁叔大。我生他时,恁爷还没和恁奶奶结婚哩。知道吗?恁奶奶的小名叫××,和我娘家是一个村的,邻居,俺俩从小就是好姐妹,好得像一个人似的,还是我做的媒,把她说给了恁爷。"

这话真是扯得太远了,可我听着很新奇。

老太太说完这话,又变得沉默不语起来。那神态,像是去了很远的地方漫游。过了一会儿,她说:"恁爷奶奶结婚后没多长时间,我就跟着这

---

① 䞍(qíng):继承财产。

院恁那个爷，跑到四川雅安做药材生意去了，离家好几千里，一去就是几十年。"

听说过四川，就是那个为了保护生产队的海椒奋不顾身舍生忘死被偷海椒的地主活活掐死了的少年英雄刘文学的家乡。雅安，谁知道它在哪儿？

"孙子，来，"夏党氏迈动着小金莲，带我到东间屋，说："把这间屋拾掇拾掇，省得你每次来了没事干，闲得叫唤。拾掇干净了，你可以在这儿读书写字。"闲得叫唤，是村里人嚼（土语：骂的意思）牲口的用语，嚼那些牲口没活儿干时，闲得无聊，胡跼蹄子乱叫唤。大人用这句话来嚼孩子，显得疼爱亲昵。

后来，她一直叫我孙子。日久生情。时间长了，我觉得她好像就是我的亲奶奶，我就是她的亲孙子。不知道为啥，我常想起我的爷爷奶奶，虽然他们已去世多年。

东间屋久无人住，一股陈旧腐败发霉的中药味道扑鼻。地上落了一层浮土，踩上去一步一个脚印。棚顶布满了蜘蛛网，墙角的一张网很大，有葱花油馍那么大，三只灰色的蜘蛛，鼓着圆溜溜的肚子，懒洋洋地在网中间爬着。这些蜘蛛贼精，一旦感到情况不妙，很快就爬上墙逃之夭夭了。墙上悬一横匾额，二尺多长，一尺多宽，毛笔字遒劲有力，有小碗口那么大：

"无病吃妙药，锻炼强筋骨。"

匾额框上，爬着两只壁虎，土灰色的，一大一小。匾额下面的墙上有许多钉子，挂着锯开了把儿用绳子连着当盖子用的干葫芦，大大小小十多个，每个葫芦上都有字，毛笔写的：冬虫夏草，麦冬，人参，枸杞，灵芝，菟丝子，肉苁蓉，瓜蒌等。地上有三把杌子（读音 wù zi，小木板凳），一张旧木板桌。桌上杯盘狼藉，放着一些小碗、盘子、小勺、杯子等，靠墙放着六个大口玻璃瓶，一尺多高，盖着盖子，屋里的一切都落了一层灰尘。墙上挂一个本子，取下来抖几下，封面上的灰尘纷纷落下，我翻开看，上面用毛笔小楷写着：

一、生育

1. 紫石英6钱，川椒0.3钱，川芎、桂心各1.2钱，川续断、川牛膝、仙灵脾、当归各3钱，菟丝子、枸杞子、香附、赤白芍、丹皮各2钱，水煎服。温肾养肝、调经助孕。

2. 枸杞子3钱，覆盆子、茺蔚子、菟丝子、赤芍药、泽兰、香附、丹参各2钱，紫石英6钱，于月经周期第11天开始服，每日1剂，连服3~4剂。

3. 当归8钱，白术、茯苓、生地、川芎各6钱，人参、白芍、牛膝各5钱，砂仁、香附、丹皮、制半夏各4钱，陈皮3.6钱，甘草2.4钱，生姜0.6钱。将上药和匀，分为10次剂，每日服1剂，水煎空腹服。月经未行服5剂，月经行后，再服5剂。调经育子。

4. 当归、赤芍、丹参、泽兰、红花、香附、茺蔚子各2钱。水煎服。对经闭、排卵不畅有效。

二、牙疼

1. 棉花裹生猪油，烤热，咬在疼牙处。

2. 花椒一粒，咬在疼牙处。

3. 大蒜2头，去皮火上烤热切片，贴疼牙处。

4. 绿豆2两，甘草3钱，煮水喝，吃绿豆，治牙疼。

三、实验

1. 葵花籽，公猪蛋，能不能补肾壮阳？

2. 癞蛤蟆，能不能消炎去热？

3. 初生小老鼠，芝麻油泡一年，能不能治疗烧烫伤？

4. 蒲公英，解湿毒，化食毒，消恶肿，预防绝症？

……

这简直是一个湮没在历史尘埃中的乡村中药铺。

噢,我想起来了,那些年,就是夏端伯天天跑步的那些年,村里很少听说谁家有病人,很少看见有人喊头疼牙疼肚子疼的。这几年,村里有好几对年轻夫妇,结婚两三年生不出孩子,急得他们家的老人想上树。有一次,黑老瘫在大街上,边走边用鞋底子扇自己的脸,说是牙疼,受不了,打麻木了算了。

我对那几个大玻璃瓶有兴趣。擦去玻璃瓶上的灰尘,瓶里的液体颜色各不相同,黑的黄的红的紫的,里面泡有什么东西,看不清楚。我掂起一个玻璃瓶跑到院子看,里面泡着两对公猪蛋。又掂出一个玻璃瓶,里面泡着三根干柴棍一样的东西,带着稀稀疏疏的毛,瓶上写着:牛鞭。

夏党氏说:"这院怎那个伯,打年纪轻轻,没病没痛的,就天天配药,吃药,冬虫夏草啦,菟丝子牛膝啦,人参枸杞啦,整天地吃。说啥?吃药能健身。雅安那地方养猪多,怎那个伯,还最爱吃猪肉,越是肥的越爱吃,二十多岁时就胖得二百多斤。上膘了,就天天喝减肥茶,吃减肥药,减不下膘来,就跑路,入冬历夏,沿着那青衣江,天天跑。妈那×,真不知道他是图个啥?磨鞋底费力气,没事找事瞎折腾。"

这是说她的儿子夏端。

我可不这么看,反倒对夏端伯充满了敬意,觉得他敢探索、有追求、会生活,就他能够把自己弄得那么胖,肯定不是个简单人。胖,那是富态,那是有福之人。你看电影里演的那些老地主、资本家和有钱人,哪个不是肥嘟嘟胖墩墩的?有好药,有肥猪肉,谁不喜欢吃?不喜欢吃,那不是有病,就是憨囟球。

你再看看现在这村里,有几个胖人?个个都瘦得像只半死不活的猴,三根筋挑着一个头。人人都想胖,做梦都想,可天天吃的啥?白菜萝卜豆角南瓜西红柿,玉米高粱黄豆绿豆大麦燕麦。拿我们家来说,我妈天天清水煮萝卜南瓜,炒菜经常不放盐,墙上挂的那个油瓶,装着少半瓶棉花籽油,可以说不干重活儿,不过年过节,基本上不动。饭菜清淡寡味,一天到晚，顿顿都是这些东西，看见就反胃。积攒点小米、白面，只有到农忙干重活时才能吃上点儿，还不能单吃，要和那些杂粮搅拌到一起吃（现在有些所谓的营养学家保健养生专家，张口闭口提倡粗粮、低盐、少油，真不知道他们都有啥依据）。一年到头，见不到荤腥，天天盼望着年下（春节），到了年下，才能吃点猪头肉心肝肺猪蹄猪尾巴等各色杂碎，喝点骨头汤啥的。这能胖得起来吗？吃这些东西要是能胖得起来，那除非是狗出汗鸡撒尿公猪能下崽。夏端伯胖得多好！浑身都是肉，白白胖胖、软软乎乎的，像个新出锅的八五面蒸的白面蒸馍，谁看见了，就想扑上去咬一口。这人也是，好不容易吃胖了，干啥还非要天天吃药喝茶跑步减肥？这一点，真不能理解，怪不得他那么短命。

再说这夏党氏。天天净吃些五谷杂粮青菜萝卜，也吃不烦，自己瘦得像个风筝，一阵九级大风，能把她刮上天（我们那儿最大刮过六级风）。就这样，她还一天到晚乐呵呵的，像灌了一肚子的蜂蜜似的。这大概和她在万恶的旧社会过惯了那种没吃没喝饥寒交迫水深火热的日子有关吧？也可能是岁数大了，不讲究了，能有碗粗茶淡饭吃就心满意足了。

我可不行，受不了这种日子。

"吃米带糠，吃菜带帮，杂粮青菜保安康。"这句话夏党氏常挂在嘴上。

"您说那些东西，都是喂猪的，都是那些吃不上精米细面大肥肉的人，说给自己宽心的。"

"这孩儿，等你活到我这岁数，就知道奶奶说的这话，那才是真经。"

我咂咂嘴，不愿意再和她争辩，心里还是想着那满嘴流香的肥猪肉。

半夜，一阵呼呼啦啦的追跑声，唧唧唧的撕咬惨叫声，把我从梦中惊醒了，是老鼠。它们大概不是在争嘴吃，就是在争媳妇。我发现，嘴边的被子湿了一片，凉凉的。月光透过窗户纸，把屋里变得一片朦胧。我咬着下嘴唇，看到不远处梁上，悬挂着一个竹子皮编的馍篮，那是饥饿岁月悬挂在孩子们心头充满希望的摇篮，虽然历史的烟尘已把它染成了灰黑色。

我妈平时在里面放一些玉米面窝窝头、红薯、野菜团子等，农活儿忙了顾不得做饭，就让我们吃这些东西。饿极了，这些东西吃上一点还可以，吃多了嘴干，咽不下去。不过我妈有办法，烧一锅开水，丢一点盐，撒些葱花，顶多再滴一些醋，让我们喝。吃喝得我整天心酸胃烧，像着了一团火，想起来就恶心想吐。

看着那令人心酸的馍篮，我立下宏愿：将来，我要是真有了钱，能吃上猪肉，尤其是那板油一大拃（土话：大拇指和中指岔开了伸直的距离）厚的肥猪肉，我就顿顿吃，天天吃，大口大口地吃，哪怕胖得真像头猪，真像夏端伯，吃减肥药，喝减肥茶，天天跑步，我也认了。至于能活到多大岁数，管他哩，那是阎王爷的事。

夏党氏嘴边常挂着一句话："再好的东西，再营养的药，也不能多吃，吃多了，会遭报应。"

我顶不爱听的就是她这句话。

后来，实行了"三自一包"（自由市场、自留地、自负盈亏和包产到户）政策后，年景慢慢好了，粗茶淡饭的，肚子可以填饱了。可鸡鸭鱼虾大肥肉，冬虫夏草人参枸杞，那些都是啥？高档品，紧缺货，谁不爱吃？谁嫌多过？除非他是缺心眼，憨囟球。

一只大老鼠，后面跟着两三只小老鼠，从菜地间的土路上跑过。

"老鼠老鼠，"我喊起来，"奶奶，找老挑弄点老鼠药吧？老挑的药可厉害了，老鼠离多远，闻到味儿，腿一蹬就晕过去了。"

老太太说："就是因为老挑有了那老鼠药，猫们才变懒的，都不逮老鼠了。"

"奶奶也认识老挑？"

"咋不认识？自打从雅安搬回村里，老挑、黑老瘫，三天两头往这院儿跑，和这院怎那个伯，仨人一对儿半（溟梁村把一只公兔一只母兔常在一起，形影不离，叫一对儿。有时称年轻夫妻也这样叫）拱在这屋里，鼓捣这药，鼓捣那药。黑老瘫是劁猪匠，平时往各村跑，劁猪骟羊，吃公猪公羊的蛋，那些东西都是大补，男人能随便吃？吃多了上火，他就和外村一个寡妇乱来，又怕那寡妇怀孕，自己动刀，给那寡妇开肚子结扎，结果是生生把那寡妇的命给要了。黑老瘫自己，也叫政府用枪给崩了。女人和母猪能一样，能随便去劁？还有那个老挑，不光喜欢逮老鼠吃，还天天抱着朵葵花，咔吧咔吧吃，说是壮阳。哦，不说这些了，不说了，你还是个孩子。还有这院恁那个伯，五十多岁就死了。妈那×，他就是给吃死的，好东西吃多了，就惹是生非，他就是生生死在了他的那张嘴上。啥叫养生？那都是养死。"

老挑、黑老瘫，我都熟悉，他们哪一个是正经人？整天神经兮兮的，说吃这个壮阳啊、吃那个大补啊，弄不清他们的脑子里，到底是比常人多了根弦还是少了根弦。不过，他们仨竟然常在这里聚会，这倒是我所没想到的。

我越来越离不开这个院子了。看得出来，老太太装有一肚子的积蓄，很爱说，也很喜欢我，经常给我讲一些想不到的事。比如她问我："属啥？几月生的？"我说："属蛇，阴历五月。"她说："好，阴历五月的蛇好。"我问："属啥，几月生不好啊？"她说："几月生的不好？一蛇二鼠三牛头，四兔五猴六月狗，七猪八马九羊头，十月鸡架上走，十一月老虎沿冰溜，十二月不能龙抬头。知道了吧？凡是这个属相，在阴历这个月出生的都不好。不信，你可以看看村里的人，拿我说的去对照对照，八九不离十，准着哩。这些都是祖先们一辈子一辈子传下来的，你将来结婚生孩子，繁衍后代，要记住这些话。"再比如她说："挣钱不要攒，今天攒，明天攒，攒钱买把伞，一阵大风刮，只剩根竹竿。光拿根竹竿有啥用？要不村里人说，没看谁谁谁，穷得就只剩下一根竹竿了。剩根竹竿有啥用？要饭，打狗的棍儿。"她还有很多做人做事的名言警句："人做事不能太绝，走过自己，也要走过别人。光想到走过自己的人，将来一定是无路可走。""有饭送给饥人，有话说给知人。""十里地吃个嘴，不如坐家歇歇腿。"很多很多，一套一套的。树老根多，人老话多，一点儿都没错。夏党氏只要见到我，像是有一肚子说不完的话。后来，我曾细细地想过，夏党氏的这些话，都是在传递着祖先们生养、养生的经验。

我发现，夏党氏每说完一场话，就显得很轻松、很满足、很快乐，洋溢出像孩子们过春节时的笑容。我对她说的有些话题虽然不太感兴趣，但坐在这个幽静的院子里，听着她的唠叨，听她讲着那过去的事情，总比坐在教室里读书写作业强，更比到地里汗流浃背的干活儿强得多。几十年后，当我满头白发时，才悟到人老了，一辈子经历了风风雨雨，饱尝了人世间的喜怒哀乐，肚子里装满了对人生的感悟和收获，倾诉出来，告知后人，有一种延续生命般的快乐。夏党氏，我的好奶奶。

夏天雨多，也猛，下起来像瓢泼盆倒一样。屋檐下放着的一排缸、盆、瓦罐、木桶，顷刻间装满了雨水。几天后，她招呼我一瓢一瓢地把雨水舀了，去浇灌院里种的红薯玉米菜蔬。茄子开着紫色的花儿，她告诉我，哪些是空花，要掐去，哪些是实花，留着结茄子。红薯秧叶长得很茂盛，她让我拿把剪刀，把每棵根部的秧蔓剪下几条。她说，秧要是太密了，吸走了营养，红薯就长不大。看来，夏党氏在种粮种菜方面，也绝对是一把行家里手。

我坐在教室里学习不行，干农活掏力气倒很乐意。帮老太太翻地、挑粪、浇水等，我从不惜力，干得满头大汗。夏党氏总是笑眯眯的，站在不远处看，带着欣赏的味道，嘴里叨唠着："啥叫锻炼？干活儿就是最好的锻炼。出了力，出了汗，种瓜能得瓜，种豆能得豆，强健了筋骨，也有了收获，心里多舒坦。吃饱了不干活，每天就知道跑路，伸胳膊踢腿，扭屁股调腰，想着花样空胡耍，还起了个名字叫锻炼。那样的锻炼，有几个能长寿的？这叫勤有功，戏无益。"

夏党氏的话像兴奋剂，一针一针地注射到我的血液里，刺激得我浑身是劲，看见活儿就手痒，不干就难受。

天刚下过雨，头顶上骄阳似火，我赤裸着上身，穿个大裤头，乐呵呵地钻在半人多高的玉米地里，挥汗如雨地拔草、上化肥。大队砖瓦窑里出砖瓦，窑壁、砖瓦热得烫手，我全然不顾，背着一摞一摞砖，抱着一打一打瓦，跑得比谁都快。谁家正在盖房，我跑过去，抓起三四个瓦，拿起一块砖，往一两丈高的房坡上扔，从不失手。路过县搬运站，见工人们在干活儿，就跑过去帮着扛包、担煤、抬水泥电线杆，不求任何报酬。

老挑说："这小子，是不是天天吸了大烟？"

这纯粹是扯淡，我哪见过那东西？后来到了大城市，哥儿们约打保龄球，我抓起就扔，几乎次次满贯。洗浴时进了桑拿间，温度再高也不觉得热。几个驴友拉我背着沉重行囊，爬华山泰山三青山，他们大汗淋漓累如笨熊，我则脚步轻盈如履平地。其实我心里一直在责骂自己：真是闲得叫唤。再后来，看到了一首《登山》诗："道弯坡陡人声喧，汗滴碎石起尘烟。游人不问农耕苦，枉将辛力抛青山。"禁不住由衷赞叹。

这院子中间无树无花，阳光灿烂的，更显得空旷幽静。靠西墙根长着三四棵小桑树，一人多高，枝条随意疯长，看不到修砍过的痕迹。夏党氏揪下片片新嫩的叶子。

"奶奶，养蚕啊？"

"养蚕？养人。"老太太笑着，折下一根桑树枝，把揪下的桑叶一片一片串好，挂在墙上，说，"晾干了当茶喝，能疏散风热，清肺润燥，清肝明目。"

蒲公英花开了，一朵朵一片片的，墙根下、菜地边、小路旁，满院到处都是，金黄灿烂。夏党氏端着柳条筐，掐下了那喜笑颜开的黄花儿，一朵一朵又一朵，放在筐里晾晒。

天很高，瓦蓝瓦蓝的，散飘着几片云，洁白悠闲，随意自在。房坡上趴着一只老猫，眯缝着眼，一动不动，沐浴着早晨的霞光，闲暇慵懒。屋檐下放着一把古老的柳圈椅，夏党氏坐在上面，眯缝着眼睛晒太阳，默默无声，像一尊无欲无求的泥菩萨。脚边的杌子上，放着一个青瓷碗，泡着三五片桑叶茶，两三朵蒲公英花儿。她不时端起青瓷碗，哧溜一口，含在嘴里品品，然后咽了下去；停了片刻又哧溜一口，再品品，咽了下去。就这样，她慢条斯理、有滋有味地喝上几口以后，又开始眯缝起眼睛，晒她的太阳。

"奶奶，咋不出去走走路，活动活动，老窝在院里？走走路，活动活动，有利于健康。"

"走路？活动？千年王八万年龟，它们啥时候走过闲路、瞎活动过？"

"体育老师上课，让我们在操场上猛跑，说跑步能强身健体，还搞比赛，看谁跑第一、谁跑第二，争夺冠军亚军，弄得俺们个个都不要命地跑。"

"听他瞎狗比掰扯。咱村西北边，原来有座溴梁寺，寺里有个老和尚叫慧净，天天念经打坐，路都懒得走一步，活了一百多岁。这院怼那个伯，可跑了，天天跑，他活了多大？"

"俺那体育老师，请来一个人，说是咱们县东面陈家沟的，教我们打太极拳。说陈家沟是太极拳的发源地，太极拳很神奇，打起来软如棉花硬如铁，借力打力，轻功能上房，闪人快如飞。他让俺们背练拳的口诀：远时用手近用肘，不远不近使按手，高棚低楼平扶手，不低不高用捯手。"

"孙子，俺和怹奶奶娘家，离陈家沟不到三里地，也有养生歌：一辈子不练拳，一辈子半饱饭（不吃太饱），一辈子天天乐，一辈子独自眠。俺村活八九十、一百多岁的人，比他陈家沟还多。在雅安时，天天早晨，那青衣江边上，一群老头老太太，弯腰的，踢腿的，甩胳膊的，拍巴掌的，嘴里'呀呼嗨、咿呀嗨'伸脖子可喉咙唱的；跑步的，耍剑的，打拳的，翻跟头的；用肩膀、用后背、用肚子、用屁股嘭嘭嘭撞树的；手里捏着两个核桃、钢蛋、石头蛋，哈拉哈拉转的；伸直一条胳膊，两根手指头指着树桩，两眼一眨不眨盯着树桩，像牲口拉磨一样，围着树桩蹭蹭蹭转圈的……妈那×，玩啥花样练的都有。"

"奶奶也和他们一起练？"

"一开始，我觉得新鲜，也和他们一起练，练着练着，有的人就不见了，不认识的人进来了。练着练着，有人就又不见了，不认识的人又进来了。不到半年，五六个人，有一个还是领头的，再也没来练过。一打听，阎王爷请他们去蒙顶山喝茶去了，有三四个才五十多岁。"

老太太真是个见过世面、有主见的人。

"孙子，我年轻时听老辈人常说：心净活百岁。我不信，很多人都不信，现在我信了。人活长活短，不全在于锻炼。养身不如养心。人要想活岁数大，心里要干净。有人说不是心净，是心静，心静才能长寿。这是没得到真经。你想想，心里要不干净，咋会能安静？要想心里干净，就不能干啥亏心事。干亏心事的，想去干亏心事的，他就是顿顿喝天上的泉水，天天吃仙山上的灵芝草，练拳练出牡丹花来，心也静不下来。为啥？还不是他心里不干净。老古语说：不做亏心事，不怕鬼叫门。你承想吧，谁要是做了亏心事，那些鬼们天天来，啪啪啪拍他的门，叫他，搅扰他，折腾他，他能心静？能活岁数大？这院恁那个伯，活着的时候，一点都不省心，心里整天乱码咕咚的，还一天到晚地吃药哩、锻炼哩、养生哩，就他做的那些事……嗨，算了，不说他了。孙子，你记住了，人活一辈子，要多做善事、多做好事，心好人好，不光有好报，也一定能长寿。"

这种养生经，我真是第一次听说。

后来，夏党氏去世了，无疾而终，享年一〇六岁。村里人都说，这老太太，年轻时丧夫，老年时丧子，孤身一人，多少年不出大门，能活到这个岁数，可真是个奇迹。

埋葬夏党氏那天，县里、公社来了几个干部。有一个大概是领导吧，长着绿豆芽般的身材，白蒸馍一样的脸皮，戴着二饼（土话：眼镜），左上衣口袋里装着两支钢笔，他当着全村人的面说，经过多年调查了解，最近，政府有关部门正式做出结论：夏党氏是革命烈士家属。1935年11月，由徐向前、李先念等指挥的红四方面军，进至四川雅安名山县，在百丈关一带与国民党刘湘部队展开激战，夏党氏的丈夫夏正同志，当时参加了红军，后来长征过草地时牺牲了。根据有关规定，埋葬夏党氏的一切费用，由政府负责。

十里铺的那个孩子也来了,他现在已变成了小伙子,头上裹着白布帽,一起来的还有个妇女,四十多岁,头上系根白布条。那妇女对小伙子说:"儿子,这就是你家,恁爹叫夏端。"

那小伙子一脸的愕然:"这……不是俺……姨姥姥……家吗?"

突然,门外传来了一阵哭声,那哭声悲痛欲绝,听着令人心碎。接着,闪进来一个年轻妇女,三十多岁,头上勒着白布条,拉着一个十岁左右的小男孩,穿着一身孝衣,扑通跪在了夏党氏棺材前面,鼻涕一把泪一把地哭,边哭边说:"婆婆啊,我的亲婆婆,恁这一走,留下俺这孤孙子寡儿媳妇,这日子可咋过啊……"

这场面来得太突然了,弄得那几个干部面面相觑,不知道该说啥。村里人更是目瞪口呆,惊诧不已。接着是议论纷纷,说啥的都有,议论最多的是:"夏端老光棍汉一条,他啥时候弄了贼大两个儿子?"

村革委会主任张黑毛,一脸的严肃,手里捏着一张纸,大声地咳嗽了两声,说:"这是夏党氏去世前留的遗嘱,按有她的手指头印,盖有村革委会的大章,还有仨中人签字。今天,当着县里、公社干部和村里老少爷们面,都看看这遗嘱,里面说得很清楚,屋里的东西送给十里铺的×××,这个院子、房屋,留给她孙子。"

那个四十多岁的妇女说,"对对对,这×××,就是她孙子。"

跪在棺材前面的那个三十多岁的年轻妇女已经不再哭了,她站起身来,把那小男孩推到众人面前,说:"老少爷们都看看,他长得像不像夏端?这要不是她的孙子,还能是谁家的?"

张黑毛没搭理他们,把手里那张纸晃了晃,说:"都好好看看吧,这遗嘱里写得很清楚,她的孙子叫司马同。"

突然间,也没看清楚都是谁,至少有两个女人吧,蒙头盖脸地把一块白布罩在我头上,把一个剪开了的麻袋披在我身上(披麻戴孝,是嫡长孙为祖辈所行的大孝),拖着我到了夏党氏的棺材前,只听见人们七嘴八舌地喊:

"跪下,快跪下,哭啊?叫奶奶。"

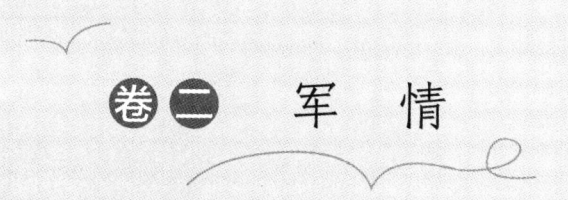

卷二 军情

## 9  乌蒙响杜鹃[*]

### 1

军人的婚礼在军营里极其简单明了，尤其是在偏僻的乌蒙山区，在紧张繁忙的三线建设工地。

星期六晚上，新娘陈玉仙，新郎中队长龙岩炎，两张红扑扑的脸，像两人胸前戴着的大红花。指导员罗友军当司仪主持婚礼。首先，两人恭恭敬敬地站在毛主席像前，向毛主席像三鞠躬。然后新郎、新娘面对面站着，互相鞠躬。谁知刚鞠了两个躬，突然有人在陈玉仙背后猛推了一把，陈玉仙一头扑在龙岩炎怀里。场面一下子乱了起来。

"还有一项没完呢。"罗指导员说道，"给全中队官兵鞠躬啊！"

通信员借机一把一把地向空中抛撒着喜糖，官兵们呼喊着去抢，像炸了窝的麻雀。"老烟鬼"八班长侯继天，身边聚着一帮小烟鬼，他觍着一张不怀好意的脸，点燃了一支金沙江牌香烟，抽了两口，故意用唾沫洇湿了半截，然后就硬往新娘陈玉仙嘴里塞。陈玉仙勉强吸了一口，呛得喀喀喀直咳嗽。二排长申国祥喜笑颜开，带着一群酒仙，端着茶杯、大碗，来到龙岩炎面前，乒乒乓乓地一阵乱碰。龙岩炎毫不犹豫，把几乎满满一茶

---

[*] 原载《芙蓉》2022 年第 6 期。

杯的山花牌散装白酒，一口气喝了进去。巫副中队长走过来，端着一碗酒，摁到龙岩炎的嘴边，龙岩炎挺直了脖子，央求着：

"老巫狗，缓缓，缓缓，我刚刚进了一大茶杯。"

巫副中队长没有说话，脸上笑得很灿烂，他突然伸出强有力的胳膊，勒住了龙岩炎的脖子，硬是把那一碗酒，不由分说地灌进了龙岩炎的喉咙里。现场热闹的，官兵们嘴里嚼着大白兔奶糖，吞吐着烟雾，猜拳声此起彼伏，高兴得像是过年。忽然听见"啪啪啪"响，有人在摔碗。原来是几个湖北兵，他们碰过碗酒一喝，把碗通通扔在地上，摔得粉碎。一个炊事兵心疼那些碗，指着他们骂：

"中队长喝完酒上婚床，又不上战场，你们摔的哪门子碗？"

"上啊！谁说中队长不上战场？还要肉搏战呢！"

官兵们哈哈大笑。

"嗒——嗒——嘀嗒——嘀嗒——"，区队（该部队为中国人民解放军基本建设工程兵建制，支队、大队、区队、中队，与师、团、营、连等同，排、班不变）部的熄灯号响了。

晕晕乎乎的龙岩炎，满脸通红的陈玉仙，被官兵们推推搡搡地塞进了新房——一顶搭在营房后面的绿色军用帐篷。

新婚之夜，新郎新娘激情涤荡过后，军用帐篷里变得寂静无声。大山深处的军营也是一片寂静，实在是太寂静了。"光棍好苦！光棍好苦！"突然有两只鸟，是杜鹃，它们不知从哪里飞来，丢下了几声揪心的鸣叫，又向哪儿夜游去了。这叫声真令人讨厌，骚扰得躺在大通铺上没有睡着觉的光棍汉们心里直发毛。龙岩炎有些清醒过来了。他一米七八左右的个子，身材细长，嘴巴略大，眉毛粗黑，两个眼睛很大，平时总是瞪着，像一双牛眼，炯炯有神。现在的他半倚靠着床头，慢条斯理地吸着烟，那双牛眼半眯缝着，看着躺在身边的新婚妻子，像欣赏着一只猎获来的小兽，脸上洋溢着胜利的喜悦，问：

"玉仙，告诉我，为啥同意嫁给我？"

"我原不想嫁给你。"

"为啥?"

"我结过婚。"

"我知道,他早已死了。"

"那,也不想嫁给你。"

"到底为啥?"

"我在寻找一个人。"

"谁?"

"当兵的。"

"哪个部队?"

"不知道。"

"啥名?"

"不知道。"

"那你怎么找?"

"我知道他做过的事。"

"啥事?"

陈玉仙坐起身来,抑制不住被疾风暴雨的激情扫荡过后的兴奋,把需要说的,一股脑儿地告诉了新婚丈夫。听了陈玉仙的诉说,龙岩炎不由得大吃一惊,牛眼瞪得溜圆,嘴唇哆嗦起来:

"这,这……怎么可能?"

"这咋就不可能?"陈玉仙吃惊地看着他。

第二天一大早,吕大山接到了龙岩炎的电话。他简直不敢相信龙岩炎说的是真话,他甚至不敢相信打电话来的是龙岩炎:

"你是龙岩炎?"

"龙岩炎。"

"结婚这么大的事,为啥不报告?"

"报告了,大队政治处批准同意的。"

"扯淡！我说的是为啥不给老子报告？"

"老猴子，上级有要求，办一个革命化的婚礼，一切从简，除了本中队官兵外，其他中队，包括区队领导，一律不告诉，一律不邀请参加。"

"老子是其他中队、区队领导？"

"不扯别的了。现在我打电话告诉你的，不是我的婚礼，而是告诉你，五十年代初你犯下的一个很严重的错误。"

"笑话！老子五十年代初犯下的错误，还很严重，你那时在哪呢？你拍拍脑袋好好想想，是不是还被老子们的部队围困在县城里面呢？你这个国民党逃兵！哎，老子问你，你现在是不是还搂着你那新婚娇娘，没睡醒啊？"

"老猴子，你听我说。"龙岩炎告诉吕大山，"当年你在这一带剿匪，是不是遇到过一个姑娘，十六七岁，对不对？这事你说过。你喝酒多了，说过，说过不下两次，对，应该是三次！我都记得。我妻子说的那人，好像就是你。那次你带领我们一中队，从鹰嘴峰去盘江镇执行任务，驻在凉透河的那天夜里，你黎明前失踪，干什么去了？"

吕大山一下子哑口无言，半天没有出声。

"老猴子，说话啊？"

电话里，吕大山的声音有些发抖："龙岩炎，你给我听好了，你小子先不要胡扯八道！你要是搞错了，小心我剥了你的皮。"

"你最好过来一趟，好当面验证清楚。"

一辆三轮挎斗军用摩托，风风火火地驶来猴场，驶进了407大队三区队一中队营区。骑摩托的是吕大山，402大队一区队长。他三十岁出头，近一米八〇的个子，穿一身特意整理过的军装。他的脸瘦削黝黑，双眼皮下的两只眼珠乌黑明亮，充满着精明和智慧。一看就能让人感觉到，这是一个典型的训练有素的军人，精干利索，英气逼人。

吕大山和龙岩炎，来到营区后面的山坡上。一个坐在石头上，一个坐在草地上，看着那条喀斯特河谷，听着那二十多米深处喧嚣奔腾的达莎江。旁边不远,两棵杜鹃花已开了。这两棵杜鹃花,大概是背风朝阳,得益于天时地利,开得有些早,开得很鲜艳,像是被鲜血涂染了一样,格外耀眼。

"新郎官儿,知道这叫什么花吗?"

"问傻子呢?杜鹃花,也叫映山红,还叫山石榴。扯淡!"

"好!还算清醒。知道它为什么那么红,与啥有关?"

"老猴子,你到底想说啥?"龙岩炎有点急了,"说正题。"

"不知道了吧,新郎官儿?"吕大山有点故意,"据说它的红,与一种鸟——子规鸟有关。子规鸟也叫杜鹃。相传周朝末年,蜀地君主杜宇,因冤屈深重而死,化作了杜鹃鸟,它日日夜夜鸣冤啼叫,声音凄楚悲凉,以至口中滴血,染红了花朵,这就是杜鹃花。唐朝有个叫成彦雄的写道:'杜鹃花与鸟,怨艳两何赊。疑是口中血,滴成枝上花。'"

"还没细说呢,就冤屈你了,还口吐鲜血?"

"别急,听我说,没文化。南宋的辛弃疾写:'百紫千红过了春。杜鹃声苦不堪闻。'最著名的当属李白:'蜀国曾闻子规鸟,宣城还见杜鹃花。一叫一回肠一断,三春三月忆三巴。'"

"行了行了,别什么杜鹃花,子孙(规)鸟了。"龙岩炎单刀直入,挑开了两盒军用罐头,一盒猪肉的,一盒是鱼肉的,"说说凉透河的事。"

吕大山微笑着,递给龙岩炎一根芦笙牌香烟,点上,自己也点上一根。两个老战友,一瓶三花牌白酒。吕大山谈起了十几年前的凉透河。

凉透河在乌蒙山区腹地,是一个偏僻闭塞的村寨,居住着苗族、侗族、布依族、水族等七八个民族。凉透河的四面都是大山,进出只有一条道,也是唯一的通道,就是必须攀登一段天梯。那天梯三十多度的斜坡,三十多米长,很窄,很陡。上下天梯须手抓铁链,脚踩石窝,一步一停几步一歇,非常难行。稍有不慎,就会掉下山崖,崴脚摔断腿是常有的事。寨子西北面有一座清风岭,常年云遮雾绕看不见峰顶。清风岭脚下有一个巨大的山洞,一条暗河从山洞里流出来。河水冬暖夏凉,天气越是炎热,河水就越是冰冷。凉透河村寨，大概是因此而得名吧。河水经过寨子南面，从东南流向了一个叫飞龙峡的地方。飞龙峡的两边是悬崖陡壁刀劈斧砍一般，没有能够下脚的地方。河道在峡谷中流了七八里，突然一下子跌落下去了，河水变成了大瀑布，飞流直下，水雾升腾，下面深不可测，啥也看不清楚了。河的南面有一个平坝，是这个寨子仅有的一块平坝，两亩多大，有一座庙。

连接寨子和庙宇的是一座桥。据说，这桥是清朝康熙年间，寨子里一个富人集资修建的。桥下由几块巨大石墩支撑，桥面铺着木板，两旁设置栏杆、长凳，顶部盖有瓦片，下面有廊式走道。桥头建有两个亭阁。行人走在桥上，因能躲避风雨，也叫风雨桥。这风雨桥，传说中起着"锁水""拦龙""护寨"作用，现实中是村民迎来送往、款待宾客唱"拦路歌"、喝"拦路酒"的场所。

"老猴子，能不能别再转弯抹角，说什么凉透河、飞龙峡、风雨桥啥的？"龙岩炎有些不耐烦，"说！说你当年犯下的错误。"

吕大山笑了笑，吐着浓烈的烟雾酒气，道出了自己当年在这风雨桥上，在这个寨子里，欠下的一桩无人知晓的情债。

五十年代初，吕大山在解放军418团三营当侦察排长。解放军145团、418团围歼了陈白莲大部匪徒后，吕大山独身一人，奉命到凉透河侦察女匪首陈白莲的行踪。这女匪首陈白莲，双手打枪百发百中，飞山越涧如履平地，被誉为女飞仙。在六盘江乃至整个乌蒙山区，可以说无人不知，谈女飞仙色变。陈白莲虽说不是凉透河人，但根据确切情报，陈白莲在凉透河有亲戚。吕大山过那段天梯时，天下着小雨，不慎崴伤了一只脚。傍晚时分，他拖着伤脚到了风雨桥上，再也走不了了。为防止意外，吕大山把手枪、弹匣，藏在桥头的一个隐蔽地方。这时，一个十六七岁的姑娘，牵一头牛路过。姑娘发现了他，停了下来，伸出手，拉着吕大山的手，把他扶了起来。吕大山的脚猛地一疼，站立不稳，一个趔趄即将摔倒，姑娘一把抱住了他。顺势，他也紧紧抱住了姑娘。这是吕大山有生以来，第一次亲密无间地接触了异性身体，浑身有触电般的感觉。这感觉，让他忘记了疼痛，忘记了害羞，也忘记了自己是一名解放军战士。姑娘落落大方，像对待自己亲人，把他推上了牛背，驮他到自己家里，藏在了自己住的阁楼上。姑娘告诉他，她叫陈玉仙，是苗族。吕大山对她，则隐瞒了自己身份，说："我是遵义茅台镇人，卖酒的，从云南沾益卖酒回来，路过这里。"

当年的吕大山年轻英俊，一表人才，长着一副讨姑娘们喜欢的脸。陈玉仙的父母发现了吕大山。陈玉仙告诉父母说，这是自己在"游方"时认识的，摔伤了腿，走不了了。

游方，是苗族青年男女谈恋爱和追求异性的代名词，也叫耍姑娘、摇马郎、谈小伙。它是苗族一个古老的婚姻习俗。苗族村寨一般都设有游方坪、游方坡，专供未婚青年男女一起对歌、吹芦笙、吹木叶，谈情说爱，寻找意中人。也有未婚青年男女单独游方的。往往是夜深人静时，女方家人都睡了，姑娘的门半开着，屋里站着羞羞答答满脸红晕的姑娘，屋外站着心情急切满怀渴望的小伙子，一人门里，一人门外，两人脉脉相望，绵绵蜜语，倾诉着爱慕之情。

吕大山和陈玉仙，没有经历过这个浪漫过程。吕大山是直接进了姑娘的屋里，直接躺在了姑娘的床上。

陈玉仙父母淳朴厚道，相信了女儿的话，把吕大山当成了自己女儿寻找到的意中人，用苗药帮他敷治伤脚，无微不至地照顾他。

吕大山发现，陈玉仙长得非常漂亮，蚕眉凤目，皮肤白皙，仙女一样。头上绾着大髻，插着鲜花、木梳、银钗等头饰。耳朵上佩挂着白银耳坠，晃晃悠悠地闪烁着银光。脖子上套着的银项圈，也一亮一亮的。她上身穿着蓝布无领大襟短衣，衣襟和袖口镶有精细的水云花草纹图案。下身穿青布百褶裙，长过膝盖。打着绣花裹腿。脚上穿着一双精巧结实的蓝布鞋。只是个子不高，看上去也有些瘦弱，有些单薄。就是这个陈玉仙，用一双姑娘的手，每天抱着吕大山那只摔伤的脚，用十个充满柔情的手指，翻来覆去帮他按摩。吕大山不到 20 岁，正是血气方刚激情飞扬把守不住马鞍桥的年纪。在这个宁静温馨的安乐窝里，一双姑娘饱含深情的手，按摩揉搓得他心旌摇动，不能自已。陈玉仙也是情窦初开，芳心荡漾，爱意绵绵。两人干柴烈火卿卿我我，记不清哪个时辰，突然间烈火熊熊蔓延开来，男女之间的那道藩篱化作了灰烬。很快，吕大山的伤脚明显有了好转，可以自由行动了。一天晚上，后半夜，东山头升起了一轮明月。吕大山起床小解，发现一个人影，背着背篓，向房后面走去。吕大山觉得形迹可疑，悄悄跟了过去。屋后面是堆柴草垛，柴草垛旁边是一座小柴屋。那黑影打开小柴屋的门，把背篓递了进去。就在那一瞬间，借着明亮的月光，吕大山看见那黑影是陈玉仙的父亲。那小柴屋里，露出一张女人的脸。啊，那是一张吕大山熟悉的脸，在侦察排时认真看过她的照片。

黎明时分，吕大山不辞而别，悄然离开了凉透河。

第二天，也是晚上，天上没有月亮，地下夜色漆黑。吕大山带领 T 连，悄悄来到凉透河，在陈玉仙家的小柴屋里，没费一枪一弹，抓获了那个女人。

那个女人，就是女匪首陈白莲。

后来，吕大山随部队继续在乌蒙山区剿匪。当时贵州的土匪众多，匪情极其复杂，剿匪任务十分繁重。吕大山随部队翻山越岭南征北战，剿灭了"黔桂边区挺进军"总部及直属第二团，活捉了匪首屠占廷；将"戡乱建国军"总司令陈一鸣、"挺进军"四纵队参谋长击毙。总之，由于剿匪战事频繁，山高路险，地域偏僻，联系不便，吕大山再也没有回到过凉透河。西南剿匪结束后，吕大山随部队奉命入朝作战，回国后在铁道兵×师修筑铁路，一去又是多年。他和陈玉仙完全失去了联系。但是，吕大山一直惦念着陈玉仙，惦念着陈玉仙朴实厚道的父母。

1965 年，吕大山在铁道兵第×师 18 团担任一营长。修筑贵昆铁路挖掘鹰嘴峰隧道期间，吕大山曾来过凉透河一次。他先是到了风雨桥。风雨桥头一间木房子是供销社，售货员是个姑娘，二十多岁。姑娘长得眉清目秀，身材婀娜。吕大山进供销社，买了一盒芦笙牌香烟，掏出一根点上，把一大口烟雾吐了出来，问：

"小妹，寨子里是不是有个叫陈玉仙的？"

"兵哥哥，有噻。"

"现在干啥？"

"你问她干个啷？"

"不干个啷。"

"哦，你是不是耍姑娘吆？"

"不是不是，顺便问问。"

耍姑娘这话，吕大山听着刺耳，脸上有些发烧。他赶紧摆了摆手，走出了供销社。吕大山对这个寨子大致上还熟悉，知道陈玉仙家的位置。当他找到陈玉仙的家，眼前情景让他大吃一惊：这里已经没了房舍，更没了人家。原先住过的房子，柴草垛，柴草垛旁边的小柴屋，全都没有了。看到的是房舍的残骸，歪七扭八的木板、梁架，几件破烂蓑衣，几个缺面断腿的凳子，两个没了底子的背篓，锈迹斑斑的镢头、犁铧等。斑斑点点的陈旧炭痕，显示出这里当年曾被一场大火烧过。废墟上，长着血红的杜鹃花，还有荒草、葵花和野藤等。

这种惨状，散发出一种凄凉，令吕大山非常意外，心里一阵发冷。

吕大山再次来凉透河，就是带领龙岩炎的一中队前往盘江镇。黎明前他悄悄起床，佯装去厕所跑到了风雨桥头供销社。女售货员穿着睡衣，睡意蒙眬地接待了他。女售货员认出了他，说兵哥哥上次您来过，找玉仙姐，耍姑娘，她早就不在这寨子了……

吕大山一脸悲伤，讲得如泣如诉。龙岩炎一脸惊异，听得如痴如醉。两个老战友，一对生死弟兄，做梦也没有想到，在这峡谷纵横人烟稀少的乌蒙山区，会面对着同一个女人。

在感情道路上，咋竟然会有这种奇遇？

## 2

龙岩炎带着吕大山，来到了他的新房———一顶草绿色军用帐篷。

陈玉仙正在准备做饭。她看到了吕大山，一下子没认出他来。当她听了龙岩炎的介绍，脸色一下子变了，她直挺挺地站着，手里的饭勺咣当一声跌落在地上。面对着站在眼前的吕大山，她感到惊异，感到突然，感到像是在梦中。片刻过后，她瞪大着眼睛，问：

"你是遵义人？"

"不是。"

"不是？"

"不是。"

"茅台镇人？"

吕大山没再吭声。他的脸上，已经没有了惊喜。

"你是卖酒的？"

"不是。"

"十多年前，说是到云南沾益卖酒，路过我们寨子时，摔伤了脚，趴在风雨桥上，我用牛驮着他，住到我家。那个人，是不是你？"

吕大山已经断定，眼前的陈玉仙就是当年的陈玉仙，这绝对不会错。虽说是已经过去了十多年，但看上去，大的模样依然没变，她依然有着当年少女的风采。陈玉仙对眼前的这个男人，也有了同样感觉。

陈玉仙的神情告诉吕大山，她并没有那种相隔多年后再见面时的惊喜。听着陈玉仙的问话，吕大山已经感到了有些异样。从开始的激动、喜悦，变得沉默、庄重，吕大山的心有些乱了起来。他看着陈玉仙，似乎想到了什么。他发现陈玉仙也正凝视着他。那眼神锐利、执着，令人有些害怕。吕大山没有吭声。没有吭声，表明他面对陈玉仙一连串直戳要害的问话，一下子不知道该如何做回答。

吕大山想了想，终于他点了点头，很认真地点了点头。

因为他想到，这是一笔旧账，一笔历史的旧账。这也是一笔旧债，一笔感情的旧债，是他吕大山欠下的。当年的陈玉仙才十六七岁，花一样的年纪，单纯朴实，对人生、对爱情，充满了幻想，在甜蜜的激情中把少女的全部奉献给了他。可他在当时，并没有对陈玉仙说真话，他说了假话，而且最后是悄然离去的，不辞而别，从此仿佛人间蒸发再无音讯。这对于纯洁的花季少女来说，不仅无礼，而且绝情，甚至是残酷。当然，这在当时，那是他唯一的选择。因为自己身为军人，有军务在身，且军情紧急刻不容缓。他之所以那样做，确实是迫不得已。不过，在那个历史年代，做出类似这样的事情，何止他吕大山一人？有人长期潜伏在对自己有救命之恩的长官身边，利用信任，把很多绝密情报送了出去，最后把恩重如山的长官送进了我军的战俘营。有亲生女儿潜伏在身居高官的父亲身边，利用亲情，监视着父亲的一举一动，一步一步让父亲率部起义，把父亲引上了革命的道路。这些难道都能说是欺骗吗？

现在想来，执行公务放弃了私情，或利用私情去执行公务，这都将会成为欠债，成为一笔永远无法抹去的欠债，永远无法弥合的伤痛。天道人情，互参必伤。

"告诉我，你当时为什么欺骗我？说你是卖酒的？"陈玉仙咄咄逼人，口中出来的已经不是问话，而是仇恨，是怒火。

吕大山没有回答。他的脸上充满了疑虑，甚至有些惊恐。处在这样的境地，他有些不知所措。

军用帐篷里的气氛，瞬间变得紧张起来。

不管怎么说，最后，吕大山还是点头了，是庄重地、认真地点了头的。他的点头，他的庄重，他的认真，表明了他对陈玉仙问话的认可，也表明了他对这笔感情旧债的认可。同时也表明，他当年对陈玉仙说的那些全是假话，欺骗了她。陈玉仙问：

"我送你的东西呢？"

"在。"

"拿我看看？"

吕大山从口袋里掏出来一双鞋垫。那鞋垫是他接到了龙岩炎的电话，兴奋地从木箱里打开了层层包裹拿了出来，装进口袋的。那鞋垫是蓝色粗布做的，红布沿的边儿，细针密线，做工极其的考究。每个鞋垫上用红色的丝线，绣织着两朵精美的杜鹃花。这是苗族、侗族少女送给她心上人的定情物。这个定情物，是情窦初开的少女，在夜深人静的时候，一针一线缝制的，倾尽着她对一个男人一生真挚的爱。这些年来，吕大山一直精心保存着，一次也没有舍得把它踩在脚下。

陈玉仙的脸色陡然变了，变得阴冷，变得可怕。因为她十多年来的苦苦追寻，现在终于有了结果。她眼前的这个男人，就是当年那个告诉自己，他是遵义茅台镇到云南沾益卖酒的人。这肯定没错。陈玉仙突然一个箭步，到了龙岩炎的床头，取下了挂在架上的手枪，哗啦一声子弹上膛，对着吕大山扣动了扳机。

枪声响了。

陈玉仙这一举动，完全超出了吕大山和龙岩炎的意外。陈玉仙的操枪速度之快捷，射击动作之娴熟，更让他俩感到异常的震惊。这样的身手，既有当年她姑姑陈白莲女飞仙的遗风，也是龙岩炎在民兵训练时手把手教练的结果。

当然，吕大山和龙岩炎，毕竟是沙场老将，枪林弹雨中滚爬多年。他两个反应之灵敏，处置之神速，没让陈玉仙再打出第二枪。

苍天有眼。陈玉仙也只是把帐篷顶打穿了一个洞。

军用帐篷里，陈玉仙满脸的愤恨，她不依不饶在质问吕大山："那天晚上，你带着人来到我家。你穿着军装，带着十三个军人，十三个，我一眼就认出是你。你知道抓走的是谁？"

"女土匪头子陈白莲。"

"她，是我姑姑。"

"你姑姑?"

"我姑姑藏在我家,被你发现了,你带人抓走了她。后来,我姑姑归顺了你们,带着你们去剿匪,去杀国民党兵,可你们最后,为什么对她……我救了你,你欺骗了我,我欺骗了父母,害死了姑姑,害死了我父母。我和弟弟成了无家可归的人。你知道,他们死得有多惨吗?你这个白眼狼!"

枪声就是命令。紧急集合的哨声在营区骤然响起。中队值班排长把这一突然爆发的意外,立刻变成了一次正规的紧急军事行动。全中队训练有素的官兵们,一个个飞速奔向了自己应到的位置,全副武装地进入战时状态。两个执勤的流动哨兵,已经持着子弹上膛的枪,向中队部跑了过来。

龙岩炎快步走出帐篷,站在门口,他提着手枪,大声命令:"停止行动,停止行动,立刻解散。枪是我开的,试枪走火,大家都回去吧!"

等龙岩炎处理好外面的事情回到帐篷,陈玉仙转过头来对他说:"陈白莲,是我的亲姑姑。我姑姑也是苦出身。她当年拉杆子上山,也是生活所迫被逼无奈。她杀富济贫,没有欺压过穷人。"她指着吕大山说,"我姑姑投降了他们,他们释放了我姑姑,为了报答毛主席的不杀之恩,我姑姑多次带队伍进入深山、老林、密洞,剿杀国民党兵,亲手击毙了国民党第八十八军营长毛压延。后来,他们过河拆桥,无情无义,不要我姑姑了。那个姓毛的他叔叔为了报仇,带领国民党土匪们深夜来到凉透河,绑走了我姑姑,杀害了我父母,放火烧了我们家。那天碰巧,我和弟弟在外公家,才躲过了一劫。十多年来,我一直在寻找这个茅台镇卖酒的,我只是想问问他:当年的他,到底卖的是啥酒?"

吕大山解释道:"这些情况,我并不知道。"

陈玉仙说:"我姑姑帮助你们剿匪,多次提出参加解放军,可你们以各种理由,不接受她的请求。我到处找你,想求你说说情,把情况说清楚,可你一直躲着我,再也不露身,再也不知道你的去向。你就像清风岭上飘来的云,下了几滴雨,就永远消失得无影无踪。你咋就这样绝情?这样无义？最后，我姑姑无路可走，伤透了心，回到了凉透河，造成了我们全家的大劫难。我一直想问问你：你到底长着一副啷个心肠？我要了你一个人的命，也难抵我们全家三个人的命。"

"不接受你姑姑的请求，是因为当时的情况太复杂。"

"啷个复杂？"

"当时，有不少国民党反动军官，迫于我大军压境，明着起义，暗地里却与反动特务相勾结。后来，我军全面铺开后，兵力暂时不足，他们便借机发动大规模的叛变。原国民党起义部队272师，借移防之机，将我军145团筹粮队43人包围，全部杀害。原国民党起义部队271师，杀害了我军派驻代表35人。我军148团的两个连队，在征粮途中，突然被已经宣布起义的上千名国民党部队包围、残杀，致使我军损失惨重。当时，据我知道的情报，贵州境内较大的股匪460余股，持枪人数13余万人，机枪千挺以上。全省被国民党部队、土匪占据的县城有31个，我军控制了48个县，也只是控制了县城和少量的乡村。全省国民党已经起义的部队正规军，后来又叛变的有6300多人，地方武装叛变近2000人。他们不听我军调令，私自改变行军路线，借机袭击我军小股部队，攻打我们刚刚建立的区、乡政府，屠杀区、乡干部。全省反叛匪情蔓延，气焰十分嚣张。"

"这些都是实情，我知道。"龙岩炎说。

"我们师政治部吴琼华干事，和我是老战友，龙岩炎也认识。他家住在都匀福泉山下的一个寨子。他亲口告诉我，深夜三点，已经宣布起义的国民党残匪，与假装投降我们、被我们留用的国民党政府末代乡长勾结起来，将寨子里我们的乡公所围个水泄不通。我军9名征粮队员，是中共独山地委派来的，有8名被他们枪杀在乡公所的房前屋后（一名重伤被吴干事的父亲救下），制造了震惊全省的'藜山惨案'。至今，在烈士陵园里，并排着有8座坟茔。在当时那种大环境下，我军没有同意你姑姑的请求，也是在情理之中。"

听完吕大山说的这些话，陈玉仙失声痛哭，再也不发一语。

女人，在极度悲伤的时候，话语往往不多。

十多年来，吕大山日夜思念着陈玉仙，连做梦都在想着她。可当见面变成了现实，陈玉仙的举动，着实让他震惊，梦中那些浮想联翩的美景像是烈日下的冰山，轰然倒塌，破碎不堪。陈玉仙的举动和态度，冷酷无情，是吕大山万万没有想到的。

事情过后，吕大山的心里一直无法平静。

从意想不到的震惊，到冷静下来。冷静，让人变得清醒。清醒，让人明白了许多事情。

情窦初开的少男少女，往往生理反应来得快，感情来得慢，真正的爱情来得更慢。当经历了岁月、经历了风雨，他们会日渐成熟。爱情成了前两个阶段的总结。没有前两个阶段，爱情不可能成为总结。令人遗憾的是，总结往往会有违初心，前两个阶段有可能会前功尽弃。因为在后来的岁月中，脚踩着真实的土壤，播撒下理性的种子，爱情之花也许会像昙花一现，枯萎凋落，甚至会生长出冷漠和仇恨。初次相爱的青年男女，其实并不懂得爱情。这些话，是一位哲人说的，吕大山好像在哪本书里看到过。当时的他，并没有什么感受，现在想来，这些话说得真是太经典了。

龙岩炎心里也很难过。陈玉仙作为他新婚妻子，可她的举动，也着实让龙岩炎大出意外，不可理解，甚至让自己非常难堪，几乎酿成大祸。即使吕大山当年做得不对，做得有些绝情，可他那是军务在身、身不由己，那是军人的天职，高过一切。再说多少年过去了，也不至于举枪拼命啊？

这到底是个什么样的女人？

第二天中午，龙岩炎从隧道工地回来，不见了陈玉仙。通信员说："玉仙嫂子走了，说去她外公家，让我告诉你。"

陈玉仙不打招呼便悄然离去，在龙岩炎心里留下的疙瘩更加沉重，让他不轻松、不舒服、不痛快。他看见放在桌上的饭葫芦，过去摇了摇，沉甸甸的，打开看，里面是冒着热气的饭菜。他随手把盖子盖上。他觉得肚子不仅不饿，还胀鼓得难受。

通信员又说:"教导员来电话,说大队政治处通知,让你下午去一趟,陈主任找你。"

"知道了。"

一个多小时后,龙岩炎坐在了陈主任的办公室里。龙岩炎脸色铁青,和陈主任隔着办公桌,端坐在一张冰冷的铁椅子上。办公室里的气氛看上去像是两军对垒,沉闷而又紧张。陈主任身体矮胖,脸色发白,戴着一副金丝边眼镜,镜片很厚,后面是一双看不透的眼睛。他的话声音不高,却格外清晰:

"岩炎同志,组织上接到寄来的举报材料,说你的妻子陈玉仙,家庭和社会关系有严重的政治历史问题。你为什么和这样的女人结婚?"

"我是写了结婚报告的,结婚,那是组织上批准的。"

"这我知道,是组织上批准的,没错,部队也是刚刚接到的材料。近来,地方上在搞清理阶级队伍,有人揭发说,陈玉仙的亲姑姑陈白莲,是国民党大土匪头子。这么严重的政治问题,你为什么对组织上隐瞒不报?"

"我没有隐瞒。我写了结婚报告,组织上去搞的外调政审,是盖了章批准的。据我所知,她姑姑原来是土匪,可后来为了报答我军不杀之恩,就帮助我们部队剿匪,也是立了功的。"

"材料上说,她后来又反叛了我们,又跑到山上土匪窝里,当土匪去了,你不知道?"

"她又跑到山上,是前去劝说国民党土匪归顺我们。后来,她是被国民党土匪绑走打死的,一起被杀害的还有她的哥哥嫂嫂,就是玉仙的父母。我觉得,陈玉仙她姑姑早就死了,玉仙她本人没有什么问题。"

"亲不亲,阶级分。毛主席说,谁是我们的朋友,谁是我们的敌人,这是革命的首要问题。你要写出深刻检查,向组织上讲清楚。"

"我知道的就这些,竹筒倒豆子,都讲清楚了。"

"还有人举报说,你一开始参加的是国民党军队,当的是国民党兵?"

"是的,我是被国民党抓的壮丁,在国民党部队里当过两年多兵,但后来我逃了出来，参加了解放军，到现在快二十年了。这些，组织上都是知道的。我交代过，没有任何隐瞒。"

"根子，根子，刨根问底。根红才能苗正。根子不正，长得再高再大也不是无产阶级的栋梁。有人说你是受了国民党派遣，潜伏到我们部队来，收集三线建设情报，和美帝、苏修相勾结，妄图破坏我们的三线建设。这个问题你也要好好想想，给组织上交代清楚。"

龙岩炎突然无语了。他面如土色，感觉眼前一片黑暗，几乎要窒息。

## 3

云南沾益，滇东北的一个小城。一个阳光灿烂的日子，这个城里开进了一队绿色的兵。

这是41支队新兵一团八连的新兵。他们的训练场离军用机场不远。一架战斗机正轰鸣着，骄傲地从头顶上飞过，直插浩瀚的蓝天。这些来自乌蒙大山深处的新兵们，仰视着战机凌空飞去，包裹在绿色军装中的一腔腔热血，在沸腾着，随着战机向着天上涌动。他们穿着崭新的绿军装，看上去，像一群刚刚出窝的雏鸟。他们的目光既激动又新奇，既踌躇满志又心绪不定。但总的看上去，新兵们个个对新生活充满了憧憬与渴望。

一个新兵，被几个新兵围着，嘴里在滔滔不绝地摆谈着什么，那架势，犹如鹤立鸡群。从他那满脸的豪气，可以看出他很兴奋、很骄傲，他有着众星捧月般的感觉。吕大山发现了这个新兵，那是一张他熟悉的脸：

"你，是不是叫公岩？"

"是。"

"木瓦苗寨的？"

"是。"这个新兵的声音，兴奋，洪亮，透露出自豪，"我认识您，吕区队长。我们寨子南面的公路，就是您带部队修的。"

一个初到部队的新兵，连长认识自己，自己也认识连长，这是什么身价？

"连长，他是我们的司令。"旁边一个新兵，身材有些瘦小，个子有些低矮，看上去刚刚够当兵的体格要求，他借机给公岩脸上贴金。

"司令，啥司令？"吕大山皱起了眉头。

"'农造司'的司令。"另一个新兵说。他的岁数不大，但膀大腰圆，体格健壮，彝族，叫阿西古吉，十七八岁。

"'农造司'，是干什么的？"

"是无产阶级革命造反派，是响当当的革命造反派，是'农民红色造反司令部'的简称。"又一个新兵抢着说。这个新兵是侗族，叫陈新东。

"造反派？还革命？还响当当的？"吕大山两道眉毛立刻竖了起来，发出的声音炸雷一般，"胡扯淡！你想要造谁的反？"

炸雷轰然响过，现场一片沉默，空气仿佛也凝固起来。吕大山脸色如水，嘴里发出的声音十分严厉：

"以后不准再叫。从现在起，你们都是部队的兵。部队有铁的纪律，当兵就是要服从命令，就是要一不怕苦二不怕死，就是要流血拼命。上了战场，命令你前进一步，你敢后退半步，老子就敢毙了你。你造什么反？你想要反什么？连领章、帽徽还没有戴，就什么这个师（司）、那个师（司），什么四（司）令、五令的，扯淡，纯属扯淡。"

这是一串劈头盖脸的炸雷，震耳欲聋，在训练场上滚动，压过了一切混乱和杂音。新兵们虽说是刚刚来到部队，但都听说过部队有铁的纪律。军令如山。有谁不怕？

"巫副连长，把他们集中起来，按第一套训练方案执行，先学习三天，然后军事训练！"

吕大山板着那张令人可怕的脸，一句话也没有再说，转身走了，离开了训练场。

训练场上的新兵们，如同一群欢快的雏鸟，刚刚乍起蓬勃欲飞的羽毛，就突然遭遇到了雷击，一下子又紧缩了起来。他们个个面带惧色，鸦雀无声。这种看起来的鸦雀无声，实质上有一种强有力的东西，在猛烈地敲击着新兵们的心灵，让他们思索，让他们回味，让他们刻骨铭心，让他们警钟长鸣。

钟声，只有在寂静的夜晚，才显得更加清晰，才能入耳入心。

巫副连长，带走了部队。

按照戴支队长要求，新兵团下达给八连的训练计划中，除了学习军队《三大条令》，进行队列训练、投弹、刺杀、射击、匍匐前进和紧急集合等军事科目，重点学习西南三线建设的重大意义，学习基建兵"劳武结合，能工能战，以工为主"的宗旨。学习41支队承担的主要任务，是加快六盘江地区煤矿基地建设。

吕大山落实支队首长关于加强新兵政治学习的要求，是有开创性的。他有自己的招数：

"不仅每个兵要在班里发言，还要在排里发言，要在全连大会上交流学习体会。每个人都必须发言，都要上台发言，就像训练场上的单兵教练，一个一个地讲。讲过以后，全连战士给他打分，平均低于80分的，要再学习，再补课，再第二次发言、第三次发言，直到80分以上为止。"

陈新东在交流会上说："41支队来到我们家乡，修起了公路，让我们看到了汽车，看到了摩托驴子，它们不吃草料，还拉得那么多，跑得那么快。我们经常在公路边上，用鸡鸭换白面馍吃，卖腊肉鸡蛋，让我们开了眼儿，改善了生活，三线建设真的好嘞。"

阿西古吉在交流会上说："俺姐姐找了个对象，是41支队的，还是个官官儿，穿四个兜兜儿。要是没有三线建设，没有41支队来到俺家乡，俺姐上哪个地方，能找个解放军的官官儿处对象？俺妈说，家乡来了大军，搞了三个（线）建设，这硬是俺们祖宗烧了高香。"

最后，公岩的《三线建设与家乡发展》发言，经过评选分数最高，得了第一名。八连的新兵们，集中在训练场上，听初中毕业生公岩讲学习体会：

"三线建设是伟大领袖毛主席的战略决策，是要准备打仗的，是为了粉碎美帝、苏修的反华包围圈。三线建设搞不好，伟大领袖毛主席硬是睡不着觉，我们都好心疼哟（眼睛里有泪水溢出，擦眼泪）。我们是伟大领袖毛主席的革命战士，一定要听毛主席的话，把三线建设搞好了，不仅让伟大领袖毛主席睡好了觉，还有利于我们的国防建设，提高警惕，保卫祖国，同时，在我们的家乡，通了铁路，修了公路，办起了学校医院，盖起了高楼，很快就能改变我们盘江地区的面貌，让我们的家乡不再偏僻，不再贫穷，不再落后，不再一穷二白。我们一定要以国防建设大局为重，把狭隘的地方利益观念扔到六盘江里去，要破私立公，要狠斗'私'字一闪念，灵魂深处闹革命，同心协力，拼上命地干，把盘江地区的三线建设搞好，三线建设搞好了，我们的家乡也一定会好起来……"

公岩的发言，获得了一阵阵掌声。

连长吕大山最后讲评，表扬了公岩的发言，肯定了大家的学习成果，并提出了新的要求：

"写家信，每人都要写，有写信有困难的，可以找文书或肚子里有字眼的同志代笔。要把自己的学习成果，告诉家里的父母，告诉你们的兄弟姐妹，告诉你们的亲戚同学朋友，让他们了解你们的工作，了解你们的进步，支持你们在部队担负的任务，努力当一个好兵。凡是收到家里回信的，要在班里宣读，在排里宣读。回信写得好的，也要表扬，要张贴到连里的学习园地上，供全连学习。公岩要继续努力，在这方面带好头。"

星期天夜里，夜幕深沉万籁俱寂，兵们正在沉睡。白天紧张的军事训练，晚上严格的政治学习，夜间经常搞紧急集合，让兵们感到从未有过的紧张疲惫，睡得也格外香甜。

"嘟嘟嘟……"

紧急集合的哨声又一次骤然响起。深夜一点，兵们正在甜美梦中，被突然响起的哨声惊醒，纷纷起床整队，以排为单位往训练场跑。有兵在发牢骚：

"又搞紧急集合，搞啷样（啥）嘛？"

"昨晚九点刚搞过，漫山遍野抓特务，跑了一个多小时，又搞。"

"等着吧，说不定还会有第三次嚯。"

"不许说话，保持安静！"

这是排长的呵斥声，粗犷而严厉。部队集合完毕，吕大山发布命令：

"同志们，我们的驻地附近，是部队的二号仓库基地，现在有50辆军车，进库拉水泥木料。我们的矿区，是三线建设工地。我们的战友们，正在进行春季大会战，那里急需要这些水泥木料。上级命令我们，立即赶到仓库基地，配合兄弟连队，天亮之前，务必把五十辆军车，全部装满装齐。同志们有没有信心？"

"有！"声音有些绵软，还有"啊……啊……"的哈欠声。很明显，有些兵睡意蒙眬，还没有完全清醒过来。

"大点声！"吕大山生气了，声音立刻提高了八度，"有没有信心？"如洪钟般响亮，非常严厉。

"有。"新兵们浑身一震，立刻口气坚决，声音洪亮起来。

"好，女兵班留下，营区执勤，其他的全体都有，目标，二号仓库基地，立正——，出发！"

41支队二号仓库基地，坐落在沾益的西南郊。基地的院子很大，高高的灯柱上，探照灯雪亮的光，把院子照得像白天一样。支队汽车营的军车，一辆辆的排列整齐。拉水泥的军车停靠在仓库门口。仓库是一排平房，青砖砌的墙，顶上盖着石棉瓦，有三四百米长。仓库前铺着铁道，是一条专用铁路线。新兵八连一排、二排参与装水泥。兄弟连队的官兵们，已经在背着水泥往车上装，有的扛三袋，有的扛两袋，很少看见扛一袋的。

公岩、阿西古吉他们看见，迎面有五袋水泥，是活动着的，正在移动着，而且是稳稳地，向他们这边走了过来。近了一看，妈呀，原来那是一个兵。那个兵的两边腋下，夹着两袋水泥，两个肩膀上扛着两袋水泥，头上顶着一袋水泥。这简直是个水泥袋组装起来的钢铁巨人，一步一步地，稳健扎实，令人咋舌。那个兵看到了吕大山，站了下来，对着吕大山喊：

"报告吕连长，我们在背水泥。"

"噢，陈千斤？"吕大山认出了那个背着五袋水泥的兵，"好小子，陈千斤！快走，注意安全。"

"是！"

那个叫作陈千斤的兵，向着停放的大卡车，巨人般地走了。公岩他们，有的吃惊，有的佩服，也有的伸伸胳膊、捏捏拳头、挺挺腰板儿，都在跃跃欲试。吕大山对他们说：

"这个兵，是仓库基地二中队的，叫陈千斤，藏族，是去年我从四川康定带来的兵，将近一米九的个子，典型的康巴汉子，一顿饭吃十个馒头，喝白酒像灌耗子洞，两瓶三瓶没有感觉。"

"乖乖，真厉害。"

"部队里，真是藏龙卧虎啊。"

"好样的，陈千斤。"

公岩、阿西古吉、陈新东等人，咂着舌头，交谈着感受，跟着连长进了仓库。公岩搬起一袋水泥，觉得不轻，一看标重五十公斤。"来，再放一袋。"公岩的腋下已经夹起两袋，嚷着阿西古吉在他背上再放上一袋。他使了吃奶的力气，才背了三袋，摇摇晃晃地走了。阿西古吉也背了三袋，压得他双腿摇晃、眼冒金星，但他没有倒下，咬着牙，也一撅一撅地走了。陈新东个小力薄，胳膊瘦弱，腋下夹一袋水泥有些困难，就在背上背了一袋，又让人放上一袋，只听他"哎哟"一声，一屁股坐在地上。吕大山走了过来，扶起他说：

"小陈，你不要背了，上水泥垛上，帮战友们往下面挪。"

吕大山说完，左右胳膊夹着两袋水泥，背上又放了一袋走了。官兵们你来我往，争先恐后，汗水沾满了水泥，水泥泅湿了汗水。一场酣战过后，个个变成了泥人。

新兵八连的三排、四排负责装木料。拉木料的十几辆军车，停靠在木料场一侧。木料场上一垛一垛木料，堆得像小山一样。有一个人扛一根碗口粗的小圆木，有两个人抬一根小脸盆粗的中圆木，也有五六个、七八个人一起，合伙抬着一根水桶一样粗的大圆木。这些圆木是云南松，油性大，死沉死沉的。可年轻的战士们如狼似虎，有人爬上高高的木料垛，把上面半米长的铁抓钉撬去，那木料从上面哗啦哗啦滚落下来，通过地面上战士们的手、战士们的肩、战士们坚定的脚步，一根一根顺从地被码放在军车上。

黎明时分，五十辆军车，装满了水泥和木料，在一片掌声中，浩浩荡荡地开出了仓库基地大门。

大战过后，是难得的休闲。二号仓库大院的空地上、墙脚下，铁道边，电杆旁，或躺或坐的，全都是新兵八连的战士们。他们喘着粗气，腰酸腿疼，疲惫不堪，胳膊沉得如同灌了铅。他们的脸上、身上，汗水、泥灰、木屑、碎草，沾什么的都有，相互间只看见白的牙齿，认不清容颜。也有的在清理着刮破的伤口，在揉搓着压肿的肩膀。

"小吕，吕连长！"一位首长模样的人，身后跟着几个参谋、助理员，沿铁道走了过来，大声喊，"吕大山在哪儿？"

连长吕大山浑身上下，已经看不清军装的颜色。他坐在一条铁轨上，刚点燃一根烟吸了两口，听见有人喊他，抬头顺声音一看，赶忙扔下烟，用脚搓灭了，跑步过去，一个标准的军人敬礼："报告栾部长，新兵八连已经完成装车任务，请首长指示。"

"好，任务完成得很好，同志们辛苦了，谢谢你们。"栾部长轻松自然地还过礼说。

"首长辛苦！谢谢首长。"

"吕连长，二十分钟后，一列火车到达仓库，15节车皮水泥，这是我们部队大会战急需的物资。根据天气预报，很快可能下雨，两小时内，把这些水泥卸车入库。不知道你的这些兵，还能不能坚持，能不能完成这个任务？如果战士们太疲劳，我调别的中队过来？"

"请首长放心，一不怕苦，二不怕死，连续作战，新兵一团八连坚决按时完成任务！"

一阵紧急集合的哨声骤然响起。八连立刻行动起来，整队集合，马上准备投入新的战斗。

公岩浑身疲劳，每一块肌肉都在发酸、发胀、发痛。他的心里，更是一阵阵酸楚。他想到了刚才的那一场夜战，连续干了三个多小时。想到了那个陈千斤，一次扛了五袋水泥。还有那些老兵们，全是三袋两袋地扛。眼下，又接受了卸15节车皮水泥的任务。一节车皮30吨，600袋水泥。15节车皮，那是多少袋水泥？简单的数学计算，结果能把不懂军人的人吓晕过去。

公岩终于忍耐不住，对阿西古吉、陈新东说："我的妈呀，三线建设的军人，原来都是这么干的。"

## 4

新兵训练圆满结束了。清明节前夕，吕大山前往凉透河。

吕大山专门选择这个日子来到凉透河，是按照父亲的叮嘱，代表父亲，到这里来了结父亲一桩多年的心愿。父亲在电话里告诉他，在凉透河庙后面的山坡上，埋葬着一位他在红军川滇黔边区游击纵队时的战友，叫陈桂银。战争年代戎马倥偬，贵州匪患严重，这件事父亲从来没有提过。新中国成立后父亲远在北京，父子俩离多聚少，关于陈桂银阿姨的事，他很少听父亲细说过。这一次，清明节快要到了，父亲特意打来电话，说乌蒙山区交通不便，自己工作繁忙，无法亲自前去祭奠，叮嘱他无论如何要到凉透河去一趟，要他代父亲，去看看红军阿姨陈桂银，在她的坟头添上一把黄土。三十五年了，整整三十五年，他一直想念着他的这位老战友。人老了念旧，年纪越大，思念就越深。父亲的话语不多，但语气沉重，他能够感觉得出来，父亲与陈桂银阿姨之间，绝对是战友深情。吕大山知道，战火纷飞的年代里，枪林弹雨出生入死，战友之间往往都是生死情。

凉透河，那座古老的寺庙依旧。庙后面的山坡上松树翠绿。春天的草地色彩斑斓，开满了一地的小花，紫色的、黄色的、白色的、红色的，一簇簇一片片。一个不大的坟墓，周围垒着石头，坟头长着荒草野藤，还有几棵不到一米高的小树。坟前立有一尊石碑，一米多高。吕大山恭恭敬敬地站在坟前，凝视着碑上刻着的几个大字：

"红军女战士陈桂银烈士之墓"。

因风雨岁月，坟的周围有几块石头松动掉落下来。吕大山搬起石头，把它们垒放到原来的地方，捧上新土填满缝隙，踩踏实了。吕大山动手，把坟头上长着的小树、荒草、野藤，一把一把地全部拔去。最后，对着红军陈桂银阿姨的墓碑，吕大山没有敬礼，没有鞠躬，没有默哀，而是脱下军帽，整整军容，双膝虔诚地跪下，两只手按在地上，庄重地磕了一个头，又磕了一个头，再磕了一个头。这个礼节，是父亲再三叮嘱的，必须这样。

吕大山心情沉重，一步一挪地离开了红军阿姨的坟墓。

吕大山这次到凉透河，还有一个一直让他放不下的心思：看看陈玉仙，还有龙岩炎那一岁多的女儿。就在新兵训练期间，他得到一个非常不幸的消息：龙岩炎带领官兵们在隧道施工时，遇到了突然出现的喀斯特地下溶洞，为了救战友，为了堵住溶洞，为了不影响施工，自己掉了进去，再也无影无踪。是失职还是牺牲，至今没有结论。陈玉仙带着女儿，回到了凉透河居住。据说，生活过得很清苦。

这地方吕大山熟悉。过了风雨桥不远，就是陈玉仙的家。这个院落，是在一片废墟上新建的。院墙有半人多高，是用树枝、劈柴、石块等在周围挡着的。院里一栋凹字形两层木房。吕大山记忆犹新的是，他最后一次来到这里，这里曾是斑斑点点的炭痕，疯长着血红的杜鹃花、荒草、葵花和野藤等，呈现出一种凄凉。而眼前的一切，好像又回到了他在这里养伤时的模样。一楼的正厅堂里,陈玉仙接待了吕大山。岁月、生活和女儿这三把刀子,尤其是丈夫龙岩炎的离去,已经把陈玉仙雕琢得坚强成熟、温柔热情,完全没有了往日的火暴与刚烈。一岁多的女儿皮肤微黑,面色发黄,四肢瘦弱,像一只营养不良的雏鸟。她躲在妈妈的怀里,瞪着一双漂亮的大眼,胆怯地看着身穿军装的伯伯。细看这双大眼,能够发现龙岩炎的影子。吕大山拿出一袋大白兔奶糖、一袋上海饼干,这些是送给她女儿的礼物。还有十五斤全国粮票、八尺军用布票、五十元钱,这是给这母女俩的生活补贴。在物资奇缺生活贫困的年代,这都是最贵重的礼物。

这个院落,这栋凹字形两层木房,虽说是在废墟上重建的,但对于吕大山来说,既陌生又熟悉,既亲切又戳心。十几年前的风雨桥头,细雨中的老牛背上,温馨的姑娘阁楼,一双饱含深情的手……一切的一切,都还历历在目。而今在这个院落里,在这座新建的房子里,还是他和陈玉仙,两人面对面地坐在一起。他深深地吸了一口气,回味着刻骨铭心的过往,心中五味杂陈,翻动着难以言表的波澜。

陈玉仙对女儿说:"快,谢谢伯伯。"

女儿没有吭声,羞怯地看了一眼伯伯,把小脸藏在母亲的怀里。一岁多的女儿,还没有享受到父爱,就再也见不到自己的父亲,永远永远……吕大山的心里涌上来一阵苦楚,鼻子一酸,他想掉泪。

"玉仙姐!"

正在这时,院里有人喊。声音未落,人就进到了屋里。这是个和陈玉仙岁数差不多的女人。她看到屋里坐着一个解放军,话音立刻低了下来:

"哦,有客人?"

"没关系,瑶瑶她爸战友。有事?"

没想到那个女人,一眼认出了吕大山。她指着吕大山对陈玉仙说:"姐,这个解放军我认识。"

"你认识?"

"认识嚜!他来过寨子两次,都是找你的。"

"找我?"

"是的嘛,来找你的,来过两次。"

吕大山也认出她来了,是风雨桥头供销社的那个女售货员,没错。

陈玉仙看着吕大山的脸,没再说话。那女售货员说:

"姐,你出来一下。"

陈玉仙不好意思地对吕大山点点头,然后抱着女儿,随那女售货员走出了屋外。院子里,听那女售货员说:"姐,听说盖这房子时,从老地基下面,挖出来一坛子银圆。有人说是你姑姑当年埋下来,留给你的。"

"鬼扯吆,一个坛子,里面只有一块银圆,还是坏的,啥子一坛子银圆,我姑姑留的?烂嘴们鬼扯噻!"

"不会吧?一个坛子,咋就会只装了一块银圆?我不信。"

"真的,姐不骗你。"

"姐,你带着瑶瑶,生活多清苦?我到县城进货,看见县上有收购银圆的,拿银圆换了钱,生活就能改善了噻。"

"鬼丫头,姐咋说你也不信。"

"我不信。"

"那好,姐去拿来你看。真是一头犟死牛,不碰岩崖不回头。"

陈玉仙把瑶瑶放到那女售货员的怀里,回屋里上了二楼。时间不长,抱下一个广口坛子,色泽老旧,刻蚀着经久的岁月风尘。她把坛子放到桌上,打开扣着的盖子,从里面拿出一个蜡染蓝花布的包裹。打开了包裹,是一个颜色发乌的小木头盒子。打开了盒子,里面是用土黄色老布包着的东西。那土黄色老布的真色已不可辨认,一股年代久远的沧桑气息冲击着人的视觉。打开了层层包裹的土黄色老布,里面是一块银圆,中间一个圆洞,拴着一缕头发……

"妹妹!你是妹妹……"吕大山立刻激动起来,大声喊着,简直要疯了。

屋里的气氛一下子爆炸开来。陈玉仙,那女售货员,全都蒙了。吕大山不顾一切地扑过去,一把抱住了陈玉仙。他想到龙岩炎曾去拜见过芒林公,芒林公是陈玉仙的外公,也是一位老红军。龙岩炎给他打电话说,芒林公非常肯定,说陈玉仙是红军的后代,绝对没有错,只是苦于没有凭据。现在,这就是凭据,凭据就在眼前。吕大山泪水涌流,不停地说:

"妹妹,哥哥我找了你十几年,我爸爸找了你几十年……谁知道……你……找得我们好苦啊,妹妹……"

## 5

乌蒙山区的五月,是杜鹃花盛开的季节,一片一片的像火焰一样,烧红了漫山遍野。

41支队第一招待所大门口,突然增加了岗哨。临近中午时分,三辆绿色军用吉普车驶进了招待所。车刚刚停下,中间那辆吉普车里走出来一位军人,六十岁左右,个头胖瘦适中,军容整齐,仪表轩昂,面色红润,两眼炯炯有神。戴红戍支队长和李飞政委已经在这里迎候,紧走几步过去立正敬礼:

"吕司令员好!一路辛苦。欢迎首长前来视察工作。"

"好,好,大家都好!你们辛苦了。"吕司令员还过礼,和他们一一握手。

东楼二层的一个里外套间,水泥地板,白灰抹墙,装饰简陋。这是吕司令员下榻的地方。吕司令员接过警卫员递过来的毛巾,擦了擦脸,坐在木头简易沙发上,掏出一盒许昌牌香烟,递给戴支队长一支,自己拿一支叼在嘴里,说:

"老李不抽烟好,既省钱,对身体又好。我和老戴啊,这个毛病,看来是改不了喽。"

戴支队长划着火柴,给首长点上,再自己点上。吕司令员有滋有味地吸了一口,看着眼前的两个老部下说:

"中央提出要以大局为重,以三线建设为重,要政治挂帅,一切为战备让路。要备战、备荒、为人民。要提高警惕,保卫祖国,要准备打仗!全国进入了战时状态。加快三线建设,被提到了从未有过的高度。你们这里的情况怎么样?"

"报告司令员,形势非常好。所谓的红卫兵革命,批斗走资派,清理阶级队伍等,统统都撇到一边去了,部队没有再受到大的干扰。1969年12月4日,周总理发表讲话,要求六盘江煤炭基地以三线建设为重,保证1970年7月1日渡口(今攀枝花)钢铁厂出铁。我们成立了'抓革命、促生产'领导小组,组织各个部队,包括司、政、后机关,开展了夺煤保钢大会战。官兵们的战斗情绪非常高涨,没日没夜地干。一百一十三公里的火沾铁路也提前竣工,已经验收通车。4月24日(1970年),从火塘矿发出的第一辆满载优质煤炭的火车,开往了四川渡口钢铁厂。现在,我们部队承建的老树基矿、火塘矿、瓦普矿和月亮矿的各个矿井,都进展得非常顺利,四个矿都已提前出煤。请首长放心,我们和老李还是那句话:一定要做熟了饭等客人。"

"好,很好!这句话说得非常好!"吕司令员看着他俩,"你们的客人,就是渡口钢铁厂。这饭,不仅要做熟了,不让客人饿肚子,而且一定要做得好,一定是好饭,鸡鸭鱼肉大米白饭。明白吗?就是说,一定要把最优质的煤炭,源源不断地运往渡口。"

"是!一定要把最优质的煤炭,源源不断地运往渡口。"

吕司令员满意地笑了。他吸了口烟,口气轻松地问,"为什么四川那个钢铁厂叫渡口,知道吗?"

"不知道。"

"那里位于金沙江畔,是茶马古道四川和云南盐茶交易的中转站,人们来去都要从那渡江,所以叫渡口。那个地方我去看过。原本是荒山野岭人烟稀少,只有几户人家。因村口有一棵巨大的攀枝花树,花开时节繁花满树,因而得名攀枝花村。攀枝花就是木棉花。听有领导说,这个渡口的攀枝花村要改名字了，叫攀枝花市，是毛主席亲自定的。为了保密，目前仍叫渡口市。用花来为一个城市命名，在我国这是第一个。可以肯定，不久的将来，那里一定会出现一个因三线建设而诞生在深山里的现代化城市。在贵州，根据三线建设总体规划，安顺地区准备兴建一座歼击机工厂，建成一个航空工业基地。遵义地区准备兴建生产导弹、火箭的航天工业基地。凯里、都匀地区，准备建设一个电子工业基地。整个乌蒙山区的煤炭、电力、化工、铁路、公路等，也都将借三线建设这棵大树，开放出现代化建设的朵朵鲜花，结出累累硕果。你们重任在肩，干的可是千秋功业。"

吕司令员轻松随意，诗情画意般的拉家常式谈话，让两个老部下大开眼界，看到了未来的前景，确实宏伟喜人。

三天后，太阳从东边山顶上冒出了个头，朝霞四射开来，把山野涂抹得一片金黄。早上七点半，得到通知的吕大山，兴致勃勃地来到了41支队第一招待所。他脚步快捷，身轻如燕地进了东楼，直奔二楼201房间，进门一个敬礼：

"报告司令员爸爸，区队长儿子向您问好！"

"哦，好好好！过来过来，让我看看，看看这大区队长，我这个当老子的还认识不认识了？"

吕司令员开着玩笑，把儿子拉到窗前。干干净净的太阳，从窗玻璃投射进来，淡红色的霞光洒在儿子英俊坚毅的脸上。吕司令员一本正经地端详着，说：

"黑了黑了，不过还比不上张飞。看来这几年没见，更结实了，好！"

"妈妈她好吧？"

"好，一天到晚地念叨你。"

"我也很想妈妈。"

"光想有什么用？你的岁数也不小了，这一直单飞着，你母亲天天都想着抱孙子，在做着这个美梦。你的这项家庭任务，也很重噢！"

"儿子明白。"

吕司令员让儿子坐在椅子上,自己也在沙发上坐了下来,对儿子说:"你电话里告诉我凉透河的事,我好几个晚上没有睡好觉。找到你妹妹了?"

"是的,她现在叫陈玉仙,我和她早就认识。西南剿匪时,她救过我,我在她家里养过伤。"

"这么巧?"

"是的。她后来嫁给了龙岩炎,就是给您当过警卫班长的那个龙岩炎。"

"噢,这个龙岩炎。"父亲叹了口气,欲言又止。

"清理阶级队伍时,把她当成大土匪陈白莲的侄女。她也为这个出身受到牵连,包括龙岩炎,吃了不少苦头,受了不少冤屈。龙岩炎就是带着冤屈走的,至今没有结论。"

"唯血统论,唯成分论,不知道毁了多少人的生活和前程。小龙的事至今没有结论,是不对的。"吕司令员听着儿子的话,很生气,脸色变得凝重,"正在打着隧道,人不见了,不是牺牲是什么?长征时过草地,有的红军战士一转眼,陷进了淤泥里,沼泽里,人就没有了。战场上,一颗炮弹落下,人就炸得无影无踪。这些人就不是牺牲?就不是烈士?说这种话的人,将来有机会,要让他上战场,让他看看什么叫军人,什么叫打仗,什么叫牺牲。"看得出来,父亲有些气愤。过了一会儿,父亲冷静下来,对吕大山说,"儿子,那东西,我给你带来了。"吕司令员说着,进到里间,打开手提箱,取出一个包裹,把包裹放在办公桌上。打开了看:一个彩线荷包,颜色陈旧;一块银圆,中间穿了一个洞,洞中系着一缕头发。

吕大山看着那银圆,两眼发直,含着泪水,说:"爸爸,一点没错,她手里拿的银圆,和这个一模一样,中间也是有个洞,也是拴着一缕头发,肯定没错,就是妹妹。"

"啊，那就不会错，她是许侧的女儿。"吕司令员的眼睛也湿润起来。

"许侧的女儿？许侧是谁？"

吕司令员没有回答儿子的问话，他面色凝重，在屋里踱着步子。他的步子不大，一步一步又一步，缓慢、艰难而沉重。看得出，这些陈年往事，让久经沙场、风雨大半辈子的父亲，心情既激动又一下子难释重负。时间一分一秒地过去。终于，父亲在沙发上坐了下来，把一只微微颤抖的手伸进了口袋。吕大山看着父亲，赶紧掏出自己的乌江牌香烟，递了一支过去，划火柴给父亲点上。父亲吸着烟，表情依然深沉，依然没有说话。他的眼神，像是在回忆，在思索，在遥望着那刻骨铭心的过去。终于，一阵沉默后，父亲开始说话：

"大山，我告诉你，你也不是我的儿子……"

"什么？您说的什么，爸爸？"

"你的爸爸叫彭毅。"

"爸爸，您这是……爸……"吕大山喊道。他顿时觉得天塌地陷、浑身发软，直盯着父亲，心里乱成了一团麻，"爸爸这是怎么了？咋能说出这样的话来？"

父亲坐在沙发上，吸一口烟，停了一会儿，再吸一口，又停了下来，默默地，依然没有说话。父亲的冷静、沉思，表明了父亲的思维没有紊乱，表明他不是在开玩笑。

一直到把手里的烟快要抽完，吕司令员看了吕大山一眼，才又开始说话。他语调沉重，给吕大山描绘了1935年的冬天，那是一幅令人心碎的图画：

红军长征到达贵州后，土城战役失利、北渡长江夭折，最后集结到云南东北部一个叫扎西的小镇上。在这个小镇上，毛泽东同志提出，把红军赤水河游击队、红军川南游击队、黔北游击队、遵湄绥游击队，合并起来，再抽调主力部队的一些骨干，扩充进去，新组建一支偏师，布下疑兵。让它貌似主力，机动灵活，掩护红军主力的真实作战意图，打乱蒋委员长的军事部署。这支偏师，就是红军川滇黔边区游击纵队。

许侧原是红六师政委，后来担任红军川滇黔边区游击纵队司令员。不幸的是，在贵州一个叫红山口的地方，游击纵队遭到敌人突然袭击，许侧司令员牺牲。参谋长吕壮行带领官兵，死命拼杀，终于突出重围，甩开敌人进入六盘江地区。清风岭下有一个村寨，隔河有一座残旧的庙宇。庙宇没有围墙，只有一座快要倒塌的山门，一座大殿，大殿门前有两个黔兵持枪站岗。闪电不及的工夫，红军川滇黔边区游击纵队把那座大殿围得水泄不通。结果发现，这大殿里有七八个黔兵，还有一个女红军和两个孩子。

吕壮行看那女红军，三十多岁，身穿补着补丁有些破旧的红军服装，没戴军帽，头发蓬乱，沾着一些柴草碎叶。虚弱的身体有气无力地靠着放神像的石头基座。地下铺垫着一堆干草。她左边怀里抱着一个小孩，一个襁褓中的孩子，刚出生不久。小孩子眼睛紧闭，小脸很脏，挂着泪痕，躺在女红军的怀里。右边有个小男孩，两三岁，瞪着大眼，没有哭，也不感到害怕，紧紧抱着女红军的右胳膊。突然，那个女红军喊：

"老吕，我是陈桂银。"

吕壮行听了，眼睛一亮："啊？嫂子！我是老吕，吕壮行。"

原来，这位女红军是游击纵队司令许侧的爱人陈桂银。1935年10月，身怀有孕的陈桂银因随部队行军打仗不便，纵队党组织决定陈桂银离开部队，扮成村妇，隐藏在一贫苦农民家里。陈桂银告诉吕壮行，这户人家的女主人梁大嫂，本地苗族，丈夫也是红军，在红军中央纵队。她身边有一个不到三岁男孩，叫小虎子。很快，陈桂银产下一女婴。但由于叛徒出卖，敌人侦悉到这里隐蔽着女红军陈桂银，便张开大网缉拿她。梁大嫂把陈桂银和婴儿藏到夹墙里，把一个彩线荷包挂在小男孩的脖子上，拉着小虎子的手，对陈桂银说：

"大妹子，小虎子不是我的孩子，是我丈夫战友的孩子，他的父亲也是红军，在中央部队。"

"中央红军纵队吧?"

"啊,对,中央红军纵队。他的母亲,在盘县被飞机炸死了,寄养在我这儿。这彩线荷包,是小虎子母亲留给他的。"

梁大嫂说完,穿着女红军衣服往山里跑,引开了敌人。结果,梁大嫂在国民党匪徒们的枪声中牺牲。陈桂银带着小虎子,抱着女婴,逃离了梁大嫂家。没想到在这里遇到了搜捕红军的黔军。

吕壮行告诉陈桂银,许侧司令员几天前已经牺牲。陈桂银的脸色苍白,嘴唇干裂,气若游丝,说话已没有气力:

"这,小虎子,你们带走吧。将来有机会,交给他父亲。小女儿,抱走,送人吧,找个……好老乡。"

吕壮行问:"小虎子的父亲叫什么名字。"

"梁大嫂说,他父亲姓彭,叫彭毅。"

"彭毅?"吕壮行深感意外,他不敢相信这是真的。

"是的,彭毅,没错。"陈桂银很肯定。

"彭毅是我的战友,我的营长。"吕壮行一把抱起小虎子,"没错,他母亲在盘县遭敌机轰炸,牺牲了。"

陈桂银蜡黄的脸上,露出一丝欣慰的笑,说:"那正好,孩子就交给你了。"

吕壮行发现陈桂银的左胸部被血染红了一片,感到情况不好,他从陈桂银怀里抱过来小女孩,见裹着小女孩的襁褓上也殷着血。

陈桂银挣扎着,从军装的左上衣口袋里,掏出两块银圆。银圆上沾着鲜红的血。两个银圆的中间,被同一颗子弹各打穿一个孔。经验判断,这应该是黔兵刚才近距离射击的结果。陈桂银看了看带有弹孔沾着鲜血的银圆,在衣襟上把血擦了擦,要过来一把刺刀,割下头上一缕头发,分成两份。她把一缕头发,穿过一个银圆中间的弹孔,系上,掖在小女孩的襁褓里。把另一缕头发,穿过另一个银圆中间的弹孔,也系上,塞进小虎子的手里。

陈桂银拉着小男孩的手说:"虎子,跟着他们走吧。这银圆……给你……保存……好……"

陈桂银说完,带着满腹的遗憾,闭上了眼睛……

吕大山眼含泪花,默默无语,听着父亲诉说那沉痛的往事。

"近代贵州,世人都知道黎平会议、遵义会议、四渡赤水,但很少有人知道,当时的红军,在贵州境内,在一系列重大军事行动中,毛主席还巧布了一支偏师——红军川滇黔边区游击纵队。确实,这是一支鲜为人知的部队,这也是一段鲜为人知的历史。现在,为了应对世界上的复杂形势,打破美帝、苏修的反华包围圈,巩固国防,毛主席提出了三线建设的战略布局,进山、分散、隐蔽,动用了几十万的兵力,这和当年组建偏师,布下疑兵,是一脉相承的,都是毛主席的英明决策。你们这个部队,在乌蒙山区搞西南三线建设,所承担的任务,和当年红军川滇黔边区游击纵队承担的任务,意义是一样的重大。"

吕大山认真地点点头,用颤抖着的手,给父亲又点上一支烟,轻声问:"彭毅……他人呢?"

"牺牲了。红军三渡赤水后,彭营长调离中央红军纵队,到红军川滇黔边区游击纵队,接任许侧的司令员职务。1936年3月,为掩护红2、6军团进军贵州,彭司令员带领游击纵队的三个连,把敌人的重兵引到了凉透河,在一个叫飞龙峡的地方,跳了下去,都跳下去了……邓颖超大姐后来听到这个消息,沉默良久说:这是长征付出的代价啊……烈士精神不朽。张爱萍将军后来题词说:孤军奋斗牵制强敌,壮烈牺牲万代敬仰!这个彩线荷包,是你母亲留给你的。你母亲长征路过盘县时,遭敌机轰炸,为救战友,牺牲了。"

吕大山看着父亲,拿着彩线荷包,拿着那块银圆,扑通一声跪在吕司令员面前,双手紧紧拥抱着父亲,泪流满面,失声痛哭:

"爸爸!爸爸!"

几天后,凉透河的风雨桥上,走着三个人。一个是吕司令员。他的左边是吕大山，怀里抱着瑶瑶，瑶瑶的脖子上挂着那个彩线荷包。他的右边是陈玉仙，带着满眼的泪痕，手里拿着一束火红的杜鹃花。

这祖孙三代四人，过了风雨桥，向着庙宇后面的红军坟走去。

## 10　流水营帐*

### 侯一圈

新兵训练没有多长时间，师部文工团到新兵团驻地慰问演出。演出地点在县大礼堂。演出前，先期到达的连队之间互相拉歌：

"××连，来一个！"

"××连，来一个！"

呼喊声、唱歌声，夹杂着陆续进来连队的口令声和哨声，几乎要把大礼堂的顶棚掀开似的。

八连迈着整齐的步伐，唱着《打靶归来》的歌进入礼堂，礼堂的喧闹声立刻淹没了他们的歌声。大家停止了歌唱，在指定的位置坐好，擦着脸上的汗珠，准备休息休息。侯一圈跳到了连队前面，大声喊："八连的静一静，我们来唱个歌。"他要指挥大家唱歌。

章德林骂道："一会儿也不让老子们消停。"

杨晓名说："利用一切机会表现自己，是这个猴崽子的本性。"

侯一圈满脸激动，开始起唱。他的两只小眼睛使劲睁着，脸上红扑扑的，两只胳膊随着大家的歌声在空中挥舞。侯一圈在新兵连经常指挥大家

---

* 原载《十月》2014 年第 3 期。

唱歌，可很多人始终弄不清楚，究竟是大家的歌声指挥着他的动作，还是他的动作指挥着大家的歌声。反正侯一圈经常说："指挥是集体合唱的最高领导，大家唱歌一定要看着指挥。"侯一圈在全连前面趾高气扬地甩着胳膊，变换着各种花样，嘴里唾沫飞溅，又喊又唱，指挥着八连官兵反复地唱着同一首歌：《我是一个兵》。坐在第二排的杨晓名像往常一样，并不买他的账，只张嘴不发声。侯一圈的面部表情顿时严肃起来，改用一只手指挥，另一只手指点着杨晓名。他的动作立刻把兵们的目光引向了杨晓名。

杨晓名脸一红，赶紧放声高歌起来。

一阵尖厉的哨声响起，热闹声戛然而止，礼堂里一片寂静。一位穿着四个兜军装的军官站到台上，宣布演出马上就要开始。侯一圈满头是汗，心情激动地坐回到位置上，质问旁边的杨晓名说：

"咋啦，你没吃饭？"

"不拉别的连队唱，光让咱连唱，你傻呀？"

"今天是师部文工团来演出。师部的，你知道吗？让他们听听咱八连的歌声，这机会多难得？"

"你想借机露一手吧？"

"借机？这叫机会难得。我指挥还可以吧？"

"可以个锤子！老子用脚丫子比画也比你强。"

骂"锤子"，是杨晓名到了新兵连跟四川籍的老班长学的。刚开始老班长喊他"锤子"，他以为老班长问他要锤子砸东西，他好不容易找到一把锤子送给老班长时，老班长笑着骂他"新兵崽子，你真是个锤子"。后来才知道，"锤子"是四川人骂人的口头语，和家乡人骂的"球""他×的"一个意思。

侯一圈正要回骂杨晓名，突然听见台上的那位军官喊："刚才八连指挥唱歌的战士到台上来，指挥大家先唱个歌。"

侯一圈愣住了："叫我吗？"

"是你,上台来。"

侯一圈慢慢站起来,看着台上的军官,迟疑片刻,小眼睛立刻明亮起来,接着快步往台上跑去。他到了台下面,激动得不知道该从哪儿上去,一着急,扒着台的边沿纵身往台上跳,跳了几次才爬了上去。

在一片哄笑声中,侯一圈慌忙在台中间站好。

他心理素质不错,很快就镇静下来。他正了正军帽,捏了捏风纪扣,摸了摸两个军上衣口袋的盖子,又拉着军装前襟的两个下角,轻轻往下面揪了揪。他按照班长教的整理军容风纪的要求,一丝不苟地把自己的军容风纪整了整。他放眼看着台下,一个礼堂的兵们都看着他,没有一个人说话,对他肃然起敬。礼堂里一片绿色,像绿色的海洋在静静地沉默着。这个沉默的海洋将随着他发出的一声起唱,立刻就会翻卷起歌的波浪。侯一圈感到体内的热血沸腾起来,一种自豪的激情油然升起,胀满了他的胸膛。他激情满怀,挥了挥两臂,放开了架势,正要张口,从台后面又上来一个军官,对着刚才那位军官耳语一会儿,走过来对侯一圈说:

"新兵同志,你归队吧。"

侯一圈简直有些不相信自己的耳朵,这是啥话?他好像有些眩晕,脑子里一片空白,两只手端着指挥的架势,如同正在表演的机器人突然断电,定格在一个动作上。侯一圈站着没有动,直愣愣地看着让他来到台上指挥的那个军官,张张嘴,没出声。

那个军官走了过来,对他说:"新兵同志,这位是师部文工团的指挥,刚从外面赶回来了,你归队吧。"

侯一圈差一点没有哭起来。

他想到,这台下坐着全团近千名的新兵老兵,还有台后师部文工团的文艺兵,在他们面前展示自己的指挥才华,这是一次多么难得的机会!这个指挥如果再晚来一分钟,哪怕是半分钟也好啊。只要全团唱开了头,也不至于让自己扒着台的边沿纵身跳了几次才爬上台来,再这样下台去吧?他又悔恨起自己来,悔恨自己整理军容风纪耽误了时间。如果一上台就开始指挥，哪还会有这个结果？台下的兵们看到他的尴尬相，有人哄笑起来。他感到这简直是在全团新兵老兵面前受到了一次羞辱。侯一圈哭丧着脸从台上跳下来，回到了自己的座位上，木然地看着台上那个文工团的指挥，嘴形就像他指挥八连唱歌时的杨晓名似的，只张嘴，并不出声。

文工团演出开始了。第一个节目是集体合唱《欢迎新战友》，前面两排站着女兵，个个妩媚秀丽、光鲜照人。后两排是男兵，个个精悍利落、英姿挺拔。随着乐队指挥的手势，歌声飘然而起。从报幕员那里，侯一圈知道搅黄了自己指挥的那个军官叫杨文天。杨文天真神气。他拿根一尺多长的指挥棒在空中舞动，舞动得快慢有节、潇洒自如。随着他飘逸优雅的指挥，台上的俊男靓女们引吭高歌，台下的观众也投送着赞许的目光。侯一圈一脸的凝重，看着台上的杨文天。接下来是芭蕾舞《红嫂》。扮演红嫂的那个女兵一出场，立刻吸引了全场观众的眼球。她真的太漂亮了，仙女一般。红嫂身着红色舞衣，杨柳细腰，胸脯高耸，体态轻盈。她时而用两条纤细的秀腿不停地分劈、跳跃，时而用两只脚尖点地做快速旋转，突然又双腿平直身躯后仰腾空飞起，把整个秀美的身段展现得淋漓尽致。台下的观众们鼓起了阵阵掌声。侯一圈哪见过这样的舞姿，他的眼睛这时才放出点光来。八路军伤病员上场了，扮演者是杨文天。杨文天才跳了几个舞蹈动作，就一头倒在了红嫂的怀里。红嫂深情地望着杨文天，用一只胳膊抱着杨文天，另一只手端着乳房，把乳头往杨文天嘴里放。虽然红嫂的乳房和杨文天的嘴之间还隔着一层红色的舞衣，但在侯一圈看来，这样的动作就是做再美好的梦，也是难以梦到的。侯一圈惊呆了，他的嘴唇不停地颤抖，口水流了出来。

演出结束后回到营地，杨晓名对侯一圈说："小子，别心气儿太高，你哪是上台当指挥的料？"

侯一圈小眼睛一瞪说："冲着长得恁美的红嫂，老子将来也要进文工团，也要去当指挥。"

章德林说："看人家杨文天，指挥得多潇洒飘逸！你就知道使劲甩胳膊，那也叫指挥？"

杨晓名说："杨文天还能演八路军，你能演啥？演《地雷战》里那个偷地雷的日本鬼子还差不多，你真是个锤子！"

侯一圈没有再理会他们，觉得和他们争论这些没有意思。他们一来不懂艺术，身上没有艺术细胞；二来妒忌自己，怕自己出名。侯一圈是城里的干部子弟，见过世面，更重要的是他听到新兵连有人传，说师部文工团要在新兵里挑选演员。他格外地想进文工团当一名演员。

侯一圈从小就有当演员的梦。可惜爹娘给的眼睛太小了，死劲儿睁也还是只裂开一条缝。脸盘也不出众，尖嘴猴腮的，像个猴子，杨晓名经常骂他"猴崽子"。身材长得还勉强说得过去。这种先天条件决定了他不是个当演员的料。他上小学时，就开始练吹拉弹拨，特别是他的笛子吹得好，不仅能吹歌曲，还能吹出各种鸟叫的声音。现在是新兵连，什么乐器都没有，能够用什么来表现自己？他想来想去，就练习唱。他的嗓子不错，也会用气，气生丹田，声发眉腔。唱《我是一个兵》，唱《三大纪律八项注意》，唱毛主席语录歌，唱移植的革命京剧样板戏豫剧选段。没人时大声唱，有人时小声唱，平时在军营附近唱，星期天请假到山里唱。

与他同一个院里长大的章德林说："猴子从小就爱唱。"

同班的郑小建说："一次夜里正睡觉，突然听见猴子大喊'谢谢妈！'叫醒他问，他说梦里正在演《红灯记》里的李玉和。"

战友们说："猴子是那次在大礼堂没有指挥成受了刺激，神经已经不太正常了。"

"猴子想着红嫂和文工团那些漂亮的女演员，简直快要发疯了。"

功夫不负有心人，机会终于来了。

新兵训练快一个月时，上级要求新兵团成立毛泽东思想宣传队，编排节目，准备在春节期间参加师里组织的文艺会演。侯一圈高兴得好几个晚上没有睡好觉，他找班长、排长申请，拿着笛子跑到连部给连首长吹，要求参加宣传队。最后，他终于如愿以偿，被调进了宣传队。

杨晓名也被调进了宣传队。杨晓名调进宣传队是因为他会写，文笔好，能编写节目。侯一圈看不起他，说："会写东西算个啥？那是'臭老九'们干的，是为演员服务的。一个节目引起轰动，观众只记得哪个演员演得好，谁记得作者是谁？"

杨晓名说："那不一定。"

侯一圈说："不一定？都知道演杨子荣的叫童祥苓，演李玉和的叫浩亮，演阿庆嫂的叫洪雪飞，演柯湘的叫杨春霞。你告诉我《智取威虎山》《红灯记》《沙家浜》《杜鹃山》的编剧是谁？"

杨晓名没有再理他。因为那时候反对个人名利思想，那些剧目都是集体创作的。

侯一圈在宣传队真如鱼得水，既能当演员上台表演节目，又能在乐队玩乐器，还能当指挥。台上台下，侯一圈成了宣传队最活跃、最忙碌、最有知名度的人。

其实，杨晓名的文艺才能比他强。杨晓名出身农民家庭，父亲和爷爷都是乡间有名的艺人。他从小受家里影响，板胡、二胡、唢呐、笙等乐器都演奏得不错。参军离家时父亲告诉他，当兵就是扛枪卫国，不要去吹吹唱唱，干那些古人叫作"下九流"的事，没出息。杨晓名到宣传队后就藏而不露，没人知道他的文艺才能。但他每当看到侯一圈盛气凌人地吹嘘和表现自己时，就对他不屑一顾，一副轻蔑的样子。有时还故意大声咳嗽，把嘴里的痰狠狠吐到地下。

侯一圈更是看不起他，经常以城里人和干部子弟的优越感自居，骂杨晓名：

"整个一个乡巴佬，光知道吃红薯叶、玉米面饼，放屁都是农村味儿，懂啥叫文艺？"

城市兵和乡巴佬之间的矛盾越积越深，火气越憋越大。两个人除了排演节目，平时见面很少说话。

经过一个多月的紧张排练，新兵一团宣传队参加师里的文艺会演。会演时，大礼堂的台下坐满了师部的首长和观众。

侯一圈在宣传队参演了好几个节目，都演得不错，但那是集体的功劳。侯一圈经过反复思考，自报了一个能单独显现才华的节目，就是笛子独奏。他笛子吹得确实好，准备的曲子也是当时最为流行的，叫《战士骑马保边疆》。侯一圈为了一吹成名，很多天前就做了精心准备，吹得胸闷嘴疼，手指麻木。今天到了后台，他把笛子擦了又擦，试着吹了又吹，把笛子膜贴在腮帮上润了又润，然后小心翼翼地把笛子放在一个小纸盒里，准备独奏时大显技艺，引起轰动，将来好进文工团。

节目里，有一个小型豫剧《保卫珍宝岛》，是杨晓名编写的。基本剧情是这样的：遵照毛主席提出的"提高警惕，保卫祖国，要准备打仗"号召，一名排长带领一个班的战士冒着暴风雪，在珍宝岛边境巡逻。一名老大爷带着小孙女前去慰问解放军，两者相遇，述说军民深情、军民团结、同心保卫边疆的事。

剧中有一个情节：老大爷带着孙女，背对着观众，和战士们一一作话别状。排长是剧里的主角，是杨晓名主动向队长吴干事建议，由侯一圈演排长的。侯一圈为此对杨晓名还一直心存感激。侯排长这时正带着一班战士列队舞台中央，面对着观众，个个威武雄壮，脸上带着自豪的笑容，接受老大爷的慰问。杨晓名演老大爷，他背对着观众，一一慰问边境巡逻的战士。当慰问到侯一圈时，杨晓名突然横眉竖目，低声痛骂侯一圈："猴崽子，对你杨爷爷笑笑！"

侯一圈正面对着台下坐着的首长和观众，面对辱骂，不敢回骂，还得满面笑容，不停地点头示好。

回到后台，侯一圈怀着满腔怒火，冲过去狠狠扇了杨晓名这个乡巴佬两个耳光。

杨晓名也不示弱，挥拳还去，侯一圈顿时鼻流鲜血。

正在这时，报幕员在台上报幕："下一个节目，笛子独奏《战士骑马保边疆》，演奏者，新兵一团宣传队侯一圈。"

侯一圈和杨晓名两人这时正在你撕我拽，打成一团，难解难分。队长吴干事跑过来，命人把他俩拉开。侯一圈满面鲜血，扣子撕掉两个，帽子不知弄到了何处。这副模样，还怎么进行笛子独奏？

最后，只得取消了这个节目。

新兵二团宣传队有个吹笛子的甘肃兵，后来在台上演奏了一个曲目。一团宣传队的兵们听了，都说水平比侯一圈差远了。

谁也没有想到，就这一个节目取消，竟毁掉了侯一圈的演员梦，也改变了侯一圈在部队后来的命运。

原来那次文艺会演，师部文工团真的要从中挑选一些演员，其中就要挑一个吹笛子好的。新兵训练结束时分兵，新兵二团宣传队那个吹笛子的甘肃兵，被分到了文工团。

侯一圈被分到了工程团，去挖山洞搬石头搞施工。

得知这个消息后，侯一圈气得哇哇大哭，一天不吃不喝。老同学赵西波看到他这样，有些心疼，就劝他说："猴子，去文工团吹拉弹唱、蹦蹦跳跳，有啥意思？"

侯一圈抹着泪说："啥意思？你没看见那天文工团演出，男的都穿四个兜？进了文工团就是干部。"

赵西波笑了，说："那是演出服，下台就得脱。"

侯一圈不再哭了，问："真的？"

赵西波说："那还能假？你看见演红嫂的女兵下台后，还穿着那身红色舞衣到处跑？杨文天还穿着那身八路军服满街转悠？"

侯一圈想了想，有些相信了，心里也好受了点。不过经赵西波这么一提，他又想起了那个演红嫂的女兵，嘴唇又开始微微颤抖起来，好像又要有口水流出。他赶紧用袖头擦了一下，愤愤骂道：

"老子一辈子也忘不了你这个狗崽子。"

赵西波说："骂我？"

侯一圈说："不是。"

"骂谁?"

"杨晓名。"

分别那天,赵西波特意找到了杨晓名,说:"猴子做事是爱表现,好出风头,这是他的不对。可咱们都是老乡,一起入伍的战友,你小子做得也太过分了吧?"

杨晓名抬头看一眼赵西波,又低下头打他的背包,一边打一边说:"过分?锤子!老子编那个剧,就是要的这个结果。"

## 刘小宁

县城不大,只有一条大街贯穿南北。

县城南头的路西山坡上有一座旧木板房,房顶上覆盖着黑色的油毡和鱼鳞一样的片石,片石缝里长着一簇簇枯死的茅草,在微风里摇晃。木板墙上歪歪扭扭地用红颜色笔写着"革命风雷照相馆"。刘小宁做过调查,这是县城里唯一的一家照相馆。

刘小宁沿着碎石铺就的台阶上去。他掀开照相馆用棕树皮做的帘子,屋里地方不大,光线也不是太好。一个四十多岁的男人,个子瘦小,驼背,正在摆弄着一架照相机,见人进来就说:"来了?"看样子他正在等人。刘小宁点了点头。

驼背站起来,拉开了电灯。刘小宁看到屋里地方狭长,不到十平方米。背景墙上是一幅毛主席身着绿色军装、戴着红色帽徽领章的大头像。大头像是画的,如一轮喷薄而出的朝阳,向四周放射出道道金色的光芒。背景墙下放着一个木头方凳,方凳有些古老陈旧,黑乎乎的。一条腿大概是断的,钉一块新木条连接着。刘小宁脱下自己的军上衣和军帽,从挎包里掏出一件带有领章的军装穿上,又取出一顶带有帽徽的军帽戴上。

刘小宁端端正正地坐在毛主席像下面的方凳上。

驼背男人过来,拿一本《毛主席语录》递给他。他接过来用左手拿着，弯曲着胳膊放在胸前。照相机前的刘小宁腰扎武装带，挺胸仰头，两只眼睛瞪得溜圆，显得英姿飒爽，脸上洋溢出的神情像一个征服世界的将军。

照完相，驼背问："要黑白的还是彩色的？"

照片还有彩色的？刘小宁问："彩色照片是啥样？"

驼背说："就像这墙上的毛主席画像。用广告粉上色，价钱比黑白的贵两倍。"

刘小宁看了看墙上毛主席的彩色画像，咬咬牙说："彩色的。"

一个星期后，刘小宁拿到了三张彩色照片，高兴得几乎要跳起来。原本是黑白照片，经过驼背用各种广告色精心涂抹，敬爱的伟大领袖毛主席身穿绿色军装的像，神采奕奕，巍峨高大，像照耀宇宙万物茁壮生长的太阳，向四周放射出道道金色的光芒。金色光芒照射下的刘小宁，绿色的军装，红色的领章帽徽，显得格外醒目。刘小宁脸皮白净，腮帮粉润，嘴唇鲜红，眉毛粗黑，眼睛乌黑闪亮，是那么的英俊潇洒。

熄灯号已吹过了，军营里的灯全都熄灭了，一片寂静。刘小宁躺在被窝里，想着自己的彩色照片，思绪翻腾，翻来覆去睡不着。自从毛主席提出"全国人民学习解放军"的伟大号召，刘小宁就渴望能穿上绿色的军装。上小学时，为了穿上军装，他从院子里那棵老槐树上钩下没有开花的槐米，放在锅里煮了一锅绿汤，把一件白色上衣丢进去煮成绿色的，穿在身上，很是自豪了一段时间。上初中时，班里一个同学叫车××，爹是县人民武装部部长，一年四季，即使在炎热的夏天，车××的头上也戴着一顶绿军帽，身上穿着绿军装，那都是没有领章帽徽的。但就是那一身行头，赢得了很多同学，特别是学校两个长得很漂亮的女同学羡慕的目光。有两个男同学为了能戴一次他的军帽，每天像跟屁虫一样跟在车××屁股后面，帮他背书包、搞值日、献殷勤。

现在想一想：那些都算啥？

刘小宁突然萌生了想写诗的念头。上小学时，语文老师上诗歌朗诵课，朗诵海涅的诗："从我的泪珠里，长出娇花朵朵，我的叹息变成一首夜莺的歌……"他听得泪流满面，第一次感受到了诗的力量。大概从那时起，就萌生了写诗的欲望。他还没来得及写诗，"文化大革命"便开始了。红卫兵毛泽东思想宣传队走村串街，到处演出。有不少节目是诗朗诵。有一首《远飞的大雁》给他留下了深刻印象："远飞的大雁，请你快快飞。飞到北京城，告诉毛主席：我们红卫兵，日夜想念您……"他听得热血沸腾，想当一只大雁往北京城飞翔。他真的想写诗了，也没有来得及写，学校解散了，他和同学们都回到了农村，在"火热的三大革命实践"中"经风雨见世面"了。

今天，刘小宁看到了自己穿军装戴军帽的彩色照片，身体里的热血一股一股地往头顶奔涌，无法平静下来。他睡不着觉，睁眼看着宿舍。宿舍里漆黑一片，没有一丝灯光。他觉得小腹有些发胀，想上厕所。他悄悄起了床，到厕所蹲了一阵，才知道肚子里并没有需要排泄的东西。厕所里那盏五十瓦的电灯泡，放射着红黄色的光。他想到夜晚，军营里只有两个地方的电灯是亮着的，一个是连部值班室，另一个就是厕所。白天训练紧张，没有一点空隙时间。夜里，在这寂静的夜晚，在这灯光明亮的厕所，真是个写诗的最好时机。刘小宁蹲在厕所里，写了他到军营后的第一首诗：《战士心向红太阳》。第二天，连同自己那张照片一起，贴在新兵连的板报墙上：

穿上新军装，

心跳咚咚响。

毛主席像下坐端正，

手捧宝书照张相。

这张相，寄给领袖毛主席，

新兵向您表衷肠。

毛主席啊毛主席，

乌蒙响杜鹃

>您像红日当头照，
>
>我像葵花正开放。
>
>乌蒙山区多阴雨，
>
>我阴天晴天都向阳。

第二天早操后，板报墙前面引来了很多老兵新兵观看。在大家的一片赞扬声中，王进财突然大声说："刘小宁这是偷谁的军装照的相？"

大家吃了一惊，有人问："你怎么知道是偷的军装？"

王进财说："照了相，一个星期后才能洗出来。我们昨天才发的领章帽徽。再说，这军装上还有用白线钩织的假领子，刘小宁的军装上哪有这种领子？一定是偷老兵的军装军帽照的相，小偷！"

刘小宁没有理会这些议论。他躲在一个僻静地方，把诗又抄写一份，折叠好，裹上一张彩色照片，装进信封糊好了，偷偷去县城找邮局。找到邮局，看到了街面木板墙上挂着一个绿色邮箱。这是刘小宁第一次给报社投稿，他站在邮箱前，心里扑腾扑腾直跳。他又一次认真检查了地址和邮票，用颤抖的双手，把信投进了绿色的邮箱。

两个星期后，他的那首诗和照片竟然被昆明军区的《国防战士报》刊登出来了，刊登时在标题下面，用黑色的铅字印着："中国人民解放军某部新兵一团八连九班战士刘小宁"。

哪个是刘小宁？刘小宁是哪个？

刘小宁立刻成了全新兵团官兵都想认识的名人。有人叫他刘诗人。接着有人传说，这批新兵里来了个《红灯记》钢琴演奏家刘诗昆的亲弟弟，在新兵八连。

指导员也没有想到自己的连队会有这样的才子，提出调刘小宁到连部当文书。

连长说："这个兵品质有点问题，听说他是偷军装照的相？"

指导员把刘小宁叫到连部，问他照相的事。

刘小宁说:"我给班长洗军装和帽子晒干后,偷偷拿出去照的相。"

连长说:"这样的兵到了连部当文书,连部的东西还不都让他偷光了?"

指导员说:"新兵嘛,可以理解。是否用一段时间看看?"

连长没有再说啥。刘小宁到连部当了文书。

刘小宁又一次感到了诗的力量。诗不仅让他成名,又让他当了连队文书。文书到底是多大的官?新兵们并不是太清楚。刘小宁自己也不清楚,只是觉得和过去明显不一样了。他每天不再参加军事训练,不再和大家一起吃饭。每天跟在连长、指导员后面,像值日的排长一样到各排检查训练。正在带兵训练的排长、班长看到连首长走来,立刻命令正在训练的兵们"立正",跑步过去向连首长敬礼。刘小宁也站在连首长的身后,挺起胸脯目光威严地立正接受敬礼。看来文书在连里真是个不小的官。

王进财和几个高中生心里不服气,私下议论:他刚到部队就当上了这么大的官,就因为他是高中毕业,还会偷军装照相写点歪诗?

一天,有人在训练场的墙上发现了一幅姑娘的照片,照片上面的墙上用粉笔写着三个大字:"她是谁?"立刻引来了很多兵们围观议论:

"寻人启事咋会贴到军营里?"

"这姑娘恁漂亮,是想找对象吧?"

兵们正在议论,李狗剩不知道从哪儿跑来,一把撕下照片,嘴里骂道:"妈那×,谁把照片贴在这儿?"

原来照片上的姑娘是李狗剩的对象。李狗剩对象的照片怎么会贴在墙上?

梁班长问李狗剩:"你是不是觉得你对象长得很漂亮,想给全连展示展示?"

李狗剩很委屈,说:"班长,那不是我贴的。"

梁班长说:"刚入伍的新兵不允许带女人照片,你怎么还把她贴在墙上?你这样做叫扰乱军心,知道吗?"

李狗剩说:"班长,照片真的不是我贴的。我从老家来时根本就没带她的照片。"

梁班长和战士们觉得奇怪,七嘴八舌地质问他:

"你没贴?谁会有你对象的照片?"

"照片上那个女的到底是不是你对象?"

"你没带,难道照片是自己从老家飞来的?"

李狗剩急了,急得脸色涨红,像红领章似的,脖子上的青筋蹦起多高。他平时说话就不太利落,这时就更加结巴:"谁……谁说假……假话……是……是孙子。"

"不许说脏话!"班长厉声喝道。

李狗剩更急了,他哭了。他一边哭一边说:"我我……要……要……要说……"

"不许再说!"班长站了起来。

"要……要说……假……假话天……天打……五……五雷轰。"李狗剩说着,"扑通"一声给班长跪下了。

班长也急了,抓住李狗剩的领子把他提起来,命令他站好。

班长一松手,李狗剩又一屁股坐在地上,鼻涕一把泪一把地号啕大哭起来。

王进财被指导员叫到了连部。

指导员问:"墙上的照片是你贴的?"

王进财点点头。

指导员问:"照片是从哪里来的?"

王进财说:"一天傍晚,我到农场仓库后面遛弯儿,看见刘小宁躲在那里看信。刘小宁见有人来,就慌慌张张地把信装起来走了。我在他看信的地方捡到了一张姑娘的照片,以为是刘小宁的对象,就想给他个难堪,杀杀他的傲气,便把那张照片贴到墙上去了。没有想到是李狗剩未婚妻的照片。"

指导员叫来了刘小宁,还没有问,刘小宁就哭了,哭得很伤心。哭了一阵,他对指导员说:"我偷拆了李狗剩对象寄来的信,正看时发现有人,就慌忙把信收起来走了,没想到弄丢了他对象的照片。"

指导员问:"光拆过李狗剩的信?"

刘小宁说:"通信员从团部把信取来后,我都要摸摸,看哪封信里面有夹照片的,就偷偷留下来拆看,看完了再用糨糊封上。"

指导员问:"为什么要看信里的照片?"

刘小宁说:"这时来信寄照片的,肯定都是对象。我想看看谁的对象长得漂亮,看看他们信里都写些啥。"

正在这时,李狗剩来到连部,恶狠狠地瞪了刘小宁一眼,把一封信交给指导员,说:"刘小宁不是好东西,他偷拆我未婚妻的信,还冒充我,给我未婚妻写诗。"

指导员接过来看,果真是刘小宁的笔迹,他给李狗剩的未婚妻写了一首诗:

当我离开家乡的时候,
你的眼泪像村边的小河。
你说过,这辈子不会离开我。
谁知道,你才进城半年多,
就想抛弃我。
离开你,我夜夜睡不着。
没有你,我天天都难过。
哦——
你不该这样抛弃我。
哦——
你不知道,
当兵的人儿多寂寞。

刘小宁一下子几乎要晕倒过去。他没有想到李狗剩在这个时候来揭发他。

"这个刘小宁，我说他有才无德，你还不信。现在怎么样？"连长对指导员说。

指导员没有再说啥。

第二天，刘小宁就又回到班里当战士了。新兵连结束了，刘小宁被分配的单位是部队农场。

离开新兵连那天，分配到师部机关和机修营的李狗剩、原哲、赵西波、古建他们坐上车，兴高采烈地向战友们挥手告别。刘小宁心里像有把小刀在剜一样，疼得直想哭。高中生，会写诗，分配到部队农场种地？这是他做梦都没有想到的事。

部队农场在乌蒙山深处，山高路险，地域偏僻。刘小宁坐在大卡车上，颠簸得像车上拉的几个大冬瓜，滚来滚去，心里翻上倒下地难受。到了农场后，他睡了三天没有起床。

乌蒙山的春天山花烂漫，景色宜人。

星期天吃过早饭，刘小宁沿着一条弯曲小道向山上走去，想去寻找一份安宁。放眼望去，鲜花盛开。紫色的、黄色的、白色的、玫瑰色的，一朵一朵，一簇一簇，开遍了山野。有一种红色的花，远看像熊熊燃烧的烈火，近看像被鲜血涂染了一般，格外耀眼。刘小宁从小生长在大平原，见到的是小麦、玉米、红薯、大豆、高粱等，哪见过这么多、这么艳的花？他好像听一位名人说过：欢乐出歌手，悲愤出诗人。他心潮涌动，又想写诗，写关于这些花的诗。但不知这些都叫啥花？他想摘一朵花，刚伸出手，突然听见有人喊：

"不要摘。"

回头看是个姑娘。他吓了一跳，赶忙把手缩回来，像偷拆信件被人捉住了一样，脸上火辣辣的。

姑娘却笑了，说："你是农场来的新兵吧？"

刘小宁点点头。

姑娘伸手摘了几枝花递给他,说:"摘花要看花期,有花蕊或刚开的不能摘,正开的或快要开败的可以摘。"

姑娘很漂亮,笑的时候脸像一朵盛开的花,很甜蜜,很醉人。比李狗剩的对象长得有气质,看起来有修养。她告诉刘小宁:"我是山那边育红小学的老师。这花叫杜鹃花,山那边更多、更好看,如果你喜欢可以到那边看看。"

姑娘欢快地走了。

刘小宁拿着那束杜鹃花,像举着一把燃烧着的火炬,回到了宿舍。他看着杜鹃花,闻着花上姑娘留下的香气,想着花一样漂亮的姑娘,挥笔写出了一首诗《火红的杜鹃花》:

> 杜鹃花开了,
>
> 一朵一朵的,
>
> 像燃烧的烈火。
>
> 呵,她不是烈火,
>
> 她是烈士鲜血染成的花朵。
>
> 因为我们听说,
>
> 这里曾有过激烈的战斗,
>
> 是红军当年从这里走过。
>
> 杜鹃花开了,
>
> 一簇一簇的,
>
> 她是血染的花朵。
>
> 呵,她也是烈火。
>
> 我们是红军的后代,
>
> 要高举烈火烧尽旧世界,
>
> 让这怒放的花朵,

## 乌蒙响杜鹃

> 开遍世界每个角落……

他把诗抄写好，写上国防战士报社的地址，用颤抖的双手，把信投进了绿色的邮箱。

《国防战士报》很快发表了他的诗。

农场的干部战士拿着报纸，纷纷向他祝贺，为他高兴。尤其是机修排的张副排长，逢人就说：

"场里来了个大秀才，这小子将来说不定会成为大诗人。"

刘小宁听到赞扬，心中多日的郁闷一扫而光。他拿着报纸，躲在农场稻草垛后面，一遍又一遍地朗读着自己的诗，朗读得心潮起伏、激情满怀。他好像又找回了小时候听语文老师朗读海涅悲情激荡的爱情诗、红卫兵毛泽东思想宣传队朗诵《远飞的大雁》那豪情满怀的革命诗的感觉。刘小宁又踌躇满志，准备好好写诗，争取当上穿四个兜军装的军官。不料有一天，场里的一个老兵碰见他，问道："你知道什么叫杜鹃花？"

刘小宁看着老兵，说："不知道。"

老兵告诉他："杜鹃花也叫映山红、山石榴，它的红色与一种叫子规鸟的有关。子规鸟也叫杜鹃。相传周朝末年蜀地君主杜宇，禅让亡国，含冤身死，化为杜鹃鸟，日夜鸣冤啼叫'不如归去，不如归去'，声音凄楚悲凉，以至口中滴血，染红了花朵，这就是杜鹃花。"

这个老兵真是知识渊博，懂得那么多。后来，他知道那个老兵叫林竹。林竹家住在农场西北角的平房里。他去拜访林竹，口袋里装着新写的诗作。林竹热情地接待了刘小宁，看了看他的诗，告诉他：

"你写的诗受造反派诗风影响，基本功太差。年轻人要革命，不光有革命激情，还必须有扎实的知识功底。比如你写杜鹃花的诗，必须要懂杜鹃花。不懂杜鹃花，怎么能写好杜鹃花的诗？杜鹃花在我国分布很广，比较集中在西藏、云南、四川、贵州和湖北地区。中国古代文人写下了很多关于杜鹃花的诗词，大都和羁旅思乡、鸣冤叫屈有关。唐朝诗人杜牧写道：'杜宇竟何冤，年年叫蜀门。''芳草迷肠结，红花染血痕。'有个叫成彦雄的也写道：'杜鹃花与鸟，怨艳两何赊。疑是口中血，滴成枝上花。'比较有名的是李白写的'蜀国曾闻子规鸟，宣城还见杜鹃花。一叫一回肠一断，三春三月忆三巴。'诗人把杜鹃花开、子规鸟悲啼和自己的思乡断肠之情融为一体，吟来让人无限伤感。"

林竹这个老兵，满肚子的名诗绝句。

刘小宁顿时感到了自己知识的浅薄，显得有些无地自容。刘小宁小学毕业就赶上了"文化大革命"，他的初中、高中都是在"破四旧、立四新"、砸烂旧的教育制度中度过的。他只知道李白、杜甫、杜牧，连成彦雄的名字都没听说过，哪会知道这么多关于杜鹃花诗句？刘小宁从林竹那里，懂得了关于如何写作，特别是怎样写诗的知识。他庆幸自己碰见了一个很好的老师。名师出高徒。在他的指点下，今后一定能写出很多好的诗来。

当刘小宁诗意大发、信心百倍地向诗人的目标奋斗时，农场彭政委找到他，问："你知道林竹是什么人吗？"

刘小宁说："是个很有学问的老兵。"

彭政委一脸的严肃，说："林竹毕业于燕京大学，是旧社会培养的知识分子。新中国成立前在国民党云南王龙云部下当新闻副官，跟随龙云起义后在省军区报社当总编辑。'文化大革命'前，发表过很多歌颂封、资、修的诗歌，'文化大革命'开始后被下放到我们农场，是个被劳动改造的对象。"

听了彭政委的话，刘小宁吓得出了一身冷汗。

彭政委警告他："林竹思想反动，经常宣传旧思想、旧文化，一直想在部队寻找自己的接班人。现在全军都在学习毛主席无产阶级专政下继续革命的理论，批判孔老二'克己复礼'的反动思想，你是一个文化水平高、有发展前途的新战士，要提高革命警惕，站稳革命立场，和他划清界限。有什么情况要立即给组织报告。"

刘小宁吓得一晚上没有睡好觉。第二天，他打电话把这件事告诉了赵西波。

　　赵西波说："彭政委是在爱护你，林竹这个人太反动了。啥是杜鹃鸟？杜鹃鸟就是咱们家乡的布谷鸟，麦子快熟时漫天飞得都是，有啥稀奇？它叫的声音像是要人们'割麦种谷，割麦种谷'，其实这种鸟很坏，它把自己的蛋下在别的鸟巢里，和别的鸟蛋混在一起，让别的鸟给它孵化，孵化出来后它就把别的鸟蛋蹬出巢外。老家人骂乱搞破鞋的男人是布谷鸟，就是因为他像布谷鸟一样是个'丢蛋虫'。布谷鸟乱飞是为了找食吃，谁见过它累得口吐鲜血？咱家乡哪有它血染的杜鹃花？"

　　听了赵西波的点拨，刘小宁猛然想起了林竹说的一些话：什么"不如归去，不如归去""思乡断肠之情"等。我是个刚刚来到部队的新兵，应该四海为家干革命，彻底解放全人类。归哪去？思啥乡？断啥情？他说这些话是何用心？这不是腐蚀新兵、动摇军心吗？还说什么"羁旅思乡""含冤身死""鸣冤叫屈"等，这不是在为自己鸣冤叫屈吗？更让刘小宁生气的是，林竹说自己"写的诗受造反派诗风影响，基本功太差"。革命造反派的诗风是革命的风，战斗的风，有啥不对？我的基本功差，写的诗为啥能发表在军区的报纸上？

　　刘小宁幡然醒悟了。

　　他心潮起伏，热血涌动，夜不能寐。林竹思想反动，为人狡猾，打击新战士的革命激情。真的像彭政委所说，要在部队寻找自己的接班人。刘小宁带着对林竹的愤恨，写出了一首批判林竹的诗，诗写了满满三大张，贴在农场的大字报专栏里。又写了一份揭发材料交给了彭政委。

　　两天后，林竹被师部来人带走了。罪名是不老实接受改造，借杜鹃花、杜鹃鸟之口，宣扬旧文化，腐蚀新战士，煽动新兵思乡，为自己鸣冤叫屈，恶毒攻击无产阶级革命造反派的诗风等。

　　林竹被带走那天，下着小雨，军营里静悄悄的，除了哨兵外没有一个兵走动。中午到食堂吃饭，全农场的干部战士看见他，怎么变得像没看见他一样？机修排的张副排长迎面走来，刘小宁热情地走过去给张副排长打招呼。张副排长却装着没有听见，端着饭碗快步走出了食堂。接连几天他细心观察，发现全场干部战士对他投来的目光，有的赞许，有的鄙视，还有的是愤恨和憎恶。他感到自己周围的环境真的变了，变得很陌生、很冷落、很压抑，甚至有些可怕，像乌蒙山区阴冷的雨天一样，已经完全没有了报纸上发表诗歌后的感觉。

刘小宁又想到了那漫山遍野的杜鹃花。天晴了，他沿着山道郁郁而行。山坡上早已经没有了往日火燥火燎般的红色，杜鹃花像烈火一样，熊熊燃烧了一阵，很快就凋谢了。碧绿的叶子已经从衰败的残花里生长出来，青翠欲滴，覆盖了枝条。绿色的山野变得沉稳厚实庄重，生机勃勃。

刘小宁没想到，迎面又碰上了那个姑娘。姑娘的脸也像凋谢的杜鹃花，有些悲伤。刘小宁想打招呼，想告诉她，正是她送的杜鹃花，让他诗情大发，在军区报纸上发表了一篇关于杜鹃花的诗歌，曾赢得了全场干部战士的赞扬。可姑娘却像没看见他一样，黑封着脸，和他擦身而过，一句话没说走了。

刘小宁的心情更加郁闷，这个姑娘怎么也变了？

几个月后，他才知道那姑娘是林竹的女儿。也就是这个林竹的女儿，有一天在农场碰见他，告诉他说："我爸爸的历史问题已经审查清楚了，恢复了他的《国防战士报》总编辑职务。我爸爸让我转告你，以后写诗可以直接寄给他。"刘小宁听了，简直有点不相信自己的耳朵，也根本不相信林竹女儿的话。这个林竹的女儿，是否也和林竹一样，思想反动，为人狡猾，说的全是假话？很快，农场里传达了上级的命令，林竹女儿的话千真万确。

刘小宁又一次失眠了，他思绪翻滚起来，就像在新兵连拿到彩色照片那天晚上一样。这世间的事情为啥会如此复杂？如此变化多端？如此令人难以预料？

刘小宁坐下来，仰望着窗外的天。天是蓝的，有几片白云飘浮而过。

他想了却一个一直想了却一直没有了却的心愿。几个月来，这个心愿像石头一样一直压在心头。他拿起写诗的笔，给李狗剩写了一封信：

亲爱的李狗剩战友：我怀着深深愧疚的心向你认错。我本来可能不该分到农场。我分到农场是因为我偷看了你未婚妻的照片和来信，背着你给你的未婚妻写诗。我偷看你未婚妻照片，觉得她长得真是太漂亮了，漂亮得像天仙一样，看得我夜不能寐，诗兴大发。我偷看了你未婚妻的信，知道了你的未婚妻是在你们村里下乡的知识青年，她半年前被招工到焦作市当了工人，想和你断绝关系。亲爱的李狗剩战友，我知道你非常苦闷，苦闷得痛不欲生，对人生充满了绝望。我看了她的信，和你有着同样的感觉。我想帮助你挽救即将破裂的恋爱关系，就以你的名义，给她写去了一首诗。我想以诗的力量和你展现给她的才华去感动她。你也知道了，你的未婚妻看到诗后是多么的激动，她回信说：'没有想到你到了部队能进步得这么快，你小学毕业，竟然能写出这么激情感人的诗篇，字也写得漂亮多了。'她希望你能有更大的进步，成为军旅诗人，并保证永远爱你。我没有想到：你看了未婚妻来信，一头雾水，就让她把诗寄来，欺骗她说是你要再进一步修改，其实是想寻找写诗的人。我没有想到：你看到了她寄来的诗，认出了我的笔迹，向指导员揭发了我……

刘小宁拿着给李狗剩写好的信来到邮箱前。邮箱旁是农场的大字报专栏。刘小宁看了一眼大字报专栏，专栏里曾经贴过他怀着满腔的革命义愤写的揭发批判林竹的诗，那首诗整整三大张，几乎占满了整个专栏。他的脸上像火烧火燎一样，心里扑腾扑腾直跳。他用颤抖的双手，把信投进了绿色的邮箱。投完给李狗剩的信，刘小宁已经泪流满面，嘴里喃喃自语：

"今生今世，再也不写诗了……"

乌蒙山的夏天时有烟雨笼罩，并不炎热。冬天有时也阳光灿烂，并不寒冷。这种独特的气候，孕育了它一年四季满山的绿色。刘小宁擦干眼泪，抬头看了看农场周围的山。山上草木葱茏，生机盎然。他回到宿舍，看见桌上放着一封信，是用国防战士报社的信封寄来的。信封上用流畅潇洒的笔迹写着：刘小宁收。这大概又是一封退稿单。也好，寄出去的那些诗稿都退回来，也就彻底了结了今生写诗的心愿。他想起了林竹的话："自古诗人多磨难。成为诗人的路是很艰难的。看看李白、杜甫、白居易、李商隐，走上中国诗坛的，哪个人没有经历过磨难？"

刘小宁拿起信封，慢慢地把信封撕开。他看着信，双手禁不住地颤抖着，突然号啕大哭起来：

林老师，我对不起您……

## 李爱武

天无三日晴、地无三里平的乌蒙山区，淹没在一派茫茫的云雾之中。这里的云雾有些奇特。行走其中，有着蒙蒙细雨般的感觉。但它真的不是细雨，是云雾，雾蒙蒙的，没有一丝一毫的雨滴——哪怕是再微小的雨滴。但在云雾里时间长了，会感觉到脸上湿漉漉的，衣服上、头发上附着一层细小的水珠。到底是云雾还是细雨？是细雨还是云雾？从小生长在中原地区的新兵们，初来乍到，对这里的气候环境疑惑不解。

乌蒙山像朦胧山，给人一种朦朦胧胧的感觉。

新兵八连驻扎在一个县城附近的农场。这里曾经是乌蒙山剿匪时解放军屯兵的地方，墙上依稀可以看到当年写下的标语："彻底消灭蒋介石匪帮残余势力！""解放乌蒙山区！"清晨，还没有到起床时间，军营里一片寂静。突然，团部的紧急集合号骤然响起。随之，全团各连的驻地响起了尖厉的紧急集合哨声。

八连全体官兵迅速在操场上集合。谭连长阴沉着脸，宣布了一个惊人的消息："今天凌晨，新兵李爱武携枪失踪。团里命令各连，立即分地区搜索，寻找失踪的李爱武。"

李爱武怎么会携枪失踪？大家都不敢相信这是真的。今天清晨的云雾不大，是乌蒙山区少有的干爽晴朗天气。新兵们环顾四周，队伍里确实没有发现李爱武。谭连长的身后，是连队的黑板报。黑板报正对着即将出发的部队，上面写着"学习标兵李爱武，刺刀见红练硬功"的通栏标题，每个字有小洗脸盆那么大，周围用红色粉笔框着，在灯光的照射下显得格外醒目。通栏标题下面正中间画着李爱武的头像，一张娃娃脸，两只大眼睛微笑着，眉宇间透露出单纯稚嫩的气息。连长话音刚落，王文广指着黑板报问："连长，是黑板报上这个李爱武吗？"

谭连长回头看一眼黑板报，勃然大怒，命令说："立刻把黑板报给我清洗干净。"

文书已经提着一桶水走过来了，手里拿着一块抹布。听了连长命令，他赶紧把水泼在黑板报上，用抹布向李爱武的头像擦去。

大家这才知道，连长宣布的就是八连的李爱武。

八连全体官兵清楚，黑板报上那密密麻麻的粉笔字，都是写着李爱武的先进事迹：淅淅沥沥的雨下了一夜，地上一片泥泞。李爱武和战友们按照班长的口令进行匍匐前进训练，迎面碰上了一堆牛屎，是早上路过的牛拉的，牛屎还冒着热气，偏差几厘米就可以绕过，李爱武却一厘米也不偏离，硬是从牛屎上爬了过去，浑身上下沾满了牛屎，臭烘烘的。有人说他"人小心实，躲开几厘米怕啥？"李爱武说："心实才能练真功。训练场上躲过几厘米，战场上就可能把自己暴露给敌人，丢掉一条命。"训练场上，刺刀闪闪，杀声震天。李爱武一个高难度的劈刺动作，获得了班长的表扬。没有料到后排的一个兵动作失误，一刺刀扎到了李爱武的腿上，鲜血立刻冒了出来，染红了他的裤子。动作失误的兵吓得说不出话来。李爱武倒像无事一般，笑呵呵地安慰他说："没关系。将来真到了战场上，你就是胜利者，我可能就没有命了，谁让我躲闪不及哩？"李爱武到卫生室包扎后，又回到了训练场上。

这么优秀的兵怎么会携枪逃跑？

按照命令，三人一个小组分散开来，从县城中间向城外搜索。黄绍强、赵西波和王文广一组。

黄绍强说:"这次是不是让李爱武假装逃跑,来训练我们?"

王文广看了黄绍强一眼说:"假装逃跑?咋没让你去逃跑啊?这个人本质就不好。"

自从班长把"先进骨干"的称号给了李爱武,王文广的心里就一直很不平衡。

赵西波说:"李爱武这一次可他×的更出名了,把咱们一个县的兵名声全都丢尽了。"

王文广说:"入伍时政治审查这么严,他怎么就能混进解放军里来?"

赵西波说:"昨天晚上,看完革命京剧样板戏《智取威虎山》,指导员讲评完部队解散,我听见李爱武学杨子荣,唱着'入虎穴斗敌顽,我浑身是胆'去了厕所,他是啥时候跑的?"

王文广说:"他还学杨子荣呢!学他×的土匪'一撮毛'还差不多。"转身问黄绍强,"他家里是不是有人在乌蒙山当国民党土匪?"

黄绍强和李爱武是一个村的,两个人平时关系最铁。黄绍强看着王文广,想了想说:"你小子的无产阶级警惕性还真高,不说我还给忘了。李爱武有个叔伯爷爷,叫李二毛,听村里人说是国民党的高级军官,在我军西南剿匪时跑到缅甸去了,据说离这儿不远。"

王文广听了,突然说:"哎哟,我闹肚子,想拉稀。"然后转身跑了,很快消失在烟雾中。

王文广没有去拉稀,他跑到了连部,上气不接下气地向连长报告说:"连长,有重要情况报告。"

连长正在接听电话,脸色铁青。听说有重要情况报告,就放下电话问:"啥情况?"

王文广把黄绍强说的情况报告给连长,连长大吃一惊,问他:"你怎么知道的?"

王文广说:"黄绍强说的,他和李爱武一个村。"他向连长建议,"请首长报告上级,立刻派部队封锁中缅边境,防止李爱武出逃。"

王文广走出连部，太阳已经升起来了，云雾慢慢散去，他一脸的激动。再找到赵西波、黄绍强时，已经快出县城了。三三两两的兵们正向城外的山上运动。山坡上的树很多，但都不大，一丛一丛的。一些平坝里种的稻子已经收割，留下的根茬儿已发黄变脆，踩在上面发出声响，飘起一片黄尘。王文广不停地拍打着裤腿上的尘土，嘴里直骂李爱武害苦了大家。

　　赵西波问王文广："稀拉完了？"

　　王文广说："拉完了。"

　　黄绍强说："没找到李爱武就把你吓拉稀了？还口口声声干部子弟呢，就这熊样？"

　　王文广笑了笑，没有说话。他们爬上一个山头，王文广看见了申排长。申排长腰里别着手枪，手里拿着木棍，一脸肃杀相。王文广急忙跑过去，低声对排长说："有重要情况报告。"就把给连长报告的情况又给排长说了一遍。

　　申排长黑着脸说："黄绍强和李爱武一个村的，他为啥不来报告？"

　　王文广说："黄绍强是农村出来的，无产阶级觉悟不高，再说他们两个是一个村的，可能有私情吧。"

　　申排长瞪了他一眼，说："你不是给连长报告过了吗？连长知道就行了。"

　　王文广觉得排长好像并不太重视他的报告，脸上的激动立刻消散了，心情郁闷地回到部队继续搜索。

　　新兵团的八个连队漫山遍野搜寻了整整一天，也没有找到李爱武。

　　晚上连长点评："我们连有些新兵的阶级觉悟很高，认真搜查失踪新兵，还积极提供线索。根据他提供的重要情况，云南省军区首长已命令边防部队加强警戒，严防李爱武携枪外逃。但我们连有个别新兵阶级阵线不清，老乡观念强，徇私情，知情不报，这是革命军队的纪律所不能允许的。"

部队解散后，赵西波问王文广："连长表扬的是你吧？你知道李爱武啥情况？"

王文广说："黄绍强说李爱武爷爷李二毛的事，你不也在吗？你的阶级敏锐性也太低了，以后在部队你咋进步？"

赵西波说："进步？进步个×。黄绍强上午说的话全都是编的假话，就是让你去报告邀功的。"

王文广愣了一下，不太相信："这么大的事，他敢？不要命了？"

赵西波说："你装着拉稀跑去报告时，黄绍强和我商量好了，将来无论谁问起有关李爱武叔伯爷爷的事，我们都说不知道，也从来没有听谁说过。"

王文广两片嘴唇张合几下，没有发出声来。

谁也没有想到，四天后李爱武自己回来了。他衣衫褴褛，两个眼窝塌陷下去，脸色憔悴，一副狼狈不堪的样子。连里立刻把他禁闭起来，并报告上级。师部保卫科来个董干事，审问了李爱武。

李爱武把情况一说，董干事吃惊得半天没有说话。李爱武说，到了新兵连，夜里经常搞紧急集合。每当睡得正香时，紧急集合哨声就响了。谭连长每次不是说"××山区有蒋介石特务打信号弹"，就是说"西南剿匪时留下的国民党残匪，在××寨子抢贫下中农的耕牛"，带我们到山里去追剿这些敌人。指导员对我们进行革命形势教育时常说，这个地区的阶级斗争非常复杂，乌蒙山剿匪时，国民党白崇禧的一个师在这里遣散，潜伏下来。要我们提高警惕，时刻准备打仗。那天，部队组织看革命京剧样板戏《智取威虎山》，指导员讲评时说，杨子荣假装国民党副官，孤身一人打入威虎山的土匪窝里，智斗敌顽，送出情报，消灭了全部土匪，希望大家要学英雄做英雄。我被杨子荣的英雄行为深深感动了。为保护老乡的财产安全，为了全体战友们晚上能睡个安稳觉，我想学习杨子荣，一人跑到深山里去寻找国民党残匪，假装投降，打入他们内部，借机送出情报，让我们的大部队一举把他们全部歼灭。

董干事看着他那张娃娃脸,听得很认真,问:"找到了吗?"

李爱武说:"没有。跑了几天,没见到一个国民党残匪。碰见村寨老乡,问起他们关于敌人打信号枪和抢耕牛、财产的事,他们都说从来就没有发生过这样的事情。"

董干事和连首长们听了,哭笑不得。

部队有关部门对李爱武说的进行了认真核查,情况属实。又审查了李爱武的社会关系,李爱武家三代单传,个人根红苗正。根本就没有叫李二毛的叔伯爷爷,哪会有参加国民党军队的事?但军纪不容,给了李爱武一个警告处分。

李爱武受了处分后,像一下子长大了许多,变得老成起来。每天不说不笑,默默无语,星期天和节假日也不外出,只是为全班做好事。王文广发现了李爱武的行动,思考了好几天,也开始为班里战友们做好事。他帮人擦枪,把枪分解开来后摊在地上,一件一件慢慢擦拭。擦好后半天也不组装起来,手里拿着擦枪布不停地捏巴,见人就说:"你看看××的枪多脏,多难擦。""××一点也不爱惜枪,这么脏的枪上战场咋能打胜仗?"全班蹲在一起正吃饭,他突然大声问:"罗浩,上星期天我帮你洗的军装咋恁脏?""牛小社,我上次帮你叠的被子面平线直,水平高吧?"

李爱武常常是在人少或没人的时候做好事,做了好事从来不说。他做好事像有人做坏事似的,怕被人看见。星期天和节假日,班里的战士都外出了,他非常利索地把宿舍里打扫得干干净净。然后把每个战友的枪支都擦一遍,擦得一尘不染。看到哪个人的被子、床单、军装、衬衣和衬裤脏了,就抱到军营旁的那条小河里洗。洗净晒干了,收回来,把被套装好了,又一针一线地缝上,再叠得整整齐齐。洗好的床单再重新铺好,军装、衬衣和衬裤都叠好,放到原来的地方。兵们晚上回到宿舍,只觉得屋里的一切变得干净清爽多了。不仔细看,发现不了自己的东西已经被人洗干净、收拾过了。时间长了,大家都知道是李爱武干的。李爱武像一头受伤负重的牛,无声无息,任劳任怨地为班里的战友服务。他真的不像王文广。

王文广说:"李爱武暗地里努力表现,是想将功补过,争取新兵连结束时把受的处分拿掉,分兵时能分到好连队。"

黄绍强说:"李爱武不像你。你王文广就是毛主席批评的那种人:'做了一点好事生怕别人不知道,喜欢自吹自擂。'你小子是不是想立功?"

王文广说:"毛主席说过这样的话吗?"

黄绍强说:"这是伟大领袖毛主席的名言,全世界人民都知道,你连这都不知道,还想立功?"

王文广咂咂嘴,没再吭声。

一个星期天,刚吃过早饭,王文广突然大哭起来,把班里人吓了一跳。

黄少强问:"是不是肚子疼,又要拉稀?"

"不是,东西丢了。"

他跑去向班长报告:"我的三十元钱丢了。"

班长问:"你哪来那么多的钱?"

是啊,当兵一个月才五元钱。一个壮劳力的农民干一天活才几分钱。

王文广抹着泪说:"参军时从家里带来的,怕丢,就用手绢包着缝在了被子里。今天想进城买东西,拆开被子去拿时,发现钱不见了。"

当天下午,师部保卫科的董干事又来了。班里十六个兵,被命令不得离开宿舍,一个一个地被单独叫到连部谈话。全班谈完话,又找近几天来凡到过九班的兵们谈话。被叫去谈话时间最长、次数最多的就是李爱武。很快,连里有人传言,说王文广的钱是李爱武偷的,李爱武在王文广不知道的情况下,偷偷给王文广拆洗被子,拿走了里面的钱。

李爱武对董干事说:"首长,我近期没给王文广拆洗过被子。"

董干事问:"你为啥常常在班里战士不在的时候去洗大家的东西?听说洗过后又整理得像没动过一样?你到底是什么动机?"

李爱武看了看贴在墙上的雷锋肖像。雷锋同志戴着棉军帽,手握冲锋枪，正在向他微笑。他镇静下来，回答说："伟大领袖毛主席号召我们，向雷锋同志学习，做好事不留姓名，不留痕迹，甘当无名英雄。"

董干事也抬头看了看雷锋肖像，笑了笑。他问："什么叫不留姓名？什么叫不留痕迹？'不留姓名'和'不留痕迹'是一回事吗？"

董干事说完，立刻收起了笑容，脸色威严得可怕。

李爱武惊恐地瞪大眼睛看着董干事，心里慌乱起来。他哑口无言，不知道该怎么回答董干事的这句话。

根据董干事的要求，九班接连几个晚上召开班务会，每个人反复做检查，人与人背靠背相互揭发，提供线索。最后，多数人都认为李爱武的疑点最多，大家问得最多的也是董干事问的那几句话，"什么叫不留姓名？""什么叫不留痕迹？"有人还在连里传：

"李爱武帮××洗衣服时，换走了人家的新衣服。"

"李爱武帮××拆洗被子时，换走了人家的好被套。"

李爱武被限制了自由，关押在食堂后面的木板房里。第五天晚上，董干事再一次把李爱武叫到连部。李爱武两只眼睛肿胀，目光呆滞，腮帮子塌陷，一进门"扑通"给董干事跪下，嘴里不停地说：

"首长，我真的没见过王文广的钱，以后我再也不那样去做好事了。"

董干事吓了一跳，命令他："站好！有话好好说。"

李爱武像一只无助的羔羊，流着泪水，不再说话。

第二天早上，细雨蒙蒙，军营被浓重的烟雨笼罩着。兵们发现李爱武吊死在了小河边的柳树上，那是他生前经常帮战友们洗衣服和被褥的地方。董干事在他的上衣口袋里，掏出了他留下的一封遗书。遗书中写道：

"敬爱的首长：我来到部队，就立誓当个毛主席的好战士。那天看完革命京剧样板戏《智取威虎山》，龙指导员讲评时要求我们'学唱革命戏，争做革命人'。我决心向革命英雄杨子荣学习，做孤胆英雄。但是我私自行动，违反军队纪律，确实错了。我遵照伟大领袖毛主席的教导，向雷锋同志学习，做好事不留姓名，甘当无名英雄，难道错了吗？敬爱的首长，我真的没见过王文广的钱，真的没有偷换过战友们的新衣服和好被套，我真的很冤枉……"

看着李爱武的遗书，董干事泪流满面。

全连干部战士知道了，都忍不住哭了起来。

那条小河仿佛也失去了往日的欢乐，清澈的河水翻卷着细细的浪花，呜咽着流向远方。

李爱武死了，但他身上的疑点并没有完全被抹去。有人说"这个兵阶级本质就不好。上次携枪逃跑，就是要投奔国民党残匪，只是没有找到路子，才又回到了部队。他说是学习英雄杨子荣，我们就轻信了。李爱武欺骗了组织，应该重新进行调查"。有人说"他偷偷摸摸做好事，就是为了在没有人时偷战友们的东西。什么学习雷锋同志做好事不留姓名，甘当无名英雄？雷锋同志做好事不留姓名，那人们是怎么知道那些好事是雷锋同志做的？雷锋同志什么时候说过自己要当英雄？李爱武以学习雷锋同志为幌子，自己想当英雄，是典型的资产阶级名利思想。这是对雷锋同志的歪曲和侮辱"。有人说"他携枪逃跑已经受过一次警告处分，这次又偷钱，老账新账一起算，他怕被关进监狱，就只好畏罪自杀了"。人死已无嘴，任凭世人说。

最后，组织上给李爱武定性为：非正常死亡，自绝于人民军队。

新兵连快要结束时，十一班一个姓苟的战士拆洗被子，发现自己的被子里有一块手绢包着的东西，打开看是一沓钱，有五元的、两元的、一元的，数了数整三十元。这和王文广报告的情况完全一样。

保卫科的董干事又一次来到新兵连，调查后才弄清楚：由于军用被子的大小、颜色和式样都完全相同，王文广在操场晒被子时，和姓苟的战士相互收错了被子。

董干事坐在连部的椅子上，看着桌上放的一沓三十元钱，从挎包里掏出了李爱武写的那份遗书，眼眶里噙满了泪水。他慢慢摊开遗书，放在了那一沓三十元钱旁边，对站着的谭连长、龙指导员和申排长说：

"李爱武，刚十七岁，多好的兵！"

董干事抬头看着墙上那幅雷锋同志的肖像。雷锋同志戴着棉军帽，手握着冲锋枪，在对他微笑着。董干事低下头，拿起一支红蓝铅笔，用红色的一头在李爱武遗书里"我遵照伟大领袖毛主席的教导，向雷锋同志学习，做好事不留姓名，甘当无名英雄，难道错了吗"一句话的下面，画了一条清晰的红线。

龙指导员默默无语，他拿出了那份还没有寄走的关于李爱武的死亡通知书，摊开了放在遗书的旁边，拿起了董干事放在桌上的那支红蓝铅笔，用蓝色的一头，在"非正常死亡，自绝于人民军队"一句话下面，画了一条清晰的蓝线。

云遮雾绕的乌蒙山上空，终于裂开了一条缝隙，灿烂的阳光从缝隙中喷射出来，透过窗户洒落在连部。连部里的首长们没有一个人说话，异常的寂静，仿佛空气也停止了流动。

只有桌上马蹄表的秒针在"嘀嗒嘀嗒"地向前走着。

## 孙火星

新兵连的食堂，建在县农场的大院子里。锅台是用石头块垒砌成的，上面放着几口大锅。周围栽上木桩，木桩上钉着一圈苇席。炊事班的人每天就在苇席圈里洗菜、切肉、烧火、做饭。苇席圈外面的战士们，常常盯着那儿看，猜想着圈内的人在做着什么样的饭菜。

苇席圈内是个充满诱惑、神秘的地方。

九班的孙火星常常一边训练，一边用眼睛不时地瞟着苇席圈的方向。只要孙火星说："饭菜快熟了。"战士们很快就能闻到从那里飘出的饭菜的香味。香味沁人心脾，引得一些兵们的口水直流。

郑麦成外号"大肚子"，经常抹着口水追问孙火星："你小子是咋算出来的？"

孙火星开始不说，问得多了，他才说："先看苇席圈内什么时候冒烟，一冒烟就是炊事班的弟兄们开始操作了。等看不到冒烟时，那就是饭菜已经熟了，炊事班的弟兄们开始分配饭菜。"

后来大家知道，孙火星入伍前，是老家黄河滩农场的炊事员。

新兵们正是能吃的年龄，肚子里没有油水，加上训练强度大，汗水流得多，体力消耗快，没有到吃饭时间，肚子就开始咕咕叫唤。一到吃饭时，大家都眼巴巴地看着值日兵分好的饭菜，恨不得一口吃下肚去。饭是糙米做的，米粒上带红丝，没有油性，吃在嘴里麻糙糙的，像嚼着一口糠。菜是大锅熬土豆、菜花、小白菜等，即使这样，新兵们每次吃饭都像打仗，端起碗来狼吞虎咽。更难熬的是节假日和星期天，一天只吃两顿饭。

俗话说："当伙夫，脖子粗。"新兵连，很多战士最想去的地方就是炊事班，跟着伙夫去帮厨。一天，听说炊事班要排里派个兵去帮厨，郑麦成、原江明、古建都向班长报名。

梁班长见报名的人多，就说："申排长说了，帮厨也不是谁想去就去，必须各项训练科目标准、熟练，个人卫生等各方面表现好才行。"

听了梁班长的话，原江明连续几天休息时间，在训练场上挥汗如雨，练习投弹、刺杀和匍匐前进。郑麦成天天刮胡子洗澡，三天两头把被褥、衣服抱到军营旁的小河沟里洗，洗好了搭在申排长宿舍门口的铁丝上，搭好了半天也不走开，眼睛盯着排长的宿舍看。

结果，孙火星被派去食堂帮厨了。

怎么让这样一个兵去食堂帮厨呢？很多兵们不理解。先不说孙火星有些邋遢，就单拿军事训练这项来说，孙火星在九班里是最差的。训练齐步走、正步走时，他的两条细长腿像营养不良似的，有气无力地晃来晃去。班长喊"向后转"时，他不是抢先动作，就是转不到位置便跟跄着摔倒在地上。刺杀动作不规范，投弹最远十几米，夜间紧急集合十次有八九次落在后面。怎么就偏偏选上了他？

原江明说:"孙火星被派去帮厨,肯定是申排长的主意。"

郑麦成问:"为啥?"

原江明说:"怕连里会操时,影响排里成绩呗。"

郑麦成说:"梁班长宣布的条件,他哪一点符合?"

古建说:"大概是因为他在老家当过炊事员吧?"

大家听了,觉得有些道理。

新兵们都没有床,全是打地铺睡。每个班的宿舍是一间二十多平方米的平房,水泥地。十六个新兵,加上一个老兵梁班长,共十七个人。这么小的地方,这么多的人打地铺睡,显得非常拥挤。

龙指导员说:"红军长征时别说住房子,连草棚都没有,天当被子地当床,草根树皮当干粮。我们是红军的后代,要学习前辈们艰苦奋斗的革命传统,拥挤更能增强团结,更能磨炼我们的意志。"

孙火星去食堂帮厨,每天五点多就起床了,夜里到十一点多才回到班里睡觉。他上班和下班时,军营里的熄灯号早吹过了,宿舍里一片漆黑。他就摸索着穿、脱衣服,进、出被窝。由于天太黑,孙火星看不清楚,不是睡错了外出站岗哨兵的被窝,就是第二天早上上班,穿走了铺位两旁战士的衣服。

一天晚上,孙火星回来了。他摸遍了宿舍里每个睡觉的位置,发现每个位置都有被窝,每个被窝里都有人在睡觉,找不到自己睡觉的地方。孙火星不敢开灯,也不敢吭声,心想是不是自己进错了房间。他跑出屋外,抬头四下看看,没错啊?门口孤零零长着一棵槐树,别的班门口都没有树,就是这间屋。孙火星又进屋里去摸,摸了半天,还是没有摸出一个空铺来。他摸住了几个兵的脚,被佯装睡觉的兵狠狠地踢了几下,吓得他再也不敢去乱摸。孙火星只好靠墙坐在宿舍门口的地上,看着屋里。屋里兵们正在甜蜜的梦乡,呼呼地打着鼾声。他心里有些恨,但不知道该恨谁,因为不知道是谁占了他睡觉的地方。他看看屋外的天,天上的星星很多很亮,不停地眨着眼睛,好像在嘲笑他的无能。天快亮时,他才迷糊了一会儿。深夜四点多钟，他站起身来，用手搓了搓疲惫的脸，跑去厨房上班了。

一次，连里改善生活，九班的值日兵赵西波去食堂拎菜。孙火星把一桶菜递给他，悄悄说："分时，把菜桶提到离那几个班远一点的地方。"

赵西波看看菜桶，和其他班没啥两样，都是一桶圆白菜上面，放了几勺红烧肉，大声说："躲啥？"

孙火星脸"唰"地红了，没敢吭声。

赵西波提着饭菜桶走出苇席圈，琢磨着孙火星的话，"离那几个班远一点"是啥意思？又想着孙火星的表情，神秘兮兮的。莫不是这菜桶里有名堂？赵西波看见其他班的值日兵把饭菜桶放在了老地方，便疑疑惑惑地选了离他们远一点的猪圈旁，那里有一块空地。他放下桶给九班兵们分菜。那地方有些臭，几头猪在圈里"哼哼"叫唤，别的班是不可能到这地方来吃饭的。赵西波拿起勺子伸进桶里，往深处一搅动，看到了那层圆白菜下面的东西，他情不自禁想大声喊："妈呀，全是肉！"谁知他大声只喊了"妈呀"两个字，立刻引起另外几个班的兵们往这里观看，吓得他赶紧捂着嘴，"全是肉"没有敢再喊出声来。

那天中午，其他班的战士端着碗大口大口地吃着圆白菜，九班的兵们在远离他们的猪圈旁，端着碗在大口大口地吃肉。

赵西波一边吃，一边说："跟伙夫，脖子粗，这话真不假。"

孙火星睡觉的左右邻居，一个就是"大肚子"郑麦成，长得五大三粗，饭量极大。另一个叫原江明，长得又细又高，也很能吃，外号"豆芽菜"。但细心的人发现，这两个人过去经常喊饿，现在再没有喊过。还发现郑麦成和原江明经常主动给孙火星铺被窝，一边铺一边说：

"给他铺好了，省得他回来太晚，铺被窝时影响我们两个睡觉。"

有战士问："过去你两个不怕，现在怕了？"

"你两个现在不均摊孙火星睡的地方了？"

他俩无言以对。

郑麦成的右面睡的叫刘国平，他还发现一个现象：每当孙火星回来躺下后不久，郑麦成就会把头蒙到被窝里，半天不出来。把自己蒙到被窝里干啥？

一天晚上，刘国平看见郑麦成又把头蒙进了被窝，就悄悄爬起来，猛地掀开郑麦成的被子，用手电筒一照，发现郑麦成嘴里正含着一大块馒头，吐也吐不出来，咽也咽不下去，惊吓地憋在嘴里呜呜直叫。接着，有人也掀开了原江明的被窝，发现他嘴里空着，手里却拿着已经啃了几口的馒头。

九班出了这样的事，是很多兵做梦也想不到的。

苗族班长梁林非常生气，用不太标准的汉语骂道："烂厮儿，饿死鬼变的？"

黑暗中，梁班长悄悄召开班务会。会上，郑麦成首先揭发说："那馒头是孙火星从食堂偷来的，他经常偷。我们俩的革命意志也不坚定，经常吃他偷来的馒头。"

原江明接着说："那馒头就像毛主席说的'糖衣炮弹'，打中了我俩，腐蚀了我俩，我们两个就天天吃他的'糖衣炮弹'，给他铺被窝儿。"

孙火星哭了，哭得有些伤心。他说："那馒头不是我偷的，是炊事班发给我晚上的加餐。"

郑麦成说："加餐你咋不吃？"

孙火星说："为了搞好和你们俩的关系，我舍不得吃，就拿回来给你们吃。"

原江明说："加班到大半夜，肚子饿得咕咕叫，有加餐自己不吃，谁信？"

孙火星口气硬了起来："真的不是我偷的，炊事班长可以做证。"

大家听了，都觉得孙火星说的是真话。

梁班长说："郑麦成、原江明的错误是严重的，这两个人的脑子里，装着资产阶级贪图吃喝、爱占小便宜的思想。"

听了梁班长的话，有人开始谴责郑麦成和原江明多吃多占的行为：

"郑麦成贪吃多占、爱占便宜成性。入伍途中在冷水滩兵站、柳州兵站吃饭时，别人吃一碗，他拿出茶缸，先装上一茶缸，再用碗舀上一碗。大家只吃一碗，他吃了一茶缸还带一大碗。"

"原江明在铁闷罐车上想吃面条儿，就装病，在马尾兵站骗吃了一碗面条。"

梁班长转了话头，说："孙火星也不讲原则，把'糖衣炮弹'打进了他俩的被窝，满足了他俩的欲望，助长了他们多吃多占。这是小资产阶级思想在作怪，这不是一个革命战士应该具有的品格。"

大家沉默了一会儿，有人也转了话头，批评起孙火星来：

"孙火星和我一个村，像他爹，老好人主义，做事没有原则。"

"孙火星作为一名革命战士，这样下去是很危险的。将来到了战场上，会不会一团和气、敌我不分？"

梁班长生气了，口气很严厉地说："你们这批兵咋这么混蛋？我批评谁，你们就咬谁？"

几个还想发言的兵听了，吓得憋了回去，没敢再吭声。

梁班长说："你们看没看过《上甘岭》？一个苹果、一口水，全连干部战士你让我、我让你，谁都舍不得吃喝。团结得多好！烂厮儿们，为了吃嘴，脸都不要了，丢不丢人？"

大家都说："丢人，真丢人。"

梁班长说："我批评谁，你们就一起咬谁，不团结。上了战场，能够打败美帝、苏修和反动派？"

大家说："不能，肯定不能。"

梁班长说："以后不允许再发生这样的事情。为了全班的声誉，这件事到此为止，要保密，谁也不能对外再提。"

大家都不再吭声，悄悄躺下睡觉去了。

几天后，孙火星被正式调到炊事班工作，从九班宿舍搬走了自己的被褥。

孙火星临走那天，把赵西波拉到一个僻静的地方，塞给他一个馒头，说："波哥，谢谢你，那天晚上没有揭发我。"

赵西波拿着馒头说："'大肚子'那几个货色，又当婊子又立牌坊，真不是东西。你到了炊事班，以后给九班分菜时就公事公办，不要再留私情。我有个馒头吃就够了。"他看看周围没有人，把馒头塞进了裤口袋。

孙火星点了点头。

一天中午，苇席圈里又有香味儿飘了出来，飘到了训练场上，很多兵的眼睛盯着苇席圈，有的嘴里还流出了哈喇子。又要改善生活了。

古建问："今天谁是值日兵？"

有人说："郑麦成。"

古建对郑麦成说："今天你别去了，让赵西波替你去吧。"

郑麦成连忙说："行！"

赵西波掏了掏裤口袋，裤口袋里还有核桃大一块没有吃完的馒头，用牛皮纸包着。他有些犹豫。

大家就一起撺掇他："波子，为了全班战友，你今天一定要走一趟，去食堂领饭菜。"

"波子去吧，今天中午我的肉分你三分之一。"

古建说："赵西波，你小子要是敢不去，明天班里选骨干，我们都不投你的票。"

几个兵一起说："对，你敢不去，明天我们都不选你当骨干。"

明天真是要选骨干了，一个班只有一个名额，是梁班长昨天说的。

赵西波看着古建们的脸，问道："说话算数？"

古建们都说："只要你能打一桶肉回来，弟兄们说的话绝对算数。"

"好，就这么定。"赵西波很自信地点点头，答应了。

赵西波满怀信心地去食堂领菜。到了食堂，看见孙火星，就笑眯眯地向他走过去，和孙火星贴身站着，想听孙火星给他说话。孙火星看了一眼赵西波，往后退了一步，脸上的表情很平静，也没有说话，就把分好的菜桶递给了他。

赵西波心里想：这小子越来越老练了。

赵西波也没有吭声，接过菜桶走出了苇席圈。他觉得菜桶沉甸甸的，好像比上一次还要重，看来里面的真家伙一定不会少了。赵西波咧着嘴，吹着口哨，步伐轻盈利索，兴高采烈地又来到了猪圈旁的空地上。猪圈里的猪们大概也是饿急了，以为是饲养员来喂食，几只小猪在圈里转着圈儿叫唤，两只大猪的前腿趴在圈墙上，昂着头，嘴里流着哈喇子，对着赵西波直叫唤。

赵西波看着训练场上九班的兵们，哪顾得上理会它们？

他放下桶，急切地拿起勺子，拨开桶里圆白菜上面的几勺肉，往下面搅时，便停下了勺子。他想到了上一次，由于没有思想准备，差一点大喊"妈呀，全是肉！"暴露了桶里埋藏的秘密。这一次，绝不能出现上次差一点出现的错误。他深深呼吸了一口气，让自己镇静下来，并告诫自己：要向孙火星学习，像他刚才的表现一样，老练些，无论下面的肉再多，肉块再大，也绝对不能喊出声来。

做好了思想准备，赵西波站稳脚跟，瞪大双眼，把勺子深深地往桶里搅动了一下。

他感觉到下面很沉很重，看来全是肉应该是不会错的。

这个孙火星，真够哥们，在我当骨干的关键时刻帮了一个大忙。他极其小心地、非常缓慢地用勺子把下面的东西往上面翻。翻上来一看，他大吃一惊，几乎晕了过去：怎么全是菜，没有肉？他不相信看到的现实，愣了一下，又往桶底下使劲搅了几下，才确定没有看错：翻出来的全是圆白菜，发黄发绿发白的圆白菜，没有发现一块肉。

赵西波看着一桶的圆白菜，禁不住倒抽了一口气。

这时，古建、原江明他们走出了训练场，快步向这个地方走来。心乱如麻的赵西波，隐隐约约听见古建正在给战友们打招呼：

"弟兄们,说话要算数,明天骨干一定选波子。"

赵西波想哭,但没有哭。他扔下勺子,挺直了身子骂道:

"孙火星,你真他×的幼稚!"

## 薛嘉梁

深夜一点多,薛嘉梁躺在地铺上睡得正香,忽然觉得有人在踢他,隐隐约约听见有人喊:"起来,该你站岗了。"

薛嘉梁一骨碌爬起来,发现是罗班长。罗班长是湖北郧县人,1968年兵,瓦刀脸,浓眉毛,络腮胡,公牛眼,粗嗓门,是新兵连11班班长。

罗班长今天晚上带岗。

薛嘉梁今晚是入伍后第一次上岗。他穿好衣服,扎上武装带,背着枪,走出门外,看见罗班长在二十多米外的地方站着,赶紧跑过去向罗班长低声报告:"三排九班战士薛嘉梁前来接岗,请示口令。"

罗班长有着浓重的地方口音,嗓音粗,话声低,又有些不耐烦,他告诉薛嘉梁:"口令是'秋收',回令是'暴动'。"

薛嘉梁"啪"地立正,复述道:"是!口令'球手',回令'不动'。"

罗班长立刻瞪着两只公牛般大的睡眼,严厉地说:"胡扯淡!"然后低声又告诉他一次,吓得薛嘉梁赶紧说,"知道了,知道了。"复述一遍口令,跑去接岗了。

罗班长看着跑走的新兵蛋子,嘴里嘟囔了一句,大概是骂人的话,就头也不回地往值班室去了。

薛嘉梁的哨位在营房东南面的一座房子西侧。房子很破旧,里面放着农场一些早已不用的农具。房子的南面是一条小路,向西通往县城,向东通往大山深处。路南是一片旷野。排长曾强调说,这个哨位很重要,紧挨小路,面对田野,站岗时既要注意观察四周情况,又要注意隐蔽自己。薛嘉梁在规定的位置站好,警惕地注视着周围的动静。

夜里，每班岗的时间是一个小时。薛嘉梁没有手表，他估摸着时间，应该是下一班来换岗了。可没见有人来。他隐隐约约看见别的哨位有人换岗，接他岗的人却一直没来。他看着远处，群山淹没在苍茫的夜幕之中。不远处，农场职工的宿舍也早已灯火熄灭，一片寂静。

夜深人静的军营，薛嘉梁想到了杨桂枝。他从贴身的衬衣口袋里掏出一张照片，那是杨桂枝的照片。杨桂枝眼睛不大但很有神，脖子上两条白线，白线下面挂着一块白色的口罩，口罩耷拉在俊俏的脸庞下面，把杨桂枝衬托得自然大方漂亮。每当他拿着杨桂枝的照片看时，照片上的杨桂枝仿佛也总是含情脉脉地对他笑着。

薛嘉梁看到杨桂枝的笑，心里却一直想哭。

杨桂枝是他高中同桌，父亲是县邮电局副局长，母亲在县供销社当售货员，全家都是城市户口，吃商品粮。他们两个在高中毕业前夕确定了恋爱关系，拥抱过，接过吻，相互说过信誓旦旦的话。可薛嘉梁回到农村不到几个月，感觉到杨桂枝有了一些变化。这种变化是发生在杨桂枝被招工到了焦作市机械厂当了工人，成了"领导阶级"以后。她不仅笑脸少了，语气也有些冷漠，还几次问他："咱俩的事将来我爸妈要真的不同意咋办？"这是一句很敏感的话。因为当事人自己不同意，常常以父母的名义来表达。杨桂枝过去是从来没有说过这句话的，现在咋一直说着这句话？其实，最先说这句话的是薛嘉梁。两个人确定恋爱关系前，薛嘉梁几次问她："我是农村户口，你是城市户口，你爸妈将来不同意咱俩的事咋办？"城市人和农村人，城市户口和农村户口，吃商品粮和吃农民粮，像一条天然的鸿沟不可逾越，不知道打破了多少城乡有情男女之间的姻缘美梦。杨桂枝态度坚决，她说："现在是新社会，我们是毛泽东时代的革命青年，婚姻自主，父母不能包办。我看上的是你的人，我的事我自己当家，自己做主。"能够自己当家、自己做主的杨桂枝，现在怎么变了？怎么自己不再当家、不再做主了？

薛嘉梁有些敏感，觉得恋爱的前景似乎有些黯淡，似乎蒙上了一层云雾。

薛嘉梁高中毕业回到农村，每天在生产队里劳动，剜地、担粪、拉耙、掏井、扛包、犁地等脏活、重活，他抢着干。他要像毛主席教导的那样：滚一身泥巴，炼一颗红心。可自己在农村练就了一颗红心，怎么就不能挽回城市里杨桂枝那颗慢慢冷却的心？杨桂枝慢慢地很少来信了，只要一来信就问："你啥时候能离开农村？"薛嘉梁也想离开农村，每次煤矿、搬运站、化肥厂、砖瓦场、饲料厂等单位来村里招工，他都积极报名。那些工作虽然不好，可一旦被招上，就变成了城市户口。结果是每次招工从来没有他的份，能去的全是村革命委员会干部家的孩子，或者是和他们有着各种关系的人。

他想到了当兵。

当兵也是一条农村青年通往城市吃商品粮的道路。他去找村党支部书记王二臭。王二臭说："村里想当兵的贫下中农子弟很多，你家是中农。毛主席说中农是团结的对象，你往后排排看吧。"王二臭在村里说一不二。薛嘉梁没有敢再说啥，沉思了好几天。后来，薛嘉梁看见了王二臭，就"臭爷臭爷"地叫，叫的表情和声调比叫亲爷爷还亲。春天，见臭爷家的自留地长了草，薛嘉梁主动去帮助拔。夏天，看见臭爷在老槐树下吃饭，就凑过去给臭爷扇扇子。秋天，见臭爷家的玉米泛黄缺肥，就把自己家的粪担到臭爷家的玉米地，一粪勺一粪勺地浇到玉米棵旁。冬天，他三天两头地挑着两只水桶，到两里地外的水井里给臭爷家担水，把臭爷家的大水缸挑得满满的，再挑上两桶水放在水缸旁备用。他给臭爷家当孙子，做牛马，天天当，月月做，终于感动了臭爷。臭爷答应那年征兵时一定全力推荐他去。12月初，征兵开始了。在臭爷的关照下，薛嘉梁参加了政审、体检、面试等一系列程序。接新兵的秦排长面试后对他说："小伙子条件不错，你可以走了。"看来穿上军装离开农村的日子已经为期不远了。他立刻打电话把这个喜讯告诉了桂枝，说："秦排长说我可以走了。"桂枝也很高兴，电话里说："你当上兵，提了干部，转业就能进到城市，变成城市户口,吃商品粮。"薛嘉梁高兴得走路像小跑,嘴里唱《我是一个兵》的歌,一夜翻来覆去没有睡着觉。第二天,他兴冲冲地去了臭爷家,想在离开农村前再最后一次去感谢臭爷。臭爷在自己家的大院子里正下粉条。薛嘉梁走过去,夺过臭爷手里的漏瓢,说:"臭爷,让我最后一次给你再尽尽孝心吧。"臭爷搓着两只沾满粉面的手,笑着走了。薛嘉梁脱去衣服,光着上身站在锅灶旁边,灶台里的劈柴火熊熊燃烧着,大锅里的水哗哗地翻滚着,热腾腾的蒸汽熏蒸在他的脸上。薛嘉梁全然不顾,他汗流浃背,一只手端着漏瓢,漏瓢里放着一团揉好的粉面儿,有好几斤重。另一只手不停地敲打着端着漏瓢那只手的腕部,快速震动的漏勺,如同薛嘉梁那颗欢快跳动的心。漏瓢下面的六个眼儿里吐出六根大拇指粗的白色粉柱,发出"疏疏疏"的声音,欢畅地掉进大铁锅里,立刻变成了六根细线一样透明的粉条。粉条快下完时,穿着一身崭新军装的李来旺来了,他是王二臭的外甥,吹着响亮的口哨,来给二臭舅舅告别。他看到了薛嘉梁,说:"咱村这次就我和赵大饼两个人参上军了,没有你。"赵大饼是村革命委员会副主任赵山锤的儿子。薛嘉梁听了心里一惊,手一哆嗦,一屁股瘫坐在地上,一漏瓢的粉面团"啪"地扔进了翻腾滚开的大锅里。大锅里滚烫的水飞溅出来,溅到了他的胸脯上、胳膊上,薛嘉梁大哭起来。他想起了秦排长说的"你可以走了",原来有着两种不同的理解含义。

臭爷回来了,赶紧用一碗凉水拌上面粉,涂抹在薛嘉梁烫伤的地方。他说:"前天,我去给公社武装部的姚部长送鸡,姚部长还说有你,今天怎么没有了?"说完就骑着自行车去公社找姚部长了。晚上,王二臭回来了,告诉薛嘉梁:"一只鸡一个兵。咱村给姚部长送了三只鸡,应该是三个兵。可姚部长弄错了,他以为咱村送了两只鸡。"薛嘉梁说:"我爹把俺家五只鸡全都杀了给你,你咋才给姚部长送了三只?姚部长咋还给弄错成了两只?"王二臭不好意思地笑了。他看看薛嘉梁烫伤的胸脯和胳膊,说:"孩子,明年吧,明年咱村就是只有一个兵的名额,也一定是你。"

第二年,薛嘉梁终于拿到入伍通知书。他又是很激动地打电话把这个喜讯告诉了杨桂枝。杨桂枝听到这个消息后，半天没有吭声。薛嘉梁拿着电话筒"喂喂喂"地直喊。电话里沉默了好一阵，才传来了杨桂枝的声音。杨桂枝的声音很低弱，很平淡，她问道："是真的吗？不会像去年那样骗我吧？"杨桂枝的话语和口气像根钢针，扎得他的心里隐约作痛。

薛嘉梁没有吭声，慢慢地挂上了电话。

薛嘉梁穿上军装，在县大礼堂集中时，没有想到杨桂枝来了。她一脸的喜悦，笑得像一朵盛开的牡丹花。她送给薛嘉梁一个花手绢包着的礼物，说："没想到，你真的到人民解放军大学校里去了。"薛嘉梁没有说话。杨桂枝轻声细语地说："你去吧，我永远等着你。"坐上铁闷罐火车后，薛嘉梁偷偷打开花手绢包着的礼物，是一个塑料封皮笔记本，里面夹着一张杨桂枝的照片，照片的背面写着："梁：海内存知己，天涯若比邻。枝。"直到现在，薛嘉梁一看到照片，一想起杨桂枝热辣辣的话，心里扑腾扑腾地跳，头皮还有些发麻。

他一直在想：啥是真正的爱情？我们两个人之间这是爱情吗？

薛嘉梁拿着杨桂枝的照片，在哨位上仔细观看。昏暗的夜光下，杨桂枝的面貌朦胧、眉眼模糊，背面写的那句热辣辣的话也看不清楚。薛嘉梁把照片又装进了衬衣口袋。

乌蒙山区的后半夜，气候开始变冷，好像下起了蒙蒙细雨。其实，那不是雨，是云，是雾，是能捏出水的空气。薛嘉梁穿着单军装，上面一层湿漉漉的。他冻得直打哆嗦，心里盼着下一班的哨兵来接岗。可等来等去，一直没看到有人向这个哨位走来。

小路边那条荒草覆盖着的小河沟，潺潺的流水声像马蹄表的秒钟声一样不停地滚动。薛嘉梁听着溪水声，心在不停地打鼓，既焦急又无奈。他怀疑是否因为自己口令没记清楚，罗班长在故意罚他。又很长时间过去了，薛嘉梁终于看见有两个人，一前一后地走了过来。他心里一阵高兴，肯定是接岗的人来了。

薛嘉梁低声问道："口令？"

对方回答的不是"暴动"。

薛嘉梁立刻警惕起来，端着枪喝道："站住！"

对方问薛嘉梁口令，他说："秋收。"

来人对上了口令。走近一看，是鲁副连长带着通信员来查哨。

薛嘉梁赶忙立正敬礼。

鲁副连长觉得奇怪，问："口令三个小时前已经更换新的了，你怎么还用旧口令？"

薛嘉梁说："报告鲁副连长，我不清楚。"

鲁副连长又问："你几点接的岗？"

薛嘉梁如实报告。

鲁副连长抬起手腕看看表，说："现在已是深夜五点，你一个人站了三班的岗，怎么回事？"

薛嘉梁说不知道。

鲁副连长和通信员走了。

没有多长时间，罗班长带着赵西波来接岗了。罗班长瞪着那双公牛眼，问道："新兵崽儿，你站岗，知道我的枪哪去了？"

薛嘉梁双脚立正，挺起胸脯说："报告罗班长，我没有离开哨位，不知道。"

罗班长扫了他一眼，扭头走了，嘴里嘟嘟囔囔的。大概又是用他们家乡的土话在骂些什么。

第二天早上全连点名，鲁副连长命令："各班排检查枪支。"

申排长说："报告鲁副连长，三排十一班罗班长的枪丢了。"

鲁副连长命令罗班长站到队列前面，讲述丢枪经过。

罗班长半眯缝着那双公牛眼，大着嗓门检查说："我带岗到后半夜，睡着了。我睡醒后一看，枪没了。"

鲁副连长让通信员拿出一支枪来，问："这是不是你的？"

罗班长立刻又瞪起那双公牛眼，一眼认出了那支枪。他大声说：

"是!"

谭连长走过来,一脸严肃。他令罗班长站在队列前,用双手握着枪立正站好,接着开始讲话。

谭连长说:"枪是什么?是战士的生命,是无数革命先烈用生命换来的。你把枪丢了,人怎么还活着?"

战士们"哄"地笑了起来。

谭连长严厉起来:"毛主席说,枪杆子里面出政权。丢掉了枪,不仅是丢掉了生命,而且会丢掉红色政权。罗某作为一个班长,带岗时睡大觉,丢掉了枪支。可国际上的帝、修、反和国内的地、富、反、坏、右从来就没有睡大觉,他们亡我之心不死,做梦都想夺回丢失的政权。你睡大觉,把枪丢了,这是什么性质?"

罗班长面色凝重,眼光呆滞,一言不发。

龙指导员接着讲话,他说:"罗某要作出深刻的书面检查,听候处分。新战士要引以为戒,时刻握紧手中枪,人在枪在,要用生命保护手中枪。我们一定要按照毛主席的教导,提高警惕,保卫祖国,要准备打仗。"

一个多星期后,又轮到薛嘉梁夜里站岗。他接受上次的教训,向古建借手表戴上。古建是干部子弟,有一块南京产的"钟山"牌手表,是他当副县长的爹开后门买的。"上海"牌手表贵,秒针带红箭头的,一百二十五元,"钟山"牌手表才三十二元,一般老百姓哪能买得上"上海"牌的?古建经常在节假日或夜里站岗时戴在手腕上,人多时不知道有意还是无意地把袖子捋起来,手表在阳光下闪闪发着亮光。薛嘉梁也是第一次戴手表,不时地抬起手腕看。五分钟,十分钟,三十分钟……时间过得挺快。一个小时到了,怎么没见有人来接岗?他抬起手腕看看手表,时间又超过了一个小时,怎么还没有人来接岗?

薛嘉梁离开哨位,巡查完规定的路线,提着枪跑到值班室,想问问情况。他到了值班室门口,看到又是罗班长值班。罗班长趴在桌上,正鼾声如雷,呼呼大睡。罗班长大概接受了上次的教训,这次把枪横放在胸前的大腿上，枪背带套在脖子上。谁要是不砍掉他的脑袋，就休想把他的枪拿走，真是做到了指导员说的"人在枪在，要用生命保护手中枪"。

薛嘉梁想叫醒罗班长，想了想没有敢叫。他犹豫一会儿，壮着胆子进了值班室，看见地上有一张信纸。薛嘉梁捡起来看，发现是罗班长给一个叫柳枝的对象写的信，信上说：

"柳枝：我有好多话想对你说。我来到这深山野岭当兵已经五年多了，天天站岗搞训练，年年说要准备打仗。直到现在，哪打过一次仗？你几次来信说盼我赶紧复员回去，结婚生子，过上团圆生活。可因为我电工技术好，会架电线、安灯泡、修马达，连里一直不让我复员回家。最近，由于带岗睡觉被警告处分一次，心里非常苦闷。枝，你前几天来信说，村里实行了土地承包责任制，生产队里的土地要承包给一家一户耕种了，打的粮食除了上交国家公粮外，剩下的都归自己了。我真的想复员回农村老家，承包土地，打很多很多的粮食。可又想到没打过一次仗，也没有入党，就这样回家，有啥脸面见你和我的爹娘？"

罗班长的胳膊下面还压着一张信纸，纸上还写着什么，看不见了。隐隐约约看到信纸上还有泪的痕迹。

薛嘉梁没有敢吭声，赶忙把信纸又轻轻放到地下，悄悄退出了值班室，又回到哨位上。

薛嘉梁又想到了自己的对象。

他从衬衣口袋里，又掏出了桂枝的照片。夜色里，桂枝的脸上依然是一片黑暗，看不清楚。他想起了桂枝在来信里经常说的话："你在部队一定要好好干，争取入党、提干，转业后成为城市户口，吃商品粮……"

一个姑娘叫柳枝，一个姑娘叫桂枝，一字之差，差别咋就这么大？

薛嘉梁紧紧握着手中枪，一直站到有人来接岗。接岗时，他看看手表，又多站了三个班的岗。

第二天，薛嘉梁又见到罗班长时，鼓起勇气说："罗班长，那天晚上的事，真的不是我告的状。"

罗班长笑了。

薛嘉梁发现罗班长那双公牛一样的大眼里，射出来的光有几分柔和、几分忧郁、几分无奈和悲伤。罗班长说："新兵崽儿，我知道不是你告的状，是鲁副连长夜里查哨，看我在值班室睡觉，就拿走了我的枪。这个鲁麻子……"

薛嘉梁心里轻松下来。

罗班长说："现在是和平时期，全国养了那么多的部队、那么多的兵，天天喊着训练为打仗，站岗防敌特。老子当兵五年多，哪打过一次仗？哪见过一个敌特？吃闲饭，消耗粮食，浪费青春，还不如回农村老家种地，也能多打点粮食。"

罗班长的样子有些玩世不恭。

新兵连快结束时，申排长说："老部队已经批准了罗班长的复员申请，新兵训练一结束，罗班长就要复员回家了。"

薛嘉梁听了，心里有些不是滋味。

离开新兵连那天，薛嘉梁特意去向罗班长告别。罗班长还是那副玩世不恭的样子，对薛嘉梁说："新兵崽儿，老子走了，回农村种承包地去了，你好好在部队熬着吧。这里很少能见到女人，当兵过三年，母猪赛貂蝉。新兵崽儿，要是嫌寂寞，你服役期满赶紧回农村娶媳妇种地去吧。毛主席不是教导我们，'农村是一个广阔的天地，在那里是可以大有作为的'吗？"

薛嘉梁发现罗班长那双公牛般的眼睛里，射出的目光有几分洒脱、几分老练和几分沧桑。

新兵连训练结束了。薛嘉梁被分配到师部直属营四连，四连是汽车修理连，是个技术连队。他当天写信告诉了桂枝。

桂枝很快就回信了，她在信里说："梁：真是太好了。你学会了修理汽车技术，将来即使不提干回来，也一定能到城市当个工人，吃商品粮。"

人生道路难以预测。

进对了大院有进错大楼的时候，进对了大楼也有上错楼层的时候，上对了楼层也有进错房间门的时候。老连队对新来的兵们进行集中教育。半个月教育结束，薛嘉梁并没有被分配到修理排当汽车修理工，而是分配到连部当了通信员。他每天骑自行车，风风火火地往返于连部和营部之间，送取报纸、电报和信件。连部和营部来回有二十一点三公里的山路，路由红土和鹅卵石铺成。遇到雨天，道路泥泞难行。有一次天下着雨，营部通知取一份紧急文件。薛嘉梁骑着自行车飞奔在泥泞的山道上，下坡时前轮子碾压在一块湿滑的鹅卵石上，"啪嚓"一声连人带车摔倒在地上，薛嘉梁翻进了路沟里。他疼得两眼流泪，几乎哭出声来。他爬出路沟，看看前后无人，拔一把路边的青草，擦去身上的泥巴。左膝盖疼得厉害，他卷起裤腿，发现膝盖被摔破了一层皮，核桃般大小的一块皮肤肿胀起来，由红肿慢慢变成青紫色。他轻轻揉搓着被摔伤的部位，整理好掉在地上的邮包，再骑自行车时，发现链条断了。为了保证紧急文件能够按时取回，他推车跑步前行，按时取回了紧急文件。在连部，每天的任务是给连长、副连长烧水端茶、洗衣服铺被褥、打洗脸水、把牙膏挤在牙刷上。这些工作他做得很尽心，很精细，很周到。

桂枝知道后来信说："你是在当兵还是在干勤杂工？"以后两个多月没有再来信。

一年时间很快就要过去了。

按照常规，又一批新兵们很快就要到来了。老兵们说："新兵崽儿一进到老连队，你们'八大员'就是老兵了。根据以往连队惯例，'八大员'们就要分配到修理排里学习修车技术了。"

指导员也说："小薛，你将来想到修理一排还是修理二排啊？"

薛嘉梁说："坚决服从首长命令，分到哪个排都行。"

薛嘉梁的心情一直激动着，他热切期盼着新兵的到来，连做梦都在想着这一天。

薛嘉梁做梦也没有想到，中央军委作出决定：全国裁军一百万。

这个消息来得很突然，像一个晴天霹雳在军营里炸响。军营里立刻喧腾起来，有人高兴有人愁，有人沉思有人忧。不少人议论说：

"不是天天教育我们'提高警惕，保卫祖国，要准备打仗'吗？怎么突然就天下太平了？"

"国际上的帝国主义、修正主义、反动派和国内的地主、富农、反革命分子、右派分子，咋说没有就都没有了？"

"裁军一百万，会不会有我们的部队？"

很快，薛嘉梁所在的部队接到命令，整个兵种撤销。

指导员说："全国现在军队有四百万人。邓小平说：'解放军有三百万就足够应付意外事件，多了，实际上是增加了吃闲饭的人。'"

连队里很多战士哭了。这些风华正茂、热血沸腾、朝气蓬勃、充满无限希望的军人，从来没有想到会出现这样的事。尤其是薛嘉梁这一批兵，穿上军装，戴上领章帽徽还不到三百天，就又撕下了领章，摘下了帽徽，又变成了老百姓。

命运跟薛嘉梁开了个天大的玩笑。

乌蒙山区的道路弯弯曲曲，坑洼不平。复员兵们坐在颠簸摇晃的汽车上，前往云南沾益火车站。薛嘉梁看着车里的战友，有的在哭，哭得眼皮肿胀。有的眯着眼睛，似睡非睡地坐着。有的瞪着眼睛看天，一言不发。

薛嘉梁心里很乱，思绪如潮。

他不由自主地把手伸进衣服，摸了摸自己的胸脯，那里有两个黄豆大小的伤疤。他想到了臭爷，想到了给臭爷家担水和自留地拔草、担粪，想到了那次给臭爷家下粉条，那两个伤疤就是那次下粉条被开水烫伤后留下的。那些伤疤早已不疼了，可那个场景还历历在目，现在摸着好像又有些隐隐作痛。他想到了新兵连。白天挥汗如雨，一丝不苟地进行军事训练，晚上站岗放哨、紧急集合，经历了三个月艰苦紧张的生活，完成了从老百姓到一个革命军人的转变。在汽车修理连当通信员，他每天骑着自行车，风里来雨里去，取送了一年的报纸、电报和信件，没有出现过一次差错。

他摸摸左腿膝盖，想到了那次冒雨骑车去营部取紧急文件，摔伤的腿疼了好长时间。他天天给连长、副连长洗衣服打洗脸水挤牙膏，勤勤恳恳服务了一年。连首长夸他是多年来最优秀的通信员。为了尽早掌握汽车修理技术，自己从老兵那里借来了《汽车修理技术》《解放牌汽车电路油路分析》《镗缸刮瓦与活塞运动》等书籍，利用空闲时间和夜深人静的夜晚精心阅读。为了练习刮发动机活塞瓦，三棱刮刀曾刮得自己大拇指鲜血直流。自己经常扳着手指头一天一天地计算着，眼看到班里学习修车技术的时间已经为期不远了。早已写好的入党申请书放在抽屉里，他想等到连里宣布自己到班里去前再交给指导员。当自己的这一切梦想将要变成现实的时候，怎么就突然赶上大裁军了呢？这一切的一切瞬间化为泡影，这一年的军旅人生，怎么过得像做了个梦一样？

薛嘉梁觉得好像心口有一团东西憋着，咽不进去，也吐不出来，还在不断地膨胀，胀得难受。

薛嘉梁又一次想起了罗班长。他想起了罗班长在新兵连那天夜里用脚踢他去上岗，想起了罗班长带岗时睡觉丢枪，想起了他那双公牛一样的眼睛，那种老练沧桑、玩世不恭的神情，想起了罗班长给柳枝写的信，特别是他临复员走时给自己说的话："全国养了那么多的部队、那么多的兵……吃闲饭，浪费粮食，浪费青春，还不如回农村老家种地，也能多打点粮食。""老子走了，回农村种承包地去了。""服役期满，你赶紧回农村娶媳妇种地去吧。毛主席不是教导我们，'农村是一个广阔的天地，在那里是可以大有作为的'吗？"

罗班长，五年的老兵，真是思想深刻、狡黠老练、言尽沧桑。

薛嘉梁的心情慢慢平静了许多。他把手伸进贴身的衬衣口袋，又掏出了杨桂枝的照片。照片上的杨桂枝依然在对他笑着，双眼依然含情脉脉。挂在脖子上的那块白色的口罩，耷拉在俊俏的脸庞下面，衬托得杨桂枝依然是那么自然大方漂亮。薛嘉梁又一次想起杨桂枝多次叮嘱自己的话："在部队好好干，争取当上排长连长，即使不提干，学会了修车技术，将来也好进城市当工人，成为城市户口，吃商品粮。"这些话他已经听得太多太多了，这些话好像成了他与杨桂枝之间唯一的谈话主题、唯一的联系桥梁、唯一的感情纽带。薛嘉梁有些心烦，他冷笑了一声，看了最后一眼杨桂枝双眼含情脉脉的照片，便毫不犹豫地把它撕成两半，撕成四瓣，撕成一把碎片，然后用两只手捂着那些碎片摇了摇，扔出了车外。

那些碎片像一群翻飞的蝴蝶，飘飘摇摇，四散开去，很快消失在被汽车轮子掀起的滚滚尘土之中。

薛嘉梁闭上了眼睛，长长出了一口气。他觉得心里好像轻松了不少。

## 黎明楷

当今文坛，名人辈出。每个名人，大概都有一些不为人知的过去。黎明楷是一个文人皆知的军旅作家。他靠一部长篇小说《乌蒙山军魂》名声大噪，此后一直活跃在当代文坛上。可有谁知道，他的这部成名之作萌芽于何时何地？又有谁知道，他当年曾经有个风靡全连的外号叫"黎烂嘴"？30多年前，我和他同年入伍，同在一个新兵连，共同经历过一段难忘的时光。现在，我把这段尘封的历史讲出来，绝对没有任何恶意，只是为了帮助我的老战友黎明楷，更好地解读他的成名之作。

那时，新兵八连驻扎在乌蒙山区一个农场。为了密切军民关系，连里号召开展爱民活动。新兵们血气方刚，精力正旺，浑身有使不完的劲。每当星期天、节假日，都去为农场和农场的职工做好事。为农场职工做好事，就是给他们家里的水缸挑满水，把院里、屋里的地打扫干净。为农场做好事，大都是比较繁重的农活：拉粪、刨地、倒腾仓库、装卸卡车上的麻袋等。新兵们大部分来自农村，干这些活都不在话下，但却难坏了一些城市兵。

班里的黎明楷，就是个城市兵。他高中毕业，身材高大，面皮粗黑，像个李逵，但生性慵懒，拈轻怕重，惜力如命，每次爱民活动时最怕干重体力活。为职工做好事时，他总是抢着去扫地或擦桌椅板凳窗户。上地里干活时，他说："拉粪、刨地需要技术，我不行。"总是抢着去拔草、拔菜。一听说去仓库卸车，就先去抢一把笤帚拿在手里，说："打扫车厢里洒落的稻谷需要心细的人，我来负责。"

兵们骂他是"偷奸耍滑的懒蛋虫"。其实，兵们看不惯黎明楷，不仅是因为他懒，更多的是因为他的嘴。他的那张嘴，能讲五大洲四大洋的山川名城、人文民俗，能讲巴黎公社起义、苏维埃推翻沙皇、二万五千里长征和亚非拉人民的革命斗争等，古今中外，天文地理，几乎没有他不能讲的。同战友们争论，没理能辩出理来，死人能说出尿来。黎明楷给人的印象是知识多，心眼多，脑子快，嘴如刀，是个玩嘴皮子不干实活的兵。

黎明楷嘴上最大的毛病是爱给人起外号。刚到新兵连没多长时间，班里、排里就传出了很多外号：瓦刀脸、歪脖孙、霹雳火、老牛犊、小四川、晕鸡、臭老广等。这些外号传开后，接着又出现了简称，如老瓦、老歪、老霹、老牛、小四、老晕、臭广等。开始时他只给新兵起外号，后来又给班长们起，再后来偷偷给排长起，最后竟敢给连首长起。老班长们开始只知道兵的外号，觉得很有趣，在开玩笑时就喊兵的外号，他们并不知道自己也有外号。排长和连首长的外号是极其保密的，只有章德林、霍晓东几个和黎明楷铁哥们知道。

章德林和霍晓东并不知道，他们自己也有外号，一个叫章鱼，一个叫霍乱。

由于黎明楷给兵们起的外号能抓住人的特点，又很风趣，在缺少文化生活的军营里，一时间外号风传，竟然使不少人忘记了兵的真名，常常随口喊出兵的外号。一次星期天要到仓库卸车，排里点名，申排长让各班报告人数，十班副班长报告说：

"班长、老晕和小四请假外出。"

申排长觉得很奇怪：老晕和小四？带兵一个多月，怎么从来没见过排里这两个兵？

细细一追问，申排长忍不住笑了。兵们笑得更厉害，前俯后仰的，还有人笑得直捂肚子。因为他们知道，申排长也有外号，只是申排长自己不知道。

王木桶、王进财和王继广被黎明楷称为"三王"，后来不知是谁改叫他们"三王八"。这个风传的外号激起了"三王八"的满腔愤怒。

一天，到仓库卸车上的稻谷。王木桶和王进财在车厢里负责往下面移麻袋，移到边沿，王继广前去扛麻袋。他扛的时候，故意肩膀一歪，把麻袋扛偏了。"三王八"大声喊：

"黎明楷，快来帮着推正了。"

黎明楷立刻放下手里的笤帚，跑过去用手去推麻袋。"三王八"齐喊："不行，得用肩膀去顶！"

黎明楷不知是计，就用肩膀去顶。他的肩膀刚挨着麻袋，车上的二王提着麻袋往黎明楷肩上放，王继广顺势一撒，百十斤重的麻袋全压在黎明楷身上。

黎明楷没有准备，像磨盘拍小鸡似的被压得趴在地上。

战友们急忙把他从麻袋下弄出来，黎明楷已是满脸灰土，嘴里流血，直喊肚子疼、腰疼。

从此后，黎明楷就有了借口，爱民活动很少参加，即使参加了连轻活也很少干，只是在旁边指指点点的，像个业余排长似的。

新兵训练快结束时，连部要求总结爱民活动的成绩，每个班评选出一个爱民标兵。副班长说：

"我选霍晓东。霍晓东虽然父亲是温县革命委员会干部，是个城市兵，干部子弟，自己高中毕业，但他从来不怕脏不怕累，担水、挑粪、扛包等重活抢着干。"

王进财接着说："我同意。霍晓东干活像农村人，不怕苦，肯出力，不像有的干部子弟。"

赵西波说："霍晓东思想进步，常说自己是个干部子弟，更需要按照毛主席的教导，脚踩牛粪，滚一身泥巴，炼一颗红心。"

班长看着大家，提议全班举手表决。突然，黎明楷先举起手来，他说：

"班长，我想提个问题行不行？"

"行啊，怎么不行？提吧。"

黎明楷说："干体力活是爱民，帮助革命老前辈、老红军写革命回忆录算不算爱民？"

班长还没有回答，高中生刘小宁说："当然也应该算。"

黎明楷跑到自己铺前，从枕头底下抽出了厚厚的一沓纸，用手拍打着那一沓纸说："这是我帮助咱这个农场的老红军，整理的革命回忆录，你们看看，这叫不叫爱民、叫不叫做好事。"

兵们看着那一沓满是字迹的纸，一时没人吭声。

王进财说："我看不能算。革命军人做好事，就是要挑水、担粪、扛麻袋干重活。舞文弄墨写东西，那是毛主席批判过的'臭老九'们干的。"

"对，'臭老九'们干的，不能算。"班里几个小学毕业的农村兵说。

班长有些为难了。他想了想，说："那老红军的回忆录谁来写？"

大家一阵沉默。

班长又说："那位老红军我认识，参加过井冈山反'围剿'、二万五千里长征、淮海战役和西南剿匪，大仗小仗打过无数次，身上有多处负伤。他很想把自己的革命经历写出来，留给后人，但由于自己没有文化，大山里识字的人又少，一直无法完成这个愿望。黎明楷帮助老红军整理革命回忆录，我看也是爱民，应该是更有意义的爱民。"

班长的意图已经明确，他想把标兵给黎明楷。

黎明楷立刻激动起来，他昂扬着头，脸上带着兴奋不已的神情，大声说："班长，那位老红军最先请的是霍晓东，但他不愿意做。他说，好事要做在明面上。给老红军写回忆录，那是干私活，做了也白做，没人知道，能有啥好处？分兵时，老红军能把你分到好连队？担水、挑粪、扛麻袋都在明处，苦些累些，人们都能看得见，容易受到表扬，新兵连结束时，争取分到好连队。"

全班战士听了，感到很是吃惊。半天没人说话。接着，有几个兵议论起来：

"霍晓东这哪是做好事？这不是假积极吗！"

"这人真狡猾。"

"城市兵心眼就是多，会表现。"

"这哪是标兵说的话？"

霍晓东脸上红一阵白一阵的，两只眼睛瞪着黎明楷，放射出惊慌、接着是仇恨的光。他没有想到会出现这种阵势。没等别的兵再议论下去，霍晓东像一只饿极了咬人的狼，急赤白脸地说：

"班长，黎明楷的爷爷和他爹，在我们县城里是有名的算命先生，给人掐八字、起名字，被红卫兵批斗过。"

班长有些不明白，问："你扯他爷爷和他爹干啥？他爷爷和他爹与评爱民标兵有啥关系？"

霍晓东说："黎明楷到了革命军队后，继承他祖上的衣钵，给战友们乱起外号，还敢给首长也起外号，违反军纪，侮辱人格。"

班长愣住了，问："给首长起外号？"

霍晓东说："申排长是黔西山里人，眼睛亮、走路快，他给排长起外号叫老山猫。卢副连长个子矮、长得白，经常穿一身发白的军装，又是湖南人，他就给副连长起外号叫小白狐。你们说，这样的人能当标兵吗？"

班长听了，忍不住哈哈大笑起来。

"班长，你别笑，你也有外号。"

"你说啥？我也有外号？"

班长停止了笑，全班人都愣住了。

"是的班长，你的外号叫猿大叉，讽刺你长得像猿猴，手掌大，指头长，像叉子。"

班长的脸色变得难看起来，班里的战士没有一个人吭声，气氛死一般的寂静。谁也没有想到，这两个平时好得像一个人似的铁哥们，在争夺爱民标兵的问题上，撕破了脸皮，互揭疮疤，针针见血。

班长终于爆发了。他勃然大怒，站起身来用指头指着黎明楷，破口大骂："新兵崽子，我看你就是个黎烂嘴。你还想当标兵？当鬼阎王爷都不会要你。"

黎明楷终于低下了他那昂扬着的头，刚才还兴奋不已的脸变得像是要哭，再也没有说出一句话来。

晚上，黎明楷被叫到了连部。

"老山猫"申排长也在。他指着黎明楷的脸说："要不是军队有纪律，我真想把你的嘴撕烂。"

"小白狐"卢副连长更是气得满屋子走动。听了申排长的话，他停下脚步，"啪啪啪"地拍着桌子说："你真是个烂嘴，真是个名副其实的烂嘴。"

黎烂嘴的外号顿时风靡全连。

在新兵连，黎明楷彻底栽了。新兵连结束分兵时，连首长们说："这个黎明楷，小资产阶级思想严重，干活怕苦怕累。给官兵乱起外号，目无军纪，侮辱干部战士。不过他脑子灵活，人也聪明，文笔好，应该把他放到最艰苦的地方锻炼锻炼，保不定将来会有大的出息。"

黎烂嘴像一只被人嫌弃的狗，孤零零的一个人被分配到海拔2000多米的加油站去了。

老班长们说："那个加油站地域偏僻，环境恶劣，加上黎烂嘴总共才有两个兵。"

好多年过去了。

谁也没有想到，这个当年的黎烂嘴，竟然成了当代有名的军旅作家，出版了好几部颇有影响的文学作品。其中有一部长篇小说《乌蒙山军魂》，就是写在农场新兵连时的那位老红军的。这部长篇小说还被改编成电视连续剧，在几个省的电视台播放，引起轰动，黎烂嘴也一举成名。

无意中，我翻看国内一本著名的文学杂志，看到上面有一篇黎烂嘴写的《创作体会》。他在体会里，满怀深情地谈到了当年的那个加油站。不过他没有谈为什么被分配到了那个加油站，更没有谈那次爱民标兵评选，只是写道："云贵高原深处，只有两个兵的加油站，是我创作生涯的起点站，人生道路上的转运站，它留给了我永远的思念……"

## 11　归　队*

新兵连的日子真让人难以忍受。

每天天不亮就起床，出操、整理内务、踢正步、练刺杀、练投弹、匍匐前进。深更半夜睡得正香，突然紧急集合，漫山遍野抓国民党空降特务，抓打信号枪、偷老百姓耕牛的阶级敌人。连饭前、饭后也加上了三、五步科目。军号声、口令声、跑步声、训斥声、报告声、哨声、歌声灌满了耳朵。这种没日没夜的高强度训练，每时每刻的嘈杂喧闹气氛，把大家弄得很紧张、很疲惫。尽管这样，新兵们的心里都有一个不说的秘密：新兵连结束时，能不能分到一个好单位？

王开疆是我的高中同班同学，是个孤儿，从小跟他姑姑长大，人很聪明。离新兵连结束还有一个多月，他就向梁班长递交了申请书，要求把自己分配到104团去。他平时和我无话不说，看上去亲密无间，但这件事却从没给我漏过半点口风。直到有一天，梁班长把他和刘小备、古建叫到一起，拿着他们写的申请书，当着全班新兵的面，板着脸说："104团是谁想去就能去的？告诉你们，那个团一般不接收新兵，尤其是那些不服从命令、违犯军纪的人，想都别想。以后不管是谁，不准再写这样的申请书。"

我这才明白，同学关系再好，在人生的重大转折关头，遇到僧多粥少

---

* 原载《解放军文艺》2018年第9期。

的时候，也有不说的。

104团对于我们这批新兵来说，是一支神秘的部队。戴师长在新兵团大会上介绍情况时说，全师共有3个团，每个团前面加10，顺序排列为101团、102团、103团。可后来听个别老兵风言风语说，还有个104团，也是我们师的，驻扎在海拔两三千米的乌蒙山深处，那里绿树满军营，白云缭绕，空气新鲜，风景格外秀丽。团长资格最老，38式，这个团的任务对外保密，关键是干部职数多，和战士的比例高达一比六七。这是最为诱人的。

梁班长当众暴露王开疆们的秘密，我想大概是故意的。不然的话，他手里的申请书会越来越多。戴师长对104团秘而不宣，梁班长把一盆冷水泼在王开疆们的头上，浇灭了他们想分到104团去的那蠢蠢欲动的心，反倒把这个团弄得更加神秘、更加神圣，更是让一些新兵不断地做梦。

终于有一天，新兵连快要结束了，连里组织去104团。

几辆载着新兵的卡车，在弯曲的山道上盘旋行驶。天刚刚下过小雨，路上没尘土，山野一片清新。路两边长满了紫色、红色、黄色、白色的小花；松树不高，针叶上挂满了水珠，在微风中闪动着晶莹的光。从全连新兵的脸上可以看出，每个人心里都很激动。这是完全可以理解的。到一个日夜做梦都想去的部队，谁心里能够平静？一个多小时后，卡车停了下来，全连下车列队。

龙指导员站在一块石头上，给大家提出了明确要求："全连官兵，一律徒步，任何人不许随便说话，不许随地吐痰，不许乱扔纸屑杂物，必须保持安静。"

我们发现，不太宽阔的砂石路两旁，每间隔十多米，都站着一位持枪立正的哨兵，他们目光严肃、脸色肃穆。这种阵势，让我们更加感到了104团的威严，个个一言不发、默默前行。等到了大门口才看见，正门顶端的弧形铁架上写着醒目的大字：烈士陵园，两边写着毛主席的两句诗：为有牺牲多壮志，敢教日月换新天。

原来，这里埋葬着牺牲的革命烈士。

陵园正中间耸立着高大的烈士纪念碑，下面是花岗岩底座，周围堆放着鲜花。讲解员介绍说，这里最先埋葬的是 20 世纪 50 年代初解放大西南牺牲的先烈，共一百三十一人，职务最高的是团长，姓李，江西人，1938 年参加革命，带着部队过黄河、渡长江、解放南京、攻克上海，然后挥师西进，在这一带剿匪时牺牲。政委姓董，北京大学毕业，投笔从戎，解放这座县城时牺牲。埋葬的先烈里面，有参谋长、营长、教导员、连长、指导员、排长、班长和战士。他们生前有的并不属于一个部队，相互也并不相识，但为了人民解放牺牲后被埋葬在一起，成了朝夕相处的战友。后来，又陆续埋葬着一些为西南大三线建设献身的基本建设工程兵。这是一支劳武结合、能工能战、以工为主的部队，组建于 1966 年。

新兵们以班为单位，分别向烈士墓培土拔草，献上松枝花圈，然后鞠躬默哀。

我低声问王开疆："嗨，还愿不愿来 104 团？"

王开疆脸色变得绯红，踢了我一脚，没有吭声。

刘小备听见了，说："我愿意来。"

谁也没有想到，他这是一语成谶。半年多后，刘小备竟真的来到这里，成了 104 团军龄最短、年龄最轻的兵。

新兵训练结束后，我和王开疆、刘小备被分到了一个连。王开疆担任统计员，刘小备担任材料员，我担任连队文书。一天，王开疆和刘小备奉命到云南沾益仓库基地拉军用物资，开车的司机叫李金来，技术非常好。就是他开着卡车，把我们几个从新兵连接到了老连队。

李金来，四川雅安人，二十岁左右，个子不高，浓眉大眼，头戴军帽，军装外面套一身劳动布做的工作服，领章露在外面，嘴里时常叼着一毛五分钱一包的金沙江牌香烟，吞烟吐雾的，多远就能闻到他身上的烟味。只要没出车任务，就一天到晚围着他的车转，擦玻璃、驾驶室、冲洗车厢、轮胎，检查发动机、刹车片、电路、水箱，反正是一刻也不闲着，做事利利落落的，把车弄得干干净净的。有了出车任务，他一坐进驾驶室，立刻像高速运转的发动机，处于极度的兴奋状态，脸上始终带着得意的笑，嘴里一刻不停地说着话，两手戴着雪白的线手套，握着方向盘左转转右转转，如同摆弄着一个心爱的玩具。

后来，王开疆把那次出事的经过详细告诉了我。他嘴里出现频率最多的就是一句话："我的娘啊，太惊险了。"王开疆大概是受到了死神的惊吓，脑细胞死了不少，思维有些混乱了，说话变得有些语无伦次，一句话有时会反复说上好几遍。我过滤后，基本情况如下。

那天，李金来把车一开出军营，就像变了个人似的，双手摆弄着方向盘，一副高高在上、盛气凌人的样子，车开得飞快。

他问王开疆和刘小备："新兵崽儿，看过电影《铁道卫士》吗？"

王、刘二人不知道他啥用意，异口同声地回答道："看过。"

李金来问："记得那个给高科长开吉普车的司机吗？"

刘小备说："不记得了，只记得那个高科长。"

王开疆说："对，只记得高科长，是印质明演的，英俊潇洒，他还演过《虎穴追踪》《国庆十点钟》。我的娘啊，太惊险了。"

李金来说："格老子的，咋光记得高科长嘞？他去追那列火车，就是拉着援朝军用物资的火车，去逮那个火车上的特务——马小飞，难道是用两条腿跑的？不是坐着吉普车去的？"

刘小备这才赶紧说："噢，对，对，是坐着吉普车去的。"

王开疆也说："是的，想起来了，那辆吉普车开得飞快，超过了火车。我的娘啊，太惊险了。"

李金来说："对头，那个开吉普车司机的技术多棒！眼看着火车就快要到了交叉道口了，最多也就是一秒钟时间，好像连一秒钟也不到，那吉普车飞一样地越过了铁道，抢在了火车前面，保证了高科长扒上火车，拆下了马小飞安装的定时炸弹。多惊险，多刺激，这镜头没记住？格老子的。"

刘小备说:"记得记得,那个镜头太刺激、太惊险,只是光记得高科长了。"

王开疆说:"你要不说,还真没想到那个开吉普车的,高科长是主角嘛。"

李金来说:"啥咯主角?新兵崽儿,在我的眼里,那个司机就是主角,就是我崇拜的榜样,我就是要向他学习,苦练过硬的驾驶技术,将来有机会给咱们林团长开小车,一旦和美帝、苏修打起仗来,好追上敌人的火车。现在给林团长开吉普车的司机,简直就是个锤子。他和我是老乡,一个教练队出来的,那龟儿子技术太撇喽,开车肉球得很嘬。"

李金来平时就爱吹牛,现在对着这两个新兵,更是嘴不闲着,用川普话津津有味地侃。坐在同一个驾驶室里,刘小备和王开疆也就只好愣头愣脑地听着。

乌蒙山深处,俗有"天无三日晴、地无三里平"的说法。眼前看上去云山雾罩的,到底是云是雾还是蒙蒙细雨,很难分清。山路曲曲折折、坑坑洼洼,经常一边是陡峭的高山,另一边是深不见底的峡谷,有时上坡拐急弯,有时下坡越深沟,路况复杂险恶。山野里,不时地传来凄厉瘆人的叫声,说不出是鸟儿还是什么兽。李金来对这些全不放在眼里,他神态自若、信心十足地握着方向盘,大卡车在他的手上盘来盘去,颠簸着向前行进。快到了云南贵州交界处,太阳终于露出脸来,云雾也收起了不少,公路两边裸露的地方看得清楚些,变成了红褐色的黏土,山上的植被也多了起来。从一座高山脚下刚拐过弯,坡下不远处横着一条铁道,两条钢轨闪着刺眼的光。这里是公路与铁路的交叉口。由于山高路险人稀,来往的车辆也不多,只是看到路边一根孤零零的水泥桩上,歪歪扭扭地挂着两个牌子,一个是三角形的,画着一个冒着烟的火车头;一个是圆形的,写着脸盆大的"鸣"字。说来也巧,正在这时,山谷里传来了火车声嘶力竭的鸣笛声:

"呜——呜——呜——"

王开疆和刘小备立刻惊慌起来，嘴里大喊："不好，火车来了，快停车！快停车！"

李金来笑了。他根本不屑一顾，说："乱喊个啥子？刚才的，白讲喽？现在要是正打仗，咋咯办？苦练才能出真功哟，格老子这又不是第一次了，新兵崽儿。"

李金来说着，瞪大眼睛往前面看了看，猛吸了一大口烟，把大半截烟头扔出车窗外，十指交叉着按了按，把白手套戴妥帖了，两手握紧了方向盘，反而加大了油门。卡车呼啸着，像一头发了疯的野兽，飞一样地向铁道冲去。"我的娘啊，太惊险了。哪有这样苦练驾驶技术的？"刘小备和王开疆的心都要飞出来了。就在卡车头冲上铁道的那一瞬间，发动机突然熄火了，不早不晚，正在这要命的地方要命的关头，没了一点声息，死死地停在了铁道上，简直就像故意似的。很多要命的灾祸，都是在人们意想不到的瞬间发生的。结果可想而知。卡车被撞得七零八落，散了一地。李金来和刘小备被当场撞死。王开疆还好，和死神擦肩而过，躲过了一大劫，被撞成轻伤，嘴里不停地说：我的娘啊，太惊险了。

我跟着惊慌失措、心神不定的连长、指导员赶到现场时，师、团、营各级领导已经到了。他们坐的是吉普车，我们坐的是解放牌大卡车。首长们与铁路、地方交警等部门的人勘察着现场。穿着白大褂的医护兵们在处理李金来、刘小备的遗体。我站在不远处看着王开疆，他的军帽不知道飞到哪去了，头发乱蓬蓬的像草鸡窝，脸上青一块紫一块，手上缠着白纱布，军装撕裂开来，土呼呼的，鞋掉了一只，脚丫子光着，整个一副大难不死惊魂落魄的样子。几个参谋、干事和警察围着他询问情况，像战场上审问抓来的俘虏。真是可怜兮兮的。

几天后，团里的处理决定出来了。

李金来犯个人英雄主义的错误，违规开车，不仅自己丧命，还毁坏国家财产，葬送了一个战士的生命，不能进104团。刘小备因执行公务牺牲，批准进了104团。

真是祸不单行。刘小备、李金来死后不到十天,连里又死了两个,班长王凯和王开疆。

　　这个王开疆,好像是被阎王爷盯上了,他不去阎王爷不肯罢休。也有的兵说,是刘小备、李金来在那边叫他,三缺一,不去不行。现实情况是,他的死与李金来的母亲有直接关系。李金来的父母来到部队料理后事,那是两个四十多岁的山区农民,老实憨厚,从打着补丁的衣服上看得出,家境是相当贫困的。当知道儿子没了,没有被定为烈士,也没有得到应有的抚恤金,母亲哭得昏死过几次,披头散发,两眼都红肿了。父亲目光呆滞,说不出一句话来,鼻涕眼泪流湿了衣襟。处理完儿子的后事,他们抱着李金来的骨灰盒返回家乡,班长王凯、王开疆和李金来的几个老乡到火车上送行。据说李金来的母亲像疯了一样,在火车上紧紧抱着王开疆,痛哭流涕地喊着李金来的乳名,死不松手。正在难舍难分时,火车开了。火车的下一站在一百多公里以外。为了严守军纪,按时归队,王凯与王开疆几个人经过商量,决定跳车。那时火车刚刚离开车站,进入山区,还没有高速运行。结果王凯掉进了几十米深的山谷身亡,王开疆一头撞在铁路基旁的碎石堆上,折断了脖子丧了命。

　　一个连队不到十天,接连出现两起这样的大事,惊动了师部、军部领导,专门成立了工作组,驻到连里。师后勤部政治处的潘家海主任,一个1945年山东福山县参军的老兵,担任工作组组长。连长、指导员被停职检查,全连集中起来教育整顿,干部战士没有一个有笑脸。那些天也怪,天天细雨霏霏烟雨蒙蒙。每顿饭,食堂的饭菜经常剩下很多,司务长端着大半箩筐的肉包子糖花卷,一脸苦笑。炊事班长拿着勺子,拍得铝质的饭菜盆啪啪啪直响。以前,一听见军号声和哨声,全连官兵像打了鸡血,立刻龙腾虎跃起来。现在听起那些声音来,刺耳捅心戳肺,一个个耷拉着头,阴沉着脸,如同秋后霜打的茄子。

　　我作为连队文书,参与整理材料,几乎目睹了工作组整个研究过程。

　　如何定性王凯和王开疆的死,工作组开会不知道研究了多少次。对于王凯，师部军务科的刘参谋，高个子，络腮胡，身体微胖，声音洪亮，是管兵的，他首先提出："王凯带领战士跳车，这个问题的性质是严重的。但他前去送行，是经过连里批准的，应该被认定为执行任务牺牲。"

后勤部政治处的郑干事，四川成都人，是干部干事，就是管干部的。这人眼窝深陷，瞪着两个黑眼珠子，薄脸皮紧贴在高颧骨上，泛着青光，一脸的寡像，说话很轻，不紧不慢，但字字句句都像射出来的箭，扎人的心。他的观点和刘参谋截然相反："王凯身为班长，虽然是被批准前去送行的，但是他没有时间观念，直到火车开了，还不下车。火车要开了，他难道就不知道？他难道就不应该知道？作为一个军人，有没有时间观念？时间就是生命，这个起码的常识他不懂？难道他不应该懂？更不能容忍的是，他不听火车上工作人员的劝阻，假借执行任务名义，带领几个战士强行跳车，这都是部队纪律所不能允许的。我认为，他不能享受烈士待遇。"

师政治部的罗干事，四川宜宾人，两眼炯炯有神，透露出精明和睿智。他赞同刘参谋的意见，认为："王凯是经过批准，代表部队前去送李金来的父母，这应该是组织行为。他跳车虽然不对，但他也是出于执行纪律，坚持要按时归队，一个年轻班长，这个基本出发点是应该肯定的。"

军部的孙参谋、师政治部的高干事，也表示同意罗干事的意见。郑干事固执己见，还是坚持他的观点。最后潘主任提议，举手表决，少数服从多数。王凯的问题总算解决了，他进入 104 团。

最难办的是王开疆。

罗干事认为："王开疆入伍一年多，严格地讲，他还是个新兵，但他正是为了不违反军纪，坚持按时归队，才跳车身亡的。这一点和王凯一样，应该首先肯定。"

还是那个郑干事，大概是在王凯的问题上没有如愿，在王开疆的问题上变得神情激动、毫不让步。他脱下军帽，解开了风纪扣，不停地喝水，有点像一只准备斗架且志在必胜的公鸡，说出来的话箭箭穿心："王开疆没有请假，未经批准，私自跑出军营，这本身就是违犯了军纪，而且是违纪在先。他和王凯的情况并不相同。如果都不请假，都往外跑，那我们的部队，到底是军营还是自由市场？我们的战士，到底是兵还是老百姓？"

刘参谋说："王开疆未经批准，离开军营，这肯定是不对的。但他前去送李金来的父母，也在情理之中。因为他刚刚和李金来经历过一场生离死别，生离死别，你理解吗？那是一种什么样的心情、什么样的感情？王开疆作为那次事故唯一的幸存者，去送别死去战友的父母，这是人之常情，这是战友亲情。我认为是完全可以理解的。不应当把他的行为，简单地看成那种为了自己的私事，不请假离开军营的行为。"

郑干事说："毛主席教导说，加强纪律性，革命无不胜。王开疆作为一个新兵，更应该严格要求自己。可他目无纪律，不听劝阻，跳车身亡，这完全是咎由自取。"

罗干事说："跳车是王凯决定的，王凯是班长，王开疆跳车可以说是执行了班长的命令，怎么能叫目无纪律、不听劝阻？"

郑干事的脸有些发红，他解开了领口下面的第一个扣子，喝了一大口水，说："我说的是他不听火车上工作人员的劝阻。反正定他进104团，我不能同意。我在干部部门干了这么多年，这样的兵如果进了104团，不仅玷污了104团官兵的荣誉，关键是一旦开了这个头，以后部队的干部还怎么带兵？部队的纪律、规定、条令条例，都是钢打铁铸的，执行必须严字当头，不能放松。"

郑干事好像与王开疆有仇恨似的，紧紧抓住王开疆违纪不放，不依不饶的，一直坚持王开疆不能进104团。这人一天到晚满嘴的纪律、规定、条令条例，一点也不讲人情，人都死了，一点同情心也没有。我感到这个人很冷漠，很无情，也有点可怕。他又端起了杯子喝水，发现杯里没水了，我赶紧提着暖水瓶去给他倒水。我接过他手里的玻璃杯，不知道为啥，心一慌手一抖，啪的一声把杯子掉在了水泥地上，摔得粉碎。吓得我愣在那儿，不知道怎么办才好。

潘主任、刘参谋、罗干事赶紧站起来，问我烫着没有。

罗干事走了过来，看了看地上的碎片，扑哧一声笑了。他对我说："文书，别紧张，没关系，郑干事这玻璃杯，又不是他掏钱买的，那是他在机关食堂要的辣椒酱瓶。师部机关食堂的管理员老谢，是郑干事的老乡，铁哥们，我们去要，很难，郑干事想要，几个都行，还都是装着辣椒酱，没开封的。杯子摔破了，郑干事回去还可以再找老谢要，只要我们的兵没被烫伤了就行。要真的烫伤了我们的兵，这到底是因公啊还是因私啊？"

参谋、干事都笑了。潘主任也笑了。

郑干事坐着没动，也没笑，一句话没说，瞪了我一眼。不知道为啥，我心里一酸，泪水流了出来。郑干事那犀利冷酷的目光，深深地刺痛了我。后来很长一段时间，只要想起来他那副面容，我的心就咚咚直跳。都说干部害怕干部干事，我是一个小兵，来到部队才一年多，更是感到了这个干部干事的严厉与可怕。多年后，看到奥地利作家茨威格在描写战争和军队的作品里有一句话，"任何形式的权力在一个人身上都会产生使人心肠变硬的作用。"

看来像郑干事这样的人，国内外的军队里不在少数。

每次开会研究，潘家海主任沉着镇静，很少发言，真不愧为经历过沙场的老兵。他一直认真耐心地听着参谋、干事们的意见。直到最后，他提出了自己的看法："王开疆没有经过批准，擅自离开军营，这是违反纪律的。但从另一方面看，他作为与李金来一同执行任务的唯一幸存者，伤未痊愈，就去送李金来的父母，应该看到他对牺牲战友的一片深情，看到他是为了表达对牺牲战友父母的安慰与尊重。这不能简单地看成是个人行为，这是一种战友亲情，是非常可贵的。他们连的指导员、连长也介绍了王开疆的情况，他上半年还被连里评为'五好战士'，应该说这是个很好的兵。王开疆是个孤儿，出了这样的事，无论对部队，对死去的王开疆，还是对王开疆的姑姑，都是很不幸的。你们这些参谋干事，没有上过战场，没有打过仗，战场上牺牲的官兵被定为烈士，受到后人的尊敬和瞻仰，也不是都没缺点，有的人的缺点和错误甚至还很严重。当然，王开疆不是死在了战场，可他是死在了部队。刘参谋、罗干事说王开疆的死不是为了自己，是执行了班长的命令，这话也说得过去。至于他能不能进入104团，我们整理出讨论情况，写出报告，报上级领导机关审定。"

工作组同意了潘主任的意见。

没想到，刘参谋和罗干事又提出了李金来的事。

刘参谋说："李金来的父母，都是山区的农民，吃苦耐劳，养大一个儿子，送到部队，几年后，儿子没了，只抱回一个骨灰盒，不知道在座的都怎么想？"

罗干事说："由李金来承担全部责任，这是不公平的。公路、铁路部门，在交叉道口应该设置防护设施，但是他们没有，为什么不承担责任？李金来的父母，为什么不能得到一定的赔偿？"

郑干事在场，结果就不用说了。

两个星期后，上级对王开疆的批复下来了：非正常死亡。

王开疆和我都是梁班长训练的兵，感情比较深。第二年清明节，梁班长带着我和几个战友前去吊唁王开疆。王开疆的坟墓离104团很近，在围墙外几十米远。那是一片荒芜的小山冈，小山冈上长着半死不活的荒草，一些稀稀疏疏低矮的灌木，不少地方裸露着大大小小的石头。灌木丛中有两个坟墓。一个是王开疆的。另一个坟头矮小，周围长满了荒草，坟旁没有青松，坟上没有花圈，也没有荒草，显得也还算干净，只是看不出有培新土的痕迹。看样子是一座年代久远的坟墓。梁班长说这个坟墓里埋葬的也是一个兵，是一个老兵，他和王开疆一样，生前违犯过军纪。

梁班长脸色如水，话语沉重地讲述了那个老兵。

1950年，解放这个县城时，先是围而不打，想迫使城里的国民党军队投降，和平解放这座县城，避免城里的百姓遭受战火涂炭。几天后的一个深夜，下着大雨，几个被围困在城里的国民党兵偷跑出城，被站岗的老兵发现，他们说不想和解放军打仗了，想跑回老家。碰巧有一个国民党兵是这个老兵的堂哥，两人是发小，堂哥后来被国民党军队抓了壮丁，这个老兵参加了解放军，万没想到弟兄俩在这两军对垒的战场上相遇了。出于乡情亲情，那老兵看看周围没人，便趁着夜深雨大，偷偷放跑了那几个国民党兵。那几个国民党兵跑出几里地后，被外围的部队抓住，审讯中供出了这个老兵。部队有关部门立即进行追查，要军法处置。等追查到这个老兵所在的连队时，攻城的战斗刚刚结束，城里的战火硝烟还没有散去，还响着零零星星的枪声。

这个老兵的连长刚刚牺牲，指导员满脸灰尘，头上缠着绷带，绷带上渗出殷红的血，军帽已不知去向，军装几处被打得开了花，冒着青烟。当知道询问他的人的来意，他简直要疯了。他一手提着枪，一手指着来人，扯着沙哑的嗓子喊："扯淡！我的这个兵，是非常优秀的兵，优秀得很。他跟着我，参加过渡江战役，解放过南京，攻克过上海，又随我来到西南剿匪。他立场坚定，敌我分得很清，打仗从来就不怕死，多次立过战功，是我们连的战斗英雄。就在刚才，攻城时，为炸掉城门口敌人的一个暗堡，为部队扫清障碍，他扛着炸药包，冒着敌人的枪林弹雨，冲到城门口，舍命炸掉了暗堡。我们全连的官兵，是喊着为他报仇的口号，冲进城里来的。我们连要为他请功。他放跑了几个国民党兵，那是减少了城里敌人的战斗力，我看应该支持、应该表扬。"据说，这个指导员当着追查人员的面，让战士们捡来了老兵残缺不全的尸体，摆成人形，全连官兵低头向他默哀，鸣枪向他致敬，哭得像泪人一样。

梁班长说："然而军纪无情。这个老兵打了一辈子仗，屡立战功，在这次攻城战役中虽然很勇敢，人也牺牲了，但他出于亲情，私自放跑了敌军的逃兵，违反了战场纪律，最后不仅没有立功，也没有被批准埋葬到烈士陵园。听说这老兵的指导员，因为在战场上对上级咆哮发难，出言不逊，拒不配合调查，也受到了处分。后来听说，他也牺牲了。"

梁班长是贵州黎平县人，高中毕业生，思维清晰，口才极好，讲得很动情、很悲壮，让人听了很伤感。

我望着104团官兵们的茔地，心里沉甸甸的。

高大的烈士纪念碑耸立在苍松翠柏掩映之中。那里每年都有人来扫墓祭奠，向他们敬礼膜拜，追思他们可歌可泣的过去。他们被定为烈士，是国家的功臣、军队的英雄、家庭的光荣，接受着后人的赞颂，永远活在人们的心中。而眼前这两个兵的坟前，无碑无松，黄土一堆，被荒草灌木淹没。一年到头大概很少有人来看望他们，给他们的坟头添上一把新土。尤其是这个老兵，生前曾经和104团的战友们，包括牺牲的李团长、董政委和自己的连长，一起生活，共同经历过多次出生入死的战斗。在解放这个县城的战场上，他为了减少战友们牺牲，献出了自己的生命。然而他牺牲后，却与牺牲在同一战场的战友们分开埋葬在离104团不远的小山冈上，孤零零的，沉默无语，未留下关于自己的只言片语和任何信息，如同树上落下的一片枯叶，刮过的一阵山风。还有那个因为他受了处分、后来听说也牺牲的指导员，不知道埋葬在何处。王开疆是我的高中同班同学、朝夕相处的战友，连队官兵有口皆碑，都认为他是个好兵。他死了，和王凯、刘小备一样，正是风华正茂花儿一样的年纪。然而王凯、刘小备进了104团，他却和这个不知姓名的老兵一起，置身于这个被人们遗忘的角落。他原本就是个孤儿，死后依然孤苦伶仃，终日与从未谋过面的老兵为邻，与荒草野树乱石为伴，无情的岁月将把他和那个老兵遗忘得无影无踪。还有那个李金来……

我的眼睛里噙满了泪水。

"军人就必须服从命令，必须严守军纪，不然自己死了也没有荣誉，父母也没有待遇，就如同死去的老百姓。"临离开王开疆和那个老兵坟墓时，梁班长对我们说了这句话。

三十多年过去了。

20世纪90年代初，我从北京大学毕业后到美国留学，在普林斯顿大学读完硕士后在弗吉尼亚州工作。一天，我接到梁班长的电话。大裁军时，他已经当了几年排长，转业到贵州黔东南某县老干部局工作，去年退休了。他在电话里告诉我，今年清明节去祭奠王开疆，发现王开疆的坟墓已被移进了烈士陵园，坟头竖起了石碑，坟旁栽种着松树。除了松树矮小一些外，王开疆的待遇和王凯、刘小备所在的104团的官兵们都完全一样了。

王开疆这个孤儿，终于归队了。

"那个老兵的坟墓呢？"我大声问。

"那个老兵？噢，还在小山冈上，没动。"梁班长说。

我的脑海里，立刻浮现出那荒芜的小山冈，那孤零零的小坟墓，坟墓里躺的那个没有见过面的老兵。我没再出声。

梁班长并不知道，此时的我正和两个美国朋友参观阿灵顿国家公墓。

"不知道什么时候，也不知道是谁，给那个老兵立了一块碑，上面刻有老兵生前部队的番号和名字。"梁班长在电话里说，"还有，你还记得那个潘主任吗？就是处理王凯和王开疆的那个工作组长，师后勤部政治处的潘主任，潘家海，1945年参军的老兵，记得吧？清明节去104团扫墓，碰见了高干事，他告诉我，潘家海主任就是那个老兵的指导员，他没有牺牲。"

电话里一阵沉默。

梁班长没说话，隐隐约约，传来了他的哭泣声……

## 12　男娘们儿*

师部机关"五七连"副连长老薛,是个男的,可人们都叫他"男娘们儿"。

"五七连"具体建连于何时,很多人都弄不太清楚了。据说是为了落实毛主席"五七指示"精神建立的,主要任务是为司令部、政治部、后勤部机关的日常生活服务,包括军人服务社、饲养场、幼儿园等,都归"五七连"管。"五七连"的官兵都是些机关干部的家属,戴红成师长调侃说:"就你们这帮人,说好听的是娘子军,说不好听的,就是一群老娘们儿。"

三个女人一台戏。这么多老娘们儿凑在一起,你想想会是啥局面。整天叽叽喳喳的,东家长西家短,有影的说成没影的,没影的说成有影的,大的说成小的,小的说成大的,对的说成错的,错的说成对的,时常会惹出一些事端来。更麻烦的是这些老娘们儿,依仗他们的男人官职不同,在"五七连"里的地位、权势也不同。连长李丽,是刘参谋长的老婆,东北人,说话就像他男人指挥部队一样,叉着腰,大嗓门,吆五喝六,满口喷着唾沫星,多远就能听见是她在说话。指导员姜桂花,是政治部孙主任的老婆,江南人,嗓门细,语速慢,思维缜密,句句话都能说到点子上。要命的不是这两个老娘们的性格不合,关键是遇事都有主见,经常是马往前

---

* 原载军旅文学集《千山碧透》,冯俊科著,作家出版社出版。原名《五七连的男娘们》。

拉牛往后坐、你东我西的拢不到一块。领导决定"掺沙子",就调后勤部军需科的薛助理员到"五七连"担任副连长。机关人习惯了,依然叫他助理员。薛助理员就成了"五七连"唯一的"男娘们儿"。

干部部门真会选人,知人善任。这薛助理员的整个做派,也真的很像个娘们儿。他是福建福清人,四十岁出头,个子不高,又黑又瘦,说话尖声尖语,平时爱盘腿坐在地上,手里不是织毛衣就是纳鞋底,还会剪窗花、做绣花枕头,嘴里也爱唠唠叨叨的,说一些家长里短的事。薛助理员和娘们儿不同的是爱抽烟。一闲下来,他手里就端着个大烟斗、装上烟丝,但点火的动作很慢,慢条斯理的,常常火柴划着了,不烧到手指头疼不往烟上点。点着了抽上一口后,他就又开始唠叨,唠叨了大半天,等再去抽第二口时,烟经常已经熄灭了。薛助理员还有一手绝活,无人能比,就是会用缝纫机做衣服。谁要做衣服,往他面前一站,根本不用拿尺子量,用眼睛一扫,就在铺好的布上操作起来。用尺子量、粉笔画、剪刀剪,好好的一块布料在他的手里,翻花一样就变成了一堆衣料。然后,他坐在缝纫机上,脚蹬手动,咔嚓咔嚓一阵缝纫机响,很快一件合身的衣服就做出来了。在那个年代,买缝纫机凭票,很少人家里有缝纫机。军队家属和孩子们穿衣服、裤子,都是用手工针线做,一件衣服要做好多天。薛助理员就凭这一手绝活,收拢了不少娘们儿的心,让那些心乱嘴杂的娘们儿们对他言听计从。

指导员姜桂花是求薛助理最多的人。她家七八个孩子,布票少,江南人穿着又比较讲究,常常要把大人的衣服改成大孩子的衣服,大孩子的衣服改成小孩子的衣服。姜桂花常常半夜挑灯,一针一线地给全家人做衣服、裤子、鞋袜等,弄得手上针痕累累,人疲惫不堪。薛助理来后,姜桂花常常把家里需要改做的衣服拿来让他做。薛助理总是改得又快又好,令姜桂花非常满意。

"五七连"别的娘们儿开始不敢央求他,后来慢慢熟悉了,知道他性格好心肠热,也开始让他帮忙。缝块补丁、改条裤子、扎个垫肩啥的,薛助理不论官职大小也不论是官是兵，总是来者不拒、哈哈一笑、一一满足。

李丽，性格泼辣，像个男人，干起活来风风火火，她无儿无女，没什么求薛助理的。但她最看不惯那些娘们儿爱占便宜的习惯，更是看不惯薛助理唯唯诺诺，热情为那些娘们儿服务的行为。

一天，"五七连"在食堂仓库里倒腾大米面粉，休息时李丽问老薛："哎，你到底是来当连长啊，还是来当缝补衣服的娘们儿？"

薛助理正坐在麻袋上缝补着衣服袖子，对着李丽耳朵低声说："嫂子，你要是能生出崽来，生多少个，衣服我全包了。"

"啪"的一巴掌，李丽火了，抬手扇在了薛助理的脸上，骂："你这个福建黑，侮辱我不会生孩子？"

薛助理还没反应过闷儿来，姜桂花和另外几个娘们儿已经呼啦围了上来。她们不由分说，有人按腿，有人扭胳膊，也不知道是谁，把一条空的面粉袋罩在李丽头上，抬着李丽在地上打起人肉夯来。等薛助理把她们拉开时，李丽已被折腾得披头散发衣衫不整狼狈不堪，浑身上下全是面粉，白乎乎的，已看不出她的模样。

李丽爬起来，哭着跑了，身后传来那些娘们儿——胜利者的朗朗笑声。李丽跑到政治部，找陈冰沁副主任告状去了。

陈副主任戴着眼镜，正趴在桌上看文件，听见有人喊"报告"，抬头一看，进来的是一个浑身上下白乎乎的人。陈副主任疑惑半天，没有认出进来的是李丽。等他知道是参谋长的夫人时，放声笑了起来，说："吓了我一跳，我还以为是白毛女跑到我这申冤来了。"

李丽向陈副主任诉说了自己的满腹冤屈和愤恨。最后要求陈副主任："您是分管首长，必须处理薛助理和姜桂花她们。不然，我这个连长不干了，你另请高明吧。"

陈副主任说："这个老薛，调他去原本就是要协助你工作，咋会反过来把你弄成了这样？"

陈副主任想了想，低声给李丽说了一番话，李丽扑哧笑了。

几天后的一个晚上，薛助理正在办公室看报纸。李丽来了，她神神秘秘的，推着一辆自行车，后座上驮着一大包旧军装。李丽把那包旧军装放在薛助理员的办公桌上，从口袋里掏出一张纸，摊在薛助理员面前，说："老薛，这是我小孩子们的衣服尺寸和衣料，限你一个月给我改裁好，孩子们等着穿。"

薛助理员看了看那张纸，有些吃惊。他抬头看看李丽，那是张一本正经的脸，不由得笑了笑，问："你啥时候生了这么多孩子？"

"这不属于你管，反正这都是我孩子的衣服。你说过，我生多少，你全包了。"

薛助理员淡然一笑，没再说啥。他白天和那帮娘们儿一起干活，晚上和星期天，就独自跑到办公室，动起尺子、剪刀，缝纫机咔哒咔哒响，经常干到大半夜。一个月后，薛助理员把50套孩子衣服全都做好了，交给了李丽。

没有过几天，也是个晚上，李丽又来了。她用扁担挑了两捆旧军装，悄无声息地来到薛助理员的办公室，掏出两张纸摊在薛助理员的桌上，说："老薛，这是我大孩子们的衣服，50套，按上面的尺寸，限你在7月底前必须给改好了。"并特意交代，"干这些都是私活，要保密，不能占用正常工作时间，也不能对任何人说。"

薛助理员脾气极好，他又是淡然一笑，低下头，看看压在玻璃板下面的日历，扳着手指头算了算日子，离7月底只有一个多月的时间。他看看地上的两捆旧军装，再看看李丽那张不怀好意的脸，问："你到底从哪弄了这么多野孩子？刘参谋长知道吗？"

李丽回答他："这是你管的事吗？"转身走了。

此后的日子里，薛助理员可就惨了。他天天晚上忙，每个星期天忙，他把自己关在办公室里，手忙脚乱地赶着改裁衣服。一个多星期，人就更瘦了，脸更黑了，也没了笑容，话也少了，烟也不抽了。姜桂花和另外几个娘们儿看着他面前的一堆乱衣料，心疼地问他："哪来的这么多活？"

薛助理员说："不要多问，这是我自己的事。"

这帮老娘们儿，看到这种阵势，心疼老薛，再也没拿自己家的衣服来让薛助理做了。有的晚上还主动前来帮忙，缝缝扣子、剪剪衣袖裤腿等，干些辅助活儿。

7月底前，薛助理员终于把那些改好的衣服交给了李丽。他装上一袋烟，划着了一根火柴去点烟，悠闲地吸了一大口，顺嘴问了一句："老嫂子，你说实话，哪来的这么多孩子？"

李丽说："嫌多？还有呢，你等着吧！"

薛助理员一屁股瘫坐在椅子上，手里的烟袋杆、火柴扔出去多远，半天没说出一句话来。

李丽看着他那副狼狈相，哈哈大笑，昂首挺胸地走了。

八一建军节到了。军营里，这是个非常隆重的节日。那天，师部大礼堂举行文艺会演，人们发现前来参加活动的幼儿园和"八一"学校演出队的学生们，全是清一色的绿军装，个个穿着得体、神采飞扬，这是从来没有见过的阵势。他们演出的《战士骑马保边疆》《长征组歌》等节目，更是引来了全场官兵们一阵阵热烈的掌声。演出结束后，师长戴红成和政委肖新泉问幼儿园和学校领导："你们从哪儿弄来这么多小军装，把孩子们打扮得这么得体、这么英姿飒爽？"

他们都说，是"五七连"的李丽连长给做的。

肖政委高兴起来，声音洪亮地说："毛主席号召要'全民皆兵'，'提高警惕，保卫祖国，要准备打仗'，我们部队的孩子们都穿上了军装，好啊，我看应该给李丽记功。"

戴师长笑着说："李丽连长有私心，这是为她的老头子刘参谋长培养后备兵员吧？"

很快，师政治部下发了嘉奖令，给李丽记了三等功。

这一来，"五七连"的娘们儿可炸了窝了，她们对此愤愤不平，都说：

这本来都是薛助理员的心血，咋能给李丽记功？她凭的啥？应该给薛助理员记功才对。

薛助理员说："李丽是一连之长，得嘉奖的应该是她。"

真是天有不测风云。一个多月后，军里转来一封举报信，说"五七连"连长李丽私自从军用仓库里提取了100套旧军装。军装包括旧军装，都是军用物资，严禁私自调拨使用和随意改裁军装。军首长在信上批示说，李丽的行为违反了军用物资和军装的管理规定，如果查实，必须严肃处理。现在军队要整顿，全军都在抓软、散、懒的典型。

机关里立刻议论纷纷起来，"五七连"就不用说了，更是热闹。有人说李丽敢这么做，一定是得到了刘参谋长的同意。有人说刘参谋长军事学院毕业，参加过中越自卫反击战，负过伤立过功，属于文武兼备前途无量的栋梁之材，据说马上要提副师长了，将来有可能点星奔将，这明明就是冲着刘参谋长来的。还有人私下说：戴师长、肖政委是不是也都应该有责任？

没多长时间，军部派来了工作组，三个人。他们到了"五七连"，下了车，个个都紧绷着脸，闭着口，冷冰冰的，见了连队的人，像是见了被审讯的犯人。这种沉默散发出的气息，令人可怕。组长更是一脸的威严，他问："薛副连长，你是直接参与者，把你知道的关于李丽连长的事说清楚，还有，你们师的个别高层，是不是给你打过招呼？在什么时间打的？怎么说的？有些人沽名钓誉，私自调用军用物资为自己铺路，你必须从加强军队长远建设的高度，原原本本地把这些都说清楚。"

薛助理员扑哧一笑。他若无其事慢条斯理地划着一根火柴，那朵橘红色的小火苗燃烧着。他用眼睛看着那小火苗，一直等快要烧到手指头时才燃上了烟斗里的烟丝。他狠狠地吸了一口，在肚子里憋闷了一会儿，然后，痛痛快快地吐出了一大口烟雾，那团青灰色的烟雾弥漫开来，遮挡在他和组长之间。薛助理隔着那团烟雾，说："谁做事谁承担，提取旧军装和改裁军装的事，都是我干的，我一人所为，这件事与李丽连长无关，与任何高层更是没有一丁点关系。"

那个组长阴沉着脸，不经意间飘过一丝冷笑，说："你要不说实话，后果可是非常严重的，请你认真斟酌。你要对组织负责，对军队长远建设负责，对自己的前途负责。"

薛助理员的口气有些坚决起来："我是个有二十多年军龄的军人，说的全都是实话。八一建军节不光是军人的节日，也是军人后代的节日，让军人后代从小接受军队教育，这不仅是部队的责任，也应该是老兵的责任和义务。这就是我的出发点。如果说要和军队的长远建设连在一起，这一点我认为也可以，培养军人后代，为军队培养后代，这应该也是军队长远建设的分内事。我的认识也只能达到这个高度。我过去在军需科工作，当了八年的军需助理员，到军需仓库提取军装我道清人熟。再说改裁军装，那是我的特长，她李丽哪有那手艺？"

工作组的人脸色铁青，半天没有出声。他们当然不相信薛助理的话。

薛助理的话语更加肯定起来，令人不容置疑："你们要是不相信，可以把全连的人叫来，一个一个地问，问她们那些活儿是不是我干的？问她们在我裁改军装的那些日子，谁见过李丽的影子？"

工作组后来传出话来，说"五七连"那个副连长，看上去软如棉花，像个娘们儿，实际上绵里藏针，骨子里很硬，是个软硬不吃、蒸不熟煮不烂的家伙。

最后，薛助理员受到了严重警告处分。

刘参谋长被任命为副师长那天，薛助理也接到通知，转业回老家去。薛助理离开部队那天，下着小雪，雪花飘飘洒洒。幼儿园和八一学校的领导来到连里给薛助理员送行。姜桂花和"五七连"的娘们儿哭成一片。

李丽哭得别提多伤心了，鼻涕一把泪一把的。她紧紧拽着薛助理的手，说："福建黑，全都是老嫂子把你害的。"

"你害的？你又没让我丧命，我还好好地活着。再说，军人的牺牲，难道是仅仅只在战场？"薛助理拉过李丽，低声和李丽咬着耳朵，"老嫂子,你不知道,陈副主任当时调我来'五七连',有一条重要职责,就是给你把好关,别给刘参谋长添乱,军队需要他。"

李丽一下子瘫坐在雪地上,半天没有倒过一口气来……

十多年后,刘参谋长果真当上了将军。

## 13　人是一个秘密*

### 1

乌蒙山由云南东部进入贵州西北部，是牛栏江、横江与北盘江、乌江的分水岭，它的平均海拔约2080米。乌蒙山属于喀斯特地貌，广布着悬崖峰林、溶蚀洼地、石灰岩溶洞和地下暗河等。这里神秘莫测，静谧诱人，也有意料不到的凶险。解放军某部就驻扎在乌蒙山区。

"柳排长，看猪呢，还是想爬上去跳崖？"

"哦，没有，都没有，想清净清净。"

"再高兴，也不能一个人躲着独享啊。"

晚饭后的鲁铭华，终于在营房后悬崖下面找到了柳冰。这俩是哥们，高中同班，一起入伍，又在一个连队当兵。柳冰个子不高，不到1.70米，矮壮，正站在一块石头上，像一只孤零零的山间野鹤，在随意张望着什么。他的左面，是悬崖脚下用石块围起来的连队猪圈，里面养着一头大猪两头半大的猪。拔地而起的喀斯特地貌悬崖，是猪圈大半边高不可攀的墙。悬崖虽陡峭却不高耸，龇牙咧嘴地立着，一些野藤自由散漫地攀爬在上面，看上去挂满绿色充满活力背后实则布满着崖缝和窟窿。右面，是一

---

\* 原载《当代》2023年第2期，《小说选刊》2023年第4期转载。

条羊肠小道，窄的仅能站下两只脚，宽的不到两尺，像是盘卧在山间一条灰褐色的老蚯蚓，曲曲折折地向崖顶攀爬上去，最终也不知道它去了哪里。有兵说，费劲扒拉地爬上崖顶，可以看到无限风光，闪身掉下来就是又臭又脏的猪圈。因此，这里平时除了饲养员喂猪，很少有兵过来。鲁铭华1.81米的个子，体形干瘦却精悍利索，眼睛不大却透露出憨厚与精明。他带着一副调侃的神气，走向柳冰："恭喜啊柳排长，老同学们托我向你表示热烈祝贺！"

鲁铭华的话像山间一阵野风吹过，草木依然随意摆动，猪们依然低声哼唧，柳冰则没有吭声。

鲁铭华继续调侃："大家说，这可不是你柳排长一个人的光荣，这也是咱县一中老同学们的光荣，更是咱一起当兵的老乡们和全县革命人民的光荣！"

柳冰把含在嘴里的手指头抽了出来，随即又掏进了裤口袋里，还是沉默着，不吭声，眼神里露出些许的悲伤。

"咋了，柳排长，这么低调？"

"呜……呜呜……"柳冰突然哭了，一抽一搐的，鼻涕眼泪齐往下流，很是伤心。

"这是咋了，遇到了啥事？"柳冰这一哭，倒把鲁铭华弄得有些不知所措，"柳排长，你是不是喜极而泣，太兴奋了？"

柳冰还是没有说话。

鲁铭华和柳冰这一批兵，是从豫西北平原农村来的。就在几天前，柳冰要提排长的消息，风一样地在连里传开了。要知道，能够提排长当干部，对兵们，尤其是对农村兵来说，那绝对是大事，决定着未来命运和两种截然不同的人生。

20世纪70年代初，还没有改革开放，农村穷，农民苦，农业落后。城市和农村仿佛一个在天上，一个在地下。拿鲁铭华和柳冰家所在的村子为例，到处是麦秸苫的草房且有的破烂陈旧，有母鸡常在房坡上做窝下蛋，有时还孵出一群乳黄色的小鸡来叽叽叽叫着满房坡跑。坑坑洼洼的土路上，男人们穿着大掩裆裤，系根布带、麻绳当裤带，赤裸着上身拉着架子车，车上装满牛粪、土坯、柴草等，吭哧吭哧地拉，好像一头牛。村子里苍蝇乱飞，蚊子叮人，屎壳郎们头朝着地撅起屁股，伸开两条长长的后腿，倒退着推那加工成鸽子蛋一样大小的圆球兴致勃勃地到处乱跑。村外的田野里，壮汉们汗流浃背地绞着辘轳浇地。磨道里，半死不活的驴扎着眼罩，拉着沉重的石磨，把麦子、玉米等变成面粉。不少人家磨面没有牲口，全用人推，人累得像牲口。女人们一到雨天或冬闲，就坐在织布机上，咔哒一梭子咔哒一梭子地织布。剜地用铁锨，播麦用木耧，收麦用镰刀，打场拉石磙。据说，那织布机、木耧、辘轳和石磙，在汉代就有了。

这农村，有谁会喜欢？

现代豫剧《朝阳沟》风靡全国。剧中王银环她妈劝高中毕业的王银环有一句唱词：在城里当个售货员，也比那农民强得多。这唱词后来成了警句，城里很多人常挂在嘴边用来教育子孙。著名作家赵树理写过一篇小说叫《互作鉴定》，小说中的生产队社员刘正给县委李书记写信，倾诉他在农村的艰难，提出请求：我情愿到县里去扫马路、送煤渣……做一切最吃苦的事。我什么报酬也不要，只要你能把我调离这个地方，就是救了我。

你想想，柳冰从农村出来，到部队才三年多就能提干，当上军官，穿上四个兜的军装（那时军人的领章、帽徽一样，战士和干部的区别是战士上衣两个兜，干部四个兜），那将来的路明摆着：百分之百的是不会再回农村去了。更为现实的是当上了排长，每个月能拿52块5毛钱的工资。像柳冰这样的劳动力，要是在农村生产队，拉车、挑粪、扛粮食，干一天的重体力活，顶多挣10个工分，合5分钱。

这天大的好事，他柳冰还哭？

鲁铭华很不理解，继续和柳冰开着玩笑："提拔当军官，很多人做梦都想。你这是哭球个啥？又不是让你奔丧戴孝帽。"

柳冰脸上笼罩着一层撕不掉的愁苦，说话带着哭腔："指导员找我谈话，说有人反映我在老家，和一个姑娘谈恋爱，要我必须同那姑娘断绝关系，不然，取消我提排长的资格，明年退伍回家。"

谈恋爱，和一个姑娘？鲁铭华听了感到有些意外，两眼一瞪："指导员……也管得宽了点吧？"

"那姑娘……家庭有……有问题。"

"啥问题？"

"政治方面的。"

"详细点！"

"她……父亲被罢官了，据说是历史上有问题。"柳冰哽咽着，顺手擦了一把鼻涕眼泪，抬脚抹在鞋底上。

父亲被罢官了，历史上有问题？鲁铭华思索着，没再说话。他抬起头远望，太阳已经坠入西边的悬崖背后了，高空泛滥着几片玫瑰色的晚霞。一只鹰隼悄无声息地在头顶上盘旋，大概想在夜幕降临前的山野里搜寻点什么希望。不远处的山坳里，地方老乡的木板房顶冒出缕缕炊烟，飘散开来，犹犹豫豫地向天空升去。鲁铭华看着苍茫的暮色，想了一会儿，回过头问："你说的，是不是李蓉？"

柳冰点了点头，又抹了一把眼泪，看着鲁铭华，眼睛里泪花点点。

鲁铭华的脸色顿时变了，对柳冰怒目而视，啪地把一口痰狠狠地吐在乱草丛中，转身走了。他顺势飞起一脚，把一块小石头踢进了猪圈里，圈里的猪们立刻发出了抗议声。

鲁铭华的愤然离去，是因为他突然觉得：柳冰太无耻。

李蓉，和鲁铭华、柳冰在县高中是一个班的同学。李蓉长得虽不是全校最漂亮的，也是全校男生们关注的明星人物。她身材苗条，穿着得体，面色白净，人很精明。在同学们面前，李蓉显得很高贵、很文雅，说话低声细语的，吐字清晰柔和，尤其是那两只杏眼，射出的光像放出的电，扫哪个男生一眼，哪个男生就会像正、负极电流相碰撞，心里响起噼噼啪啪的火花，浑身发麻颤抖，有被电晕般的感觉。由于鲁铭华人聪明、学习好，又和李蓉是同桌，李蓉经常把身子贴近他，向他询问一些作业上的难题或功课方面的疑惑。情窦初开的少男少女们，就借机发挥，搞恶作剧，把他两个使劲往一起撮合。李蓉的抽屉里，经常会掏出鲁铭华从家里带来的咸菜、红薯、窝窝头。李蓉发现自己的手套、纱巾、雪花膏和其他物品丢了，往往会被人从鲁铭华的书包里搜寻找出来。班里的一些男同学们捶桌子、敲椅子、吹口哨、跺脚、拍手，前俯后仰地狂笑，闹得天昏地暗。女同学们则用手捂着嘴偷着乐。这样的恶作剧时不时上演，成了班里一道调味品、开胃菜，活跃着班里的气氛，纾解着少男少女旺盛的荷尔蒙。不过，李蓉则是个很有修养的人，每次遇到这些她从不气恼，只是脸色绯红，默默地离开了事。

有人天生心理素质好。李蓉就是心理素质好，是个遇事不惊的城里姑娘。柳冰虽说是个农村孩子，也一样，也是个遇事不惊的人。这样的场合，柳冰虽说也笑，可从不吭声，更不跟着闹。他那笑，看上去很绅士，但也很勉强，有点笑不由衷。

不过应该肯定，柳冰绝对是个头脑清醒且政治意识强的人。班里，他和鲁铭华比较要好。当着鲁铭华的面，柳冰从没有说过李蓉的好话，什么清高呀、妖媚呀、资产阶级臭小姐呀等，反正是各种不好听的帽子齐往李蓉头上戴。他曾不止一次地告诫鲁铭华："你小子要注意，李蓉她父亲是县里X局的局长，被罢官了，据说历史上有问题，正在调查呢。"

"她出身资本家，她和我们之间，就像革命京剧样板戏《红灯记》里李玉和说贼鸠山的话，不是一条道上跑的车。"

"你一定要和她划清阶级阵线，躲她远一点，不要像《南京路上好八连》里的排长陈喜，被资产阶级的香风毒雾吹倒，被化装成美女的特务迷惑了双眼。"

这些警钟，柳冰只要给鲁铭华敲起来，总是很认真，话语也多，听上去却很诚恳。每当听到柳冰的警钟，鲁铭华总是不由自主地抬起头，看着教室讲台黑板上方的墙，一行排球一样大的字，用红油漆写的，那是领袖的谆谆教导，每个教室都有：一定要批判不问政治的倾向。鲁铭华打心眼里感谢柳冰。不过天天上课和李蓉同一张桌，咋躲？何况在他的内心深处，并不想躲远她，反而想贴得更近。鲁铭华经常偷着细看李蓉，这真是一个迷人心魄的小美人：脑后扎着一团乌黑的秀发，瓜子脸两颊晕红，嘴角常含着笑意，胳膊、脖子露出的皮肤光滑细嫩，手像剥了皮的葱段一样纤细白皙。李蓉脸上擦着的雪花膏的香气，衣服上散发出那肥皂的芬芳，就是柳冰说的那种"香风毒雾"，一股一股地直往他的鼻子里钻，这哪能抵挡得住？尤其当李蓉刚洗过头、秀发蓬松飘逸，轻轻一甩动，香气便飘散开来，沁人肺腑，鲁铭华的心头顿时百爪挠心不能自已。对这样的美女没有想法的男人，不是有病就是傻瓜。再讲政治的人，遇到这样的美女，说自己不动心，那绝对是谎话。不过，撇开政治不讲，他鲁铭华最讲的是实际，是现实，是自己天天须臾不能离开的真实生活。当他一出了校门，一离开李蓉回到村里，出猪粪、担茅粪、刨地、拉土、背柴火，像一头负重的驴。这种铁石般的生活现实，冷酷无情，让他的头脑立刻清醒起来：自己身上那种农村人的臭，与李蓉身上城市人的香，是根本不会融合在一起的。李蓉就是天上飞的一只天鹅，高贵高雅神圣，自己则是趴在农村的泥土地里、水坑边上的一只癞蛤蟆，是个啥？可千万不能忘记自己的身价几斤几两，在爱河里翻了船，跌进死亡的深渊。

柳冰也是农村人，和自己是邻村，相距两三华里，父母也都是农民，靠种地过生活。鲁铭华也常去他家，那家景简陋得还不如自己家。村边上一个长满小树荒草、半截土墙围着的院子里，三间茅草房，另加一间四根木桩支撑起来有顶棚但四面没墙的灶火，城里人文雅，称之为厨房。柳冰是老大，下面弟弟妹妹五六个，蓬头垢面光脚丫子穿裤头，像一院没长全羽毛胡乱疯跑的雏鸡。但鲁铭华绝对没想到，柳冰却暗度陈仓，不知何时，与李蓉搞上了对象。人，咋会这样？鲁铭华一直以为，和柳冰是老同学，一批兵，又同在一个连队，两人朝夕相处，谈理想，谈人生，可以掏心窝说话。突然间，鲁铭华对柳冰的看法变了。一叶知春秋，一花看冬夏。这人原来很贼，贼乎乎的，做出的事让你意想不到，将来要是上了战场，那能是生死弟兄？

柳冰的任命很快下来了，当了三排长。这小子说变就变，一穿上四个兜的军装，立刻像是换了个人似的，脸上一扫失恋的郁闷和痛苦，满面春风，走路时目不斜视，迈着大步，呼呼发出声响。他个子本来就不高，体型短粗，却经常双手叉腰，胸脯鼓得老高，把脑袋尽量往天上顶，仿佛自己是一个顶天立地指挥千军万马的将军。见了同年入伍的老乡，包括一些老兵，变得少言寡语，一脸的严肃相。兵们人多嘴杂，在背地里议论他啥的都有：

"知道吗？柳排长穿上了花袜子，可艳啦！"

"柳排长穿上了咖啡色毛衣，手织的，柳叶形图案，肯定是哪个姑娘给他织的。"

"操，柳排长戴上手表了，上海牌，秒针头还是红的，125钻，很贵重，很时髦的（这种手表在当时，是非常难得的高档奢侈品，一表难求）。"

"看到了，柳排长见人多时，常把戴手表的胳膊，猛地往天上一捅，露出半截胳膊，闪着明晃晃的手表，然后才放到胸前看时间。"

"不对！柳排长的手表本来就是戴在右胳膊上的，一敬礼，手腕上就明晃晃的。"

"听说过吗？有人在厕所里，看见柳排长穿着花裤头，绿叶子配着红牡丹，扎眼得很哩。"

……

这些议论，像山谷里的风来去无影，悄无声息地在军营里旋动。军队有明确规定，所有这些穿戴，战士是不允许的。可现在的柳冰，已经是排长了。兵们的这些议论，只是表达着对柳排长的不满。柳冰一提升排长就有了官气，而且十足，用有些人的话说是：牛×得很！一天，几个一起当兵的河南老乡私下聊天：

"柳冰就是他×的一个现代陈世美,丧良心。他为了提干,咬破手指写了血书,跪在地上用双手把血书捧给了指导员,信誓旦旦要站稳革命立场,和那个姑娘划清界限,一刀两断,保证今生今世永不再来往。"

"听说是那姑娘的父亲被罢官了,历史上有问题。提当排长,肯定得是根红苗正,政治上不能有污点。"

"问题是,他脚上穿的花袜子,身上柳叶形图案的咖啡色手织毛衣,手腕上的红秒针头125钻上海牌手表,都是人家那姑娘寄给他的,说不定也包括绿叶红牡丹的花裤头。"

这些议论,传到了鲁铭华的耳朵里,鲁铭华的心里对柳冰彻底地失望了,感情降到了冰点。再单独碰见柳冰,便咬着嘴唇,盯着他看,面色如土,一言不发。柳排长当然也不再像往常了,见他不高兴,会嘻嘻哈哈地开个玩笑,把气氛弄缓和了。当年的老同学现在的柳排长变了,完全变了,也是面无表情,也是一言不发,转身就走开了。很明显,柳冰的心里也有了想法:同学归同学,同一年的兵,咋?现在谁高谁低,不是明摆着!一起当兵的同学多着呢,有人后来当了师长、军长甚至将军,有人很快就回家种地去了,这在部队多的是,你鲁铭华牛个啥?

柳冰真是船好遇到顺水风,突然又高升了。一纸调令离开了连队,到团里政治处当干事去了。一个连队的最基层排长,越过营,直接调到了团部,这是什么势头?简直是二踢脚啪的一声响,炸飞到天上去了。有的兵从入伍到退伍,团部大门口朝哪都没有见过。人怕出名猪怕壮。柳冰这一走,兵们的思想放开了,私下里议论他的更多,除了说他下跪、写血书、丧良心,还有人这么说:

"柳冰很会来事,对连长,对指导员毕恭毕敬,碰面先是敬军礼,接着是点头哈腰,一副孙子像,哪像是军人,哪像个排长?"

"柳冰每次离开连部,都是屁股朝外,后退着出来的。也不怕后面有什么东西绊着,摔个脸朝天脑震荡。"

"话也不能一面说,柳排长还是很有才的,听说他这次调动,是因为他写过两首小诗,发表在特区的小报上,被团里某位首长发现了,认为他是个才子,笔头硬,就点名调他到团政治处宣传股,当了新闻干事。"

没多长时间,又听人说:柳冰到了政治处,被干部股长看上了,又调到干部股当干部干事了,专管干部。

……

反正是连队里出了名人,兵们人多嘴杂,说啥的都有。不过兵们说归说,一旦看见了鲁铭华,就会立刻闭上嘴,沉默一阵,接着是一句话,风轻云淡的:"柳排长命真好。"尤其第四个字,说得比风还轻比云还淡,几乎听不见。

## 2

鲁铭华的命也不错,迎来了灿烂的春天。

杜鹃花已经漫山遍野地开了,红艳艳的,火一样燃烧着。就在这时节,鲁铭华也被提拔了,被任命为一排排长,也穿上了四个兜。鲁铭华的表现,全连的官兵都看着呢,可以用实弹打靶枪枪十环来表达——优秀。鲁铭华当上排长,带兵有自己的一套,不仅巩固了一排的"×连先锋排"称号,上半年,全营举行军事项目比赛,在队列考核、野营拉练、实弹射击等方面,一排综合评比一举夺魁,受到营里通令嘉奖,把"中国人民解放军××41部队×团×营尖兵排"的锦旗从别的连队夺了过来,挂在了连部。

乌蒙山区的初冬时节,冻雨来得早,淅淅沥沥地连续下了几天。气温太低,营区大门口那棵柿子树上的叶子结了一层薄冰,太阳出来一晃就发黑变干了。风一吹,加上鸟们来啄食软了的柿子一扑腾,叶子纷纷飘落,挂着一树红彤彤的柿子,看上去格外招惹人爱。

突然一天,一个女人满脸希望地来到连队。大山深处的军营里,兵们很少有机会看到女人,更让兵们的心狂跳不已的是,这女人长得实在是太漂亮了。她身材适中,二十岁出头,梳着两条乌黑的辫子,头上别一个红色的蝴蝶发卡，穿着红呢子短大衣，脖子上围着白底细碎红花的丝绸围巾，前面打着精美的花结，有拳头大小，像一朵招蜂引蝶的牡丹花。这一身穿戴打扮高档时髦，散发出一种贵气，别说是在乌蒙山深处很少能见到女人的营连驻地，就是走在豪华城市的大街上，也绝对是个引人注目的小美人。她的到来，让连队所有看见她的人眼睛里立刻发出火辣辣的光。

那女人说：我是鲁铭华的爱人。

林指导员听了大吃一惊，不敢相信：鲁铭华的爱人？

"是的，鲁铭华的爱人！"

林指导员没敢再明着往下问，心里头直纳闷：这鲁铭华，从来没有给组织上打过报告，也从来没有说过结婚的事情，怎么突然间会钻出来个爱人？是冒充的，还是天上掉下来的？

"是我们连的鲁铭华吗？"

"是的，鲁班的鲁，铭刻在心的铭，中华的华，中国人民解放军××部队×营×连，是个排长。"

林指导员咂了咂嘴，命令通信员：立刻叫一排长！随即又跟了出去，低声嘱咐：就通知一排长来，其他的什么也别说！

"是！"

通信员神秘地笑着领命而去。很快，鲁铭华来了，一身戎装，脸上红扑扑的。他正在训练场上，听说是指导员叫，就兴致勃勃地唱着歌向连部走来，这是一首他最爱唱的歌：

绿色军营我的青春，

走进了你，

我的人生才这样美丽。

绿色的军营，

绿色的军衣，

我永远深深地爱着你……

鲁铭华走进连部，一眼看见了那个女人，浑身立刻哆嗦一下，像是触电了一样，脸色变得苍白，更像是火热的夏天穿着背心裤头在毫无准备的情况下突然间掉进了冰窟窿里，连说话的声音也变了，他颤抖着嘴唇问那女人：

"你……你怎么来了？"

"我咋就不能来？"

"也不吭声，打个招呼，就……跑……跑来了？"

"出差路过，顺便来看看你。"

那女人的脸上洋溢着自信和坦荡，话说得既敞亮又明快。就这两句话，确定了这个女人的身份：鲁铭华的爱人无疑。

林指导员代表连队，热情地向鲁排长的爱人表示欢迎：我说呢，今一大早，门口那棵柿子树上有两只喜鹊喳喳喳直叫，原来是连里要来贵客哟！很抱歉，我们工作没有做好，事先要是知道了，连里会派通信员开摩托车到车站接你一下，你看看，这么远的路，还是山路，坑坑洼洼弯弯曲曲的，肯定是累坏了吧？

"指导员不客气，不累不累。"

"这个鲁铭华，心也太粗了，这么大的事，事先一点情况也不掌握，你这丈夫是咋当的？"

林指导员两边说着。然后吩咐通信员：去，带你嫂子去客房，好好地收拾一下，打两暖水瓶开水，通知炊事班做客饭，三菜一汤，再煮四个鸡蛋。问炊事班长要两个广口的空米酒瓶子，到后面向阳山坡上，还开着的小兰花小红花，老子叫不出名字来，采它两把插上，把房间搞得喜庆一点，做好各项接待服务。

通信员一脸幼稚的喜悦答应着，带鲁排长的爱人到营房后面家属区的客房去了。

林指导员回过身来，坐到了办公桌后面的军绿色折叠椅上。他这一坐下，鲁铭华的心里立刻紧张起来，他预感到情况有些不妙。平时指导员和人谈话聊天开玩笑，不是站着，就是把半个屁股斜跨坐在桌角上，高兴了会把椅子从办公桌后面拉出来，放到办公桌前面任何一个地方坐上，这就显得和谈话的人亲近、自然、随和。只要是他坐到了办公桌后面的军绿色折叠椅上，那就像是元帅升了帐，将军坐上了虎位，气氛会骤然变得庄重威严起来。果然，坐在办公桌后面椅子上的林指导员面无表情，沉默着，没吭声，像不认识鲁铭华一样。这是什么意思？几十秒钟过去了，鲁铭华发现林指导员还是沉默着，还是没吭声，还是像不认识鲁铭华一样。鲁铭华觉得后背有根刺在扎，心里发虚，有点不知所措。突然间，他发现指导员的目光变了，变得冷峻而锐利，直直地注视着他，透露出一种让人猜不透摸不明的光。这个阵势，鲁铭华没有见过，他的心里像插进一把刀来，浑身发飘两腿发软。他的目光从指导员身上游离开来，低头看着地面。终于，指导员开始问话了，口气听上去却像是轻松，感觉像是很随意：

"这是你爱人？"

"是！"

"明媒正娶的？"

"是！"

"叫什么名字？"

"李蓉。"

"李蓉？"

"是，李蓉。"

"柳冰原先谈的对象，好像也叫李蓉？"

"就是她，柳冰原先的那个对象。"

"她父亲可是……"

"她父亲被罢了官，历史上有问题。"

"柳冰和她断了，你怎么就敢娶了她？"

"我……"

"你们什么时候结的婚？"

"夏天回家探亲时。老同学们相聚,我见到了李蓉,她和我高中是同桌。她面容憔悴,走路摇摇晃晃,像是得了一场大病。有同学告诉我,说柳冰一提干,就当了陈世美,把李蓉给蹬了。李蓉痛不欲生,上过吊,跳过井,投过河,割过腕,摸过电门,都被人及时发现,救下了。李蓉天天像疯了一样,大骂柳冰是现代的陈世美,没良心,几次要到部队来,找柳冰大闹,要求部队处分他。柳冰很害怕,多次打电话写信哀求她,请她宽恕,还写了血书,说自己是迫于军队纪律和政治要求,才不得不忍痛割爱,和她断绝关系的。央求她,看在两人多年的情分上,放他一马,他的心里,会永远爱着她的。"

"柳冰?写血书?"

"是,柳冰写了血书,那血书,李蓉让我看过。"

"妈的,他的血管里到底有多少血?动不动就写血书。他的血,到底是人血还是猪血?"林指导员看样子是气坏了,骂着柳冰,质问鲁铭华:"那你,是怎么和她结婚的?"

"同学们相聚后第二天,李蓉突然来找我,一句话不说,一头扑在我怀里,紧紧拥抱着我。夏天天太热,我的心……一下子就乱了,不知该……这样的场面,我从来没有经历过,心乱了,一切……就……都乱了……"

"继续说!"

"李蓉流着泪,说她从小就热爱解放军,更热爱我这个当解放军的老同桌,老同学。她发誓说,绝不嫌弃我家在农村,不嫌弃我的父母都是农民,她会永远爱我,海枯石烂,决不变心。"

"你家几代是贫农,你父母什么态度?"

"父母知道后,高兴得合不拢嘴,说咱一个农村孩儿,能找到一个吃商品粮,有城市户口,又是一个大局长的女儿做媳妇,那是祖上积了大德,是鲁家人做梦都不敢想的事。"

"她父亲被罢了官,历史上有问题,你父母不知道?"

"我告诉父亲说,她爸爸被罢了官,历史上有问题。我父亲说,她爸是她爸,你又不娶她爸。咱家是几代老贫农,怕啥?母亲说,快答应下来吧,女人的心,那是白天清楚晚上糊涂,半夜里连神仙都把握不住。一旦人家醒过闷来,还不知道是谁家的媳妇哩。你呀,就干瞪眼吧。"

"就这样,你的婚,就结了?"

"我原本不想马上结,可李蓉怕我学柳冰,回到部队就变心,就死活坚持着,一定要我和她结了婚再让走,指导员,我是实在没有办法了……"鲁铭华想哭,"再说……"

"再说啥?"指导员立刻把眼睛瞪圆了,怀疑他干了什么。

"也为柳排长……"

"你瞎扯什么淡!为柳排长?你结婚,和柳排长有什么关系?"

"我是怕她,真的来连队闹。咱们营二连的孙副连长,不是被他村里的媳妇秦香莲来闹,说孙副连长是陈世美,硬是给闹转业了吗(当时农村兵在部队提干后,和当农民的媳妇离婚,再找城市里吃商品粮的姑娘,被称为现代陈世美,大多都受到处分)?那时已传出风声来,说柳排长又要高升,要调到团部去,正在关节点上……"鲁铭华的眼眶里有泪花闪动,"结婚第二天,我就立刻归队了。"

"为什么?"

"假期到了。"

"你的纪律观念倒挺强啊?"林指导员那口气,明显是在讽刺他,嘲笑他,带着挖苦。指导员从折叠椅上站了起来,把话锋一转,"干部恋爱、结婚,那是必须写申请,报告组织的,组织上要派人去外调女方家庭和社会关系有没有政治问题,最后,要经过团政治处批准了才行。这是军规军纪,你鲁铭华难道不知道?你真是胆大包天,目无军纪,竟敢私自结婚,你的政治觉悟哪去了?军队的纪律哪去了?"

林指导员一脸怒气,用手啪啪啪地拍着桌子:"我和连长算是白把心给你操了……"

指导员发这么大的火，鲁铭华从来没有见过。到这时，他才知道了问题的严重性。他的心里非常愧疚，一句话也不敢再说。他想，让指导员发发火，把肚子里火气发泄完，自己再做深刻检查，哪怕是排长职务被撤，去当班长，当战士也行。然而，林指导员不再说话了，他铁青着脸一声不吭，在连部转了几圈，走了。雷霆过后的寂静，最让人发怵。连部里空荡荡的，墙上的挂钟在走着，秒针嘀嗒嘀嗒响，像是在敲击着鲁铭华悔恨孤独无助的心。鲁铭华抬起头，看见墙上挂的"中国人民解放军××41部队×团×营尖兵排"锦旗，泪水终于没有抑制住，从眼睛里扑簌簌流了出来。

部队有铁的纪律。李蓉来到军营，这对新婚夫妻根本没有别后重逢的欣喜。鲁铭华的心情非常不好。第三天李蓉就走了。临走前，她又跑到团部去看了柳冰。李蓉走后没多长时间，鲁铭华也走了——退伍回家。鲁铭华的排长职务被撤销了，受到处分，在全团通报。

婚姻决定一个人的命运。一场闪婚，断送了鲁铭华在军营里的大好前程。营尖兵排长鲁铭华的命运，来了个意想不到的大转折。

离开部队前，柳冰，柳排长，不，现在是团政治处的柳干事，突然来到了连队，一句话不说拉着鲁铭华就走，一直来到悬崖下的猪圈旁。柳干事一脸的关心，充满了同学情战友爱，话语里带着心疼与遗憾："你啊老同学，咋就没有一点政治觉悟？在高中时我就多次提醒过你，要讲政治，要站稳革命立场，你咋就这么糊涂？你已经是排长了，是中国人民解放军军官，啥样的城市好姑娘找不到啊？咋就栽倒在……"

鲁铭华瞪着柳冰，一言不发。

"你瞪个啥？结婚才一天，快乐一个晚上，毁了你一辈子，把人生的大好前程全都给葬送了。这账，你不会算？你啊你，不是我说你，你咋就像咱校门口那个傻二蛋，一毛钱再给一毛钱就不知道有多少钱？"

"你这个浑蛋，卑鄙加无耻！"鲁铭华嘴里骂道，挥起一拳，狠狠地打在他的脸上，然后转过身走了，嘴里依然在骂，"老子退伍回家，也娶了个城市女人当老婆，操，老子无怨无悔！"

鲁铭华本来心里就对柳冰聚积了一肚子的恨和气，正想找他呢，他自己找上门来了。昨天晚上，是周末，连首长和几个排长聚在连队食堂，设便宴为鲁铭华送别。罗连长是湖南人，性格耿直，快言快语，两碗散装白酒下肚话就更多，他拉着鲁铭华的手说：

"鲁铭华，为你，我和指导员都写了检查，营长和教导员也签了意见。指导员拿着检查跑到团部，找团首长们求情，说给鲁铭华什么处分都可以，最好能保留排长职务，这是一棵好苗子，营尖兵排排长。给他个机会吧，年轻人血热性急，一时没有搂住，像新兵第一次实弹射击，激动紧张，子弹就打偏飞了。实在要撤销排长职务，就留下来当班长。给我和罗连长处分也行，是我俩带兵不严造成的。可这……这最后……还是落了个这结果。"

"谢谢连长，谢谢指导员，军纪难违，军令如山，我鲁铭华是自作自受，辜负了首长。"鲁铭华很是感动，鼻子发酸，他大声喊，"通信员，来！倒满，我敬连长指导员一人一碗，先喝为敬。"

"慢！"林指导员走了过来。他是湖北十堰人，平时就不胜酒力，一碗酒进肚就显得多了，他涨红着脸，一手端着酒碗，一手紧紧握着鲁铭华的手："一排长，连长把该说的都说了，怪我和连长没有尽到心。一排长，私下里，我也找过柳冰，我知道他和你关系近，是同学，是同乡，他又是干部股的干事，能不能在首长耳边讲讲情，通融通融。谁知道一排长，就这个柳冰，柳排长，柳干事，一直站在很高的政治立场上给老子说话，比陈政委、潘主任站位还高，还要讲政治。一排长，这酒我和连长先喝。"

指导员一口一个一排长，即将离开军营的鲁铭华听着心里热乎乎的，眼泪在眼眶里打转转，他赶忙用手拦住了指导员："不行！不行！指导员，这碗酒一定我先喝，我鲁铭华这辈子只要活着，会永远感谢连首长。"

罗连长破口大骂："他×的，这个柳冰，是个火不烧到自己衣服，就不会动手去灭火的人。"

三排长接了一句，不冷不热的："不是同乡，不是同学，可能还好说。"

"我是咋说的？咋说的？！"巫副连长端着酒碗，也走了过来，他是四川泸州人，把话直接往明处挑，"动不动就写血书，就下跪，离开连部把屁股朝外后退着，这样的男人，有几个能靠得住？锤子！"

满脸通红的林指导员，白了巫副连长一眼，不再接话，端起碗把酒咕咚咕咚喝进肚子，啪的一声把酒碗摔在地上，碎片带着酒气飞溅开来，现场没一个人再出声。

鲁铭华在军队的命运就此了结。

他是个农村兵，按照规定，退伍了就是农民，要回到农村去。他给李蓉写信，把自己受到撤职处分，被退伍回家的事，一五一十地告诉了她。没接到回信，又发了两份电报给她。可一直等办好了各种手续，一直到离开部队那天，也没有收到李蓉任何信息，连一个电话、一份电报也没有。

阴云很重，笼罩在崖顶山头。鲁铭华抬头看天，要下雨了。他的心里有说不出的慌乱、失落、惆怅。

## 3

古老的县城，东关长途公共汽车站。鲁铭华走了出来。他孤独一人，没人来接。豫西平原已是冬天了，县城凄冷萧瑟。路边和空地上的花草早已干枯，看上去和黄土一个颜色。树叶子已经落光，干茬茬的枝条在空中无奈地晃动着。街道上行人稀少，没有一条狗，看不到一只鸡。几个骑自行车的城里人，轻松愉快地闪身而过。一老一少拉着茅粪车迎面过来，一步一步又一步，艰辛而沉重。老的四五十岁，双手驾辕肩拉车襻额头上冒着热气；少的十六七岁，一只胳膊弯曲在胸前拉着搭在肩上的绳索，另一只手正往嘴里塞着红薯吃。他们是农村人，进城来拉城里人积攒的粪便。看着这一老一少，鲁铭华触景生情，心里沉甸甸的。参军前，这活儿父亲带着他常干。

上次探家到县城,他是解放军的排长,年轻军官,穿着四个兜的军装,一颗红星头上戴,革命红旗两边挂,英俊潇洒,前来接他的朋友同学多,前呼后拥的,街上不少人向他投来羡慕的目光。那场面,那氛围,热情热烈,洋溢着春天般的温暖。这次退伍回来,人还是他,还是一身绿色军装,只是红星没有了,红旗没有了,一切也都没有了,围裹着他的是孤独、空虚、冷漠和落魄。他害怕看见人,更害怕看见熟人,甚至有做贼般的感觉。好在他县城里上过三年初中三年高中,道清路熟能尽量避开迎头碰上的尴尬。他穿过胡同,走出小巷,住进了城关红旗旅社。放下东西想打电话,旅社服务员告诉他,县城里只有邮电局大厅才有电话。鲁铭华知道,邮电局在百货大楼对面。他走出旅社往邮局跑。故乡的冬天出奇的冷,寒风阵阵袭来,他不由得打着寒战。

县城还是参军前那样简陋破旧。那条东西向的主路还是坑坑洼洼,走在上面磕磕绊绊,据说这是新中国成立前修的。一家理发馆,一家裁缝铺,一家药店,一家土产公司的杂货店,都还在,老样子。丁字口一家回民小吃铺,门前一口大锅,锅里煮着羊头、羊骨头,一锅奶白色的汤哗哗哗地翻滚着,飘着半条街的香。他闻着羊肉汤的香,却一点也不觉得饿。其实,他已经几天没有正儿八经地吃过一顿饭了。人心里真不能有事,一旦装了事,就不知道饿。百货大楼是一栋两层高的楼房,对面的邮电局是三间平房。鲁铭华打通了电话,李蓉家接电话的像是个中年女人,听说他叫鲁铭华,部队回来的,那女人迟疑了一下,口气有些不冷不热:

"李蓉不在家,出去了。"

"去哪了?什么时候回来?"

"不知道!"

随即啪的一声挂上了电话。鲁铭华感觉像是被人狠狠地扇了一记耳光,脸上火辣辣的,心里冰凉。他待在电话机旁,沉默了半天。原打算上她家去,现在这种心思消失得无影无踪了。她的家,自己总共去过两次,一次是决定结婚前去拜见她的父母，第二次就是结婚那天去迎娶新娘。在那个家里，窗明几净一尘不染。坐哪都觉得无法放下自己沾满风尘的屁股，两只脚站哪都感觉不是合适的地方，她家人看他的眼神像是看遥远的山沟里几百丈远打不着的穷亲戚前来想占点便宜讨点吃喝，他感到陌生、拘谨，那氛围他很不适应。

鲁铭华满腹心思地回到旅社，没想到哥哥在等他。他回来没有告诉家里人，哥哥怎么来了？哥哥说：

"听到村里××说，在红旗旅社门口看见了你。"

"我没看见他啊？"

"××说，那个人很像你，不过没戴领章，没戴帽徽，怕搞错了，没敢挑明了去和你说话。我一听，心急火燎地借了一辆自行车跑来了，没想到真的是你。"

鲁铭华尴尬一笑。其实，那个××，是和他光屁股一起长大的发小，初中同学。看着风尘仆仆二十多里地跑来满头大汗的哥哥，鲁铭华扑过去紧紧拥抱着哥哥，哭了。

鲁铭华在家里待着，不愿出院大门。几年紧张火热的军旅生活，突然一下子这么静下来，憋屈得难受，待一天比一年还要漫长。他低着头，在院子里不停地转着圈走。他每天出门一次，到村革委会给李蓉打电话，打过三次。接电话的还是那个中年女人，还是那种口气，还是那两句话，且有越来越不耐烦的感觉。鲁铭华心里发沉，像有扇磨盘压着，透不过气来。"老子这是虎落平阳了，可为的谁啊？你李蓉是我的妻子，咋就连个电话也不接，这么绝情？"在家里，鲁铭华又待了两天，忍无可忍地咬着嘴唇，徒步走了二十多里路到县城，终于找到了李蓉。李蓉穿着深色棉袄，柳叶形图案的咖啡色毛线围巾一半盖在头上，一半围着脖子。她的脸色疲惫，憔悴发黄，不好看。眼皮肿胀着，像是没长熟的青皮杏。两个眼珠发红，有哭过的泪痕。见到他，李蓉在相距两三步远的地方站着，一句话也没说，只是轻轻地向他做了个手势，径直往前走了。鲁铭华在后面跟着，像一只没头没脑不知被牵往何处被如何处置的羊。来到了一条背街，没什么人，小胡同口长着一棵落光了叶子的梧桐树，在冷冰冰的风中摇晃着。李蓉站住了，她回过头来，第一句话就是：

"咱俩离婚吧！"

"啥？"鲁铭华以为自己听错了，"你说啥？说啥？"

"你退伍回到农村，没有了干部身份，是个农村户口，咱俩过不到一起。"李蓉把青皮杏的眼皮卷了起来，算是用正眼看了他一下。鲁铭华发现，她的眼睛发红却目光坚定，她把意思表达得很清楚，"离婚吧，趁现在还没有孩子。"

半天，鲁铭华没再说出一句话来。他鼻子一酸，眼圈红了。梧桐树光秃秃的枝条，在风中低咽悲歌。脚下，一片不知道何时掉落在地上枯黄的梧桐树叶，被风吹着，在地上打着旋转，它挣扎着，极不情愿的、最后还是被吹进了路沟里。鲁铭华觉得天一下子塌下来了。他面前站着的，已经不是一年多前一头扑在他怀里紧紧拥抱着他让他的心一下子就乱了发誓嫁给他并马上结婚不结婚就不让他离开家返回部队的妻子李蓉，而是行走在不熟悉的路上相逢互相问个路就匆匆各自离去的陌生人。鲁铭华注视着李蓉的脸，悲伤而沉稳，冷漠而内敛，温和而执着。

鲁铭华沉默了。他沉思着，一句话也没再说。

一只乌鸦飞来，停在光秃秃的梧桐树上，用坚硬的喙在树皮上蹭了蹭飞走了，在空中丢下两声哇啦哇啦。鲁铭华思索片刻，转过身走了。他的身后无声无息，一股凉飕飕的风舔着他的后脑勺，他感到整个脊椎从上到下彻骨得冰凉。他回到家，躺了两天没有吃饭，也没有起床。父亲进来，在床边站着：

"是不是她父亲又当上官了，又得势了？"

"是不是这媳妇，现在醒过闷来了？"母亲坐在床沿上，端着一碗面条，早已凉了，坨成一团，她心疼地看着儿子。

"孙子，人不能这样！三十年河东三十年河西，人这一辈子长着哩。"

八十多岁的奶奶，拄着榆木拐棍，离床两步远站着，一脸看透世情沧桑："只要没人按着你的锅盖，不让你吃饭，这天下呢，就没有大事，好日子在后面呢。"

院子里常有人来，能听见来人和父母亲说话，有的话绕着说，有的话直着说，总的是，听说了鲁铭华的事，前来开解父母，让父母开解鲁铭华的。父老乡亲，故土深情，让鲁铭华感到从未有过的温暖。尤其是天魁叔劝解父亲的话，让躺在屋里的鲁铭华泪流满面："老哥，好好劝劝孩子，耐心点，别急躁。咱这祖祖辈辈谁不种地？这全国全世界，有多少人种地？种地不丢人！孩子当了几年兵，像放飞了几年的鹰，又弄回来塞进笼子里，心里能不苦？多劝劝吧，别把孩子给憋坏了，一辈子的事。咱这院的老祖上，年轻时也是种地的，后来不是考中了举人，官至府台，名扬乡里吗？人这命运，没人能说得清楚。"

鲁铭华不死心，他放不下李蓉。自己走到了今天，还不全是为了你李蓉？他又跑到县城，找到最要好的老同学林元华。林元华的父亲是县土产公司干部，母亲在县一中给自己当过政治老师。在高中期间，林元华并不嫌弃鲁铭华是农村的，两人走得很亲密，可以掏心窝子谈话。林元华看着满脸愁容万般痛苦的鲁铭华，叹了口气说：

"老同学，死了心吧。李蓉的父亲两三个月前官复原职，很快又升了一级。听说李蓉最近要被招到省城某大工厂，当工人，成了革命的领导阶级。我家和李蓉住一个院，我劝过李蓉，不止一次。我妈见到她妈，也劝过她妈，直说你人好。可她妈说：光人好有啥用？俺小蓉要是想找个农村人，孩子早都满地跑了。他们两个人，一个家在城市吃商品粮，一个家在农村是种地的，地不沾天天不沾地，差别太大了。他现在也不是军官了，是战士退伍，户口在农村，就是个农民，根本不可能调到省城工作，夫妻长期两地分居不说，将来有了孩子，孩子的户口还得落在农村，那不是世世代代都永远当农民了吗？不为他们两个想，也得为子孙后代考虑吧？"

这些话，刀刀溅血。鲁铭华彻底绝望了，清醒而绝望。第二天，他再没有丝毫犹豫和李蓉办了离婚手续。

他和李蓉结婚那时，两个人在同一张床上只睡了一个晚上。就在那一个晚上，激情风雨中的年轻夫妇曾相互承诺、相互发誓，要厮守终生。激情风雨过后的缠绵中，他俩曾憧憬了未来的幸福与美好。半年多后，李蓉又迫不及待地去了连队，两个人在同一张床上又睡了两个晚上。三个晚上的团聚，对于初婚的青年男女来说，纯洁而神圣，真诚而热烈，应该是最为珍贵、最为难忘的。然而，现在的李蓉，已经把曾经的憧憬、承诺、发誓，全都化为了乌有，所有的一切都不存在了。刻骨铭心的现实告诉鲁铭华：婚姻爱情像是彩色玻璃，看上去色彩斑斓美丽诱人，可冷酷无情的现实会把它撞得粉碎，不会有丝毫犹豫。农村和城市，军官和战士，农民和工人，这条鸿沟比牛郎织女之间的天河还要宽，还要深，还要险恶，有胆敢逾越者，不是粉身碎骨，就是落下后半辈子的伤痕或伤残。

冬天过去，春天就来了。酷暑盛夏时节农民最苦最忙，早上鸡叫头遍就起床，手握镰刀奔地里收割麦子。下午两三点钟太阳最毒最烈，社员们头顶烈日在生产队打麦场上，像牲口一样拉着沉重的石磙碾压摊晒好的麦子。太阳已经落了，人们还在地里忙着种玉米、谷子、黄豆、高粱、红薯等秋庄稼。直到把这些秋庄稼一收，再播下小麦，这一年就过去了。鲁铭华对这些并不陌生，一年四季各种农活他都拿得起放得下干得有声有色，当上了生产小队副队长。因为他不怕苦，正年轻，部队锻炼了几年让他的体格更加健壮。更重要的是，他从小就跟着父辈们起早贪黑，在庄稼地里摸爬滚打。农村人，世世代代都是这样走过来的。

腊月二十三，农村人过小年，村里可以听见零零星星的鞭炮声。辛勤劳苦了一年的人们准备过年。城里人不这么叫，城里人叫喜迎春节。年终，生产队把每家一年劳动挣得的工分折算成钱，扣除了全家分得粮食应该拿出的钱，多出的叫余粮款。父亲从领得的余粮款中拿出五块钱给鲁铭华，母亲把一只捆着两条腿快要下蛋的花母鸡递给他，让他去县城卖了，加在一起买个猪头、几个猪蹄等杂碎，全家人过年，得置办点年货。县城的丁字口大街人不太多，却也熙熙攘攘的。街道两边的地摊上，摆放着猪肉、羊肉、牛肉、活鸡、活鸭、活鱼、鞭炮、年画和春联等，各种叫卖声此起彼伏。猛的一下子，弄不清在什么地方，会传来几声啪啪炮响，炸得人一愣。偶尔也有噼噼啪啪的小鞭声，急促而揪心。小县城只有到了这个时候，才有这种热闹，农村人叫过年关赶大集，一年过这一次关。

鲁铭华掂着那只花母鸡在街上转悠，想找个顾客出手。没料到在丁字口西，快到县大礼堂门口时迎头碰见了林元华。林元华一身深蓝色新衣服，头发梳理得油光滑亮一丝不乱，左胸前别着一朵笑盈盈的小红花，打扮得像个新郎，红扑扑的脸上满是喜庆，嘴里吸着纸烟。看见鲁铭华，他的脸色陡然变了，变得惊异而凝重。迟疑了片刻，他一句话没说拉着鲁铭华就走。两人来到一个人少僻静的地方，林元华张口告诉鲁铭华：

"今天，结婚了。"

"结婚了？你和谁？"鲁铭华大声质问。此事让他感到突然，很突然，也太让人意外了，"这么大的事，咋不事先说一声？你看不起农村老同学，是不是？"

不过，鲁铭华很快反应过来，临近过年吉日多，结婚的就多，他笑了，伸手给了林元华一拳："给！送你一只花母鸡，好好补补身子。"

"不是我，是柳冰和李蓉。"

"啥？柳冰和李蓉？"

"嗯，他俩今天举行结婚典礼，在县大礼堂。"

"结婚典礼？县大礼堂？"

"是的，柳冰和李蓉今天结婚，请我当的伴郎。家里有事，我先出来了。"

鲁铭华一下子蒙了，几乎要窒息。

这能是真的吗？看着林元华的一身打扮，还有那神色，应该是肯定无疑，再说林元华也不会骗他。柳冰和李蓉结婚，这简直不可想象。这人世间，永远会有意想不到的事情发生，但它永远在不断地发生着。柳冰和李蓉，同鲁铭华都曾经是关系很不寻常。李蓉，曾经和自己在同一张床上睡过三个夜晚，和自己离婚才一年多，而现在的她，竟然同柳冰经过密谋策划，竟然会亲密无间地躺在同一张床上……

鲁铭华的心里是什么感觉，你就放开了想去吧。

林元华告诉他："柳冰和李蓉结婚，说是将来转业，能够进大省城工作。"

鲁铭华一句话也说不出来，仰望着苍天。天空中一片迷茫，"人，咋会这样？"

突然，"嗷嗷嗷……"身边那堵一人多高的砖墙里，传出来猪的惨叫声，声嘶力竭凄厉瘆人。

接着，"呜呜呜……"是猪被捏着嘴，那种无可奈何拼命挣扎的闷叫声。

很快，那猪又哼唧了几声，有气无力的，然后就余音消散，无声无息了。

原来，墙里面是生猪屠宰场，正在杀猪。这场面鲁铭华非常熟悉。村里婚丧嫁娶逢年过节杀猪，二狗叔是一把好手。几个小青年把知道自己死又不想死且垂死挣扎的猪按倒在长条屠案上，二狗叔一条腿跪在猪脖子上，一只手紧紧捏着猪嘴，一只手掂着一尺多长的柳叶刀，从猪脖子插进去，直捅猪的心脏，刀一拔出来，一股热血喷涌而出，猪的四条腿蹬弹几下，就没了气息。从嗷嗷嗷……到呜呜呜……再到最后哼唧几声无声无息，这是揪着猪往屠案上按——捏着猪嘴捅进刀子——最后猪四条腿蹬直了彻底完蛋，这是猪被屠宰过程的三个阶段。这个场景从鲁铭华的脑子里一一闪过。他忽然觉得，自己就是那头被捅了一刀的猪，杀猪人就是柳冰和李蓉。李蓉用两只手紧捏着他的嘴，柳冰举着一把锋利的柳叶刀，毫不犹豫地戳进了他的心脏……

屠宰场里传出来人的声音，有喝彩，有欢笑，有说这头猪真肥，办婚宴，绝对给主家长脸。

鲁铭华禁不住浑身打了个激灵，两腿发软。任何动物都有灵性。鲁铭华手里掂的大花母鸡，大概是感觉到它主人的手已经没有了缚鸡之力，是个逃脱奔向新生活的绝好机会，便猛一挣扎跌落在地上，狠命蹬了几下，绳索开了，它咯咯咯地欢叫着，贴着地面一蹦一跳地飞着跑了，很快就不见了踪影。一道尘土腾起，几片脱落的羽毛乱飞。鲁铭华两眼发呆，两手空空，站着一动不动。

## 4

这真是个爆炸性新闻：国家改革开放，全国恢复高考，鲁铭华以优异成绩，考上了北京的一所全国重点大学。

唐代有个人叫罗隐，他写过两句诗讲人的命运：时来天地皆助力，运去英雄不自由。个人的命运，是永远和时代、社会密切联系在一起的。谁若不信，谁就像鲁迅先生讽刺的那样：拔着自己的头发想离开地球。时代的火炬烈烈燃烧，把鲁铭华眼前的人生道路，照耀得光辉灿烂，充满了无限希望。

据说，在整个豫西北的××地区，鲁铭华也是唯一的一个。鲁铭华的名声、身价一下子变了，村里一片喜庆，全县通过有线广播到处都在传扬。五十多岁的天魁叔看见他，乐呵呵地笑，第一句话就是：

"小兔崽子，得中了，去北京，点上状元了？"

八十多岁的奶奶满脸春风，把榆木拐棍敲得地上梆梆响："孙子，当年恁老祖爷（高祖），得中了举人，听说是，知府老爷还是县太爷，带领着众衙役，点铳筛锣，放鞭炮，把得中捷报，送到了咱家。"

老同学们就别提了，纷纷前来家里祝贺。为了招待老同学们，母亲笑盈盈地跑出去，借了三四家的鸡蛋来给他们冲水喝。村里开供销社的天魁婶，硬是塞给母亲一包草纸包着的红糖。退伍时，那个在红旗旅社门口看见他没和他说话的发小××也来了，进门就喊老同学，抓着手半天不放松。临离开农村去大学报到前，林元华召集了一帮高中同学，在县城里最豪华的司马懿大酒楼（司马懿故宅的学宫）欢聚一堂，设宴为他祝贺、为他送行。

没想到的是，李蓉也来了。这真令鲁铭华大感意外。这个李蓉，给他的人生创造了一个接一个的意外。李蓉一脸的真诚，说她得知消息，特意从省城坐了一天的长途公共汽车赶来的。她看上去风尘仆仆。李蓉在楼道里碰见他，说祝贺他，是金子总会闪光的。那声音很低，只有他们两人能听见，但很柔和、很真诚，穿透力很强，像一把杀猪的柳叶刀直插鲁铭华的心。鲁铭华一声没吭，表情木讷。他一点心理准备都没有，不知道该说啥。

走的那天，哥哥骑着借来的自行车带他去县城，送他到东关坐长途公共汽车。早已是春天了，田野里麦苗生机勃勃，已开始拔节抽穗。小麦的尖部鼓胀着，有的已高兴得裂开了口子，袒露着喷薄欲出的麦穗。大麦穗上长长的麦芒间，挂着细碎的、金色的小花。一只欢快的燕子叉开剪刀尾巴，贴着麦田轻轻地掠过，又箭一样地钻入高空。天空浩瀚辽阔，格外晴朗。空气也非常清新，弥漫着甜蜜的气息。哥哥看上去比他还高兴，把自行车骑得飞快，兄弟俩不知不觉就进了县城。他们抄近路去长途公共汽车站，正好路过背街小胡同口的那棵梧桐树，就是李蓉和他分手时的地方。树上的叶子已变得碧绿繁茂，在微风中欢快地鼓着掌。邮电局大门口，一只大黑狗有尊严地蹲着，昂扬着头，它不咬不叫，笑眯眯地看着他。人逢喜事，眼前的一切全是喜人的景象。

不知道为什么，鲁铭华又一次想到了李蓉。也怪，这几天心头上的李蓉，就像是水面上漂浮的葫芦，按都按不下去。

鲁铭华走了。他踌躇满志地离开了村子，离开了县城。到了省城，他一刻也没停，直接坐上火车到了北京。到北京的当天，他写了两封信，一封寄家里，一封寄给了连长、指导员。

这所高等学府，坐落在北京的西北郊，历史悠久，闻名中外。一些政治领袖,不少学术名流,都曾在这里度过一段时光,有的在这里度过了自己的一生。很快,鲁铭华就熟悉并适应了这里的生活。

大学里,鲁铭华读的是哲学系。今天下午在第三教学楼,朱教授讲18世纪法国的爱尔维修哲学。朱教授在哲学系专门讲授西方哲学,他是这方面的权威,知名大家。朱教授说:

爱尔维修(公元1715—1771)作为一个资产阶级启蒙思想家,他的认识论是建立在唯物主义经验论基础上的。为了反对欧洲中世纪宗教神学的神性,主张现实生活中的人性,他片面强调人的感官的直接感受,认为人的一切观念,如愤恨、欢愉、憎恶、痛苦、恩爱、情仇等,都是完全依赖于人的肉体结构的,都是人的肉体器官感受的结果。爱尔维修很自信,他自诩如牛顿发现了物体运动的基本规律一样,他发现了人的行动的基本规律:自爱。他说:我们整个儿成为我们的,是对我们自己的爱。包括一切对别人的爱,也只不过是爱自己的结果。他宣称:自爱是人们一切行动的道德原则。

朱教授戴着一副高度近视眼镜,镜片后面的眼睛,睿智而深邃,放射出无可辩驳的目光。他明确告诫他的学生:爱尔维修的这种观点,是赤裸裸的资产阶级利己主义人生哲学,必须旗帜鲜明地进行批判。

然而,朱教授大概没有想到,在他的学生鲁铭华心里,竟然认为这个爱先生说得很实在,很有道理。鲁铭华有自己的亲身经历和刻骨铭心的感受。对于爱先生的这一道德原则,朱教授是批判,鲁铭华是认可。这二者,到底孰是孰非?当然,有一点鲁铭华坚信不疑:自己也只是才刚刚踏进了哲学之门,对待人生哲学的认识也才是刚刚懂了点皮毛,直观而浅薄,片面而单纯,哪能和学贯中西、满腹经纶的朱教授相比?他想起了哲学原理课赵教授讲的认识论:

感性认识有三个阶段:感觉、知觉、表象。感觉是客观事物的个别特性在人脑中引起的反应。感觉真实的东西,不一定就是事物的本质。

鲁铭华感到迷茫。

晚上，下了夜自习，鲁铭华从图书馆东门出来。天上一轮皎洁的明月，把如水的月光洒落在一片草地上。图书馆的北面不远是临湖轩，一座古香古色的平房院落，翠竹绿植围墙掩映着，那是司徒雷登曾经居住过的地方。这所大学的原址是燕京大学，司徒雷登是第一任校长。当年，他用六万银圆购得了这处昔日的皇家园林，创建了这所大学。鲁铭华记忆深刻的是毛主席曾经写过一篇文章，叫《别了，司徒雷登》，就是这个大名鼎鼎的司徒雷登。他是个美国人，别了，走了。他鲁铭华，一个普普通通的乡村农家孩子，来了，脚踏着司徒雷登曾经生活、漫步的地方。这种奇异变幻的人生，谁能预测得到？穿过临湖轩，沿着假山中的小道走下去，是未名湖畔。鲁铭华来到湖边，晚风习习，杨柳依依，湖水很静，在月光下荡漾着鱼鳞一样忽明忽暗的波澜。学校里除了学生宿舍楼、小卖部、三角地北面的大讲堂外，办公楼大礼堂、教授楼和教学楼，大都是碧瓦朱阁、彩绘廊檐、宫殿式建筑风格。走在校园里，步步是景步步景，处处无诗处处诗。学子们个个都神采飞扬，志得意满地走进了这个远方又在向往着另一个远方，他们对人生的远方充满了无尽的向往。鲁铭华不由得想起了溟梁村。豫西北平原上一个普普通通的农村，到处是破烂不堪的茅草房，坑坑洼洼的土路，三四个大坑，一下大雨，浑浊的水流进坑里，芦苇、蒲草疯长，蛤蟆叫唤，苍蝇乱飞，蚊子叮人，屎壳郎到处乱爬。如今的自己，生活在这座优雅、高档、豪华的高等学府，他常怀疑这是不是在做梦，未名湖边的路灯明亮。鲁铭华在一张长椅上坐下，从挎包里掏出一本书，豫剧《朝阳沟》，是林元华今天寄来的。

《朝阳沟》轰动全国，全省城乡家喻户晓，不少人随口吟唱。主要情节是：漂亮的省城高中生王银环，毕业后不上大学，甜蜜的爱情让她冲破世俗，青春热血和远大理想，激励她离开了生养她的繁华省城：千条路我不走选定山区！她跟着恋人拴保，来到深山沟里的农村落户，那里是拴保的家。为了爱情牺牲大城市的美好生活，王银环成为城市年轻人的楷模，她用自己青春的火炬，点亮了很多城市青年的前途人生。

看到书，鲁铭华心里咯噔一下。这是他和李蓉去领结婚证那天，他特意在县城丁字口新华书店买的，是他送给李蓉的结婚纪念礼物。他万万没想到，李蓉托老同学林元华把这本书寄给了他，也可以说是归还了他。翻开《朝阳沟》，看见了扉页上用钢笔写着一句话：

我坚决在农村干它一百年！

这句话，是拴保对银环表决心时唱的。因为银环到了农村，才知道了农村的苦，才知道干农活的累，才知道城市和农村是两个完全不同的天地。银环受不了这种苦，想打退堂鼓，再回到大城市去。拴保为了留住银环，自己信誓旦旦，在银环面前表决心。那决心唱得，行腔豪迈气势磅礴意志坚定不可动摇。一次村里演电影《朝阳沟》，当演到这里，二狗叔大声说：

"我×，这拴保，你这不是净骗人家城里姑娘吗！"

不知谁接了一句："你可以在农村干它一百年，你生在农村，长在庄稼地里，恁爹恁妈恁祖宗恁先人都是农民嘛。"

有人又接了一句："这拴保整个就是一个大骗子。"

电影场里响起一片笑声。那话语，那笑声，表达出农村人的真实、真诚、真情和善良。

没错，拴保向银环表决心的那句话，是他鲁铭华亲笔当着李蓉的面写的。他有着自己暗含的心思：学拴保感召银环，与新婚的妻子李蓉共勉。不过眼前的书上，不知谁用鲜红的笔，犹如掂着一把血淋淋的刀，在这句决心的下面砍上了清晰的一道。他看着，心里有一种说不清的滋味儿，五味杂陈，迷茫而沉重。

鲁铭华从挎包里又掏出一封信，也是老同学林元华寄来的，字迹潇洒文笔流畅，林元华当年在班里也是很有文采的。这封信也是今天收到的，他已经看了两遍。每看一次，都让他心潮起伏，不能自已：

"伟大的北京，祖国的首都，全国人民的心脏，世界人民向往的地方。雄伟的天安门城楼，是红太阳升起的地方。人民英雄纪念碑，耸立在天安门广场。听说地下还修有铁路，有火车飞跑。候车大厅里，白天能看见星星月亮……老同学，你能考上这所大学，能到北京，能亲眼看到这一切，亲身感受这一切，真是太幸福了！这个天大的喜讯，咱县里的广播站天天播，全县人民都知道，都为你高兴。一天，我妈碰见了李蓉她妈，告诉她你考上北京大学的事。她妈说她知道了，往下就再没说一句话，走了。你考上了北京全国闻名的重点大学，咱老同学们的脸上也有光，逢人就说，和你曾经是同班同学，在一个教室里上过好几年的课。知道吗？我们大家都在分享着你的幸福。哦，忘了告诉你，那天在县城司马懿大酒楼设宴为你送行，是李蓉特意安排的，那次宴请的全部费用，都是李蓉拿的。还有，今寄去50元钱，是李蓉给你的，托我转寄，请你务必收下，也算是给老同学一点面子，千万千万……"

  鲁铭华的心里湿漉漉的。这个给他的人生创造了一个接一个意外的李蓉，又给他创造了一个意外。他鼻子一酸，泪水让眼睛有些模糊。

  人，咋会这样？

  鲁铭华想到了自己的人生轨迹，农村、高中、部队、退伍、离婚……他想到了柳冰，想到了柳冰在悬崖下连队猪圈旁哭，写血书给李蓉，把血书跪着递给指导员，屁股朝外后退着离开连部；想到疯了一样的李蓉对柳冰有着刻骨仇恨大骂柳冰是现代陈世美，后来又以身相许怀着满满的幸福嫁给了柳冰；他想到了连指导员啪啪啪地拍着桌子对他的训斥，想到了自己退伍后住在红旗旅社的失落与孤独，想到了在寒风中摇晃着落光了叶子的梧桐树下李蓉回过头来对他说的第一句话，想到了春节前夕县城丁字口不远生猪屠宰场那惨烈的猪叫声，还有那只借机逃跑的花母鸡拖起一道尘土腾起几片脱落的羽毛乱飞……画面清晰，一一闪过，那都是他人生的真实经历，仿佛就在眼前。他突然觉得，俱往矣，它们都无足轻重了。那些行为，也都可以理解了。随之，他内心深处积蓄的气愤、失落、后悔、怨恨等，犹如山涧背阴的陈年积雪被爱先生阳光灿烂的话语照耀得一片光明并开始消融化作了涓涓细流润物无声。解开思想疙瘩，包括消除各种怨恨、苦恼和悲伤，往往是一瞬间的事。这种转变的缘由，连当事人也搞不清楚。

自爱，一切为了自爱，包括对别人的爱。多么经典的论断！

这世界上真有高人。人如果没有文化，不学习人生哲学，愚昧无知肤浅而短见，会给自己带来多大的痛苦？发自内心，鲁铭华感谢爱先生。

哲学是关于世界观的学问。它告诉人们应该如何科学地观察世界，思考人生。鲁铭华在往深处想。人都在走着自己的路，无论是谁，步步都很慎重，小心翼翼；举步都很艰难，多思而后行。那到底是哪条路通往艰难，哪条路通往幸福？哪条路通往黑暗，哪条路通往光明？人都在走着自己的路，谁对，谁错？谁卑劣，谁高尚？谁充满感性，谁充满理性？应该肯定的是，人只要是自己迈步前行，一定都有着自己的理由，且多与自爱密切相关。

朱教授明确指出：法国爱先生的自爱哲学，是为了适应资产阶级革命的需要。

这是毫无疑问的。一套理论一旦掌控了人心，就会造就出一批精英，掀起一种思潮，改变一个社会。比如以奥古斯丁（公元354—430）为代表的教父们，提出创世说、原罪说、救赎说、天国报应说，这一整套基督教教义掌控了无数教徒和芸芸众生，统治了欧洲一千多年。爱先生之后200多年，中国才开始改革开放，闸门也才刚刚开启，但浪潮就已经汹涌澎湃势不可当。他鲁铭华是最先得益者。不是改革开放，他不可能来到这里。在过往的人生经历中，鲁铭华有奋斗也有收获，有顺利也有坎坷，感官灵敏且感受颇丰。但不可否认的是，他知识浅薄思想贫穷，关于世界观的学问他脑子里一片荒漠。突然间，进入这个世界顶级的文化知识的殿堂宝库，如同一个行将饿死的流浪汉突然遇到了丰盛的、可以任意吃喝的美味佳肴，惊愕、兴奋而忙乱，不知所措。如果盲目接受了爱先生和他的自爱哲学，是不是有点饥不择食？二狗叔说过一句很通俗的土话，叫填坑不用好土。如果真的这样，那自己的将来会走向一种什么样的命运与人生？一峰相送一峰迎。鲁铭华伫立在峰前,思绪犹如山泉涌流……

朱教授一开始讲西方哲学,就讲了一个人叫泰勒斯,是古希腊哲学家。泰勒斯提出了一个著名的论断:人最难认识的是自己。

古希腊哲学博大精深,孕育了欧洲以后几千年哲学思想的萌芽。此后的欧洲不幸。奥古斯丁们创立的宗教神学,把欧洲带进了最黑暗的中世纪,把人变成了神学的婢女,变成了天生的罪人。人来到世间唯一的使命就是忍受各种苦难以赎己之原罪。有一句最通俗的话指导着很多人的行动:当别人打你左脸时你把右脸也递过去,当别人要你衣服时你把裤子也脱给他。人卑微得如同草芥,人生犹如寒霜朝露。直到13世纪,被称为人文主义之父的意大利诗人弗朗西斯科·彼得拉克(公元1304—1374),第一次发出以人学代替神学的呼喊,号召人们从对神的信仰转向对人自己的尊重。他向全世界呼吁:人应当认识自己。为了个人利益,可以牺牲一切。尼德兰鹿特丹的爱拉斯谟(公元1466—1536)干脆公开宣称:人对人是狼。同样是意大利人的尼可罗·马基雅弗利(公元1469—1527)口气柔和而明晰:友谊是用利禄收买来的,爱是由义务来维系的,只要一触及利益,友谊和爱就会消失得无影无踪。英国的托马斯·霍布斯(公元1588—1679)比他的前辈们胆子更大,走得更远,语言更加清晰明快、赤裸坦荡。在他看来,人具有感觉器官。凡是能够引起人们快乐的事物,都是人们所努力追求的。因为这些快乐的事物有利于人的生命保存,有利于生命的发展。凡是能够引起人们痛苦的事物,都是人们所极力避免的,因为这些事物不利于人的生命保存,不利于人的生命发展。因此,自私是人的天性。这种天性,决定了人与人之间必然存在着激烈的竞争与争夺。人人各自为政,彼此为敌,为了使自己获得利益,得到快乐和幸福,就极力排斥、算计别人,甚至互相陷害或残杀。为此,托马斯·霍布斯把爱拉斯谟的观点喊得更响:人对人像狼一样!

可见,爱先生关于人的自爱,有自己的血脉源流和传世祖宗。

鲁铭华心里明白,朱教授的告诫绝不是无的放矢随口一说。因为,按照辩证法的对立统一规律，爱先生和他自爱哲学的出现，既是一种进步同时也是一种退步，如同人类对自然的征服同时就蕴含着自然对人类的报复。中国的老祖宗说得更是经典：福祸相依。

朱教授高深睿智。鲁铭华作为学生，自然难以一下子理解师长的初衷。走出校门之后，在人生大大小小的风浪面前，在身不由己或是面临抉择的时刻，他常常想起朱教授的告诫。

多年后的一天，偶然从年轻人口中听到"精致的利己主义者"这个说法，他并未插话，或许这些年轻人已经不熟悉朱教授的名字了。闭上眼，李蓉、柳冰……一张张面孔又从记忆深处冒了出来，依然鲜活立体，却又有点陌生，仿佛自己从未真正看清。

人，真是一个秘密。

鲁铭华再次想起未名湖边的那个夜晚：他抬起头，远望着，思索着。未名湖的对面，是这所高等学府的哲学楼。一只辛勤的鸟，贴着湖面满怀希望地飞过，飞往哲学楼的方向。校园里长着不少参天大树，树干粗壮枝叶繁茂，是鸟儿们的乐园，什么鸟儿都有。这么晚了，这只鸟并没有入巢，不知在夜色中寻觅着什么。大千世界，鸟兽万物都有自己的追求和生存之道。月空浩瀚，寥廓无际。哲学楼的顶层，朱教授他们这些中国当代顶级哲学大师们窗户的灯，依然璀璨明亮。鲁铭华掏出那张汇款单，撕得粉碎，扔进了面前的湖里。粼粼微波的湖面上漂浮着那些碎片，散漫开来，在低吟幽唱着。

最终，也不知这只鸟飞向了什么地方。

卷二　文情

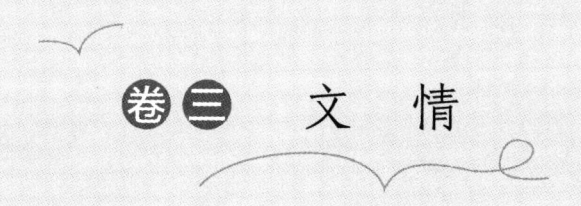

## 14　哥，咋整的？*

参加文学创作座谈会回来，收到了一封来信。摸摸信封，感觉里面好像不是举报信、征订单或广告之类的东西。那些东西摸得多了，根据信封里东西的厚度、硬度和光洁度，不拆信封就能猜得八九不离十。这封信里装的，好像不是那些东西。

我拆开信封，是一封来信。信是细毛笔写的，蝇头小楷，字迹工整流畅，一看就知道写信的人有着深厚的书法功力。我翻看最后一页的排序标码，整整三十三页。自从电脑普及后，谁还去用这种传统古朴笨拙的方式，认真虔诚耐心地写这么长的信？不过，这封信吸引我的还不全是因为这些。没有想到的是，这封来信开头第一句就说：哥，咋整的？

我觉得很新奇。泡一杯清茶，坐在椅子上，一口气看完了来信。

## 1

哥，咋整的？我的作品获奖了。

评奖委员会主任吴廖，脸面粗糙得像咱家的老柿子树皮，眼睛笑得像

---

\* 原载《北京文学》2014 年第 12 期。《小说选刊》2015 年第 1 期、《中华文学选刊》2015 年第 5 期转载。

裂开的柿子花瓣。当他把奖杯发给我时，我几乎要疯了。你平时老说我那两片儿嘴能说会道，可吴廖让我发表获奖感言时，我像中了邪一样，两片儿嘴不停地颤抖，发不出一点声音来。男儿有泪不轻弹。你知道，我啥时候流过眼泪？当时竟然流泪了，泪如泉涌，泪流满面，会场里一片唏嘘声。

哥，我这疯，我泪如泉涌，绝对不是高兴，真的不是高兴。用时下一个最时髦的词来表达，好像是叫悲催吧？到底啥叫悲催？我真的弄不太清楚。悲就是悲伤，这我懂。干吗还非要加上个"催"字？是不是说悲伤是被催出来的，还是讲极度地悲伤？弄不太懂。反正现在网络上文坛上很多人都这么叫，我也这么说了。哥，你不要笑话我。我也想时髦时髦，免得你说：都获奖了，咋还恁土？

哥，你知道，我能够获奖是多么不容易。开始那几年，我风餐露宿，每天躲在水泥管里、地下通道里，吃着方便面、喝着自来水管里的水，混在那些上访的人堆里，没日没夜地搞文学创作。几家小报小刊也刊登过我的几篇作品。可我一直没有能在省级的正式刊物上发表过作品，更不用说获奖了。后来，无意中碰见了咱村的本家老马，他言传身教，向我传授了文学创作的一些秘诀，我才有了今天的收获。

噢，您大概不知道吧？老马就是咱村东头马麦柜他二爷马剑南，村里五十岁以上的人都知道他。马剑南1966年北京大学中文系毕业，"文化大革命"中因参加造反派的"文攻武卫"，在武斗中负有人命案，后被判刑十年。马剑南出狱后没敢回老家，改叫老马，开始写诗歌散文小说，一直在省城的文坛上混，混得小有名气。我是看了他发表的一篇小说，在作者小传里才知道他是咱县人。找到他见面一聊，原来他就是咱村的马剑南，和咱们是一个祖先的子孙。

按照辈分，我恭恭敬敬地赶紧叫他：二爷。

老马看看周围无人，说：千万不要这样叫，文坛上要避嫌，更不要叫我马剑南，我的笔名老马，叫我老马就行。

说着,他从笔记本上撕下一张纸条,写了一行字递给我说:有时间可以到家里去。

我接过纸条,不住地点头说:谢谢二爷,知道了。

哥,我第一次去老马家,是冬末春初的季节,天上飘着小雪。我踩着一寸多厚的雪,提着一瓶茅台酒两袋花生米三包许昌烟。哥,你千万不要心疼那瓶茅台酒,那是假的。丁字口的砖楼旁边有个烟酒小卖部,专门卖这种假茅台,十五块钱买一个空茅台酒瓶,装上一块八毛钱一斤的散装白酒,往里面兑了三滴敌敌畏。城里很多拿茅台酒送礼的人都这么干。

我冒着凛冽的寒风和漫天雪花,钻进一条不到五尺宽的胡同里,拐了四个弯,问了三个人,过了两个垃圾堆,进了一个大院子,才找到了老马家。老马家的这个大院子里有几排平房,老马住在靠大门口的一间平房里,出了大门口往右面一拐就是一个公共厕所。老马家里的陈设很简陋:一张木床,一个衣柜,一张写字桌,一把椅子,两个简易沙发,两个书柜。一进屋,迎面飘来一股怪味,那怪味有些发臊,臊中有些淡淡的臭。大概是公共厕所飘过来的吧。

老马热情地接待我,说:冷吧?来,烤烤电炉。

我一看那电炉,就知道是老马做的。因为这种土电炉,咱村里很多家都会做。在一块砖上凿几条沟槽,买一根电阻丝盘绕在沟槽里,在电阻丝的正负极接上电线,电线往插座里一捅就行了。老马拿着两根露着头的电线插在墙上的插座里,电阻丝由青褐色慢慢变得通红,散发出火一样的热,屋里暖和起来。随着屋里温度升高,那股怪味也越来越大,有些呛鼻子。老马并不在乎,我也没有敢说。

老马个儿不高,一米七左右,体瘦小,背微驼,穿一件黑色的中式棉袄,袖口和衣襟上发着油腻腻的暗光,左肩上开放出一朵核桃般大小灰色的棉花。头发稀疏蓬乱,脸色憔悴发灰。两只眼睛不大,时而半眯缝,时而睁得很大,无论半眯缝还是睁大,都透射出精明狡谲的光泽。后来和老马接触,发现老马在思考问题或说很机密很深刻很尖锐的话时,一般都是半眯缝着眼睛，像聚光灯一样，把光源积聚在一起，闪动着深邃的穿透力极强的光芒。当他一旦想清楚了，在毫无顾忌地表达时，两只眼睛就睁得很大，射出的是无可辩驳的光芒。我之所以能很快发现了老马的这个特点，是因为老马这一点很像马麦柜他大爷，也就是老马的哥哥，兄弟两个带像。

老马拿来一个小碗、一个杯子，倒上茅台酒。他用杯子我用碗，就着一包打开的花生米，我们爷儿俩一边喝酒一边聊天。

老马说：我这里平时很少有人来。今天大雪封门，你来看我，我心里很高兴。

我说：二爷，亲不亲，家乡人。见到您我更高兴。

老马说：你我同是马氏家族子孙，心近。

我认真地点点头，看看简陋的房间，问：二奶呢？

老马笑了笑，说：我单身。

哥，咋整的？我有点不好意思，连忙低声"噢"了几声，用来掩饰我不该问的尴尬。

老马说：你发表的几篇作品我看了，有生活，基础也不错。有名师指点，掌握了文学创作的秘诀，很有希望成为著名作家。

我一阵激动，赶紧给老马的杯里倒酒，说：二爷，我热切盼望着您给我传授秘诀。

老马滋溜一声把酒喝到肚里，半眯缝着眼睛问：啥叫秘诀，知道吗？

我说：知道，就是文学创作的巧法和门道。

老马说：你骄傲。巧法和门道很多人都知道了，那还叫秘诀？

我说：二爷说得对。秘诀，就是知道的人极少极少。

老马睁大眼睛说：对。文坛秘诀，就是在这个领域里，只有极少数人知道、会用的巧法和门道。

我说：绝大部分人都还没有觉悟，没有发现哩，就像我。

老马点了点头，吃了颗花生米，用半眯缝着的眼睛看着我，问：想得到秘诀，容易吗？

我的心一下子提了起来，轻声说：二爷，不容易。

老马长长叹了口气说：那秘诀都是碰得头破血流才得到的。

我心里感到了一丝冰凉。我拿起茅台酒瓶，倒了满满的一杯酒，恭恭敬敬地端给老马，说：二爷，我也想碰头流血，可连头往哪儿碰都不知道。

老马接过酒杯，滋溜一声又喝进肚里，放下酒杯看着我。

我脸上带着淡淡的悲观。

哥，咋整的？

老马笑了，说：谁让我是你二爷哩？你呢，就不用到处乱碰了。跟着我当我学生，咋样？

我高兴起来，说：行。毛主席说过，要想当先生，必须先当学生。

老马睁大了眼睛，说：你骄傲。当学生，那是在公开场合说的。在咱自己家里，我给你说实话，当学生，其实就是当孙子。知道吗？

我说：知道。当孙子咱从小就会。咱就是给爷爷奶奶当孙子长大的。

老马说：你骄傲。咋当孙子？

我没敢再吭声。

老马说：当孙子要有耐心，要不怕苦和累，不怕冷落和委屈，要有眼力见儿，从一点一滴做起。比如在老家当孙子，要不要早上给爷爷奶奶端尿盆，晚上给爷爷奶奶提尿盆？

我说：要，要。

老马说的时候，我发现他的两眼不停地盯着床下。我顺着他的眼光看去，目光的尽头是一个尿盆。原来怪味是从那里飘出来的。

我明白了。立刻站起来，伸出两手去端尿盆。尿盆里黄色的尿泛滥着臊臭味儿，满满的，稍一摇晃尿液就会浪出来。我迈着小碎步，稳稳地把尿盆端了出去。我知道出了他家的大门口就是公共厕所。

倒尿盆回来，我两手空空，在门口跺了跺脚上的雪，说：二爷，尿盆放厕所了，晚上我再给恁提回来。

老马笑了，说：在家叫二爷，出门叫老马。

我赶紧说：记住了，在家叫二爷，出门叫老马。

老马往嘴里扔了一颗花生米，嚼着说：当孙子也很不容易啊。

我想，有啥不容易的？不过细想起来也是，就像这端尿盆，有人不怕臊臭，愿意端，就显得容易。有人怕臊臭，不愿意端，就显得不容易。老马既然说了不容易，那一定有他的道理，说不定还隐含有很深的学问。

我十分虔诚地看着老马，表示没有听懂。

老马几口酒下肚，脸色有些发红，又吃了几颗花生米，声音变得低沉厚重起来。他说：我是咱县新中国成立后第一个考上北京大学的，县长亲自把我送上了公共汽车。在北大读的中文系。临近毕业那年，"文化大革命"开始了。二爷我革命豪情满胸怀，创作了一篇对口词：枪。

我问：啥叫对口词？

老马说：曲艺的一种，由两个人朗诵，结合动作表演。现在基本上没有人知道，绝迹了。

我说：从来没有听说过。

老马说：想知道？

我说：非常想。

老马说：比如，一阵铿锵激越的锣鼓声中，甲乙二人持枪跑上舞台，嘴里喊着：革命小将，冲上舞台，开始战斗，战斗战斗。然后举枪做一个拼刺动作，同时喊：杀——嘿！接着表演正式开始。

甲：枪。

乙：枪。

甲：革命的枪。

乙：战斗的枪。

甲：消灭了日本鬼子。

乙：赶跑了蒋介石匪帮。

甲：枪。

乙：枪。

甲：人民的铁拳。

乙：党的武装。

甲：推翻了三座大山。

乙：把牛鬼蛇神一扫而光。

老马脸色兴奋起来，声音洪亮，气势旺盛，两只眼睛时而半眯缝时而睁大，代表着甲方或乙方，一边朗诵一边表演动作，像在舞台上正式演出一样。

我深深地被感染了，说：二爷写得真好，表演得真有气势。

老马停了下来，脸上飘过一丝苦笑，说：我当时年轻气盛，革命热情火一样红，和同学们一起拿着枪，唱着《枪》的对口词，参加了文攻武卫的战斗。无数革命先烈为了打天下，献出了自己宝贵的生命，二爷家几代贫农，为了捍卫毛主席的革命路线，那还不豁出命来干？

我说：那是，必须豁出命来干的。全国人民当时也都是么想，那么干，不止您一个。

老马没有接我的话茬，他半眯缝着眼睛，用悲伤的语调，如泣如诉地把我带进了他以往的人生岁月。

老马说：乱枪声中有几个同学倒下了。"文化大革命"后追查凶手，当时参加武斗的人太多，场面太乱，查不清具体是谁开的枪，但都知道枪的对口词是我写的，都说是喊着《枪》的对口词开的枪，结果二爷栽了。二爷从高墙里出来后没有工作，流浪在京城。由于二爷当年在北大、北京也是个名人，很多人都知道二爷。人怕出名猪怕壮。二爷在京城不好混。无意中，在丰台看见一辆挂着咱省会牌照的卡车，拉一车木料，司机有五十多岁，面貌憨厚善良。我说：大爷，我和您是一个省的老乡，搭您的车回省城，行吗？司机看我不像坏人，说：上吧。一路上，我给司机打水倒茶递纸烟买饭。到了省城，我举目无亲，无事可做。前途渺茫，路在何方？

夜深人静时，我独自一人躺在路边的荒草地上。夜幕下的野草中，蟋蟀和一些不知名的虫儿拼命嘶叫，叫得周围无比凄凉。我仰望着星空，浩瀚无垠，我显得那么渺小无助，心中充满了苦闷和惆怅。我想到落魄到今天这个地步，不就是因为创作的对口词《枪》惹下的祸吗？对口词《枪》，《枪》的对口词，给我带来了一生中永远无法摆脱的灾祸。祸中反思，我猛然间想到自己创作出《枪》的对口词，为什么会有那么大的力量？它竟然能够激励着那么多的同学挺胸扛枪，把死亡踩在脚下，义无反顾地走向武斗的战场，这岂不是说明自己还有一点文学创作的天赋吗？我想到了美国的威廉·福克纳，参加第一次世界大战退伍回到家乡，穿着一套旧军装，走路一瘸一拐的，四处流浪，到处打工，当船老大、运煤工、粉刷匠，为了挣点钱，什么活儿都干。后来，他想到了当作家比较自由，只要有一支铅笔和一些纸就可以了，便开始进行文学创作，最后终于成了著名作家、诺贝尔奖获得者。这一发现令我激动不已，点燃了我心中的创作激情。

咱老家有一句俗话：行行有门道，无师瞎忙道。一天，听说省里正在举办一个文学创作座谈会，我想从那里寻找到一位老师，在他的引领下进入文坛。一大早，我就赶到了会场大门口。参加会议的人陆续来了，他们个个兴高采烈，相互打着招呼，鱼贯而入。我加入人流，想蒙混过关。

到了大门口，把门的人问：你有请柬吗？

我赶紧装模作样地掏了掏几个口袋，不好意思地说：抱歉，忘了带请柬。

把门的人声音严厉起来：没有请柬，不能进。

我央求了半天，把门的死活不让我进去。我只好站在门口的侧面等，想看看参加座谈会的人里面，有没有我认识的。等到入场的大门关上，座谈会已经开始了，也没有碰见一个熟人。我决定在大门口等。一旦有提前退会的人出来，我借他的请柬，不也是一种进去的途径？我等啊等，等了整整一个上午，没有碰见一个人出来。我想等到散会，看看来参加会的人里面有没有认识的人。只要碰见一个熟人，就有可能把我带进神圣的文学殿堂。中午，会场里飘出了饭菜的香味儿。

把门的人说：参加会议的人中午在会餐。

饭菜香味儿阵阵扑来，钻进我的肚子，搅得我肠胃咕咕直叫，口水簌簌直流。实在忍耐不住，我跑到小摊上买了一根老玉米，躲在僻静的地方三两口啃进了肚子，又跑到大门口等。太阳当头，火烧火燎地烤着。口渴得难受，我跑进路边一个公共厕所。厕所里有一个冲洗厕所的水龙头，开关水龙头的圆圈已经被人拿去了，留下一根光秃秃的螺丝杆。我用手死劲地扭着螺丝杆，手指头扭红发疼了，螺丝杆也一动不动。我只好用嘴接着水龙头里一滴一滴渗出来的水，滋润一下冒着烟的喉咙。太阳一秒一分地向西偏去。我如坐针毡、痛苦万分地在会场门口转悠。太阳终于落下去了，我听到会场里面响起了雷鸣般的掌声。一定是座谈会结束了。我立刻又精神起来，两眼直直地盯着大门口。盯了半天，里面还是没有一个人出来。

把门的人说：今天会议设有晚宴。

夜幕降临了，街灯忽闪两下，亮了起来。我用鼻子使劲地嗅着飘荡在空气里的饭菜味儿。饭菜味儿慢慢散去，晚宴终于要结束了。我眼巴巴地看着大门口，怎么还是没有一个人出来？突然，会场里又飘出了悠扬的乐器声、嘹亮的歌声、人们的掌声和阵阵欢笑声。

把门的人说：联欢晚会开始了。

天上有几颗星星在时隐时现地闪烁。月亮从东面的楼顶爬了上来，把苍白无力的光倾泻了一地。月亮升起不久，很快就被团团乌云遮盖起来。天好像要下雨了。街道上的车辆行人越来越少，喧闹一天的城市慢慢沉寂下来。我肚子饿了，饿得心里直发慌，想去买点吃的。会场附近的小吃铺都已关门，摆摊卖小吃的也已经收摊回家了。我不敢跑得太远，万一晚会散场了咋办？饥饿催生了心里的火焰，一股股无名火焰在烈烈地燃烧着，不时地想窜泄出来。但一想到文坛求师，我终于一次又一次地把那烈烈燃烧的火焰按捺下去了。

我做梦也没有想到，一个创作座谈会，竟然安排得如此丰富多彩，作家们竟然能够享受到如此优厚的待遇。文坛大师们谁也不会想到，他们自己在享受着丰富多彩的会议和优厚待遇的同时，会场外面有一颗对文学创作充满希望虔诚火热的心，分分秒秒地被渴望饥饿无情地刺激着、煎熬着、折磨着。

我，一个堂堂的北京大学中文系毕业的学生，蹲在一个黑暗的角落里，止不住的泪水夺眶而出。

联欢晚会终于结束了。我看看邮电大楼顶上的时钟，已经是11点23分了。走出来的人个个喜笑颜开，气宇轩昂的。那些都是全省文坛上的大家名家啊。我笑着迎了过去，脸上带着像迎接亲人一样的热情。我想和他们搭讪。可他们都用看乞丐一样的眼光看我，没有一个人理我。好在二爷我在高墙里待过十年，啥眼光没有见过？最后，我看到出来一个老者，提着一兜东西，腿不好，一瘸一瘸的。

我赶紧走过去，说：老先生，我来帮您拿吧。

老者把兜子给了我，说：你们会务服务得真周到。

我问：您家住哪儿？

老者说：不远，前面那条街。

我说：我送您回家吧。

老者说：辛苦你了。

我说：不辛苦，应该的。

电线杆上的路灯放射出昏黄的光芒。我提着兜子，搀扶着老者，像祖孙两个遛弯一样。路上聊天，当老者知道我是北京大学毕业，学的又是中文专业时，很高兴。走到半路，天下起雨来。我赶紧脱下衣服披在老者的头上，说：您老别淋雨，淋雨容易感冒。我又脱下裤子，包着那兜材料。我穿着裤头，光着膀子，把那兜材料紧紧搂在胸前。

到了老者家，雨越下越大。老者要我进家坐坐，我说：不了，您老开了一天会，辛苦了，早点休息吧。说完，冒着倾盆大雨跑了。我听见老者在喊：有时间来家坐坐。

几天后，我来到了老者家。老者很高兴，我们整整聊了一天。老者叫成高，毕业于燕京大学，抗日战争爆发后投笔从戎，到八路军 119 师当战地记者，腿负伤后到了延安，开始搞文学创作，写过不少文学作品，和丁玲、萧军很熟。五十年代被打成右派，从北京下放到省城。"文化大革命"期间被红卫兵批斗，一辈子独身。

面对着这样一位伤残的老革命、文坛上著名的老前辈，我万分激动，像每年春节给爷爷奶奶磕头拜年一样，跪在成老面前说：成老，我也是独身，也是从北京到了省城。今后我就是您的亲儿子，我一定好好照顾您。

成老也很感动，说：以后你就跟着我吧。

我很高兴。在以后的日子里，成老每天遛弯，我端着带盖子的一塑料杯水，跟在他身后。成老爱喝水，每十五分钟左右必须喝两口水。成老参加省里文坛的各种活动，我帮他提着包跟在身后。开始几次，我觉得成老一定会把我带进会场，让我有机会接触文坛名家。可每当我充满希望地到了会场大门口，成老总会接过包说：我进去了，你回去吧。

我像一只被主人抛弃的狗，没有地方去，也没有人管饭，满街上溜达。一直等到活动结束，我迎过去接过成老手里的包，跟在他身后回到家中。

有一次，成老去参加一个创作研讨会，我看了研讨会的议程，有好几个文坛名家参加。送他到会场门口，我实在忍不住了，说：成老，我也想进去听听。

成老就像当年那个把门的，说：你有请柬吗？然后拿过包，径自进去了，头也没有回。

我在苦闷彷徨和无奈中思索，思索着和成老进一步密切关系的结合点。结合点我终于找到了。成老是从写毛笔字改用蘸水笔写字的，文稿写得又快，字迹潦草，有不少还是繁体字，不好认。

我一脸虔诚地说：成老，您的大作字字都是宝。为了防止丢失，最好一式两份。

成老说：我早就想找个助手帮助整理资料，可文学所的领导一直说没有合适的人选。

我说：我帮您抄吧？

成老说：您是北京大学毕业生，能干这些？

我说：给您老整理资料是我求之不得的，也是我学习的最好机会。

成老的脸上掠过一丝微笑，答应了。

就这样，我开始帮成老抄写文稿。他天天写，我天天抄。成老见我的字写得又快又好，又搬出来过去写的稿子，有七大摞，每摞有一尺多高，让我帮他抄写。有不少稿子成老还不断地进行修改，有的稿子刚刚改抄好，成老就又拿去改，改后我再抄。经常抄得我眼睛昏花，心跳加快，手指头发痛。十多年间，我帮成老抄写的稿子有一千多万字。

确实，我发现成老有很多作品第一稿时很平淡，修改几次后就变得非常精彩感人。我经常抄着抄着，看到了高兴的，哈哈大笑。看到了纠结的，忧心忡忡。看到了悲伤的，泪流满面。奇怪的是，成老的作品很多，却很少拿出去发表。有不少报刊社出版社慕名前来约稿，他总是说：还不太成熟，修改修改再说。

我说：成老，您名扬文坛，大作那么多，为啥不给他们去发表？

成老说：清朝袁枚说过一句名言：欧阳当日文名重，更要推敲畏后生。鄙人自不敢和欧阳修相比，只是怕作品有瑕疵被后人耻笑。历史证明：真正有价值、有生命力的作品，绝不是写了就立刻发表的东西。

我心里想，我恨不得今天写出来的东西，明天就能刊登出来。我说：约稿的人说，他们都急切盼望能及时看到您的大作。

成老说：你知道茅台酒为啥好喝，名扬世界？

我说：不知道。

成老说：茅台酒生产出来后，都要封缸入窖，发酵至少五年后再拿出来卖的。有的要入窖发酵十年二十年三十年甚至五十年。

我跟了成老十几年，他的东西一直像茅台酒封在窖里，只发表过五六篇作品。

我每天不仅帮助成老抄写稿子，还给成老买菜做饭，洗衣服打扫卫生，一直把他送进了东山公墓。

老马说着，眼圈红了，眼睛里闪动着泪花，声音有些哽咽。

我赶紧把毛巾递给他，问：成老一定给你传授了写作的秘诀吧？

老马擦了擦眼睛，说：没有，一个字也没有。

我说：你给他当了十二年的孙子，他给了你啥？

老马说：成老只是说"文章千古事，得失寸心知。"关键是自己要多看多思多写多改，你好好悟吧。他光让我悟。我陪伴成老整整十二年，也整整悟了十二年。

我为老马的遭遇和付出愤愤不平。我说：这个姓成的，也太不够意思了。

老马苦笑着说：当孙子嘛，就不能计较这些。当孙子要不怕苦和累，不怕冷落和委屈，才刚说过的，你就忘了？

我说：当孙子也该继承一些遗产啊？

老马说：成老去世后，一些报刊想发表他的作品，我经常把抄写好的稿子提供给他们，他们发表时，在最后面的括号里用小一号字标注：此稿由老马整理。我就是靠这整理二字，才在省文坛上慢慢出名的。

老马的脸上，终于露出了一丝笑容。我看得出，那笑容有些凄楚和辛酸。

我说：二爷，您真的太不容易了。

老马睁大眼睛，看了我一下，说：也容易，一熬就熬过来了。实事求是讲，给成老抄写稿子的过程，也是我向成老学习创作的过程。成老还给我留下了他耿直的人品和对文学创作极端负责任的精神，这叫精神熏陶吧，知道吗？

我没说知道，只是点了点头。

老马叹口气又说：现在世风变了。像成老这样的爷已很难碰到了。你直言说想当孙子，会把爷惊吓跑的。爷们的心里想：现在是市场经济了，无利不起早，哪还有真心诚意来当孙子的？一定是有所图谋。爷们都被吓怕了。你满世界去找爷，哪天才能找到？

我说：也是，也是。

老马说：你小子命好，不用满世界找，在省城你拜我就行。

我说：就是，就是。您正好是文坛名家，一肚子文学创作的真经秘诀，正好也是我二爷，是真二爷。

老马笑了，说：要不我说你命好哩？当孙子需要坚持，坚持从一点一滴去做。一个人当一天孙子容易，难得的是天天当、月月当、年年当，只有坚持下去，时间长了，经受住了考验，才会有人把你当孙子。

我说：毛主席说，坚持就是胜利。我一定坚持下去，天天早上给您端尿盆，晚上提尿盆，给您当一辈子孙子。

老马说：也不用天天端，碰上了就端。要做的事多着呢，比如洗衣服、扫地、做饭。

我想到了二爷当孙子的艰难人生，心情有些沉重，半天无语，看着窗外飘落的雪花发呆。

老马说：行了，今天下雪，你又是刚进文坛的新人，不给你说太多了。你没有亲身体会，太多了你也记不住，搞不好会影响你的情绪。

我赶紧给老马又倒了一杯酒，双手端给他，说：二爷，有啥真经秘诀您尽管说吧，我记性好，能记住。

老马喝了一口酒，用手抹拉一下胡子拉碴的嘴，说：给你说个原则吧，就是在文坛里要永远当小字辈。比你早发表处女作一天的人，都是长辈，见面要笑脸相迎，说话要低声细语，做人要低调，要温良恭俭让，知道吗？

我低声细语说：二爷，我知道了。

我临走时，老马半眯缝着眼睛说：今天咱爷俩说的都是家里话，出去家门，就当是一阵风刮跑了。尤其是二爷走上文坛的曲折道路和艰难往事，千万不要对外人说，我是用来教育激励你的。当孙子，这是咱的家教，谁让我是你二爷哩？

我站起来，毕恭毕敬地给老马鞠了一躬，说：二爷放心，是咱的家教，我记住了。

从老马家出来，雪片满天纷飞，越下越大了。

哥，咋整的？

已经快春天了，咋又下了这么大一场雪？

## 2

哥，我又一次来老马家，已经是秋末冬初了。夏秋两季，我回老家割麦种秋。我种有十五亩地。等到秋庄稼全部收完，没有等种完小麦，我又急匆匆地来到省城。我这么着急，是因为我在报纸上看到，老马获得了黄河文学大奖。这个消息令我热血沸腾，浮想联翩，夜不能寐。

我到了老马家，把一口袋玉米面放在地上，说：二爷，祝贺您老荣获黄河大奖。咱全村人、全马氏家族的人都为您成为大名人高兴。

老马笑了，笑得很灿烂。

我说：家里人听说我当了您这个大名家的学生，都说这是马氏家族的祖先有灵，嘱咐我好好在您的教育下也能够成名。没有啥孝敬您，扛了一袋玉米面。这是新玉米磨的，新鲜，熬糊涂好喝，香。

老马摸着玉米面口袋，说：二爷从小就爱喝新玉米面熬的粥。噢，咱老家不叫粥，叫糊涂。

我说：是，老家不叫粥，叫糊涂。

老马说：新玉米面熬的糊涂就是香。

哥，咋整的？我又闻到了那股难闻的味道。低头一看，尿盆放在床下。我赶紧弯腰伸手去端尿盆。那尿盆里依然是满满的一盆发黄的泛滥着臊臭味儿的尿。

倒过尿盆回来，我拿出买的两瓶二锅头和三袋花生米，爷儿俩又开始边喝边聊。

我说：二爷，您获了黄河文学大奖，为咱马氏家族争了光。您还有啥秘诀赶紧告诉我，我心潮澎湃，夜不能寐，也想获奖，也想为咱马氏家族争光。

老马喝了口酒，半眯缝着眼睛说道，袁枚有一句诗，叫"有磨皆好事，无曲不文星"。不经过磨炼和曲折，哪会能成为文坛之星？

我喝了一大口酒，说：二爷放心，作为一个马氏家族的子孙，我一定好好向您学习，不怕曲折，不怕磨炼自己。

老马瞪大了眼睛，说：好。我想了想，有一个秘诀可以告诉你。

我有些迫不及待，说：谢二爷。啥秘诀？

老马没有说话，半眯缝着眼睛，拿起笔在纸上写了三个字：装君子。

我低声问老马：装君子？

老马点点头，说：对。啥叫君子，知道吗？

我心里很紧张，有些胆怯，说：知道。君子也敢装？

老马说：又骄傲？知道了还问？

我没敢再说话。

老马睁大眼睛说：君子咋不敢装？

我说：皇帝早就没有了，哪还有皇帝的儿子？

老马半眯缝着眼睛问：啥皇帝的儿子？

我说：皇帝叫君王，皇帝的儿子不就叫君子吗？

老马笑了。

哥，咋整的？

老马笑过，眼睛睁得很大，说：你真是个农村的土包子，没有文化。

君子，指有身份，有地位，道德品行兼优的人，也叫正人君子。从衣着外表到言谈话语，都要装扮成一个正派人。西装革履，和颜悦色，谈吐优雅，不卑不亢，一副文质彬彬、绅士一样的派头。

我说：那不就是伪君子吗？

老马生气了，说：啥叫伪君子？周公恐惧流言日，王莽谦恭未篡时。向使当初身便死，一生真伪复谁知。时时伪装，事事伪装，天天伪装，年年伪装，伪装一辈子，不就是真君子了吗？

我多少有些懂了。

老马问：你现在有钱吗？

我说：有。今年卖小麦和玉米的八百多块钱，我都带来了。

老马说：人是衣裳马是鞍。你以后跟我出去参加活动，要先置办一套行头，把自己打扮打扮。

第二天晚上，老马带着我跑到鬼市，花一百五十块钱，买了一套旧西装，十块钱买了双旧皮鞋，五毛钱买了一条旧领带。回来后我看到西装和领带太脏，丢到水里洗了洗。

哥，咋整的？没想到西装和领带干了，变得皱皱巴巴的，活像咱村老土他九十岁娘的脸。

三天后，老马带我出席一个名家作品研讨会，看到我洗过的衣服和领带，嚼我：你真是个憨囚球，这西装和领带哪能用水洗？要干洗。

老马含着几大口凉水，"噗噗噗"喷到西装和领带上，把壶里的开水灌到茶缸里当熨斗，把西装和领带熨平了，帮我穿戴好，还帮我整了整头型。老马把自己也打扮得焕然一新：头上打了发蜡，头发梳得一丝不乱，衣服熨得没有一个折子，皮鞋擦得锃光瓦亮，身上还喷了些香水。

老马成为名人后，穿衣打扮仪容仪表真的变了。我要不说，没有人会知道他住在厕所旁边一间简陋的平房里，经常蓬头垢面、破衣烂衫，床下放着一个尿盆，尿盆里满是发黄并泛滥着臭味臊味的尿。

那天，进了会场门口，每人发了一个口袋。老马被人迎接到主席台上就座了，我坐在最后一排。看看左右没人，我把手伸进口袋掏出来一个东西：哇，一架精美的日本傻瓜照相机。我的心情非常激动，对老马的感激崇敬之情油然而生。老马，我的真二爷，您心胸开阔，待我像亲孙子一样。您不像当年的成老，平时把您当孙子用，可从来不让您参加这样的活动。这个冷漠无情的成老，我始终对他没有一点好感。

会场里的人越来越多了，我赶紧把相机放进包里，掏出了一本诗集《长江与黄河》和一本小说集《难忘的乡村》，作者的名字叫吴池。封面上吴池两个字，每个字有一元钱硬币那么大。还有一份彩色折页，印有吴池的彩色照片和简介。看了简介，知道这是个文坛新秀，出版的作品目录印了两页半。我怀着无比崇敬的心情，仔细阅读了吴池的作品目录，发现他一年中出版了二十八本文学著作，平均一个月出版了两本还多。今天的会就是专门为他召开的。相比之下，我为自己的无能而感到深深的愧疚。

哥，咋整的？都是人，人家吴池的年龄比我小那么多，我和人家吴池的差距咋就这么大呢？我恨不得把头往墙上撞，用巴掌扇自己的脸。一阵掌声响起，打断了我心中的自责。我抬头看着主席台上的老马，老马正人君子般地坐着，脸上略带微笑，两只眼睛半眯缝着，注视着会场上的我们。我突然想到了成老。老马跟了成老十二年，成老才发表过五六篇作品，我比成老年轻得多，比成老发表的作品还多，有啥可自责的？我那颗无比愧疚的心终于慢慢平静下来，伸开准备扇自己脸的巴掌也慢慢地握了起来。

哥，就在这一次研讨会上，我和老马有了严重的分歧和对立。不过，我和老马的对立和分歧在会上没敢有任何表现。

当时，老马坐在主席台上，高举着吴池的诗集，两只眼睛睁得很大，放射出炯炯的光，用无可辩驳的声调说：著名诗人吴池的诗，大气磅礴，诗语如歌，诗情如水，诗境如画，读起来令人思绪万千，热血沸腾。吴池是当代诗坛上，又一颗冉冉升起的璀璨的年轻的诗星。

老马真不愧为北京大学中文系毕业生，他对吴池诗的评价把研讨会的气氛推到了高潮。吴池的脸上洋溢着灿烂的笑容。

哥，咋整的？

听着老马的赞誉，看着吴池兴奋不已的脸，我却一直很迷茫，很痛苦，极度迷茫和针扎一样痛苦。因为我翻看了吴池的诗集《长江与黄河》和小说集《难忘的乡村》，我的感觉和老马的评价截然两样。回到家里，我翻开吴池的诗集，把有些地方指给老马看。我说：二爷，您看吴池写的：

啊，长江。

啊，黄河。

啊，长江长，

啊，黄河黄。

长江没有黄河黄，

黄河没有长江长……

这难道就是大气磅礴，诗语如歌？

老马半眯缝着眼睛看着我，说：咋不是？这诗句朗诵起来多有气魄。

我说：二爷，再比如：

秀秀跑了

山上长着树，

河里没有鱼。

狗在睡觉，

汪汪乱叫……

这也叫诗情如水，诗境如画？

老马睁大眼睛说：这是一幅多么好的山水人狗图啊？

我实在忍耐不住了，说：这叫狗屁不通。

老马说：狗屁咋不通？

我说：通吗？

老马说：秀秀跑了，跑到山上，山上长着树。跑到河里，河里没有鱼。碰见一只狗在睡觉，狗见了秀秀就汪汪乱叫起来，这狗屁咋不通？

哥，咋整的？

听着老马的解释，我一时真的无话可说。心想：老马，我的二爷，你真的是太有才了。

不过，我并没有死心，我还有证据。我拿起吴池的小说集，随便翻出一页指给老马看：

> 村委会主任苏河桥在大会上要求：苏家庄的新农村建设要统一规划，统一建设，统一色调。比如盖房，必须红砖青瓦。青瓦好办，关键是红砖。把黄土烧成红砖，往黄土里兑的红色颜料，一定要严格按照比例，不能有的兑多，有的兑少。那样烧出来的红砖，会浅红深红不一样，影响新农村房屋建设的统一色调。

我说：二爷，咱村里世世代代开砖瓦窑，红砖是咋烧出来的，您不知道？往黄土里兑啥红色颜料，这不是胡扯吗？连一点基本常识都没有。

我急了，骂出声来。

老马说：我没有烧过砖瓦窑，不知道。

我说：砖在窑里烧到了火候，封窑熄火。自然冷却的窑，出来的是红砖。浇水冷却的窑，出来的就变成了青砖。哪是兑红色颜料烧的？这在咱村几岁孩子都知道，您咋会不知道？

老马半眯缝着眼睛，没有再吭声。

我又翻开一页指给老马看：

那棵古老的西红柿树焕发了勃勃生机，长得枝叶繁茂。西红柿熟了，红彤彤的，像一盏盏红色的灯笼挂满枝头。该收获了，大人们搬着梯子靠在粗壮的树干上，蹬着梯子爬到树上去摘西红柿。男孩子们灵巧，不用梯子，双手抱着树干，像猴子一样爬到西红柿树上……

　　我说：二爷，世界上有这样的西红柿树吗？

　　老马说：世界上啥东西都可能有，只是我们还没有发现，人家吴池发现了。

　　哥，咋整的？

　　我和老马实在无法再继续交流下去了。我很苦闷：跟着老马，我的作家梦还能够实现吗？

　　几天后，老马打电话说：着装，提着你的作品到我这儿来。

　　我顿时又燃起了当作家的希望。老马领着我，说去见星空文化公司的一个编辑室主任，那是一家很有名的文化公司。到了那家公司，接待我们的主任岁数不大，超不过三十岁。

　　老马的眼睛睁得很大，说：刘主任，这是我老乡，在国外待了多年，写过不少作品。最近又写了一部小说，我看了三遍，看一遍流一次泪，让我硬给拉到你这来了。你看看能不能在你这儿出版？

　　我心里像做贼一样发虚。别说我根本没有出过国门，连省城也很少来。但为了我的作品能够发表，我必须按照老马在路上的嘱咐，强壮精神，昂首挺胸，君子般地在椅子上坐着，一脸谦恭，略带微笑，用一副大作家的神情看着刘主任。

　　刘主任看着我，问：你尊姓大名？

　　我回答：马克·吐。

　　刘主任热情起来：哇，马克·吐？和马克·吐温只差一个字。以前发表过什么大作？

我回答：国内发的不多，在美国、瑞典、英国、法国、日本发表过一些长中短篇小说。

哥，咋整的？

我说这句话的时候，心里扑腾扑腾直跳，脸上有些发烧，像喝了烈性白酒一样。这些话都是老马要我这么说的。

刘主任立刻对我肃然起敬，站起来和我握手，说：感谢您对我们星空文化公司的支持，我们一定尽快安排出版。

我和老马昂首挺胸、正人君子般地走了。

出了星空文化公司，我的心还在扑通扑通跳，脸还在火烧火燎地发热。我半天没开口，不知道该和老马说啥。

老马睁大眼睛，对我说：搞文学创作，就是要敢于把现实生活当成文学创作，把文学创作当成现实生活，实现二者的一体化、同一化。现实生活中有的，可以创作，这是现实主义的创作方法。现实生活中没有的，也可以创作，这是浪漫主义的创作方法。创作是思维的特殊功能。要敢于用思维的利剑，斩断现实生活的种种束缚，用诡异主义的创作方法在文学创作的崎岖小道上不断攀登，才有可能到达光辉顶峰。

我问：啥叫诡异主义的创作方法？

老马说：这是在浪漫主义创作方法的基础上，创新发展起来的一种创作方法。比如，我和你正在说话，碰见了一头驴，你趁我没注意，一头钻进了驴肚子。我望望苍天，瞅瞅大地，四处不见你。只见那头驴尥起两只前蹄，咴咴咴大叫三声，两条后腿轻轻在地上弹跳两下，屁股眼里啪啦下出一个小驴驹来。那一头小驴驹落地后摇晃几下，很快站稳了脚步，仰头摆尾，嘴里说着人话，问：老马，你猜猜我是谁。

我说：要是一头公驴咋办？

老马说：公驴能下出你来，情节会更精彩。

哥，咋整的？

我四下看看，路上车来人往，熙熙攘攘，没有一头驴。想了想也是，这些年马牛驴骡猪羊鸡鸭鹅等,别说在城里,就是在很多农村,也很难再看到它们的身影。只是,二爷信口能够以驴举例,足见二爷还没有忘记当年家乡的驴们。

老马半眯缝着眼睛说:如何把现实主义、浪漫主义特别是诡异主义的方法结合起来进行文学创作,引导生活、开拓生活、创新生活,这是很多人都在思考探索的课题。

老马一番充满哲理的话,引起了我深深的思考。我想到了一些演员,把演戏当生活,把生活当演戏,分不清何时在演戏、何时在生活。一些电影导演,把导演电影当导演生活,把导演生活当导演电影,实现了二者的一体化、同一化。想到这些,我对吴池诗里的长江黄河、秀秀树鱼狗,小说里的红砖头、西红柿树,对老马在星空文化公司的策划等,慢慢地理解了。

我的心跳趋于了平静,脸皮的温度恢复了正常。

老马,我北京大学中文系毕业的二爷,真是把握了文学创作与现实生活内在的、本质的、必然的联系,实现了现实主义、浪漫主义和诡异主义创作方法的完美结合。在老马的教育指引下,我感觉自己信心满怀,下决心一定要沿着崎岖的小路,向文学创作的高峰攀登。

后来,我的那部小说出版了。这是我出版的第一部长篇小说。老马的创作成功了,也是老马带领我进行的一次成功的创作。不过,那是个网络小说编辑部,那部小说是在网络上出版的。我有些失望。

小说发表后不久的一天,我特意买了三瓶精品二锅头、两斤猪头肉去感谢老马。我知道老马嗜酒如命,也爱吃猪头肉。到了老马家,打开酒瓶,我们爷俩推杯换盏,不时地往嘴里扔猪头肉。屋里飘散着诱人的酒香肉香,伴随着我们俩朗朗的笑声。等到老马喝六七分醉时,我说:二爷,托您的声望,我的作品将来能不能在正规出版社出版?

老马喝了一口酒,咂咂嘴说:你小子一开始不能期望值太高。我们国家正规的报刊和出版社把关太严,那些编辑要求都很高。咱要从网络上打开缺口，打出一片新天地。不是有好几个作家都是先在网络上走红，才走向今天的辉煌吗？

我说：知道了。像列宁说的那样：社会主义革命，可以在资本主义统治整个链条上最薄弱的环节上进行，并且有可能取得成功。

老马有些生气了，涨红着脸说：你能不能谦虚点？这话要传出去，能把你打成反革命。社会主义的出版行业，咋能叫资本主义统治链条？网络小说，咋能和社会主义革命相比？

哥，我吓得出了一身冷汗，赶紧说：我只是借用列宁语言的逻辑形式，不涉及具体内容。

老马一脸的严肃，说：这话出去可千万不能说。

我说：知道了，向列宁保证。

老马笑了。

我告诉老马：我那部小说在网络上出版后，邮箱里收到了很多来信。有的请我去讲课，有的请我当文学评论家，有的作者寄作品请我帮助修改，写评论，向报刊社推荐。二爷，您说我该咋办？

老马说：你现在和我当年一样，已经是小有名气了，这就更要谦虚谨慎，有君子胸怀、君子风度。

老马又一次提到了君子。

我想到了他告诉我要装君子的秘诀，便有些醒悟了。我瞪着渴望的眼睛看着他。

老马酒喝得有些多了，醉眼蒙眬，舌头有些发硬，声音有些发直，但依然谈兴不减。他说：自己发表了作品，那叫有才。别人发表的作品，不管好与不好，都要点头称好，那叫有德。一个人这两方面做好了，叫德才兼备、德艺双馨。成老当年为啥被打成右派？在文坛上后来没有再出名？就是因为他自恃有才，对别人的作品爱提意见，爱批评别人。

我若有所思地点着头。

老马说：百花齐放、百家争鸣嘛，谁写的都是一家之言，都有自己的风格和表现手法，都是作者呕心沥血的产物。单看一篇作品之缺点，天下没有一篇好的作品。单看一篇作品之优点，天下没有一篇不好的作品。文无第一，武无第二。啥好啥不好？有统一标准吗？要有君子一样的胸怀。你小子那天拿着吴池的作品质问我，你以为我心里不清楚？就你知道吴池的作品不行？不行咋能出版？咋还专门召开他的作品研讨会？二爷我说他的作品不行，就真的不行了？你真是个直憨。太直太憨，知道吗？

老马又喝了一大口酒，解开衣服扣子，屁股往地下出溜，他想往地上坐。

哥，咋整的？

我赶紧把老马扶到床上，说：二爷，您喝多了，睡吧。

老马躺在床上，半眯缝着眼睛继续说：告诉你小子，对吴池那类作品千万不要说不好，说不同意见。那样大家会指责你心胸狭隘，不能兼容并包、谦恭待人，那会得罪一堆人，将来你不好在文坛上混。那些作品你就是真的看不懂，也不要说不懂。文坛发展日新月异，新的作品层出不穷，谁能都懂？你说不懂，别人会说你层次低、没知识，瞧不起你。为啥有人提出了一种诡异主义的创作方法，懂吗？

我说：二爷，我懂了。

老马睁大了眼睛说：你又骄傲。在文坛上混，一定要有君子一样的风度，君子一样的胸怀。一个人的后面站着一堆人，一堆人的后面站着一片人，一片人就是汪洋大海，大海掀起的巨浪能淹死你。装君子容易吗？

我老老实实地说：二爷，真的很不容易。

老马半眯缝着眼睛问：你知道吴池他爹是干啥的？

我说：不知道。

老马说：作协副主席吴廖，知道吧？

哥，咋整的？

我听了心里大吃一惊，感觉到像一个炸雷，炸得我魂飞魄散，半天没敢吭声。

那天晚上，我也喝多了，没有走，和老马睡在一张床上。

第二天早上，老马起得很晚。我知道老马爱吃油条。为了感谢他昨天晚上告诉我的秘诀，特意跑出去买了六根油条，用新玉米面熬了一锅糊涂，切了一盘咸菜。丰盛的早餐在桌上摆好，我说：二爷，起床吃吧，刚买的油条，新玉米面熬的糊涂，热乎。

老马起床后坐在桌前。他的脸色发青、眼皮浮肿，两眼看着桌上的油条和糊涂，又看看床下面。我立刻明白了，赶紧说：二爷您吃，我来端。我弯下腰伸出手，把他尿的满满的一尿盆发黄的泛滥着臊臭味儿的尿端了出去。

从厕所回来，六根油条老马已经吃了三根。我想起昨天晚上的事，说：二爷，昨天晚上您喝多了，难受吧？

老马喝了两口糊涂，又夹起第四根油条，咬了一口说：昨晚我根本没有醉。我酒量大，啥时候你见我喝多过？

我说：没有，没有见二爷喝多过。非常感谢二爷对我的教诲，二爷昨晚上给我说的话，我一定牢牢铭记在心。尤其是对待吴池的作品，一定和二爷保持高度一致，自己不随便说话。

老马咽下一大口糊涂，嘴巴停止了嚼动，筷子夹着一截油条悬停在半空，半眯缝着眼睛问：吴池的作品？吴池的作品怎么了？昨天晚上我都给你说啥了？

哥，咋整的？

我有些吃惊地看着老马，心里想：您刚才说昨晚没有喝多，咋记不清自己说啥了？

老马见我没有吭声，咬了口油条，慢慢地嚼动着。油条咽进了肚子，又喝了口糊涂，突然睁大眼睛，用自信的口气说：昨晚上，我啥也没给你说。

我用疑惑不解的眼神看着老马，发现老马又半眯缝着眼，也在看着我。我的目光碰撞着老马的目光，就像电子对撞机一样，我被撞得心慌意乱，眼前的老马变成了一团迷雾。

突然，老马张大嘴咬了一口油条，快速嚼动了片刻，一伸脖子咽下肚去。他端起碗，咧开大嘴，呼噜、呼噜几口把糊涂喝了个精光，然后咂着嘴，眼睛大睁，依然很自信地说：小子，昨晚上，我啥也没有给你说。

老马说完，用筷子敲着空碗，大声说：这新玉米面真香。去，再给我舀一碗糊涂。

哥，咋整的？

## 3

腊月的一天，飘着鹅毛大雪。老马来电话叫我过去。我徒步走了将近两个小时，才到了老马家。进了屋子，迎着门口大衣柜的玻璃镜里，我看见自己的头上身上披了厚厚的一层雪，眉毛上胡子上也黏着雪花，像个雪人似的。

老马依旧穿着那件中式黑色的旧棉袄，肩上依旧开放着那朵核桃般大小灰色的棉花。我曾经给老马买过一件新的羽绒服，几次劝他把这件棉袄扔掉，老马不肯，他半眯缝着眼睛说：这棉袄贴身，暖和。后来他告诉我，那是他上大学期间一个相好的女同学亲手给他做的。老马进了高墙后，那个女的嫁给别人了。老马很重感情，每年冬天都穿着它。

老马见了我，哭了。哭得悲痛欲绝，眼泪鼻涕溢出，混合着挂在脸上腮上和下巴颏上。

哥，咋整的？

我吓了一跳，赶紧说：二爷，没关系，这点雪一抖就掉了。

老马用发亮的棉袄袖子擦了一下眼泪鼻涕，说：和下雪没关系。我几个月前开始腰疼，越来越重，上个星期去照了个片子，昨天结果出来了，医生诊断说是肝癌晚期。

噢，原来是这个原因。我听了很震惊，心里一沉，看着悲伤欲绝的老马，也想哭。但没有敢哭。

我安慰说：二爷，现在的癌症病人有百分之五十是吓死的，百分之三十是吃药毒死的，只有百分之二十是真癌症。您的可能是误诊，不必太忧伤。

老马说：我死了没有啥，二爷在苦难的岁月里已经活够了。今天把你叫来，是还有个非常重要的秘诀传授给你。

我知道，人在得意时容易说狂话，在急躁时容易说胡话，在冷静时容易说假话，在快要死时容易说真话。老马大概是觉得自己真的是不久于人间了，一定是把最重要的秘诀传授给我。

我弯下腰伸出手把尿盆端了出去，回来给老马倒了杯水，说：二爷，不急。这省城里就咱两个关系最近，血管里流着同一个祖宗的血，我一定好好伺候您，像当年您对待成老那样。

老马躺在床上，示意我靠他近点。老马说：这个秘诀是我近几年来才发现的，文坛上极少有人知道，会用的人更少。我自己也从来没有用过。有时也想用，可一想到成老，就没敢用。唉，这个成老，影响了我后半辈子。这个秘诀本来我想秘不示人，带到棺材里去的。后来想想，你还年轻，不传授给你，怕你思想保守、眼光不敏锐，在文坛上跟不上新形势、新发展和新潮流，落后于时代。今天下着大雪把你叫来，想口授给你。

我很激动，说：二爷对我恩重如山，我会永远记着二爷，不给马家丢脸。

老马睁大眼睛说：你要发誓，这一秘诀只能你一人知道，永不传给别人。

我一脸的感动和悲伤，握紧右拳，庄严地对着老马说道：二爷，我发誓，这秘诀只能我一人知道，永不传给别人。

然后，我拿出了笔记本和笔，准备记。

老马说：不能用笔记，只能听，用心记。

我赶紧放下笔，合上笔记本，做洗耳恭听状。

老马咽了一下口水,用舌头舔了舔发干的嘴唇,半眯缝着眼睛,眼睛里光泽闪烁。他声音不大但很清晰:学流氓。

哥,咋整的?

听了老马的话,我几乎不相信自己的耳朵。老马是不是临死前说的胡话?不对吧,人死前容易说真话啊?

我是不是听错了?问:学流氓?

老马睁大眼睛,很肯定地说:学流氓。

我胆怯地问:咱不会学流氓啊?

老马板起脸来,说:谁生下来就是流氓?谁愿意去学流氓?流氓都是被逼无奈才学的。

听了老马的话,我立刻想到了村里的马大喷。马大喷就是个流氓。他调戏侮辱本家嫂子,勾引他舅舅家的儿媳妇,有时假装喝醉酒,脱得光溜溜的满村跑。他在乡粮库下面挖地洞,偷盗粮库里的粮食。深夜拿着短头棍,四处游荡,学着外地人的腔调,打劫过路人的钱财。在周围的几个村子里挖墙钻洞,专门强奸寡妇和孤身女人。后来因为强奸外村一个六岁女孩儿被枪毙了。想起马大喷,我的心里就像吃了个苍蝇,硌硬得慌。

老马离开村子早,不认识马大喷。我对老马说了马大喷的事。我说:二爷,搞文学创作的都是知识分子,文化人,咋能像马大喷一样,去当流氓?

老马说:文坛里的流氓和老家农村里的流氓不一样,不是张牙舞爪、偷鸡摸狗的,去弄些乌七八糟的事。文学领域的流氓人数极少,你表面上很难看得出来。他们都很文雅,正人君子,文质彬彬的。

哥,咋整的?

我疑惑不解地看着老马。

老马半眯缝着眼睛说:这领域学流氓有秘诀。

我很惊奇:有秘诀?

老马依旧半眯缝眼睛:对,有秘诀。

我问：啥秘诀？

老马说：要做到"三敢"。

我急切地问：哪"三敢"？

老马睁大了眼睛说：早上没有吃东西，饿，说不动了。

我突然想到今天下大雪，二爷早上一定没有吃早餐。便赶紧跑出去买吃的。中午，街上的好几家小吃铺都没有炸油条。我买了五个肉夹馍，一瓶二锅头，两碗烩面。

老马大概是饿极了，看着我买来吃的，睁大了眼睛说：反正二爷也活不了几天了，不能让嘴亏着。他一口气吃了三个肉夹馍，一碗烩面，喝了多半瓶二锅头。老马又有些醉醺醺的了。

老马喷着满嘴的酒气，半眯缝着眼睛说：一敢抄。现在文坛上有几个新秀，其中一个人两个星期写出来三本巨著，一百多万字，还都出版了。他们真是神星？瞎扯。他们都是雇人抄袭别人的东西，包括抄袭港台的、国外的，今人的、古人的。成老那么深的学问，那么老的资历，一辈子才写了多少字？出了多少本书？

我说：雇人抄要拿钱，咱哪有钱？

老马睁大眼睛说：自己抄啊！现在抄又不是用笔，都是用电脑搜罗资料，拼接情节，改头换面，移花接木，东拼西凑，狗腿拉羊腿，挂着羊头卖狗肉。

我说：知道。抄袭别人的东西不超过百分之二十，就不违反版权法。

老马说：你又骄傲。超过百分之二十又咋了？百分之二十点五、二十点一就违反版权法了？现在是改革创新的时代，一个字可以有很多种意思，一句话可以有很多种表达形式，一种文体可以有很多种写作方式，谁抄袭谁？你能写这个字这句话这种文体，我怎么就不能写这个字这句话这种文体？天下就你一个人聪明？就你一个人会写？

哥，咋整的？

从老马的嘴里能说出这样的话来，是我万万没有想到的。

老马睁大了眼睛说：你是年轻人，在这方面胆子要大，不要怕别人说，不要去争论，要硬着头皮顶住。鲁迅先生早就说过，走自己的路，让别人说去吧。啥叫抄袭？啥不叫抄袭？都能讲出无可辩驳的理由。

说心里话，我对老马说的这些，并不感到新奇。

停顿一会儿，老马接着说：当然，话又说回来，抄袭也要有水平，也要讲些技巧，不能硬抄。比如当年，苏联有个作家叫高尔基，中国就有人叫高尔其。前些年，省城一家饭店叫大乌鸦，开得很火，有人就开饭店叫大乌鸭。你在这方面也有天分，世界上有个著名作家叫马克·吐温，你就起名叫马克·吐。

提到了这个名字，有一件事情老马根本不知道。我一开始写过好多篇东西，用真名寄给了报纸杂志后，都石沉大海，没有一点声息。后来，我想到了老家人说的话：不改名字不发。为了能发，我就改用马克·吐温的名字，把两篇作品分别寄给了两家杂志社，结果那两家杂志社很快就都发表了。几天后，其中一家杂志社的编辑约见我，问：那篇马克·吐温的作品发表后，有读者来电话问，原稿出自什么地方，谁翻译的。我说：我自己写的，我就是作者。编辑很生气，质问：你为啥敢盗用世界著名作家马克·吐温的名字？我说：我的笔名叫马克·吐，河南温县人，合起来简称马克·吐温，咋叫盗用？编辑说：骗子！站起来气呼呼地走了。后来，另一家杂志社的编辑打电话来，张口就骂我是个骗子。我想，那两个编辑大概为我的事，相互之间交流过意见吧。我思考再三，怕再惹麻烦，就干脆把马克·吐后面的温字去掉了。

看着眼前病危中的老马，我觉得这件事也没有必要再让老马知道了。

老马睁大了眼睛，继续对我说：再比如有人写，蓝蓝的天上，飘着朵朵白云。

你可以写：朵朵白云，飘在蓝蓝的天上。

也可以写：天蓝蓝的，朵朵白云在天上飘着。

还可以写：天上飘着白云朵朵，天蓝蓝的。

祖先们创造了丰富多彩的语言文字，怎么码不行啊？都是炎黄子孙，这些语言文字允许你用，难道不允许我用？

　　老马有些激动。

　　我不以为然，用平静的目光看着老马。好在老马目光呆滞，没有看出来。

　　老马半眯缝着眼睛说：二敢写。比如写诗，十个指头在电脑上不停地打字，至于打出来啥字，不用管。打出来的是啥字就是啥字，关键是断句。想写成五言的诗，就五个字点一个标点。想写成七言诗，就七个字点一个标点。想写成杂体诗，就随便点标点。

　　我说：那个吴池，就是用的这种写法。

　　老马说：有人在学吴池的这种写法，认为是一种创新的诗体，叫牛拉屎体，简称牛体。

　　我说：那天研讨会上，听人议论说，吴池准备拿这种新体诗集去申报下一届的诺贝尔奖哩。

　　老马说：他大概还没有睡醒。

　　我说：二爷不也高度评价吴池的诗，说好吗？

　　老马嗔怪地说：你真是个直憨，太直太憨。那诗好不好，我心里没有数？

　　哥，咋整的？

　　我不想再刺激老马，只是点了点头。

　　老马说：我在这方面吃过大亏。当年我申报副高职称时，一个考官问：六七十年代写诗时，讲究韵律。现在的诗怎么都没有韵律了？我怎么看不懂现在的诗？请问：是诗歌创新发展了还是我落伍了？我说：说实话？考官说：不说实话给你画×。我说：不仅你看不懂，我写了那么多诗，其实我也看不懂。八个考官都笑了。结果我没有通过。

　　老马又喝了一口酒，接着说：妈那×，和我一起面试的吴廖嘴会说。吴廖，就是吴池他爹。他回答考官说：在经济飞速发展的年代，诗歌也有了跨越式发展，这叫无韵律诗，是新时代新生活催生的一种新型诗歌。结果吴廖通过了。

我说：二爷，我不想写小说了，想写诗。

老马半眯缝着眼睛问：为啥？

我说：二爷借给我的那本诺贝尔奖获得者威廉·福克纳传记我看了，福克纳就说，每个小说家都想先写诗。

老马说：福克纳后来又说，一个人发现自己写不了诗歌以后，才又试着写短篇小说，短篇小说是在诗歌之后最讲究的形式。只有在写短篇小说失败之后，才着手创作长篇小说。这些话你没有看到？

我说：这些话在后面吧？书太厚，我还没有看到哩。

老马说：吃别人嚼过的馍有啥滋味？要敢于创新。人家吴池开创了一个牛体诗，你就不能开创出一个马体小说？

我想了想也是，就点了点头。

老马示意我再靠他近点，他几乎是贴着我的耳朵，喷着满口酒气，低声说：还有一敢。

我急忙问：哪一敢？

老马说：要敢写女人……要不厌其详，不厌其细，不厌其多。写得越详细越多就越好。

哥，咋整的？

我对老马说：知道了。三敢呢？

老马说：又骄傲。你急啥？

我翻了翻眼睛看了老马一下，没有再吭声。

老马睁大眼睛说：你不爱听二敢？你对女人不感兴趣？

我还是没有吭声。心想，现在获奖的小说，有几篇几部里面没有写这方面内容？没有写这方面内容，有几个评委爱看？真是的。

老马大概感觉到了我的不屑一顾，叹了口气说：唉，咱村里出来的人就是太古板，太老实，太不解风情。你不爱听二敢就算球了。给你说三敢吧。三敢编。比如编穿越：地球人和外星人谈恋爱，秦始皇热恋慈禧太后……

哥，老马临死前才告诉我的这个秘诀，真的很令我失望。这些也叫秘诀？还说要准备带到棺材里去。我热烈渴望、充满无限期待的一颗火热的心，如同遇到屋外面漫天纷飞的大雪，骤然冷却下来了。

哥，就在我获奖的前七天，老马走了。

老马的后事都是我操办的。我特意为老马买了一套新衬衣新西装新黑呢子大衣，一双三接头的新皮鞋，一顶鸭舌帽戴在他的头上，一条鄂尔多斯纯毛围巾围在他脖子上。按照老马的遗愿，把他安葬到东山公墓成高墓旁。安葬老马那天，按照咱老家埋葬人的习俗，晚辈要摔盆摔碗，要让死者带着他生前常用的物品和心爱之物到另一个世界享用。我就把老马的那个尿盆，狠狠地摔碎在他的墓前。我把他那件肩上开着核桃般大小灰色棉花的中式黑棉袄，连同我买的花圈和纸扎的童男童女手机电脑奔驰轿车豪华别墅等放在一起，在他的墓前烧了。在熊熊的烈火中，它们都化作了一堆灰烬。一阵旋风刮来，灰烬随风升起，像一群黑色的蝴蝶在天空翻飞远去。

我领奖的那天，正好是老马的头七。

不管怎样说，老马的离去对我来说真是打击太大了。宋朝人唐子西在《唐子西文录》里记载一句话：天不生仲尼，万古如长夜。咱村如果没有生出老马，我肯定还在文坛中摸索着艰难前行，我的作家之路也许是一片黑暗，永无光明。如果没有老马，很可能就不会有我的今天。

老马，敬爱的二爷，我将永远怀念您！

哥，需要向您说明的是：我之所以把老马告诉我的、我曾经对老马发誓绝不外传的这个秘诀写信告诉你，绝不是我有意失信于老马，而是因为这个秘诀不像前两个，知道的人少。这个秘诀早已不是什么秘密，文坛不少人都知道。尤其我，对这个秘诀更是早已心领神会，身体力行。我这次获奖的、以前发表的、包括星空文化公司发表的那部长篇小说和我现在手里的一堆稿子，哪一篇不是用这种套路写出来的？老马毕竟是年纪大了，受20世纪五六十年代文坛风气的影响太深，尤其是成老罩在他身上的阴影太重，面对着日新月异的发展形势，老马真的是反应迟钝，已经远远落后于文化跨越式发展的时代步伐了。

哥，老马把当今一些人这种创新的、即将流行开来的创作方法，称之为"学流氓"，则是我万万没有想到的，真的没有想到，连做梦也没有想到。临死前的老马，真是语出惊人。

哥，咋整的？

我清楚地记得，老马是用半眯缝着的眼睛和睁大着的眼睛两种神态交替着说出"学流氓"那三个字的。自从那天老马用两种眼神交替着给我说了那三个字以后，我就经常想起村里那个挖墙钻洞偷抢财物调戏妇女强奸六岁女孩被枪毙的流氓马大喷，就时刻感到如芒在背、万箭穿心，夜不能寐，心里很不舒服。老马那时而半眯缝时而睁大的眼神，村里被枪毙的流氓马大喷，秘诀三敢……像一团团钢丝乱麻，交织在一起，盘绕在心头，压得我喘不过气来，极大地破坏了我的创作欲望和激情，直到现在，我再也没有心思进行过创作。我不知道，我以后还能不能在文学创作的道路上再走下去。我还想到，一旦那些像我一样用这种方法创作的人听了那三个字，会不会惊叫着跳将起来，骂着很难听的话去和死了的二爷老马算账？

哥，好像有人在敲门，你等等。是哪个鬼叫门，偏偏这时候来？影响我给您写信。

我醒了。是敲门声把我惊醒的。

哥，咋整的？原来，我做了一个梦。

哥，我这些年很少看文学作品，也根本不知道文学创作领域里的事，梦中的情况大概在这个领域根本就不存在。我醒后思考了好几天，只是觉得这个梦很有意思，就把它写出来了。

哥，我是无意中在废纸堆里捡到了一本杂志，那杂志里有对您的介绍，看了介绍才知道，原来您是个著名的文学编辑，也是个长期在文坛上混的人。您可真能保密。哥,如果说信中的内容冒犯了您,请您一定多多原谅,因为我真的不是有意的。您就只当是痴人说梦吧,千万不必当真。

看完信,我蒙了,云里雾里的。

我虽然姓马,可我的爷爷、父亲和我,都是独生子,三代单传,哪来的这个弟弟?再说,我们家从曾祖父那辈子起就居住省城,哪会有这个同村同宗的弟弟?他信里写的那个活跃在省文坛上的老马,我怎么从来就没有听说过?

难道他真是痴人说梦?这个马克·吐。

不管怎么样,信中的内容还是极大地吸引了我。我看了看信封上的地址,找地图估算一下,离省城不是太远。第二天吃过早饭,我拿着信,按照信封上的地址,开车去寻找这个弟弟。

出省城上了高速,道路两旁的森森林木片片花草,纷纷向后倒去。一个多小时后,下了高速,一条坑洼不平的柏油路伸向远处的县城。路旁杂树稀疏,树木中间泛滥着一片一片的油菜花。路边停着一些小车,各色男女兴高采烈地举着相机手机在拍照油菜花。他们大概不知道,这些油菜花是鸟吃了品质优良的油菜籽没有消化拉屎到这里,落地后野生的。这些野油菜花根系扎地很浅,只能长半尺多高,枝细叶弱,花朵色艳瓣薄,虽然好看,花却只有几天时间就凋谢了。野油菜花结的荚很少,荚里的籽也很小,有的根本不结荚。

开车穿过县城,柏油路变成了一条乡间土路。土路两边的田野里,全是半人高的油菜花。油菜花枝干粗壮,花朵虽然不太稠密,但朵朵盛开,蝴蝶蜜蜂在花丛中飞忙。令我意外的是,这里没有一辆小车,没有一个观赏拍照油菜花的人。我下了车,仰望着一望无际的田野,金波涌动,黄浪滚滚,花香扑鼻,令人陶醉。为了观赏拍照油菜花,我曾经去过二月的云南罗平县,三月的重庆垫江县,四月的陕西汉中盆地,五月的江苏兴化市,六月的新疆昭苏县,七月的青海门源县,怎么不知道这里竟然有着如此漂亮的油菜花？由于受各种媒体广告舆论忽悠，我过去走了太多太远的弯路。看来，会不会宣传造势，效果真的是完全两样。

我又开车继续行驶。半个多小时后，终于在一个小镇上找到了一个院子，门口的牌子上写着信封上的地址：湖州道圳桦路××号。

我拿着信，问传达室的保安：你们这里有这个人吗？

保安接过信，看了一眼，问：马克·吐，你认识他？

我说：不认识。

保安说：那就别找他了。

我问：为啥？

保安说：他是个精神病人。

我大吃一惊，有些不相信，又问：这里是啥单位？

保安说：精神病院。

保安看我还是有些不相信，指着地上的一堆纸袋包裹，说：你不相信？那些都是给他退回来的东西。

我的情绪一落千丈，心乱如麻，堵得慌，用手拍打着那一沓信，禁不住地喃喃自语：

兄弟，咋整的？

## 15　马克·吐，咋办？*

### 1

马克·吐大概到死都不知道，我不仅不是他哥，我和他没有一丁点儿关系，而且他给我写的那封信，反倒给我惹出来一场官司，烦不烦人？

马克·吐给我写的那封信，是诉说他走在文学道路上的苦，让人看了心酸流泪。这个人也是，没睁开眼睛看看，走在这条路上的谁不苦？路遥不苦，陈忠实不苦，还是梁晓声不苦？谁不是字字汗句句泪的！拿我来说，辛辛苦苦读到文学博士毕业，在省城一家文学杂志社当编辑，至今快二十个年头了，混得，提起来就想把头往墙上撞。不久前，突然露出来一丝亮光——编辑部空出一个副主任的位置。论资历，凭能力，论民意测评我得票数最多，高兴得我，像是在希望的田野里好不容易逮着一只兔子，抱在怀里，扑腾扑腾地狂跳了好几天。然而，就在这关键点上，就因为他的那封信，又给我弄出来这么一出。

我真想当面问问马克·吐：咋办？

---

*《马克·吐，咋办？》发表于《北京文学》2023 年第 11 期，马克·吐、老马是本人中篇小说《哥，咋整的？》中的主要人物，本小说中的节录和有关情节，均为原版。《哥，咋整的？》原载《北京文学》2014 年第 12 期，《小说选刊》2015 年第 1 期和《中华文学选刊》2015 年第 5 期转载。《哥，咋整的？》与《马克·吐，咋办？》时间跨度 8 年，可视为姊妹篇，个中缘由读者可放开了去想。

那天来找我闹事的，是个女的，穿着打扮还算时髦。这女人三十多岁，四十多岁？搞不清楚。女人的岁数永远是个谜。她看上去个子不高，胖瘦适中。一头彩发，红黄相间波浪滚滚，一直倾泻到肩上。她戴的那眼镜，金丝镜框闪动着暗光，散发出一种莫名其妙的贵气。两块冰冷的玻璃镜片倒挂在镜框上，三面都没有镶边，阴冷的气息沿着镜面散漫开来，覆盖了她一脸。微微凸出的小嘴丰满红艳，半张半合，洁白的门齿尖似露非露着。尤其是那双眼，杏仁状，珠乌黑，躲藏在镜片后面，放射出的眼神锐利尖刻，像割肉的刀子，闪着寒光，看着让人发怵。我之所以这么细说她的头脸嘴眼，就是想让读者一看就知道，这是个精明透顶遇事不饶人的女人。果然，当她确认了我就是我以后，人没有坐下来就问：

"《哥，咋整的？》是你写的吧？"

"是。"

"发表在《西京文学》2018 年第 12 期上？"

"是。"

"《时代文学选刊》2019 年第 1 期，转载过？"

"是。"

"《文学精粹》2019 年第 5 期，也转了？"

"你是谁？你想要干什么？"

没等她再往下问，我便打断了她。我讨厌她的那种口气，肆无忌惮眼中无人居高临下像审问犯人。不管怎么说，我也是堂堂的七尺男儿，名牌大学毕业的文学博士，在她面前倒像是在招供。是老子写的，怎么了？我在心里给自己壮胆打气。我心里清楚，自打我的那篇小说（主要内容，耐心的读者可关注后面的《起诉书》证据部分）发表后，确实是得罪了圈子里的一些人，他们对我有意见、有看法。两年前，全市小说评奖，我有两篇入了围，可后来被一刀砍了下来。有人知道这夺命一刀的原因，私下里告诉我，就是你的那篇《哥，咋整的？》把你给整下来的。但我绝没有想到，今天竟然会有人整上门来质问我，像是审问犯人！

"我？我叫马小咩，老马，马克·吐他二爷，马剑南的女儿。"

我心里吃了一惊：老马，马克·吐他二爷，马剑南的女儿？不过，我很快就镇静下来。我和她互不相识，从未谋过面，找我何干？这女人，难道说她和那个误把我当哥的马克·吐一样，也是个神经病？哦，对了，这极有可能，都是马氏家族。据说神经病有家族遗传。要不，就是这女人别有用心，是故意来找碴的？烈酒不可多喝，好男不跟女斗。想到这句警世良言，我的心里有点乱了。不过口气装得还算平和，坦然：

"老马，马克·吐他二爷，马剑南的女儿，与我有什么关系？"

"你把马克·吐写给你的信，鼓捣成一篇小说，刊登在全国的名刊上，暴露了我父亲马剑南的隐私，造成了很坏的社会影响，也给我带来很大的伤害。你必须公开道歉，承担全部责任，消除由此引起的一切不良后果。"

"笑话！你说的这些，简直可以当笑话。"我对此不屑一顾，脸上绽放出一丝淡淡的冷笑，"那个马克·吐，是给我写过信，我的那篇小说是根据他的信写的。"我内心无愧，照实了说，"小说是文学作品，和现实生活不一样，你怎么能够当真？"

"怎么能够当真？"那女人镜片后面的杏眼立刻瞪圆了，气势汹汹逼人，"著名大作家张洁，也是个女的，知道吧？她说小说除了名字是假的，其他的都是真的。你的那篇小说里，不仅名字是真的，内容也是真的，怎么不能当真？"

"张洁说的真，和你理解的真不一样。她那是从哲学角度讲，概念一样内涵不同，这你不懂。再说，内容真不真，你也未必清楚。"我慢慢地回过味来，用话把她往外推，"你可以去找马克·吐。信是他写的，你去找他才对。"

"他死了。我现在只能找你！"

"死了？"这消息让我感到震惊。我曾经去找过马克·吐，但传达室的人拦住了我，没见到他，"他住在湖州道圳桦路××号，听说他是个神经病，你知道吗？"

"当然知道,我去过,不止一次。他是个神经病。不过医生说他是间歇式神经病,有时清楚有时糊涂。"

"他在信里说,他写的是个梦,一个精神病人做的梦!咋能当真?"

"正因为他是个神经病,他说是梦,实际上那不是梦,那都是真的。"

你听听,一个神经病,做的一个梦,还都是真的。这都是些啥话?这年头,脸蛋漂亮脑子里进水的女人比较多。遇到这种女人,反倒让你的脑子进了水一样,会突然断片,无语,不知道该说些啥好。

这个马小咋,玻璃镜片的光一闪一闪的,镜片后面的杏眼半眯缝着,冷飕飕地看着我。她又掏出一沓材料,放在我面前说:"你看看吧,这是我准备起诉你的。"

我没有去接那材料。我干吗要看那材料!

老话说,饿死不做贼气死不告状。这年头完全变了。顿顿吃大鱼大肉鱼翅海鲜的人一有机会也去偷东西,包括大饭店卫生间里的纸。一丁点儿事翻几个跟头与法律擦不上边的也动不动拿来起诉人打官司上法庭,胆小的能吓得半死。有自己不愿意直接打官司的,就拿钱请律师,让律师出面打。有的律师拿了钱,就像雇佣兵上了战场,怀里揣着钱拼着命往死里打。

突然,我脑子里一亮,反问那女人:"马克·吐写老马,他二爷,马剑南,说他二爷一辈子单身,没有结过婚啊?"

"你是不是健忘啊?"那女人立刻来了精神,"《哥,咋整的?》里面,是不是说老马穿着一件中式黑色的旧棉袄?那件旧棉袄肩上烂了,马克·吐曾给他买过一件新的羽绒服,劝他把这件棉袄扔掉,老马不肯,说这棉袄贴身,暖和,那是他上大学期间一个相好的女同学亲手给他做的。老马进了监狱后,那个女的就嫁给别人了。有没有?"

"噢,好像有,有。"

那女人的杏眼一下子又睁圆了起来:"那个给他做中式黑色棉袄的女同学,不是他的相好,那是他的妻子,是我妈。我父亲进了监狱后,我母亲就和他离了婚,那时我才不到两岁。"

我听了心里责怪老马:这么关键的事,你老马咋就没有告诉马克·吐?看来老马也不是什么事都告诉马克·吐。这老马!

和马小咩接触的时间虽然很短,只有十几二十多分钟,但给我的感觉是这人好像在哪里见过,似曾相识。尤其是她的那两只眼睛,不大,躲在镜片后面,时而半眯缝着,时而睁得很圆,无论是半眯缝着还是睁得很圆,都透射出精明狡黠的光。噢,想起来了,在马克·吐的信里,写过他二爷老马:"后来和老马接触,发现老马在思考问题或说很机密很深刻很尖锐的话时,一般都是半眯缝着眼睛,像聚光灯一样,把光源积聚在一起,闪动着深邃的穿透力极强的光芒。当他一旦想清楚了,在毫无顾忌地表达时,两只眼睛睁得很大,射出的是无可辩驳的光芒。"

一股凉气不由得从脚底下升起,我的心里一颤。

马克·吐你要是不死,我真想当面问问你,咋办?

## 2

几天后吃过早饭,我骑自行车去单位上班。在好好的路上正蹬着车,忽听咔嚓一声,脚蹬子突然蹬空了,吱吱溜溜地空转了好几圈,下来一看,链条断了。倒霉,我只好推着走。到了单位,听有人在楼道里议论说,编辑部副主任的人选很快就要进行民主推荐投票了。迎头碰见几个同事,他们故意给我开着玩笑,向我祝贺,逗我取乐,甚至有人喊我马主任。我怀揣的那只希望的兔子,又开始扑腾扑腾地狂跳起来了。就在这时,我接到了一封快递,打开了看,一份《起诉书》,是起诉我的。没错,就是那天马小咩拿的我没有接着的材料。没想到她倒来了真的。我走了半天路的两条腿突然发软,一下子瘫坐在椅子上,半天没有缓过劲来。我的心跳加快,头有点晕,目有点眩,眼前恍恍惚惚像有阴云在飘动。眼前桌上的杯子里,有昨天喝剩下的半杯水,我端起来连着喝了几大口,精神才稍稍有些镇静下来。我拿起《起诉书》看，我的罪名主要有三条：

一是借马克·吐信中马剑南之口诬陷文坛年轻新秀。主要证据（节录《哥，咋整的?》）：

1. 老马喷着满嘴的酒气，半眯缝着眼睛说：一敢抄。现在文坛上有几个新秀，其中一个人两个星期写出来三本巨著，一百多万字，还都出版了。他们真是神星？瞎扯。他们都是雇人抄袭别人的东西，包括抄袭港台的、国外的，今人的、古人的。

我说：雇人抄要拿钱，咱哪有钱？

老马睁大眼睛说：自己抄啊！现在抄又不是用笔，都是用电脑搜罗资料，拼接情节，改头换面，移花接木，东拼西凑，狗腿拉羊腿，挂着羊头卖狗肉。

2. 现在是改革创新的时代，一个字可以有很多种意思，一句话可以有很多种表达形式，一种文体可以有很多种写作方式，谁抄袭谁？你能写这个字这句话这种文体，我怎么就不能写这个字这句话这种文体？天下就你一个人聪明？就你一个人会写？

停顿一会儿，老马接着说：当然，话又说回来，抄袭也要有水平，也要讲些技巧，不能硬抄。比如当年，苏联有个作家叫高尔基，中国就有人叫高尔其。前些年，省城一家饭店叫大乌鸦，开得很火，有人就开饭店叫大乌鸭。你在这方面也有天分，世界上有个著名作家叫马克·吐温，你就起名叫马克·吐。

3. 老马睁大了眼睛，继续对我说：再比如有人写，蓝蓝的天上，飘着朵朵白云。

你可以写：朵朵白云，飘在蓝蓝的天上。

也可以写：天蓝蓝的，朵朵白云在天上飘着。

还可以写：天上飘着白云朵朵，天蓝蓝的。

祖先们创造了丰富多彩的语言文字，怎么码不行啊？都是炎黄子孙，这些语言文字允许你用，难道不允许我用？

老马有些激动。

二是借马克·吐信中马剑南之口诬陷年轻诗人。主要证据（节录《哥，咋整的?》）：

1. 老马半眯缝着眼睛说：二敢写。比如写诗，十个指头在电脑上不停地打字，至于打出来啥字，不用管。打出来的是啥字就啥字，关键是断句。想写成五言的诗，就五个字点一个标点。想写成七言诗，就七个字点一个标点。想写成杂体诗，就随便点标点。

我说：那个吴池，就是用的这种写法。

老马说：有人在学吴池的这种写法，认为是一种创新的诗体，叫牛拉屎体，简称牛体。

我说：那天研讨会上，听人议论说，吴池准备拿这种新体诗集去申报下一届的诺贝尔奖哩。

老马说：他大概还没有睡醒。

我说：二爷不也高度评价吴池的诗，说好吗？

老马嗔怪地说：你真是个直憨，太直太憨。那诗好不好，我心里没有数？

2. 老马酒喝得有些多了，醉眼蒙眬，舌头有些发硬，声音有些发直，但依然谈兴不减。他说：自己发表了作品，那叫有才。别人发表的作品，不管好与不好，都要点头称好，那叫有德。一个人这两方面做好了，叫德才兼备、德艺双馨。成老当年为啥被打成右派？在文坛上后来没有再出名？就是因为他自恃有才，对别人的作品爱提意见，爱批评别人。

我若有所思地点着头。

老马说：百花齐放，百家争鸣嘛，谁写的都是一家之言，都有自己的风格和表现手法，都是作者呕心沥血的产物。单看一篇作品之缺点，天下没有一篇好的作品。单看一篇作品之优点，天下没有一篇不好的作品。文无第一，武无第二。啥好啥不好？有统一标准吗？要有君子一样的胸怀。你小子那天拿着吴池的作品质问我，你以为我心里不清楚？就你知道吴池的作品不行？不行咋能出版？咋还专门召开他的作品研讨会？二爷我说他的作品不行，就真的不行了？你真是个直憨。太直太憨，知道吗？

3. 老马说：我在这方面吃过大亏。当年我申报副高职称时，一个考官问：六七十年代写诗时，讲究韵律。现在的诗怎么都没有韵律了？我怎么看不懂现在的诗？请问：是诗歌创新发展了还是我落伍了？我说：说实话？考官说：不说实话给你画×。我说：不仅你看不懂，我写了那么多诗，其实我也看不懂。八个考官都笑了。结果我没有通过。

老马又喝了一口酒，接着说：妈那×，和我一起面试的吴廖嘴会说。吴廖，就是吴池他爹。他回答考官说：在经济飞速发展的年代，诗歌也有了跨越式发展，这叫无韵律诗，是新时代新生活催生的一种新型诗歌。结果吴廖通过了。

三是借马克·吐信中马剑南之口污蔑亵渎女性。主要证据（节录《哥，咋整的?》）：

老马说：要敢写女人……要不厌其详，不厌其细，不厌其多。写得越详细越多就越好。

刚看完这些材料,电话铃响了。

"马编辑吗?我是马小咩。《起诉书》收到了吗?你好好看看,看《起诉书》上的证据部分,是不是真的?是不是冤屈了你?"

"看了,刚刚,都是节录小说里的。不过我提醒你,那些罪名不能成立。那些所谓的证据,都是马克·吐信中写的,都是老马,马克·吐他二爷,马剑南说的。我并不是什么借马克·吐信中马剑南之口。再说,马剑南说的,马克·吐写的,难道不是真的?"

"是真的?是真的你就能随便发表啊?"

"怎么不能?马克·吐的信是写给我的!"

"写给你的,他让你发表了吗?他给你有委托书吗?马克·吐给你的是私人信件,私人的,明白吗?你有什么权利把它公开了?发表了?还几个杂志转载?你这不仅是侵犯了马剑南的隐私权,也侵犯了马克·吐的版权,这些都是违法行为。我父亲要是活着,马克·吐要是活着,我们会联起手来起诉你!"

"我认为,你父亲说的,马克·吐写的,都是真的。那都是他们的亲身经历,切身感受。我作为一个文学杂志的编辑,发表了一个读者的来信难道违法?凭什么他们要是活着,就会和你联手来起诉我?"

我的嘴里这么说,心里却打了个激灵。说实话,有关这些方面的法律知识,我还真是懂得不多。文坛上有些人就是法盲,天天只顾埋头创作,不去关心啥违法啥合法,我就是其中一个。眼前,这个脸蛋漂亮脑子里进水的女人,拿起了法律这把刀子,一下子插进了我无知的心脏。我有些不知所措,从心脏的刀口处浮上来一个疑问:马小咩的话,难道没有一点道理?确实,一个简单明了的道理摆在面前:这世间有很多事,即使是真的,也不是能随便说的,说了就可能会招惹麻烦。

我的眼前黑洞洞一片,寒气逼人,几乎要令我窒息。

那女人继续说，听上去她很激动："告诉你，我也是一个作家，一个女作家，写诗，也写散文，写电视连续剧。你知道这几年我有多难吗？我比马克·吐难，比我父亲当年还难！你要是不道歉，不承担责任，我要是不告你，那些文坛年轻新秀，那些年轻诗人，还有广大女性，他们能饶得了我？我以后在文坛上咋混？在人生道路上咋混？我再告诉你，那个写牛体诗的吴池，他爹吴廖，现在被提拔为市作协主席，是一把手，一把手，知道吗？一句话可以要你的命！半年前，我调到了市作协，正好在他手下，我的小命就攥在他的手里。吴廖主席，包括市作协的人，要是一旦知道了我是老马，马克·吐他二爷，马剑南的女儿，我以后在这里咋待得下去？我会比马克·吐还难，比我父亲还惨……"

电话里，好像听见了那女人低低的哭泣声。

我这人心软，听不得人哭，尤其是听不得女人哭，特别是我见过的这个女人。我心里一沉，有点湿漉漉的。我想到了马克·吐信里的老马，也就是马小咋他父亲马剑南说的一句话：

"一个人的后面站着一堆人，一堆人的后面站着一片人，一片人就是汪洋大海，大海掀起的巨浪能淹死你。"

我的手在发抖。我挂上了电话，心里七上八下的，更加不平静起来。铁炉上烧水壶里的水开了，热气咕嘟咕嘟地冒着，冲得壶盖噶当噶当响。我感到一种从未有过的迷茫，慌乱。

马克·吐你要是不死，我真想当面问问你，咋办？

## 3

我失眠了，常常夜不能寐。

我跑了好几次医院，吃过不少安眠药。从第一代镇静催眠药三溴合剂，第二代艾司唑仑，第三代佐匹克隆，都吃了，可就是死活睡不着，有啥办法？实在没办法，我就经常半夜三更地走出家门，在大街小巷里游逛。半夜三更的大街小巷并不寂寞，也不孤独。不明不暗的角落里，可以看到耳鬓厮磨相互撕咬揉成一团的年轻恋人。小巷深处，有相互搀扶依依不舍的老鸳鸯。街巷的垃圾桶旁，不辞辛苦的破烂王们正充满希望地在翻拣着对自己有用的东西。当然，也不时地碰见像我一样踽踽独行的，肯定也是遇到了大事、难事夜不能寐的愁苦人。思来想去马克·吐，我觉得还是必须得去找你，找到你，才能把一些情况弄明白，也才好找出对策，把这一关应对过去。

马小咔说你死了，我不信。

一般来说，处于你这种状态的人大都长寿。憨直者寿。这是古训。短命的，大都是那些头脑清醒、思维缜密、精细如织、大事小事都高度敏感的人。比如把我整成这样的那个女人。这种人精于算计，白天马不停蹄地四处奔忙，夜晚整宿不睡觉耗尽了心血，是不可能长寿的。白居易有诗曰："自静其心延寿命，无求于物长精神。"还有个叫吕岩的，写过一首《绝句》："息精息气养精神，精养丹心气养身。有人学得这般术，便是长生不死人。"这个道理，有多少人明白？再说，像马小咔这种脸蛋漂亮脑子里进水的女人，十有九个嘴里说出来的话有水分。她那很可能是说的气话，她找你，目的没有达到，就诅咒你，恨你不死。

寒冬时节，万物凋落，天气已经很冷了。不像是我那次去找你的时候，那是个春天，阳光明媚。路两边的田野里，全是半人高的油菜花。油菜花枝干粗壮，花朵虽然不太稠密，但朵朵盛开，蝴蝶蜜蜂在花丛中飞忙。一望无际的田野里金波涌动，黄浪滚滚，花香扑鼻，令人陶醉。现在的田野地放眼望去，全是趴伏在地面上灰绿色的麦苗，枯草干树把景色弄得一片昏黄。加上我血糖高，心里急，两只血糖眼看这世界，迷迷糊糊的，像是弥漫着雾霾沙尘。一只黑色的乌鸦从眼前飞过，嘴里衔着一根稻草之类的东西。凛冽的寒风吹着，看不清风向，我心里大概是有火，也不觉得冷。我又一次来到了湖州道圳桦路××号，就是那个精神病院。院里的一位领导老辛，热情接待了我。老辛听说我是来找马克·吐，张口就说：

"马克·吐死了。"

"死了？"

"死了！"

这个消息让我半天说不出话来。没想到马小咋说的是真的，常说假话的人有时也说真话。我深深地敬默了几十秒钟，为你敬默，为你致哀，虽然咱俩从未谋面，马克·吐老弟。从老辛的嘴里，我才知道你为了小说，被人折腾，受尽了磨难，最后把命都搭上了。相比之下，我面临的那些遭遇算个屁？马克·吐老弟！

老辛告诉我："马克·吐虽然小学毕业，却一直是个文学爱好者，爱写小说。"

"这我知道，他给我的信里写过。"

"真正把他逼成神经病的，就是因为他写小说。"

"写小说？写小说咋就能把一个人写成了神经病？"

"马克·吐告诉我，说他写了两篇小说，发表在两个杂志上。后来，那两个杂志社告他，不停地告他，说他盗用了一位世界大作家的名字，让他们弄错了，误以为是他写的，就刊登了。没想到那两篇是伪小说，把那两个杂志社给骗了，把他们的声誉给搞砸了。有不少读者网上批评他们，打电话质问他们，甚至有找上门来的，弄得他们很被动。杂志的发行量明显下滑，经济效益一天不如一天。他们一直闹，时间有一年多吧？也可能是两年，两年多，马克·吐病了，刚开始只是头晕、头痛，睡眠不正常。后来整夜失眠，睡不着觉。再后来，出现了大小便失禁，一条腿疼痛、麻木。由于不断地受到刺激，马克·吐的精神也有些不太正常起来。"

"哦，这个我知道一点，不过不太详细，他在信里写过。"我禁不住点着头，把一张材料递给老辛，这是从《哥，咋整的？》小说里复印下来的：

我一开始写过好多篇东西，用真名寄给了报纸杂志后，都石沉大海，没有一点声息。后来，我想到了老家人说的话：不改名字不发。为了能发，我就改用马克·吐温的名字，把两篇作品分别寄给了两家杂志社。结果那两家杂志社很快就都发表了。几天后，其中一家杂志社的编辑约见我，问：那篇马克·吐温的作品发表后，有读者来电话问，原稿出自什么地方，谁翻译的。我说：我自己写的，我就是作者。编辑很生气，质问：你为啥敢盗用世界著名作家马克·吐温的名字？我说：我的笔名叫马克·吐，河南温县人，合起来简称马克·吐温，咋叫盗用？编辑说：骗子！站起来气呼呼地走了。后来，另一家杂志社的编辑打电话来，张口就骂我是个骗子。我想，那两个编辑大概为我的事，相互之间交流过意见吧。我思考再三，怕再惹麻烦，就干脆把马克·吐后面的温字去掉了。

"没错，就是这件事。前前后后，我参加了他们之间的很多次调解。"老辛看了看复印材料后说，"小马是个文学热血青年，人很聪明，但也很单纯，很幼稚。那两个杂志社逼他，不仅让他退稿费，还让他写道歉信，要他承认自己写了伪小说，欺骗了杂志社，欺骗了广大读者，要把道歉信刊登在报纸杂志上。他坚持不写。他说发表小说，署名是作者自己的自由。世界上有个马克·吐温，难道我是中国人，就不能叫马克·吐温了？再说，我后来为了避嫌，把那个温字也去掉了，叫马克·吐。"

"马克·吐这话，说得有道理。"

"问题是，那两个杂志社还是紧追不放，死缠硬拽的，不依不饶。马克·吐急了，质问他们，你们杂志发不发小说，到底是看小说的质量，还是看小说的作者是谁？一个文学杂志决定哪篇作品发不发，如果只是根据作者的名声大小，而不是根据作品的质量高低优劣，这种做法，害了多少有前途的文学爱好者，你们知道吗？这个道歉信，我是绝对不会写的，不写，死都不写。作者也有尊严，我要捍卫作者的尊严。"

"说得是。现在有些编辑，天天追着名人要稿子。有些名人为了应付差事，随便写了一篇，就被奉为精品，这个杂志刊登，那个刊物转载，报纸发表评论，开研讨会大造声势做宣传。弄得连名人都啼笑皆非，张不得口。有的名人背地里，忍不住自己扇自己的脸。而刚刚走上文学创作道路的人，想发一篇即使写得不错的作品，很难。"

"看来在文坛混生活，也真是不易啊。"老辛的脸上也露出了无奈，"马克·吐一直拗着，坚持不写道歉信。后来，就把他折腾出病来了，住到了我们这个医院。唉，这孩子实在是太不容易，太可怜了！"

老辛的话，让我想到了路遥。

路遥在回忆他《平凡的世界》创作时写道：每天工作十八个小时，分不清白天和夜晚，浑身如同燃起大火，五官溃烂，大小便不通，深更半夜在陕北甘泉县招待所转圈圈行走，以致招待所白所长犯了疑心，给县委打电话，说这个青年人可能神经错乱，怕要寻"无常"。每一次走向写字台，就好像被绑缚刑场；每一部作品的完成都像害了一场大病。当我终于把最后一页写完了，之后，就把这支用了六年的笔从窗户扔了出去……平时我很少流泪，这时不由自主地大哭起来，然后坐在床边发呆。

当路遥在文学创作上终于小有成就，当他去北京领奖时，接过弟弟借来的路费，破口骂出一句：去他妈的文学！

这包含了他压抑在内心的多少愤恨和酸楚？

我也想到了陈忠实。陈忠实写《白鹿原》，从1973年冬天动意到1992年春天交稿，呕心沥血前后近二十年。当他把书稿从兜里取出来交到出版社编辑手里时，竟然连一句话也说不出来。他说，那时突然涌到嘴边一句话：我连生命都交给你们了，最后关头还是压到喉咙以下而没有说出，却憋得几乎涌出泪来。二十天后接到出版社的来信，匆匆读完信后连续"嗷嗷嗷"叫了三声，跌倒在沙发上，眼泪倾泻而出。

还有梁晓声，用铅笔，用命写。一百多万字的《人世间》，构思三年，写了五年，修改了三稿，用他的话说：写着写着，我的颈椎病越来越重，眼睛花了，手也不那么听使唤，字已经写不到格子里边去，最后，我干脆直接用铅笔在 A4 纸上写。写的过程中由于营养不良，或者由于焦虑，指甲当时都会扭曲，都会半脱落的那种状态。头上也有"鬼剃头"。下半部没写完，就得了胃癌，癌症啊！

自古人叹蜀道难。爱好文学的人，行走在文学创作的道路上，比当年行走在蜀道上还难！

我问老辛："马克·吐住到了你们这里，是不是好些？"

老辛并不认同，显得很是气愤："好些？更坏了。马克·吐住到了我们医院，听说他写了一封信，寄给了一个文学杂志社的编辑，那编辑把这件事刊登在杂志上，社会上影响更大了。那两家杂志社就追到这里来闹，说太让他们丢脸了，让他们在广大读者面前的脸，都丢尽了。他们让马克·吐退了稿费不说，还让他必须写道歉信，必须在各大媒体上公开道歉，承认错误，承担责任，不然不行！"

"马克·吐不是已经得病了，神经病，他们不知道？"

"他们说，得了神经病，完全是骗人！神经病咋还能写信？神经病写的信，咋还能刊登在杂志上？"

"马克·吐真的没有错，有什么可道歉的？"我也很生气，可怜马克·吐兄弟，"从他的那封信，我就看出他有文学才华。可惜了，实在是太可惜了。他是怎么死的？"

"还是因为写道歉信，逼的。"

"那两个杂志社，也太过分了。"我激愤起来，"他们作为杂志社的编辑，把的什么关？负的什么责？凭什么把一个爱好文学的青年逼上了绝路？"

"不光是他们。后来，又来一个女的。"

"女的？"

"女的，叫马小咔，那女人更是厉害，更凶。她说马克·吐给一个杂志社写信，说那信是写她父亲的。杂志社的一个编辑，把那封信改了改，以小说的形式发表了，暴露了她父亲的隐私，败坏了她父亲的名誉，给她带来了很大的伤害，也要马克·吐写道歉信。她要马克·吐必须说，那信里写她父亲的，全是假的，就像他过去盗用马克·吐温的名字写的伪小说一样，都是马克·吐自己瞎编的，与老马，她父亲马剑南无关。不然，要把他告上法庭，要负法律责任。"

我说："这个女人我知道，一般男人都怕她。"

老辛说："马克·吐不怕她！还是那样拗着，坚持不写，说是上法庭，进监狱，就是把脑袋掉了，也坚决不写，要用生命捍卫作者的尊严。就这样，两家杂志社又加上一个女人，三天两头来闹，马克·吐的病越来越严重，后来又得了抑郁症，最后就……跳楼了……"

我听了，半天没再说话。鼻子一酸，想流泪。

马克·吐兄弟，你咋能这样办啊？

## 4

事到如今，我终于明白了。

这个马小咋，她为了自己，先是逼死了马克·吐，现在又来找我，把我又当成了一块替补的石头，拿来填平她所谓的她父亲给她挖的所谓的坑，铺垫她在文学圈子里的路。女人的心，清晰而执着。

接到了法院的传票，我的心里像坠着一大坨铅块，沉甸甸的，吃饭睡觉走哪都带着。去法院的那天上午刚上班，正赶上单位投票，在前一段民主测评的基础上，正式推荐一名编辑部副主任。我满脑子的官司，早已经没了这方面的心思。我填好了票投进票箱，便匆匆赶往法院。我没有推荐自己，我推荐的是孙契。因为投票前有人指点过我，说孙契已经内定了。单位不少人也都知道了，说我最近，因为一篇小说摊上了一场官司。虽然说论资历、凭能力、论民意测评我得票数最多，可现在的我，已经不再是我，我的身上已经背负着单位的名声，和几十号人的切身利益密切相连。

当个一般编辑还不太扎眼,可一旦当了领导……指点我的人话没有说完,我心里已经很明白了。人,哪能没有点自知之明?当然,孙契人也很能干,只是到编辑部时间短些,才两年多,学历也低了点,中专毕业。巧了,出来时正好碰见了孙契,他把我拉到楼梯口,那里僻静,他用眼睛四处巡视后悄声说:"我谁都没有推荐,就写你一个。"

"哦,谢谢!"

"我这人有原则,就是要推荐高学历的,咱编辑部博士生,你独一个,不推荐你推荐谁?"

"非常感谢!"

我皮笑肉不笑的,向他言不由衷地表示感谢。他的话鬼才信呢,他平时的为人我心中有数。

单位离法院不是太远,有两三站地,我步行去,路上也好理理零乱的心。马路上真有些乱。公交车小轿车一辆接着一辆,不时地响起气呼呼的喇叭鸣叫声。电动车多如流水,不少是悄无声息地从你身后边飞驰过来,你要是无意中回头发现了会把你吓得半死。清洁工穿着橘红色马褂狠命地抡着大扫把,把路面弄得尘土飞扬让你无法张口。我拐进了一条小道,路面并不宽却还算平坦。我心事重重地走着。突然间,不知道从哪里窜出来一只狗,巧克力颜色,体形小巧四肢修长,像是林间仓皇逃出的小鹿,它冲着我汪汪汪地狂叫了几声,吓了我一大跳。随后出现一个老者,头发蓬乱却目光善良,手里拿着一盘狗绳,他厉声喝住了狗,转脸向我堆着笑,点点头表示歉意:"小鹿犬,爱叫,不咬人,没事的,它刚打过针。"

我无可奈何地一笑,走了。

到了法院,先是进行庭前调解。调解室在法院大楼一层,房间不大,里面除了我,马小哞,还有一个法官,一个书记员。不知道为啥,眼前的马小哞一改往日的骄横跋扈,脸上堆着捉摸不透的微笑,往外微微凸出的丰满小嘴依然半张半合着。我的心头又是一阵紧张。不知道为啥,一见到这个女人我心里就直发怵,不过表面上还得表现像没事一样。真不能小看这个脸蛋漂亮脑子里进水的女人,你搞不清她怀里揣着啥心思,半张半合着的嘴里会飞出什么意想不到的让你一时无法应接的话。

那法官五十多岁,微胖,手里拿着一袋卷宗,慈眉善目中流露出饱经风霜的气质。他坐下来后,先是核实身份,然后用两只眼睛看看我,再看看马小咋,用眼神在打着圆场。他说:"按照法律程序,今天对马小咋起诉马大中一案进行庭前调解。我们的想法是尽量不上法庭,最好能在这里把问题解决,和为贵嘛,不知道你们两个同不同意?"

马小咋说:"只要马编辑能够写道歉信,承担责任,在刊物上公开发表,我同意调解。"

我马上表明态度:"这不可能。我不会写道歉信,承担责任,更谈不上公开发表。"

这个原则我不能动摇!马克·吐兄弟,我心里想到了你,真的……

马小咋说:"那就上法庭吧!"她的脸色变得坚决起来,恢复到了她以前的模样。

那法官笑了,无声地笑。当他的笑意缓缓落下后,他问马小咋:"你是不是认为,到了法庭上,你就一定能胜诉?"

"我认为,只要法官能够秉公执法,法庭能够以事实为根据以法律为准绳,我相信我能胜诉,我父亲的名誉能够得到恢复。"

那法官问我:"马大中同志,你有什么意见?"

我说:"我的小说,是根据马克·吐写的信。马克·吐已经被他们逼死了,我不会走马克·吐那条路。我认为,马克·吐作为一个文学青年,谈他个人的创作经历,谈他和老马,他二爷,马剑南的交往经历,谈他和老马,他二爷,马剑南在文学创作道路上的坎坎坷坷,都是实情,用不着给谁道歉。"

马小咋急了:"老马,马克·吐他二爷,马剑南,那是我的父亲。没有经过我父亲的同意或委托,任何人无权公开我父亲的言行。"

我也急:"你父亲和马克·吐交往交谈,马克·吐作为两个当事人之一，他有这方面的权利。我作为一个杂志的编辑，发表了一个读者马克·吐的来信，并不违法，也用不着给谁道歉。"

这段时间，我咨询了有关法律专家，补了补有关方面的功课。吃亏的永远是那些本来有理却没有精心准备的人。关羽大意失荆州。自古以来就有血的教训。

马小咋显得更加执着坚定，咄咄逼人："我是马剑南的亲生女儿，我要维护我父亲的合法权益，这是我的法定权利。"

法官看着马小咋，没再说话。他从卷宗里拿出一份材料，递一份给马小咋，也递给了我一份。一看，是《哥，咋整的?》节录的复印件：

  我跟了成老十几年，他的东西一直像茅台酒封在窖里，只发表过五六篇作品。

  我每天不仅帮助成老抄写稿子，还给成老买菜做饭，洗衣服打扫卫生，一直把他送进了东山公墓。

  老马说着，眼圈红了，眼睛里闪动着泪花，声音有些哽咽。

  我赶紧把毛巾递给他，问：成老一定给你传授了写作的秘诀吧？

  老马擦了擦眼睛，说：没有，一个字也没有。

  我说：你给他当了十二年的孙子，他给了你啥？

  老马说：成老只是说：文章千古事，得失寸心知。关键是自己要多看多思多写多改，你好好悟吧。他光让我悟。我陪伴成老整整十二年，也整整悟了十二年。

  我为老马的遭遇和付出愤愤不平。我说：这个姓成的，也太不够意思了。

  老马苦笑着说：当孙子嘛，就不能计较这些。当孙子要不怕苦和累，不怕冷落和委屈，才刚说过的，你就忘了？

  我说：当孙子也该继承一些遗产啊？

老马说：成老去世后，一些报刊想发表他的作品，我经常把抄写好的稿子提供给他们，他们发表时，在最后面的括号里用小一号字标注：此稿由老马整理。我就是靠这整理二字，才在省文坛上慢慢出名的。

　　马小咋看完，对法官说："这材料没错啊？是马克·吐信里写的！"
　　法官说："我是想问问马小咋同志，你认为这份材料能不能作为法律依据？"
　　"当然可以，白纸黑字，铁证如山！"
　　"那好。这里有几句话非常重要，不知道马小咋同志注没注意到？"
　　"哪几句？"
　　"成老去世后，一些报刊想发表他的作品，我经常把抄写好的稿子提供给他们，他们发表时，在最后面的括号里用小一号字标注：此稿由老马整理。我就是靠这整理二字，才在省文坛上慢慢出名的。"
　　马小咋一脸无所谓："我认为这些无关紧要。这是我父亲和成老之间的事。"
　　法官说："那么，成老作品的版权要不要保护？也就是说，成老的合法权益要不要保护？按照你父亲的话说，成老活着的时候，他的东西一直像茅台酒封在窖里，只发表过五六篇作品。成老去世后，你父亲既没有成老的遗嘱和委托书，也没有经过成老的同意，随意整理、发表他的稿子，这是不是也要承担法律责任？"
　　马小咋的脸色一下子变了，白净的脸变得绯红，镜片后面的杏眼半眯缝着，嘴半张半合的，像我有时吃红薯吃急了嗓子眼卡上了一块说不出话来。
　　我立刻兴奋起来，把话跟了上去："成老作品的版权必须保护！马剑南，马小咋的父亲，就是靠整理、发表成老的稿子成名的。她父亲既没有成老的遗嘱和委托书，更没有经过成老同意，为什么随意整理、发表成老的稿子？而且还是靠这个成名的。成老十几年才发表过五六篇作品。这明显是违背了成老的遗愿，侵犯了成老的合法权益。马小咋既然要为她的父亲主张权利，也必须代表她父亲向成老道歉，公开道歉！必须要承担相应的法律责任！"

马小咋有些不知所措起来，口气也明显变软："成老早已过世了，他没有直系亲属来替他主张这一权利。这样的事情，法律上是民不告，官不究，法不判。"

法官说："我姓成，你父亲说的那个成老，叫成高，是我的生身父亲。"

"这怎么可能？"

那个书记员在旁边做证："没错！成老名叫成高，是成法官的父亲。"

成法官和书记员的话，简直不亚于一枚突然引爆的炸弹，轰然剧烈，炸得调解室里声息全无，死一般的沉寂。只听见墙上挂钟的秒针，嘀嗒嘀嗒地敲击着人们的心灵。

马小咋的脸色已经由绯红变得苍白，镜片后面的两个黑眼珠子瞪得溜圆，直直地看着法官。

我也惊呆了。

这世界上真有这么巧的事？真是苍天有眼。

马小咋并不认输，她说："马克·吐信里写，成老一辈子独身啊？"

成法官说："你没有认真看。"

马小咋说："看了！我父亲马剑南说成老，五十年代被打成右派，从北京下放到省城。'文化大革命'期间被红卫兵批斗，一辈子独身！"

成法官的面色依然平静："我父亲五十年代被打成右派，从北京下放到省城。'文化大革命'被红卫兵批斗，父母为了我们几个子女不受牵连，就离婚了。当然，这有两种可能，一是我父亲没有告诉你父亲，二是可能告诉了你父亲，你父亲并没有告诉马克·吐。"

我又接上了话头："我认为只有一种可能，成老告诉了老马，马克·

吐他二爷，马剑南，可老马，马克·吐他二爷，马剑南，并没有告诉马克·吐。目的是在马克·吐面前，老马，马克·吐他二爷，马剑南，想与成老套近乎，让他给成老当儿子成为顺理成章的事。"

马小咔真有点急了，她翻着杏眼看我，怒目而视："胡说！"

"绝不是胡说！"我这时的脑子异常清醒，话赶话说得异常流利，"你看看老马，你父亲，他是怎么告诉马克·吐的。他说他跪在成老面前说：成老，我也是独身，也是从北京到了省城。今后我就是您的亲儿子，我一定好好照顾您。这啥意思？再说，老马，马克·吐他二爷，马剑南，你父亲，也结过婚，但他却告诉成老说自己是独身。而且，他结过婚的事，包括有了你，这么大的事，他也都没有告诉马克·吐。"

窗户外面，听见有喜鹊在喳喳喳叫唤。人要有了好兆头，鸟们都会飞来喝彩。

算了，不说那么多了。反正是最后，马小咔同意调解，撤诉了。

临离开调解室时，我用注视的目光送别马小咔。只见她把红黄相间波浪滚滚一直倾泻到肩上的一头彩发甩到脑后，用手绢把它们捆系在一起。取下了那副散发出贵气的金丝镜框眼镜，掏出一块擦镜布，擦拭着倒挂在镜框上三面没有镶边的两块镜片。离开了眼镜，她的那双杏仁状、珠乌黑的眼睛改变了模样，上眼皮有些耷拉，下眼皮有些拉升，眼神已看不清楚。她的那张微微凸出的丰满小嘴，一直闭合着。

这一场闹得，进一步坚定了我的感受：世间有很多事，即使是真的，那也要看谁来说，乱说就会有麻烦。

事情过后的某一天，社里开会宣布：孙契任编辑部副主任。

散会后，在楼道里孙契迎头碰上我，脸绯红，不说话，使劲握着我的手半天不松。再后来，有人悄悄地告诉我，那个马小咔不仅是个作家，在市作协工作，她还是孙契的妻子。我听了大吃一惊：这人世间竟然会有这事？我犹豫了好几次，想把自己的头往墙上碰，甚至想到过要跳楼。

马克·吐兄弟，你如果有在天之灵，我真想问问你：咋办？

## 16　了了先生*

　　了了先生在溴梁村，可以说是个家喻户晓的人物。

　　不过你千万不要误会，了了先生并不真的是个啥先生。一般来说，先生是村里人对那些张口四书五经、闭口之乎者也满肚子学问人的尊称。可了了先生不是。他是边撷的外号，村东头卖豆腐的边老山的儿子。边撷天天吃着豆腐渣，偷东西打架玩麻雀，在学校里根本不好好读书。小学六年级时，他一篇作文写了半页纸，为凑字数，竟然写了二十几个"了"字。语文老师姓赵，五十多岁，学问极深，也很幽默，在课堂上念给他写的评语："了了先生：了了太多了，光会写了了，了了用多了，得了零蛋了。真要能了了，就不得了了。"同学们哄堂大笑。从此，了了先生名声风传，在溴梁村妇孺皆知。

　　那是在十几二十年前，约1966年初吧。

　　几个月后，"文化大革命"开始了。了了先生一下子活跃起来了，像打了鸡血似的。脸上一天到晚红扑扑的，走路呼呼带风，说话声音高八度，风风火火的，浑身散发出使不完的劲儿。用当时最时髦的话说，叫作意气风发斗志昂扬。他模仿毛体，用黄广告色在一块红布上写着"红卫

---

*　原载《北京文学》2019年第10期。《新华文摘》2019年第24期、《中华文学选刊》2019年第12期转载。

兵"三个字，做成袖头戴在左胳膊上。穿一身槐花骨朵水染绿了白粗布做的军装，腰上系根红布条，站在一张教课桌上，往嘴里塞了一把干豆腐渣，挥舞着《毛主席语录》，呼喊着口号："彻底批判刘少奇的修正主义教育路线！""坚决砸碎旧思想的牢笼！""知识越多越反动！""反对五分加绵羊！"随着口号声飞扬，他把没有咽进肚子的干豆腐渣喷洒得到处都是。他纠集了一帮"零蛋生"们，停课闹起了革命，焚烧书本，批斗老师，破四旧、立四新，东拼西杀南闯北斗，被誉为"革命的小闯将"。

村里很多人都觉得很滑稽，可笑。

有人背地里嘀：这小浑蛋，肚子里没一点儿墨水，光会写了了，咋还闹起革命来了？还当上了小闯将？瞎扯淡。

孙石头也是溴梁村人，和了了先生是同班同学。他身材单薄，性格软弱，话语不多，但功课极好，是属于那种"五分加绵羊"的学生。"停课闹革命"期间，孙石头回到村里，白天在生产队地里劳动，夜里躲在家后院的破草房里，点着一盏煤油灯看书。有人发现，他经常夜深人静时，往村东头生产队的牛棚里跑。牛棚里住着赵老师。这赵老师，据说是20世纪30年代毕业于开封省立河南大学，留校任教多年，有一肚子的学问。50年代被打成了右派，下放到温县一中教书。他不服，四处告状，就被弄到了县城一小学校教书。赵老师还是不服，就被发配到溴梁村，来接受贫下中农再教育。"文化大革命"十年一梦。梦醒后国家恢复高考，孙石头竟然考上了北京大学中文系，一时间，这成了轰动全县的特大新闻。更让人们刮目相看的是，孙石头北大毕业后，又飞到国外，到美国华盛顿大学留学，一直读到了博士毕业。用溴梁村人的话说，这石头，真是一块读书的好料。

读书好的人，就一定能有个美好的人生的前景？那不一定。

弗朗西斯·培根，英国15世纪一位著名哲学家。他说过一句非常经典的话：讲究实际者鄙薄读书，头脑简单者仰慕读书，唯英明睿智者运用读书。这并非由于书不示人其用法，而是因为其用法乃一种在书之外并高于书本的智慧。

　　了了先生和孙石头后来的人生命运，还真是应验了这位哲学先祖的名言。

　　多年后，获得了美国博士学位的孙石头，在横穿市人才市场遇到了了了先生。了了先生比上小学时发福了很多。二尺六寸长的裤腿，三尺二寸宽的裤腰，宽肩厚背，脑袋周围长着一圈头发。脑瓜皮盖上早已经秃了，毫发皆无，闪动着油腻腻的光。他有一双猎狗一样的眼睛，时而半眯缝着，聚焦在某个地方。时而突然睁大，向四处放射开去，搜寻逛摸着周围的世界。一看就知道，这是个善于观察精明透顶的人。

　　孙石头个儿瘦长细高，像是水土不服、营养不良又想拼命长高的豆芽。说话细声低语，温文儒雅。镜片儿后面的眼睛虽然很大，露出的却是淳朴迷茫的光。他在美国华盛顿大学读博士期间，听说祖国改革开放面貌日新月异，各行各业发展得生机勃勃令人欣喜，毕业后他想报效祖国，就回到国内来找工作，立志要大展宏图努力拼搏一番。孙石头没想到会遇见了了了先生，没想到这个当年吃豆腐渣偷东西打架玩麻雀的了了先生，小学六年级没有毕业，现在居然混到了省城，成立了一家文化公司，做起了书的生意。更令他没有想到的是这个了了先生，后来竟把书的生意做得风生水起，在出版领域成了名人。

　　了了先生显得很激动，一把拽着孙石头，嘴里说："我天，老弟啊，咋到这儿来了？走，跟我走。"了了先生牵着孙石头，像牵着一只温顺的羔羊，走出了人才市场。他脸上得意扬扬的，嘴里不停地嘟囔："博士，美国博士，多硬的牌子！好！"

　　人才市场设在横穿市的城乡接合部。横穿市是省会的所在地。20世纪五六十年代，原本只有百十万人口，像样的街道没有几条，三层以上的高楼也没有几栋。改革开放后，城区爆炸式扩展。老城区高楼林立，四周把几个县数十个农村圈进了五环路，人口急剧增长到近千万。这些村子在城镇化建设的浪潮中，变得农村不像农村、城市不像城市。但它有一个好听的名字：城乡接合部。在这别具特色的区域内，居住着贫富不均的人家。先富裕起来的，盖有二层三层甚至四层以上的小楼，外面贴着瓷砖。没有富裕起来的，依然是破旧的瓦房、草房，低矮的围墙，墙头上长着荒草。千万不能小看这个区域。就在这不起眼的城乡接合部，水很深，草疯长，大树多，林也密，生态环境极佳，是养龙育虎的好地方。十几二十多年后，有几个人在国内龙腾虎跃地成了亿万富翁，其中两个在世界财富500强中榜上有名。他们当初都潜伏在这里，都是从这里起的步。据说，有关部门至今仍旧保留着他们当年的居所，把它们作为艰苦创业者的历史见证以教育激励后人。

孙石头有些懵懵懂懂，深一脚浅一脚地跟着了了先生，离开了主街。眼前是一条炉渣铺就的街道，三四米宽，两边长着杂花野草。一只大公鸡带着几只母鸡，脏乎乎的，在垃圾堆里欢快地刨食吃。一排电线杆歪七扭八的，顶端架着二百二十伏的电线。半腰挂着一簇簇电话线，横拉竖扯的，蜘蛛网一样。街道上没有看到一个人，显得偏僻冷清。他俩钻进了一条三尺多宽的小胡同，拐了两个弯，进了一农家小院。小院隐蔽安静，有四间薄瓦房。两边两间耳房，中间两间是办公室，三张办公桌。正迎面墙上，挂着"横穿市札篇文化有限公司"营业执照。有个女的小三十岁，个子不高，体形略瘦，皮肤白皙，两只杏眼欢快地闪动着。她看上去小巧玲珑，精明能干。

"这是你嫂子，叫温江浙。温州的温，长江的江，浙江的浙，以后咱仨一起干。"了了先生说，"这是我的发小，孙石头。北京大学毕业，美国华盛顿大学博士，美国博士，知道吗？"

屋里的陈设虽说有些简陋，但地面干净，各式家具摆放有序，给人一种清新利落的感觉。了了先生坐在式样老套的木头单人沙发上。孙石头坐在式样新潮紫红色条绒面料的双人沙发上。温江浙端来了两杯热茶，放在茶几上。几片绿叶慢条斯理地舒展开来，漂浮在上面，散发出淡淡的香气。她转身要走，了了先生拦下了她，说："你也坐下，三人会议，研究研究工作。"温江浙笑眯眯的，脸上略带羞怯，像一只温顺的猫，在旁边的木头凳上坐了下来。虽说是夏末秋初时节，可天上骄阳当头，屋里依然有些燥热，一台电风扇摇头晃脑极不情愿地转着，不时发出咔吱咔吱的响声。

了了先生说："现在国内经济发展很快。企业家们如雨后野草，遍地疯长。这是个难得的机遇，机不可失时不再来。咱们要紧紧抓住这个机遇，编一本《中国企业家风采》。石头，写份征稿通知。你写上，该书将由国家领导人写序，美国华盛顿大学博士担任主编，香港××出版公司出版，全世界各地发行。你再写上，每个企业家提供一张二寸照片，六百字左右的简介和主要事迹。"

"国家领导人？"孙石头问，"你认识哪位国家领导人？"

"哪位？"了了先生似笑非笑地回答，"差不多都认识。"

"你和香港的出版公司还有业务关系？"

了了先生笑了笑，没回答孙石头。他转过头对温江浙说："你到图书馆，每天翻看全国各地的报纸杂志。凡看到上面介绍的企业家，把他们的名字单位记下来，然后按照地址把征稿通知寄去。"

两个多月过去了。

屋里的两个荆条筐里，堆满了寄来的信件。了了先生像一个收获颇丰的猎人，踱着方步，围着荆条筐里的猎物转圈。他满脸喜悦，对孙石头说："没想到吧，博士，五百多个企业家，都寄来了照片和个人事迹介绍。现在全国改革开放的浪潮汹涌澎湃，一浪高过一浪，很多企业家犹如雨后春笋般地长了出来，他们想名扬世界，夜不能寐，便四处寻找出名渠道。这，就是当前的形势。"

孙石头看着了了先生。那是一张充满自信的脸，同时也透露出一种看透世情、玩世不恭的神情。

孙石头有些似懂非懂，不由自主地点了点头。

了了先生说："下一步，你再写一份通知，大意是：××同志，编辑委员会经过认真审查研究决定,您十分荣幸地入选了《中国企业家风采》。该书每套定价98元,邮费2元。凡购买5本以上的免收邮费。如需要该书的企业家,请写清套数,汇款至横穿市弘偏街55号《中国企业家风采》编辑部收。"

已经是深秋时节了,风轻轻地刮着,院子里的柿子树叶渐渐变黄。汇款单像风中金色的柿树叶一样,呼呼啦啦直往下落。温江浙每天提着黑色尼龙包,像一只愉快的金丝雀,脚步欢快地飞到邮局取钱,嘴里唱着"甜蜜的生活甜蜜的生活无限好喽喂,甜蜜的歌儿甜蜜的歌儿飞漫天喽喂……"

最后统计,企业家们共要书近四千套。

了了先生坐着椅子,两只脚翘在办公桌上,微微摇晃着。两只眼睛半眯缝着,凝视着窗外的柿子树。一场霜冻过后,几阵大风一刮,树叶已几乎落尽了,枝头上挂满了红彤彤的柿子。一只暗灰色的斑鸠在树上跳来跳去。终于,它找到了一个鲜红欲滴的软柿子,扬起尖硬的喙,喜气洋洋地啄吃起来。

了了先生扑哧一声笑了。不过很快,他把笑意收敛了起来,对孙石头说:"博士,挑一挑,把那些凡是寄钱来的企业家们挑出来,把他们的简介和事迹改一改,帮他们好好吹吹。不过,每人的字数要控制在五百左右,不要超出一页。把没寄钱来的扔出去,统统都扔出去。"

温江浙说:"对,扔出去。凡是没寄钱的,统统都扔出去。现在有些人真是,光想出名,不想出钱,天下哪有这样的好事?"

很快,《中国企业家风采》样书印出来了,老胡送来了几本。老胡是一家私人印刷厂的厂长。

孙石头拿过一本样书翻看,一股刺鼻的油墨味道,熏得有些难受。他看到,序言署名的是国务院×××副总理,内容是这位副总理在一次全国工业座谈会上的讲话,刊登在几个月前的《人民日报》上。书的版权页上写着:香港××出版公司出版,世界各地发行。开本、印张、印数、版次、书号等一应俱全。

了了先生翻了翻书，一脸兴奋。说："行，老胡，就这样定了，开机吧，印四千零一十套。印好了就寄，按照给你的那份企业家们要书清单上的地址寄。"

"印四千零一十套？"孙石头心中有些惊诧，他以为自己听错了，悄悄问温江浙："咋才印四千零一十套？不是香港××出版公司出版，全世界各地发行吗？"

温江浙笑了笑，点点头，没有吭声。

后来，了了先生带着他们，用孙石头的美国博士头衔，策划编辑印制了《当代中华名人小传》《现代小说家小传》《现代诗人小传》《中国当代书法家大全》等，几年间赚了二百多万。眼下，人们流汗拼命梦寐以求的奋斗目标就是争取当个万元户。二百万，你想想是个啥数字？这种赚钱方式，简直如同张开了大麻袋口让天上往里面噼噼啪啪地掉金元宝。

了了先生的原则非常明确：这些人，是不是当代中华名人，是不是现代小说家，是不是现代诗人，是不是当代书法家，都无所谓，统统都无所谓。凡寄钱来的，都是，不是也是，都可以入选。凡不出钱的，都不是，是也不是，全都扔出去。

"横穿市札篇文化有限公司"很快兴旺发达起来了。可以说是财源滚滚，人丁兴旺。员工增加到二十多个，成立了办公室、编辑室、印发科等五个科室。了了先生在市中心的财富广场旁边，买了一栋三层办公小楼。两辆宝马轿车，三辆工作车。楼门口站着两个威武的保安。小楼是俄式建筑风格。据说新中国成立前是一个富商给他九姨太置办的房产。楼前一块半亩大的草坪，芳草萋萋。草坪中间是大理石砌就的水池，池里种着荷花，游动着眼睛鼓凸肚子滚圆的金鱼。了了先生买来一块巨大的黄河石放在水池中间。黄河石造型别致，像一艘迎着风浪航行的轮船。船体上雕刻着"横穿市札篇文化集团有限公司"，每个字洗脸盆大，烫着金色。看上去庄重、气派，生机勃勃地正对着财富广场。这名字是花大钱请一个当代书法家写的。

孙石头失眠了。

他思绪翻滚翻来覆去睡不着觉,常常躺在床上看着天花板发呆。慢慢地,他好像有所醒悟了:北大华大,不如胆子大。要不很多人说,不按常规出牌的人往往会赢。细细想来,能够不按常规出牌的人确实很不简单。他们不仅需要超人的胆略和勇气,更要有一种超人的嗅觉和眼光。他们像马赛马拉河里的鳄鱼,看上去静如枯木,不叫不动,丝毫看不出要袭击猎物的征兆。可一旦遇到毫无警惕的猎物,便出其不意攻其不备,一嘴咬住死不松口。这种人胆大心野,唯利是图,不择手段,不论招数,这是很多像他这样的人想都不敢想的。胆大妄为,胆大才敢妄为。眼前这个了了先生,小时候天天吃豆腐渣偷东西打架玩麻雀不好好学习,连初中都没有上过,别说是英语,连汉字也认不到几个,现在竟然有了这番轰轰烈烈的事业,轰轰烈烈的人生。相比之下自己呢?他想起了章碣的一句诗:"坑灰未冷山东乱,刘项原来不读书。"袁枚也有诗曰:"不依古法但横行,自有云雷绕膝生。"看来,祖先们的这些至理名言,还真不是随便说的。

孙石头很困惑,很迷茫。他夜不能寐,脑细胞在急剧地裂变。

春节快要到了,不知道什么地方,响起了鞭炮声,时响时断。偶尔有一两声巨响,在附近的空中炸开,炸得空气也颤抖起来。了了先生的心情格外好。今年,公司又做了几部大书,市场畅销,赚了一大笔钱。这放在谁身上能不高兴?

大年二十八,下午五点多钟,了了先生拉着孙石头说:"走,过春节了,到天上人间,洗澡按摩捏脚,消遣消遣。"

两人兴致勃勃,走出了公司大门。

突然,跑来一个女人。这女人披头散发,衣衫褴褛,扑通跪在地上,紧紧抱住了了了先生的大腿,大声哭着喊:"要盘吗?很刺激。要盘吗?很刺激……"

"哪来的疯子?"孙石头没有看到她是从哪儿跑来的,也没看清她的容颜，吓得有些惊慌失措。

了了先生倒很沉静，看着那疯女人，脸色出奇的平和，不愠不急，半天没有吭声，任凭那疯女人抱着他又哭又喊。孙石头有些纳闷，甚至不能理解。平时，了了先生可不是这样。他遇到不顺心的事，不是张口骂，就是拍桌子嚷，有一次竟当着他的面扇温江浙的耳光。

一个人从公司里跑出来了，是温江浙。她连拉带哄的，把那个疯女人拽进了楼里。

了了先生呆呆地站着，脸色铁青，雕像一般。他已经完全没了再去天上人间洗澡捏脚消遣的雅兴。

天阴沉沉的，没有一丝风，却让人感到刺骨的寒冷。冬天的夜来得早。大街不远处，一栋三层欧式建筑物闪烁着霓虹灯，流光溢彩，豪华气派。楼顶上几个大字格外醒目：达旦啤酒馆。

孙石头拉着了了先生，说："走吧，喝啤酒，我请客。"

达旦啤酒馆是横穿市最高档的酒馆。进了大厅，暖气很足，热烘烘的，扑面而来。两个年轻的女服务员穿着暴露，胸部凸出，描眉画眼，一脸灿烂可人的笑容，像迎接亲人一样地走了过来。

他俩在临着窗户的位置落座后，孙石头摸了摸口袋，说："四瓶燕京啤酒，一盘花生米。"

了了先生伸手拦住了他，说："不，来十瓶坦卡门，两份茶点，一盘花生米。"说着扔出去一沓钱。

我的天，坦卡门是一种啥啤酒？孙石头吃了一惊。他知道，这是世界名牌，极其高档的啤酒。它最先是在埃及太阳神庙的一个角落里被发现的，配方和酿造方式是剑桥大学的考古学家和埃及学家们，从苏格兰、纽加塞尔和爱丁堡找到了一些酿酒的专家研究复原，最终在剑桥大学实验室这种啤酒重见天日。这种啤酒现在全世界生产销量有限。每一瓶都有编号。美国一瓶五十多美元。

了了先生先端起杯子，深深地喝了一大口，问："这啤酒，喝过吗？"

孙石头摇摇头，回答道："见过，没喝过。"

"好，今天我请客，咱哥俩喝个够。"了了先生和孙石头碰了杯，一饮而尽。然后，他咂了咂嘴，看着玻璃窗外，一副若有所思的样子。

窗外，路灯亮了，放射着惨白昏黄的光。天下雪了。灯光下，雪花飘飘洒洒，像漫天飞舞的白色蝴蝶。车辆变得稀少。一个五十多岁老头提着一只猪头，步履蹒跚地走了过去，像是办的年货。他的身后，一个三十多岁的女人，头戴皮帽，穿着一件皮大衣，长长的毛外翻着，大衣领口处露出一个孩子的头。那女人不住地低头，亲吻着怀里的孩子。等到了眼前，孙石头才发现，她胸前露出的是个狗头。

大街上，各色行人脚步匆匆。

"石头，不瞒你说，"了了先生口气低沉，"我把事业做到现在这样，当年，我付出过血的代价。"

"天上不会掉馅饼，干啥都会付出代价的。"孙石头往嘴里放进两粒花生米，一副无所谓的样子。当年，谁没有当年？他想到了自己的当年。自己当年是北京大学研究生毕业。别说研究生，当年能考上北京大学本科生的有几个？能到华盛顿大学读博士的又有几个？在华盛顿大学期间，自己刷马桶、掏地沟、洗盘子、刮鱼鳞、宰兔子、杀鸡鸭……啥累活儿脏活儿苦活儿没干过？

"不，"了了先生摆了摆手说，"我付出的是血的代价。"

"血的代价？"孙石头停止了嚼动，看着了了先生。

"对，血的代价！"了了先生点了点头，他目光深沉，甚至闪现出一丝阴冷凶狠的光，"我刚开始摆摊子卖书，就在这条增光路上，用砖头支起两块木板。砖头和木板，知道吧？那些砖头，是从旁边拆迁的平房墙上弄来的，木板是拆下的旧门板。我自己两手空空，有个屁？我是个穷光蛋，只有一个日夜想挣钱的梦，一腔不安分的血，还有这一身的死力气。就在这砖头支起的旧门板上，我摆卖着各种各样的书，精打细算，惨淡经营。"

孙石头凝视着了了先生，知道他有灾难深重的血泪往事要倾吐，便给他的杯里添满了啤酒，自己不再吭声。

"温江浙的姐姐温江滨，哈尔滨的滨，就是刚才你看到的那个疯女人。哦，她也不是完全疯了，只是有时清醒有时犯病，有时正常有时疯癫。她今天咋从精神病院跑回来了？哦，大概是过春节了，钱忘交了。这精神病院，催交钱就这么干。现在有的人，眼睛里只有钱。为了钱啥都敢干，没有钱啥都不干，一点人情、人性、职业道德也不讲。我和温江滨是在一家印刷厂认识的，后来合伙做书。她负责看书摊，我每天到处奔走，寻找畅销书和进书渠道。当时有一本书叫《查泰莱夫人的情人》，你大概不知道。那时在国内刚刚开放，只要是一提到情人两个字，很多人的眼睛都发绿，书摊上偷着卖，热销。买书的暗号是'有查吗'。我和温江滨原来在的那个印刷厂私下合作，印了三千册，除了自己卖，也批发给其他书摊，赚了一些钱。哦，那时候不像现在。那时的印刷厂星罗棋布，遍地开花，管理没有跟上，私印盗印比较方便。我俩后来不光卖带色的书，也卖带色的盘，确确实实赚了不少钱。"

孙石头说："奂，原来你是靠卖黄书黄盘，捞取了第一桶金。你的手段是不是有点卑劣？"

"卑劣？那时候，是市场经济初级阶段。初级阶段你懂吗？政策有漏洞，法制不健全，那些一夜暴富捞取了第一桶金后来越滚越大的，有几个是手段高雅的？现在有些大老板，当时只几年时间，手里就聚集了几亿几十亿甚至上百亿的资产。外场面上看，他们个个都人模狗样的，说起话来人五人六的，头上戴着各种耀眼的光环。如若不信，你去查查他们当年的发家史，有几个用的是高雅手段？有几个是正规操作？奂他们的×！有些人简直可以说是心狠手辣，卑鄙龌龊，各种手段无所不用其极。"了了先生很生气，很愤怒，"你那时在国外，不了解国内情况。可以说，你哥我做人做事还有点底线，干的是高雅行当。我用第一桶金，和一家正规出版社合作，策划出版了不少好书，在这个圈子里慢慢有了名声。到后来，那家出版社干脆成立了一个编辑部，聘请我当主任。具体说，就是我雇用了一些想名利双收的大学教授、研究生和学者，还有些大三大四的学生，编纂出版了很多书。涉及哲学、文学、历史、经济、医学、生活情趣、家庭宠物、国际名人、官场春秋、婚姻秘诀等，适应各个阶层各类人群的需求，方方面面的书应有尽有。出版社拿这些图书报奖，有的竟然获得了省级、国家级大奖。温江浙，是温江滨的妹妹，看到我们的发展势头好，也离开农村来到横穿市，和我们一起干。"

孙石头不胜酒力，喝了点酒，脸上感觉发烧，有些晕晕乎乎，他调侃道："噢，当年的了了先生，原来是个了不起的人才，了不起啊，真了不起。"

"啥了不起？"了了先生干笑两声，很快就收起了笑容，骂起了粗话："了他妈那个×。"

几瓶坦卡门进肚，27%的酒精烧得了了先生脸色发红，情绪激动起来，看来他也是不胜酒力。他说：

"人不怕暴富，最怕的是暴富了再去出名。人怕出名猪怕壮，是老祖宗们从很多名人和肥猪的悲惨结局中总结出来的至理名言。后来有人举报，说我做的书，都是胡编乱纂的假书、伪书、盗版书。新闻出版局明令查处。那家出版社说我败坏了他们的名誉，清理整顿，把我清理出门。白干了几年，血本无归，全都了了。"

孙石头说："后来呢？"

"后来？"了了先生说，"我总得养家糊口过日子吧？我和江滨、江浙开始专门倒卖黄书黄盘，别的不卖。尤其是黄盘，三极货，销路极好，利润极大，钱也来得极快。"

"货源从哪里来？"

"深圳一哥们，谈好的，开着一辆厢式货车，里面装有做子盘的原料和机器，一台高级盗盘刻录机。母盘都是从香港弄的，什么内容的都有。他们先用电话联系客户。联系好客户后，就一边开着车往客户指定的地点跑，一边在车里工作。车一到，盘一卸，数一点，钱一交，走人。来有影,去无踪,随要随到,快速可靠。"

"噢,销路咋那么好?"

"嗨,你出国了,真不了解那时的国人。你应该知道老祖宗有一句名言吧?叫饱食思淫欲。那时候,很多国人肚子吃饱喝足后,精神上极端空虚,浑身冒火,饥渴难耐,两眼如狼。填补精神空虚的渠道和方式又很少,不像现在,有手机、电脑、微信、网络、网吧……想看啥都方便。那些东西确实很刺激,尤其是对那些吃饱喝足了的人。他们的手里钱很多。我就是要赚他们的钱,就是要让他们醉死梦生,就是要让他们像吸鸦片毒品一样,就是要让他们生活糜烂淫欲无度,最后娱乐至死。你知道吗,啥叫娱乐至死?你如果有兴趣,去翻翻中国大宋朝历史,就啥都知道了。整个社会上下,天天想的就是多聚金钱,纸醉金迷,以尽人生之欢。司马光在《训俭示康》中曾痛心疾首世风日下,说连农夫走卒都穿着丝质的鞋子,实在太奢靡了!也怪,就是这样的大宋朝,竟然活了三百一十六年。人们都夸大唐盛世,唐朝活了多少年?明朝、清朝活了多少年?"

看来,了了先生这些年在书海里泛游,肚子里也装了几块史海沉石。不过,孙石头知道他扯远了,便截过话问:"政府不查?"

"咋不查?查啊,查得很严!"了了先生说,"有两哥们儿被查住,带的好几箱书和盘,包括仓库里存放的,全都没收了,罚了不少款。人也进去了,到现在也没有出来。倾家荡产,老婆也跟别人跑了。"

孙石头说:"那你不怕?"

了了先生说:"江滨给我生了一个女儿。女儿很漂亮,聪明,两个大眼睛格外讨人喜欢。每天傍晚,江滨抱着一岁多的女儿去马路边卖盘,碰见人就问:要盘吗?很刺激。要盘的人交了钱,江滨从女儿屁股后面掏出三五张盘来。执法队即使查住了,就一个女人,一个孩子,三五张黄盘,能咋了?养家糊口嘛,总得给人一条活路吧?执法队要是太不近人情,真要来硬的,就把孩子丢给他们,让他们抱走。孩子又哭又喊拉屎撒尿,他们弄得了吗?这样一来,连围观的群众都不干。群众大都同情弱者。"

"就那几张盘,才能卖多少钱?"

"你真是个书呆子,整个美国人的思维方式。我躲在后面的小树林里,带有好几个大纸箱,里面全是盘。遇到外地的狼们,想弄到外地搞批发,整箱整箱地就从小树林里走了。"

"你可够奸的。"

了了先生说:"一次,碰见文化执法队的人来查抄,江滨那次带的盘多,抱着女儿就跑,不小心被东西磕绊着摔了一跤,女儿被扔了出去,一辆大卡车飞驰而来,从孩子身上压了过去……"

两只酒杯空了,一直空着,没人再想喝了。两个人默默无语,空气仿佛也停止了流动。

孙石头觉得胸口有些发堵,堵得有些难受。他拿起瓶子,往了了先生的杯子里倒酒,带着安慰的口气说:"算了,不说了,不再说了,说多了都是泪。"

了了先生倒又愤怒起来,大声说:"都是泪?都是血,血!血!血!"

"那到底是谁造成的?"孙石头也有些忍不住了,也激动起来,眼镜片后面的眼睛里也闪射出凶狠可怕的光,"一百多年前马克思就说,资本来到世间,从头到脚每个毛孔都滴着血和肮脏的东西。这话谁听过?谁信过?你听过吗?你相信吗?你刚才说,现在有的人眼睛里只有钱,为了钱啥都敢干,没有钱啥都不干。其实这社会上,不少人都疯了。见了钱眼睛里就出血,见了钱就不要命,为了钱,敢卖爹卖娘卖儿女,卖心卖肝卖肾脏,全是一群弱智。"

酒壮怂人胆,孙石头也有点疯了。

正在这时,孙石头的手机响了,是短信:"很抱歉地通知您,您的手机已欠费 10 元,请点开下面的链接交费。如不交费,12 小时后将被停机。"

孙石头狠狠地关上了手机。

窗外,雪下得有些大了。雪片飞舞,满世界一片混沌迷茫。街道楼房行人都已看不清楚了。

两只麻雀躲在外面窗台的角落，瑟瑟发抖。面对着迷茫混沌的世界，它们大概迷失了方向，不知道该飞向何处。

孙石头看着那两只麻雀，已经没心思和了了先生再说下去了。再说下去，他大概不是流泪，就是会骂出更难听的话来。春节，是中华民族一年一度最喜庆的节日，马上就要到了。弄成这样的气氛，不好，真的不好。

大年二十九的早上，街上响起了零零星星的鞭炮声。

孙石头带着公司几个小伙子，打扫完门口的雪，在大门两侧贴上了春联："爆竹声声除旧岁，总把新桃换旧符。"他手里拿着横眉，上面写着"除旧迎新"，正要准备贴，手机响了，是温江浙。

温江浙说："快点来，老边住院了，正在急救室抢救……"

"咋搞的？"孙石头简直有些不相信自己的耳朵，"不会吧？"他的手有些发抖。一阵风，把他手里的横眉刮掉了。写着"除旧迎新"的横眉，顺着大街，向远处飘然而去，很快就不见了踪迹。

真让人难以想象。了了先生平时体壮如牛，腰上挂着计步器，天天步行走一万五千步，一年四季风雨无阻。他走路快带风，说话声音洪亮如钟，仍带有小时候吃豆腐渣闹"文化大革命"时的劲头。他昨天还好好的，今天咋就……

孙石头没来得及多想，急匆匆地赶往医院。

了了先生躺在急救室床上，半闭半睁着眼睛，眼珠子还能转动，嘴唇微微张颌，像是有话要说。

一群护士小姐，白色天使一样地围在床前，给他掖被褥、量体温、测血压、挂吊瓶。她们亲切热情，紧张有序地忙碌着。

"昨天晚上，他说是看我姐姐去了。深夜两点多，回到家。吃早饭时还好好的，吃了两个鸡蛋，一杯牛奶，半个馒头。谁知道，他嘴里的馒头还没有咽，头一歪，人就不能动了。"温江浙两眼发红，一脸的哭相，她对孙石头低声说，"还好，老边除了双腿不灵两手麻木语言功能丧失外，人还算清醒。"

突然,走廊里传来一阵哭喊声:"要盘吗?很刺激!要盘吗?很刺激……"

寂静的病区,那哭喊声很大,很尖厉,很恐怖,听上去撕心裂肺的,在楼道里四处乱飞。

"她咋跑这来了?"温江浙赶紧跑了出去。

外面更乱了。医生护士病人家属等拥挤在楼道里。一个女人在声嘶力竭地骂:"小婊子,小妖精,都是你把他害的,都是那些书,那些盘,把你们害的……"接着,是女人间的厮打声。

了了先生静静地躺着,脸色发灰,呼吸急促,吊瓶里的药液一滴一滴地进入他的身体。了了先生浑身抖动了一下,慢慢闭上了眼睛,进入昏迷的梦乡。

孙石头看到,两行清泪从了了先生的眼角溢了出来……

大年三十,孙石头离开了横穿市,回老家过年。家里还有八十多岁的老母亲。大年初六,孙石头返回横穿市,便直奔医院。了了先生躺在病床上,依然昏迷不醒。

孙石头问温江浙:"这几天,老边一直这样?"

温江浙嘴角抽动一下,说:"大年初一,医生护士放假了,值班护士忘了输液。大年初二醒了,还说了两句话。初三,护士上班了,一输液,就又这样了。"

大年初七上午,噩耗传来:了了先生死了。

温江浙泪流满面一腔悲愤,拉着孙石头去找主治医生,说:"咋搞的?我丈夫住进来时,除了两手麻木语言不清,人还清醒,大年初二还能说话,这才几天,人咋就殁了?肯定是医疗事故,医院得包赔损失。"

主治医生姓陈,戴一副金丝边的深度眼镜,像个学究。他神色有些惊讶,样子有些委屈,手里翻着一本《实用临床医学大典》。书厚得像一块城墙砖,说:"这,不可能啊?"

温江浙问:"咋不可能?"

陈医生说:"我一直是按照这部实用医学大典给他治的,咋会有错?"

孙石头一听急了,质问陈医生:"书上的东西,你咋能都信?"

"看你这话说的?"陈医生一脸认真,"这部实用医学大典,曾获过省级大奖,咋能不信?我们医院买来人手一册。这些年,医院一直拿它当培训教材,培训了不少医生护士。"

孙石头把那部《实用临床医学大典》拿过来看,封面的字体有蚕豆大,赫然写着:"边撂主编。"

这怎么可能?

孙石头翻开封面,扉页上印着一个人的半身标准相,西服领带,稀疏的头发梳得一丝不乱,两眼射出精明深邃的光。细看眼睛、鼻子、头型,没错,一点没错,是了了先生,是他年轻时的照片。虽说他现在的腮帮子有些发胖,脸庞有些变形,脖子也粗了不少,但孙石头,是绝对不会认错的。用溟梁村一句粗野的土话说,剥了皮也能认得他骨头。下面是作者介绍:

"边撂,留美医学博士,国务院政府特殊津贴享受者,中国著名心血管专家……"

孙石头只觉得血往上涌,头脑发昏,嘴唇颤抖,不知道该说些啥。他想起了《左传》上的一句话:君以此始,必以此终。

了了先生,你是否只能这样了(liǎo)了(le)?

后来,孙石头翻看《现代汉语词典》,见到"了了(liǎo)"的注释。他猛然想起了当年赵老师给他写的评语,最后两句是"真要能了了,就不得了了"。顿时,孙石头对赵老师肃然起敬。

赵老师果然是个学问极深的人。

(注:本小说纯属虚构,人名、书名如有相同,均为巧合)

## 17　催　眠*

"失眠，失眠，失眠，咋整的嘛？"梁忻一脸的无奈，焦急焦虑，简直要崩溃了，"一躺到床上，一熄了灯，脑子里就像开锅的水，不停地翻腾。"

"翻腾？自打退休那天起，你哪天夜里睡觉踏实过？"老伴说话听得出，心里也憋有气。

"白天嘛还好过些，东看看西逛逛，时间一晃就过去了。可一到晚上，躺到床上，这历历往事，像咕嘟咕嘟的泉水，直往外冒。"

"那些事，过都过去了，活到了现在，今天晚上脱了鞋，明天能不能穿都不好说，你还往外咕嘟些啥？"

"咕嘟些啥？人老忆旧。小时候，赶上三年困难时期，挖草根、吃榆树皮、捡烂菜叶度饥荒；冬天没鞋穿，赤着脚踩着雪到外村上小学。上中学吧，在县城，离家二十多里，背着玉米面、红薯，那是一星期的生活；上大学时勤工俭学，星期天五更出发，去郊区红星人民公社窑上搬砖背瓦，一天挣一块五毛的零花钱。从小长到大，容易吗？"

"谁容易？猪圈里的猪容易，吃饱了睡，睡足了吃，长大了挨一刀，你愿意？"

---

\* 原载《北京文学》2022年第2期。

"大学毕业到机关,每天早到半小时,扫地打开水,取报纸,发信件,像服务员。天天写材料,填报表,给领导写讲话稿,连个标点符号都不敢马虎。几十年如一日,如履薄冰兢兢业业,小心得像只鹿,累得像头驴,一直想有点啥发展……谁知这一转眼,没啥发展,就退休了,这……这就是一辈子?"

"这叫退休失眠症,知道吗?不少人退休后都这样。想有点啥发展,又没有啥发展,天天想这些,能睡好觉?除非吃半瓶安眠药。"

老东西,一点也不和顺,说啥都呛着来。

梁忻斜了老伴一眼,不再说话,懒得再搭理她。可他的心里并没有平静。这天天夜里失眠,咋办?睡不好觉,白天人昏昏沉沉的,眼圈发黑了,眼睛浮肿了,视力下降了,饭食也不香了,整个人像被抽了筋似的,软弱无力头晕眼花。软弱无力头晕眼花倒没啥,关键是失眠会让人脾气变坏,遇事急躁,一点鸡毛蒜皮的事就暴跳如雷,想去拼命。前几天夜里,那老东西上卫生间,脚步重了点,和她大吵了一顿,几天来只瞪眼不说话,活像仇人。当然,梁忻知道,这是自己的错。有人说,失眠会影响夫妻感情,不少夫妻离婚都与失眠有关。梁忻过去不信,现在信了。梁忻还知道,失眠虽不是绝症,但治不好,长期下去,会得抑郁症,跳楼投湖上吊割腕抹脖子都有可能。失眠像一口乌蒙山区的喀斯特竖井,一旦坠入,无底深渊,阴森森的,想起来就浑身冒虚汗。

梁忻听人说,练书法有助于睡眠。他参加了一个书法学习班,买了纸墨笔砚书法字帖,横竖撇捺勾点地练了一段时间。不见效果。听说唱歌有助于睡眠,他到公园参加了"夕阳红"合唱团,大呼小喊地唱了一段时间。不料天天夜里歌声余音萦耳,血沸腾着,沉寂不下来,更是睡不着觉。再后来,他爬过山,游过泳,捏过脚,拔过火罐,泡过温泉,跳过广场舞,打过太极拳……他甚至酗酒,喝得酩酊大醉,扶墙走迈不开步,下大雨往外面跑。可一醒来,头脑反倒变得异常清醒。他又听人说快步走路有助于睡眠,就坚持每天快走一万步,风雨无阻。后来又增加到一万五千步，两万步，结果还是成效不大。反正是，所有的招都用了，不行，都不行。一到晚上就折腾，翻来覆去的，失眠。现在的梁忻，血压高了，血糖高了，血脂稠了，心脏有时还隐隐作痛。失眠，简直要把梁忻折磨疯了。

这该如何是好？

一天，梁忻正小步慢跑，迎面碰见了萨殿。萨殿比他大三岁，体态微胖，个头适中，满头乌发，看上去保养得极好。他们俩退休前在一个处里工作，大半辈子的交情，关系不错，已经好久没见面了。

萨殿说："老弟，看你这跑的，满头大汗，急着领奖啊，还是撵贼？"

"不领奖，也不撵贼，锻炼哩。"梁忻笑了，"老哥还是这么幽默。看老哥这气色，咋就那么好？身体比退休前可好多了。"

"就你这种锻炼，效果不一定好。"萨殿态度是认真的，"王八爱动吗？不爱动，能活上千年。"

"老哥这话对。千年的王八万年的龟，人们都这么说。"

"我这身体好，关键是睡眠好。"

"是吗？"梁忻眼睛一下子亮了起来，像遇见了救星，一把抓住萨殿的手，急切地说，"老哥啊，快救救兄弟吧！我一直是整夜整夜地睡不着觉，烦死我了，再这样下去，我就要得抑郁症了，不是和你弟妹离婚，就是在卫生间上吊。老哥，快告诉我，您咋会睡得那么好？快说，您有啥催眠的好药？"

"好药倒是有，不过这药对我管用，不知道对你有没有效果？"

"进口的吧？哪个国家的？快说。"

"No，No，No，国外的效果都不好，"萨殿摇了摇头，口气不容置疑，"国产的。"

"那，估计对我不会有啥大用。"梁忻有些失望了。

"为啥？"

"这一年多，我跑遍了大小医院，从第一代镇静催眠药吃起，巴比妥类、水合氯醛、三溴合剂，到第二代甲喹酮、地西泮、艾司唑仑，一直到第三代唑吡坦、扎来普隆、佐匹克隆，都吃遍了，可就是死活睡不着，死活睡不着，能有啥办法？"

萨殿笑了。从买菜的布兜里掏出一本书递给梁忻："为解除弟夜不能寐之苦，哥送你一剂良药。"

"这，管用？"

"谓予不信，弟可一试。"

"哪儿弄的？"

"地摊上买的，论斤。"

梁忻看着萨殿，有些将信将疑。萨殿的表情认真，不像是开玩笑。晚上不到十点，梁忻就躺在书房的单人床上，捧着书，认真阅读起来。看着看着，心里就激动起来。

这是一本小说，《中华穿越五千年》。封腰勒口，印制讲究，装帧非常精美。关键是书中的人、书中的事，新奇怪异，现实中根本就没有过，也根本不会有。

比如，秦始皇玩电脑打手机发微信搞网购，说英语日语马来西亚语；曹操专车呼呼行驶在成都大街上，里面坐着刘备、关羽、司马懿、诸葛亮，说是汉献帝要召集他们开会，追究火烧曹营的事；慈禧太后坐着直升机，降落在故宫午门前的广场上，下来了一群人，有张之洞、曾国藩、左宗棠，还有袁世凯、汪精卫，他们刚刚从中俄边境回来，七嘴八舌地议论，说沙俄亡我之心不死，一直在边境挑动事端，土字碑的教训绝不能忘，必须好好研究拿出对策。还有人说，问问赫鲁晓夫，海参崴啥时候归还我们？还有碎叶城，李白说他出生在那儿，下一届诗词研讨会想在那儿开……

这写小说的是中国人吗？如果是，那他不是疯子就是神经病，再不就是吃错药了。梁忻吃惊起来。

再比如，南宋一个男人，到清朝北京想游览三山五园。从杭州坐船沿大运河北上，领略了大运河两岸风光。到了通州下船，遇到一个年轻女人，在码头卖豆汁、炒肝、糖葫芦。向她问路。话音刚落，那个清朝北京女人，突然间变成了一头驴，活蹦乱跳的，用粉嫩的细长舌头，亲昵地舔着南宋那个男子的脸，像久别重逢的亲人，说："宋伯伯，我是您外甥女，不认得了？骑上我吧，我送您去，当导游，免费喝豆汁，吃炒肝，费用九五折。"

梁忻更蒙了：这一男一女相差几百年不说，咋还人和畜生不分，还互为亲戚？这好好的一个女人，咋瞬间变成了一头驮人的驴，还当导游，免费喝豆汁，吃炒肝，费用九五折？这不纯粹是胡扯淡吗！

又比如，天桥的一个瞎子艺人，看着永定门城楼在说书："我看见，那树梢不动刮大风，石头飞到半空中，两个秃子在打架，揪住头发死不松。""泰山高，我更高，不要问我为什么，我站在泰山顶上把手招。""吃了饭的人端着空碗让没有吃饭心里想吃饭的人最好不要光心里想吃饭干脆端起碗来就去锅里盛饭吃……"

我的天，这是小说吗？

小说来自生活又高于生活。作家们都这么说。但再高，也不能高到牛头马面，高到人和畜生不分啊？这小说写的，用人的思维根本无法理解，很多话都不是人能说的。不过话又说回来，这些情节，这些诗句，这些语言，虽说是荒唐滑稽可笑，却还是让梁忻获得了一种从未有过的新奇感，新鲜感。小说《中华穿越五千年》，给梁忻展示了奇特的天、诡异的地，一个正常人根本无法领略的境地。

这些，一下子毁灭了梁忻。

梁忻本来就性格随和，思想正统，思考问题单纯。他毕业于清华大学，受过高等教育，也是个知识渊博的人。他静下心来，细细地思索着。没想到，经过思索，竟然还真的有所收获。

在人类历史上，类似这样的作者，描绘出类似这样的境地，有过吗？有过，真的有过，古今中外都有过。比如，中国东晋的干宝，写出过《搜神记》，启发了后来的一些文人。几千年来，这些文人大显神通各显其能，创造出了神鬼妖魔、龙王阎王、天宫地狱、生死轮回等。打入十八层地狱，剥皮下油锅，点天灯跪钉耙，刀劈斧砍锯子锯……令人毛骨悚然、不寒而栗。下辈子脱生成牛马猪狗，永不能脱生成人等，都曾是最为流行的话语。许仙白蛇、牛郎织女等妇孺皆知。《西游记》《聊斋》风行了几百年，至今仍是经典。古罗马的基督教，教父们也是一帮这样的人。他们自认为是学问高深聪明绝顶的智者，相互纠结起来，制定了一套完整的宗教学说，什么创世说、原罪说、救赎说、天国报应说等。那些玩意儿，征服了无数的教徒和平民，降伏了无数人的心，统治了世界几千年。

梁忻想到了德尔图良（约160—约225）。公元二世纪人，一个著名的教父。他有一句名言："正因为是不可能的，所以我才相信。"就是说，凡是不可能的，才都要相信。这句话曾风靡世界。另一个教父奥古斯丁（354—430），非洲人，做过北非希波（今阿尔及利亚的安纳巴）主教。此人更是厉害，古罗马基督教思想家，教父哲学的主要代表。他写了一本《上帝之城》，集基督教教义之大成，被列入教会经典。他提出上帝的王国是完美的、永恒的、至高无上的。人类祖先亚当夏娃偷吃禁果，原始获罪，子子孙孙要世世代代受苦赎罪，死后方有可能进入天国。圣餐仪式中，神父魔术般的手一呼噜，把人们享用的面包和酒，变成了基督的肉和血。什么转生来世高官厚禄，天堂里的玫瑰花没有刺儿格外迷人，天堂的极乐世界有享用不尽的荣华富贵，等等。

不过这些东西，哪一个正常人理解？这些地方，哪一个正常人去过？那些玩意儿，明显是违背常识，明显是胡扯八道荒诞滑稽，明显都不存在。但却有无数的正常人，吃尽人间苦，受尽人间累，依然不顾一切地往那里跑，一批又一批，一代又一代，从无绝迹……

这到底是为什么？细细想来，原来有个理解与信仰问题。

奥古斯丁宣称：信仰在先，信仰高于理性，理性不能和信仰相抵触。还有个安瑟伦（1033—1109），意大利人。他比奥古斯丁晚了六七百年，却全盘继承了奥古斯丁的学说，提出要把信仰摆在理性之上。他的名言是:"把理解交给信仰使唤。""除非我信仰,我决不会理解。"记得在"文化大革命"期间,也曾经流行过一句话:理解的执行,不理解的也要执行,在执行中加深理解。可见,信仰主宰一切。人要有信仰。没有信仰就等于没有灵魂。有哲人也这么说。

梁忻心头的蜡烛,一下子被教父和哲人的至理名言点燃了。他的眼前,疑云轰然散去,变得豁然开朗,闪现出一片光明。

梁忻捧着手里的小说,感觉像捧着一本圣经,庄严而又神圣。

他再一次认真看小说的封面,封底和腰封。实在令人欣喜,上面写满了文学名人大咖的推荐。那些推荐语,字字珠玑,撞击着他愚昧的灵魂。句句闪着金光,照亮了他无知的心。他想到了干宝,想到了吴承恩,想到了蒲松龄,想到了创造神鬼妖魔、龙王阎王、天宫地狱和生死轮回的历代圣人们。当然,他也想起了德尔图良,想起了奥古斯丁,想起了安瑟伦。总之,他的心中充满了对祖先圣人、对教父们的敬畏。孝子贤孙和宗教徒的感觉油然而生,涅槃重生中有一种从来没有过的快乐。

终于,他开窍了,醒悟了,有些理解这位作家了。

这位《中华穿越五千年》的作者,肯定是中国人无疑。说不定有着干宝的血脉,是吴承恩的后代、蒲松龄的子孙。他的思维奇异,超越了常人。他能够大开大合穿越古今,能够随意缝补、点缀、勾拉、联扯,真会写小说。他,绝对是当今文学领域领军人物,实在令人钦佩。

看着想,想着看,梁忻的心里一阵甜蜜的迷雾升腾起来,云山雾罩的,进入令人快乐的迷惑不解的境地。梁忻是个喜欢思索的人。他在甜蜜的迷雾中思索着。思索不通。再思索。还是思索不通。再继续思索。慢慢地,脑子有些疲劳,接着开始麻木起来了。这种麻木,带着新奇,有些醉人,有些晕乎。接着,就开始稀里糊涂了。也不知道什么时候,他在晕晕乎乎稀里糊涂中进入甜蜜的梦乡……

突然,一个声音大喊:"老梁,啥时候了,还不起床?你心脏没啥问题吧?"

梁忻一惊，醒了。床边站着老伴。

老伴指着墙上挂表，说："没看看，都几点了？"

我的天，已经是上午九时二十五分了。

老伴问："咋睡得这么好？"

梁忻这才发现，自己的手里拿着《中华穿越五千年》，翻在了第八页。他舒舒服服地伸了伸腰，长长出了一口气说：

"昨晚上看书了，小说。"

"看书就能睡得这么好？"

"可不是！小时候，我妈一让我看书，就想睡觉。"

梁忻笑了。连他自己也没有料到，六十多岁又返老还童，小时候的毛病现在又犯了。又犯了好。自打退休以来，他可从没有睡过这么好的觉。

夜幕又降临了。九点刚过，梁忻洗漱完躺在床上，拿着这本小说继续看。一觉醒来，窗户外的麻雀们，正在傻乎乎地歌唱，轻松，自由，欢乐，尽情。天已经大亮了，小说翻在了第十四页。

古人讲，前三十年睡不醒，后三十年睡不着。人老了，能够夜里睡上好觉，真是一种天大的享受。尤其是像他这样受过失眠之苦的人。这真的要感谢这本小说。它陪伴着梁忻，让梁忻睡了整整三十一天的好觉。

所有镇静的、催眠的药全部停用了。

人享受快乐，总担心快乐会失去。这本小说再有几天就看完了，以后咋办？梁忻想了想，打电话给萨殿。

萨殿在电话里笑了，说："老弟，看来这药对你也有效啊？"

"有效有效，非常神奇，非常有效，别的药全停了。"

萨殿又给了梁忻一本小说。

日月如梭，又一个多月过去了。梁忻失眠的毛病已经基本痊愈，精神状态包括说话走路吃饭，各方面都明显转好，体重也增加了两斤多。和老伴的关系也已转阴为晴和睦相处了，也没有再拌过嘴。

谁说读书不能改变一个人的命运？不能改变一个家庭的命运？关键看

你读的啥书。

天气变得有些阴冷起来，偶尔飘洒下几片雪花。秋天很快过去，冬天已经来到了。窗外的那棵银杏树，叶子由绿变黄，很快变成了一树金黄。几只自以为是实际上憨憨傻傻的珠颈斑鸠们，在树上尽兴地扑棱嬉耍，弄得一些叶子飘落下来。三天没有刮风，雾霾又重了，灰蒙蒙的，把楼房树木遮掩得影影绰绰。梁忻走出了小区大门。路上的车辆不多，行人也稀少，眼前的世界一片魔幻。迎面碰见一个女人。

那女人问："这么大的雾霾，还出去？"

细看，是老伴，头上裹着纱巾，戴着口罩。老伴出门遛狗，回来了，牵了一只灰狗。

"谁家的？"

"睁大眼睛，仔细看看。"

"野的？"

"再仔细看看。"

那狗喀喀咳了两声，亲昵地扑到他脚边。梁忻这才认出，原来是自己家的小白。

老伴说："雾霾太大了，天好了再出去吧。要不，回来怕我也认不出你来。"

梁忻没有搭理老伴。他转回家里，戴上口罩，看了一眼小白，走了。他要去萨殿家，不仅是还书，向萨殿表达谢意，关键是要咨询一下，这么好的效果如何才能巩固下去？得到的总怕失去。这事一天都不能耽误。

顽症一旦复发，后果不堪设想。

萨殿家在梦缘小区，两站多路，住二号楼五单元三楼 303 号，两室一厅的房间。萨殿和自己一样，孩子们搬走另过，与老伴一人一间，早就分居了，各有自己的天地。萨殿穿一身中式便服，淡米黄色，锁边扣眼，银质莲蓬扣子，脚上穿圆口黑色布鞋，像个修行的道人。他正在厅里喝茶。茶几上放着鸡翅木茶歇、紫砂壶和几个小茶杯。旁边的地上，放一个圆形鱼缸，白色陶瓷的，绿色荷叶红色荷花图案，直径一尺五左右。缸里的水很浅，却养着大大小小五六只王八。梁忻没想到萨殿不仅爱喝茶，还喜欢养王八。萨殿喝的是藏茶，四川雅安兄弟茶厂出的，茶色很浓，厅里飘散着淡淡的香气。茶、王八、雅安，都是健康元素，有助于修身养性。这萨殿老兄，道行可真够深的。他热情地给梁忻也倒了一杯藏茶。两个老同事坐在沙发上，边喝边聊，进行了一番畅谈。

这一番畅谈，可真让梁忻大开了眼界。

萨殿说："退休后，我有了一种爱好：文学，爱看小说。我原本就是学中文的，这你知道。可眼看着人都快要死了，也没弄懂啥叫文学。"

"文学嘛，是一门高雅艺术，本来就难。我自知才疏学浅，根本不看。一来不懂，二怕糊涂。"

"问题的关键是，现在的文学理论太复杂，太深奥。且文学理论家们也太多，满文坛跑的都是大咖。介绍起头衔、成果来，得半天，吓死人。他们都有自己的独到见解，都有自己的一套理论。"

"当今社会，名人辈出。文坛兴盛，全靠他们呢。"

"一听你就是外行。你听哥我讲。比如，什么叫小说？有的主张小说要有人物，要讲故事，要有情节。可有的主张，小说可以无人物、无故事、无情节。有的作家，为了表现物对人的占领，一篇小说从头至尾没有一个人物。"

"无人物、无故事、无情节，叫小说？"梁忻迟疑着。猛然间，他想起了德尔图良，想起了奥古斯丁，想起了安瑟伦，便自言自语道，"也可以是？噢，可以是，可以是。"

"你怎么和那些评论家们的观点相同？"萨殿摆出了一副老大哥的样子，"有的评论家，包括一些有名的评论家，像你一样，立刻跑出来支持，对这种观点大加赞成，说，这种反人物的写法，为小说创作开辟了一条新路，令读者耳目一新。"

"有些新路，可能是歪路，是邪路，是断头路。"梁忻为了向大哥靠近，表示与那些评论家们有所不同，在独立思考着，"这些年，这样的教训可不少啊？老哥。"

"说得对。小说，有的主张现实的非虚构的，有的主张虚构的，新虚构的，穿越的，魔幻的；也有人主张把这些都结合起来；甚至有人主张，把人生简历，工作总结，会议讲话，找人谈话，随意聊天，手机短信……拧巴在一起。外出旅游，走哪儿写哪儿，见啥写啥，天上一只鸟，路边一条虫，草地上一头驴，等等，都可以写。写出来一串通，一联扯，都可以称之为小说。"萨殿站起身来，在厅里踱着步，用手比画着，"再比如语言，有的主张，小说就是小说，要用小说的语言。可有的说，不。应该创新，应该开放，应该包容。世间很多物种，一杂交就有生命力。小说可以用散文式，诗歌式，口号式，文言文和白话文交杂在一起的语言。这样的小说，读起来更有味道，可以享受各种语言风格的魅力。"

"都可以称之为小说，那哪还有小说？"梁忻依然在独立思考，"语言大杂烩，读起来啥味道？"

"再比如，什么叫短篇，什么叫中篇，什么叫长篇？有的说，短篇是写一个人生活中的一个片段，中篇是写一个人生活中的一个事件，长篇是写一个人经历过的一个时代。有的说，短篇不超过五千字，中篇不超过五万字，长篇要超过十万字……你听听？咋整？我在北大中文系读书时，哪学过这些？"

"我说呢，现在写小说的人为啥多起来了，原来是放开了，标准多了。我们楼下有个送快递的，小学毕业，去年冬天换人了。前几天，那快递小哥又来了，给每家送一瓶牛奶，免费，还有一张票，说是自己写了一部小说，长篇的，叫《幸福送万家》，邀请去参加他的新书发布会。看看人家，想想我，还清华大学毕业，混成啥了？真想扇自己的脸。"

"这不能怪你。你知道，我这人爱较真，好琢磨，这是咱在机关工作一辈子养成的习惯。退休后，我认认真真地琢磨了几年，结果连啥是小说都没有弄懂。"萨殿叹了口气，端起紫砂壶给梁忻的杯里续茶，"文学的门类更多：什么严肃文学、大众文学、网络文学、乡土文学、城市文学、校园文学、宇宙文学、传统文学、市场化文学、新媒体文学、经验主义文学、结构主义文学、魔幻主义文学、象征主义文学、表现主义文学、未来主义文学、超现实主义文学……"

茶几上一本杂志，翻开着。红彩笔画着几行字，醒目。

梁忻拿起来顺口念道："有意识流小说、先锋小说、言情小说、新写实主义小说、虚构的非虚构的新小说，等等。"

"这是我正在看的。如此这般的，多了。什么言情文学、女性文学、男性文学、儿童文学、青春文学、老人文学、职场文学、历史文学、科幻文学、侦探文学、盗墓文学、生态文学……你听听，都是些啥？"

"老哥，我有点晕。"

"晕？小说作为文学的一种体裁，丰富多彩的文学创作，为小说的创作展现出一片新天地，浩瀚辽阔，茫茫无际。"

"老哥，太多，太杂，太乱。咱不搞这个专业，那些东西，是不是可以不看？"

"不看？不看那些东西，哪篇小说你能够看得懂？我问你，《中华穿越五千年》是哪一类小说？用的是啥手法？写的是啥玩意？你能够搞得清楚，你能够看得懂？"

"噢，老哥要是这么一说，那还真是这么回事。"

"仅去年一年，全国正式出版的长篇小说超过一万部，网络上的十多万部。十多万部啊！你看看，有多少人在写长篇小说？话说回来，这么多小说，谁看？学生们上学。上班的工作。退休的照看第三代，旅游、健身、练书法、绘画、唱歌。剩下的少数人，想看。可那么多小说，弄得人眼花缭乱，看哪一本？看哪一篇？连神仙恐怕也难以弄得清楚。"

"我看过一篇文章，说是一个很有名的作家，好像是姓闫吧？名字记不清楚了。他到一家书店买书。书店里的书实在是太多了，像进了迷宫。转了半天，转得他眼睛恍惚，脑子发晕，两腿发软，也没能挑到一本。走出书店，迎门口有座雕塑，青铜做的，是很多书堆成的模型。那位名作家说，我真想一头撞死在那雕塑上。"

"他还是位名作家哩，那平民百姓呢？"萨殿看着有所感觉的梁忻，"有人借毛主席的话，说这叫百花齐放。"

"花开得太多了，不好下手，不知道该摘哪一朵。"梁忻喝了一口茶，听见鱼缸里有响动，看了看鱼缸，说，"老哥，要不要加点水？这鱼缸里的水太浅了吧？"

"不用！水不能多，多了，王八们不安静。不安静，就会生病。王八得病不好治。"萨殿笑了。

梁忻也笑了。

萨殿继续说："我经过一番琢磨，逛地摊时，先看书的封面上，封底上，腰封上，标注着这本小说的作者是谁，获得过什么奖，这本小说获得过什么奖。反正是论斤的，不贵，都买。你看看，那些小说都摆在那里。为摆放这些小说，我特意买了个榆木书柜，老榆木的，结实。你嫂子笑话我，说我是榆木疙瘩脑袋。老家伙，净不说正能量话。"

萨殿这人爱说，年轻时就是这样，只要他说起话来，别人很难插嘴。不过，今天的梁忻，不嫌萨殿话多。听着萨殿的侃侃而谈，梁忻走到靠墙摆放着的书柜前。老榆木书柜里的书，摆放得整整齐齐，贴有标签，写有编号，全都是各色获奖人、各色获奖的小说。什么宇宙文学奖、天地文学奖、山沟凤凰奖、乡村天堂奖、丑小鸡儿童文学奖，等等。这些，梁忻从来没有听说过。

"老哥，我知道了。"梁忻像是经过了一番洗礼，认识明显提高。

萨殿给梁忻续茶，梁忻赶紧端起杯递了过去，用自信的口吻说：

"好奇是人的天性。一遇奇就兴奋，一兴奋就糊涂，一糊涂就容易睡觉。所以说，文坛越奇异，睡觉人就越多。"

"入道了，老弟入道了。"萨殿放下紫砂壶，一脸的满意，"知道了吧！就是它们，能治失眠，还没有副作用。"

"老哥啊,您功德无量。要是把您的这个良方传出去,会治好多少病人,能挽救多少家庭啊?"

"老弟,说得对。久病成医。我也正在写小说,长篇的,三十多万字,年底交稿,叫《天梦》。"

"哎呀,《天梦》?好好好。《天梦》,名字多好!天天做梦,对天做梦,太好了。出版了,我一定好好拜读。那快递小哥小学毕业,就能写出长篇小说。您北大中文系毕业,肯定比他强。您的小说,保不定能得个啥奖?那叫……鲁……鲁……对,鲁班奖。"

"咯咯咯"一阵笑声传来,轻松,欢快,洒脱。是英嫂,萨殿的老伴,从小屋里款步走了过来。她手里端着一玻璃杯白开水,开玩笑说:"奖错了,老梁,不是鲁班奖,是鲁智深奖。"

"噢……鲁智深奖?不好意思,真不好意思。"梁忻赶紧站起身来,看着英嫂,一脸的歉意,一脸的微笑,"嫂子,文学圈我不接触,小说也很少看,见少识寡,只记了一个字,鲁。"梁忻的话语很真诚,"奖错了,应该是鲁智深奖。借梁山好汉,四海扬名。这个奖好。智深嘛,有智慧,还深刻,真好!"

英嫂六十出头,身材微胖,满头华发,面色红润,性格爽朗,说话快言快语,人也风趣幽默,爱说笑话,退休前在机关图书馆工作,和梁忻非常熟。"你们这两个老家伙,可真够逗的。"英嫂滋溜喝了一口白开水,一脸的不屑一顾,说:"老梁啊,别听他的,净瞎忽悠,他的那办法对我不起一点作用。"

"为啥?"梁忻有些奇怪,"嫂子还另有好药?"

英嫂滋溜又喝了一口白开水,说:"你没看看,现在有些书包装的,横裹一道,竖裹一条,软精装的,硬精装的,外面套个塑料壳,半天撕扯不开。书做得像块城墙砖,又厚又重,捧起来手腕疼,看起来头疼,咋睡?"

"老嫂子,说说,您用的是啥好药?"

"电视连续剧。不管是肥皂剧,洗衣粉剧,韩剧日剧,还是手撕鬼子,裤裆里响手雷的,莫名其妙的,颠三倒四的,有哭有笑的,疯疯癫癫的,都看。一看,坐在沙发上就睡着了。还用再上床?条条大路通罗马。"

梁忻立刻激动起来了。他一手拉着萨殿,一手拉着英嫂,连说话的声音也变了调:"哥啊嫂啊,到现在我才明白,你们两口子身体咋就那么好!"

从萨殿家里出来,起风了。一阵一阵的,乱刮,分不清风向。

雾霾已经消散了,树木房屋道路也显得清爽起来。梁忻手里的纸袋提着三本小说,是从老榆木书柜里挑的。路边一棵柿子树,叶子已经落光了,挂着一树红彤彤的柿子。三只白脖子花喜鹊,叽叽喳喳地飞来,落在上面,转动着自以为是的小眼睛,四处张望一番,开始贪婪地啄食着柿子。一股风吹来,吹乱了喜鹊们撅起的尾巴。乍看上去,那三只尾巴,像刺棱着开放的花。梁忻觉得脸上有点冰凉。噢,下雪了,是雪粒,不大,一粒一粒的,漫不经心地飘洒着。梁忻挺直了腰,长长地吐出了一口气。他感觉头脑清醒了许多,浑身也轻松起来。

人有了新收获,精神就变得清爽。

梁忻路过一个书摊,中间插着一块小木板,上写着:两块五一斤。一群老头老太太正扒拉着书堆,在挑书,神情专注,像是在淘宝。一个老头年纪和他差不多,头上大面积歇顶,发着暗光,几颗雪粒掉在上面,很快就融化了。老头子精神矍铄,眼眉毛很长,从穿着打扮和气质上看,应该是个文化人。他手里拿着几本书,刚过磅称好的。

梁忻走近了看,真巧了。那老头买的几本书,最上面一本是《上帝之城》,奥古斯丁著。

一个老太太满头灰发,脸色健康。上身穿紫红色中式薄棉袄,绣花盘扣,对襟。下身穿着黑色灯笼裤,宽松。肩上背着一把练功的宝剑,装在剑鞘里,剑柄上耷拉着两条红色的剑穗。那剑鞘土褐色,镶着黄铜雕刻的花,约二尺五长。那老太太双手张开着布口袋,看着那老头,眼神里充满希望：

"我要的小说买了吗？《剑行天下》，获璜塘花季奖的。"

"买了，买了。"那老头也不抬头，回答她。

老太太甜蜜蜜地笑着，让老头尽兴地把那几本书装了进去。

不知道什么时候，雪粒变成了雪花。那雪花一片一片的，胡乱地飞，随意地落，看上去飘飘洒洒，弥蒙混沌。

那摊主是个小伙子，喊："快挑快挑，下雪了，准备收摊了。"

老头老太太们没有搭理他。他们依然在扒拉着书堆，依然是神情执着，个个像在淘宝。听见有几个老太太在嘀咕，听不清她们嘀咕的啥。片刻，那个买《上帝之城》的老头大声说："小伙子，下这点雪怕啥？老年人买点好书，容易吗？"

梁忻无声地笑了：我说呢，为啥有些退休的人都喜欢地摊上买书。

（注：《中华穿越五千年》和各种文学奖项，名字如有雷同，纯属巧合）

## 18　维纳斯的恋情

《维纳斯的恋情》是牛飙进的一部长篇小说，由良知出版社出版，80多万字，上下两卷本。

牛飙进就是靠这部小说出名的，是突然出的名。《维纳斯的恋情》先是获得了卡夫卡国际文学奖，接着又在诺贝尔文学奖赔率榜上排名第六。这消息像不年不节的有人突然放了个二踢脚，啪的一声钻到天上炸出了一片灿烂。老阚刚接到报信电话时，嘴张了半天，才弱弱地蹦出来两个字："是吗？"

"是的，今天《东方文艺报》头版刊登的。"

"噢……噢……"

"报纸披露，瑞典、法国、英国、德国的一些出版商们来商量购买版权，要翻译出版牛飙进的作品。"

老阚放下电话，在屋里悠悠地转了两圈："看来这墙里开花墙外香，整得真有点大了。"停了片刻，继续自言自语道，"不过这样的事在文坛上，也不止他牛飙进一个，也不只是文坛。"他无声地笑了。

牛飙进不到五十岁，貌不出众，瘦高个儿，勾腰驼背，但穿着打扮讲究，干净利落得体，头发梳得丝丝不乱，谈吐文雅，一副文质彬彬的样子。只是那两只眼睛看上去有些迷糊。其实也不是一直迷糊，无意间会放射出一丝亮光，像劈开乌云的闪电，把人世间忽地一耀，瞬间即消失了。

一般说来，这种人大都经历过岁月磨砺，有过难言的风雨人生。

牛飚进留给人们的印象是有些自卑："我打小就喜欢文学，只是没读过大学，没上过什么这班那校培训过，也没拜过这名师那大家，沟里花荒原草，属于土生土长自学写作的那种。"

确实，牛飚进十多岁起就喜欢诗歌散文小说，就开始写，像蹒跚学步的孩童，摸摸索索地往文坛上攀爬。上小学期间，偶有几句小诗用粉笔写在黑板报上。上中学时，有诗歌散文上了区文化馆办的《磨盘街》小报，一年发表两三篇。后来，开始写短篇小说，两三篇三五篇的，登在市里的《豫西文艺》、省里的《黄河奔流》上。再后来，发表了中篇短篇小说，刊登在《当代》《十月》上，《小说选刊》《作家文摘报》也有转载的。直到近些年，有几十万字的长篇小说问世。真如唐人龚霖所言：但路可上，更高人也行。一路走来，牛飚进确实不易。出名后有人粗略统计，牛飚进在市级以上文艺报刊上发表过中短篇小说三百一十二篇，出版过长篇小说九部。但很遗憾，文坛很冷静，现实很冷酷，他一直都没啥名声。他的所有作品，与所有的文学奖项无缘，从来也没人拿他的作品说事，文坛知道他的人并不多，就像是雨点落在了鸭身上，滑过去啥痕迹都没留下。

这次，牛飚进突然在国际上有了名声，会有什么后果？

# 1

牛飚进的作品很大一部分都是写恋情的。什么青春恋、爷孙恋、黄昏恋、婚外恋、三角恋、同性恋、无性恋等，男的或潇洒或风流或无情，女的或妩媚或放荡或痴情，等等，反正都是写男女之情的。应该说，这种作品很时髦，也有读者群。可问题是牛飚进这个人，嘴上喊坚持文学创作的源泉来自于实践来自于生活，要深入生活深入实践，不能闭门造车无感而发，自己却很老实，很本分，只是站在男情女欲的大海边上晃来晃去，用眼睛看，用嘴巴问，从不下水，那能写出什么精品？看别人游泳，自己跳进海里游泳，这毕竟还是两回事。要知道梨子的滋味，必须拿一个啃一口品一品。不过实事求是地说，牛飙进就是为了这看，为了这问，真是吃了不少苦头，也有着一肚子倒不完的苦水：

"写农民的感情生活，我就像一个孤独的流浪汉，吃着百家饭，睡在土炕上，听农民述说婚丧嫁娶的艰难与苦衷。写农民工的感情生活，我当农民工，白天和农民工们一起扛水泥、卸砂料、撬水泥板、吃盒饭，夜晚躺在水泥地上的大通铺，听农民工讲述为了挣钱妻离子散的痛苦和心酸。栽进现实里不光辛苦，还有风险。我去采访两个男'同志'，一个体形彪悍，把眼睛一瞪，嘴里骂骂咧咧的，抬手扇我一个耳光，打得我眼冒金星耳朵里嗡嗡作响，接着又操起一把半尺长的切西瓜刀要捅我；另一个'同志'体弱瘦小，脸红得像猴屁股，双手叉腰，扯着母鸡嗓骂得非常难听。还有一对儿爷孙恋，那七十多岁老头颤巍巍地走过来，操着榆木龙头拐杖把脑袋给我敲个核桃大的包；那二十多岁的小媳妇直扑过来，十个血红的指甲撕扯我，往我的脸上乱抓，要不是我牛飙进腿跑得快，那次我很难走得脱。因此上，只要一提起写这类小说，就揪心得痛。"

不过，牛飙进也经常自我安慰："老子就是一头山野荒原上的牛，野养，自由，吃野花，啃百草，喝山泉，挤出来的奶是原味的，纯洁，新鲜，不含任何添加剂。"

"不含任何添加剂的牛奶，现在有几个人爱喝？"老阚和他开着玩笑，"你牛飙进，嘴上说的是一套，做的是又一套。我问你，你写出那么多男女恋情的小说，啥恋情都有，可你却为啥一直夫妻恩爱，没有一点绯闻？你这是啥实践？啥生活？蒙鬼哩！"

这老阚，全名叫阚夏华，四十多岁，矮胖，秃顶，金丝边眼镜后面一双大眼骨碌碌的，充满着活力和激情。可不能小看老阚。阚夏华在一个国家级的文学研究所供职，受聘于一所大学的文学院当教授。老阚自己从没写过一篇小说散文诗歌，却因写文学评论而蜚声文坛，在圈子里混得风生水起无人不知。文坛上，只要是老阚说XXX小说散文诗歌写得好，文坛上就一片点赞声。当今这世界上，不生孩子的人给孕妇讲课成了生孩子的专家，没种过庄稼的人教农民怎么种地成了农业专家，怪不得现在人们一提专家就笑。

老阚心中的那个谜团，直到有一次，他因别的事来牛飚进的家，才眼前忽地一亮：我×，你牛飚进这么多年一直守身如兔没有花心，绝对是因为王小兔。

王小兔哪路神仙？牛飚进的妻子。她比牛飚进小十多岁，长得那绝对是漂亮。小巧玲珑皮肤白皙身材凸凹分明，乌黑秀发披肩而下细浪翻滚奔流，卧蚕眉丹凤眼满含秋水盈盈。初次见到王小兔的那一刻，他脑子突然断片了，半天没有说出话来，他不知道该说啥。后来，老阚来的次数多了，通过言谈话语加上耳闻目睹，更坚定了他的答案。王小兔不仅体格健康，人长得漂亮，让人一见就心里喜欢，而那还只是外表，关键是王小兔心灵还美，内心世界细腻丰富，很贤惠，勤快温柔，且善解人意，言语得体，家里的事多年来她从来没让牛飚进伸过手、分过心，对牛飚进点点滴滴关爱备至。更让老阚感动的是，这么多年来，牛飚进日复一日地写作，发表的作品不少，可从来没写出过一篇惊世之作，也没得过什么这奖那奖，平平淡淡，可王小兔却依然不改初心，日复一日地关心他、鼓励他、支持他，从未有过一句怨言。王小兔性格开朗，是个爽快人，她挂在嘴边的话就是我喜欢文学，我喜欢看我们家老牛写的小说，我支持我们家老牛。话说完了，脸上依旧洋溢着微笑，显示出满意、满足和幸福。还有，大概是为了牛飚进的创作，两人结婚多年也一直没孩子。这样的贤内助，在文坛拼搏奋斗的人有几个遇到过？

有品位有档次的女人，就是一座蕴藏着金银玛瑙翡翠的富矿，对外封着，密而不露，一旦遇到了前来开发的男人，有才华有思想，就会敞开胸怀，奉献出自己的一切。老阚不由得暗叹：这话看来真的没错。

几天后的一个晚上，外面传来几声狗叫，老阚又来到牛飚进家。他是从酒局来的，喝多了，脸涨红得像蒸熟的大虾，浑身散发出酒气，一进门，屁股还没沾上沙发就说："这么些年，我很愧对老兄，从来没写过一篇老兄的作品评论。这段时间，我认真的读了老兄的一些小说，实话实说，老兄的小说写得不错，真的不错。怪不得嫂子说喜欢，爱看。嫂子啊，您真是有眼光，有水平，真是水光知月出花落见风行。嫂子慧眼识珠智如伯乐，我看，嫂子将来可以写小说评论。不是我老阚吹，嫂子很快也会成为评论家。"

"老阚您可别高抬我，我哪有您那水平？"王小兔立马两腮绯红，犹如两朵绽放的牵牛花，"我就是喜欢看我们家老牛写的小说。"这么恭维的话，她从来没有听到过。

"你家老牛的小说写得确实是好。"老阚回过头来对牛飙进说，"老兄，我这次来，是想补一补多年缺的课。几天来，我思考再三，想给老兄写一本传记，重点介绍你默默无闻不求名利潜心创作的经历。老兄在文坛上奋斗了这么多年，著作等身却无声无息无风无浪，这对老兄不公，太不公了。"

"有啥不公？路遥为贴近生活体验生活寻找灵感，把自己关在窑洞里六个春秋，每天只啃两个冰冷的馒头。当他耗尽了心血，把《平凡的世界》写出来后送给了两个出版社，统统给他退稿，说他写的过于真实，过于平凡，没看上，这对他公吗？他的《平凡的世界》得了大奖，却没有去领奖的路费，人四十岁出头就走了，留下了一万多元的欠条，这对他公吗？"

"路遥遭受的磨难人们都知道，谁看了都流泪。我写你的传记，就是不想让你成为又一个路遥。我想让更多的人知道，不吃苦中苦，难写出精品。写出好的作品不能太急，厚积而薄发，急功近利则会一事无成。"

"这，你懂得。"

"我是懂得。今天晚上，就刚才，几个女的请我喝酒，自认为年轻漂亮，自认为会写敢写，进文坛才几天，发表了三五篇东西就飘起来了，又是请客找人，又是托关系，撒钱送人送东西的，争着报这奖那奖。她们中间有个人，三十岁出头，上次刚弄了个大奖，后来出获奖者作品集，我当主编，把她所有发表的东西拼凑起来还不到几万字，这次还想报奖，啥人？"

牛飚进面色平静，看着他，没说话。

"老兄啊，这些您都不懂。您太老实，就像是一头勤恳的牛，只管拉犁拉耧耕种，从来不讲收获。我这人优点不多，只有一个优点比较突出，就是不能看着老实人吃亏，不能让老兄成为第二个路遥。"

老阚满嘴喷着酒气，话一反往常的多。这是咋了？是被年轻漂亮的女作者们酒灌多了刺激了哪根迷走神经？还是良心上有了新的发现？看着老阚，牛飚进心里一热，眼眶里有些潮湿。常年生活在严冬里的人突然遇到了春天般的温暖，真有点经受不住。他想流泪。

不管怎么说，老阚果然是厉害，一阵酒言蜜语把这一夫一妻灌得有些神魂颠倒，一个想乐，一个想哭。

王小兔刚洗过澡，像一朵出水的芙蓉。她一身淡绿色碎花丝绸睡衣，体态婀娜秀发飘逸，浑身散发出的芳香有些醉人。她端着一杯热茶，笑盈盈地递到阚夏华手里。淡雅奇妙的香气袭来，老阚清醒了些许。

"一个作家既要文学，更要生活。西方一个伟人说过，一个人首先要搞好吃穿住，才能进行文学哲学法学等其他社会活动。"老阚接过茶，醉意依然未醒，"写你牛飚进的传记，家庭生活是重头戏，尤其你牛飚进，怎么能写出那么多男女恋情的小说？你老是说，创作要有生活，要有实践，你有过青春恋、爷孙恋、黄昏恋、婚外恋、三角恋的生活吗？说，到底有没有？老实交代！"

牛飚进一脸惨淡的笑，笑而无语。

王小兔瞟了老阚一眼。她发现老阚斜着眼也在看她，眼神醉而不迷暗露机敏，似乎想从她那里得到什么。王小兔心头一颤，脸上立刻有些发热起来。为掩饰尴尬，王小兔用纤细白嫩的一只手，从果盘里拿起的一个大花梨，另一只手拿起刀，灵巧熟练地在梨上转动。梨随着锋利的刀刃，皮干净利落地被剥光下来，卷起一朵犹如开败的残花悬空坠着。瞬间，大花梨削好了，王小兔把它递给了老阚：

"给，吃个梨解解酒。你不要胡说八道，我们家老牛除了写小说，从来没有那些花花肠子，风流韵事。"

老阚接过梨子，没有接王小兔的话，他望着光脱脱水灵灵的大花梨，醉眼弥蒙若有所思。突然，他眼睛一亮，张开了大嘴，向外凸出的两颗大门牙切入梨内，咔嚓啃下一口，细细地品着梨子的滋味，咕咚一口，梨汁梨渣全吞进了肚子。接着，又啃了一口。他的嘴唇有些僵硬：

"老牛，牛哥，我要详细了解，你的家庭生活，特别是，感情生活，你和嫂子，要从实招来，提供第一手材料，没有这第一手材料，写不出好小说，这话你天天挂在嘴上。同样，没有第一手材料，也写不好传记。我倒要好好挖掘一下，看看你这位善长写恋情的作家，到底有着什么样的恋情。"

"我手头有稿子，这事和你嫂子谈吧，她最有发言权。"牛飙进说完，起身进了书房。

牛飙进的离去，明显是对老阚的话不感兴趣，尤其是这人酒喝多了，满嘴跑兔子，胡话比真话多。没有好的作品，写传记有个屁用？自己既不是名人又不是伟人更不是领袖，传记写出来谁看？不过，牛飙进知道老阚在圈子里的分量，曾不止一次地对他开玩笑说："你老阚，活像高玉宝《半夜鸡叫》里的那个老地主，钻进鸡窝里学一声公鸡叫，全村的公鸡们就立马叫声一片。"就眼前来说，起码老阚的这个动意是好的，不能伸手去打送情人。

客厅里，只留下了老阚和王小兔。气氛沉寂下来，寂静得有些异常，空气仿佛也停止了流动。室外夜色深沉，树上传来几声鸦叫，一高一低像是一雌一雄在一呼一应一唱一和。夜幕就是一张神奇的魔毯，遮盖着人世间很多难言的秘密，贼偷东西情人幽会土匪劫道杀人，万物也都萌发着勃勃生机。王小兔踮起脚尖，蹑手蹑脚地走过去给老阚的杯子里加了点热茶，然后，在挨着老阚的单人沙发上坐下，猫一样的温雅甜顺。她的目光柔和如水，期盼的流淌向老阚，低声细语地说：

"咱两个小声点，别影响老牛写作。"

## 2

牛飙进正在潜心创作的，就是他后来在国际上出名的那部长篇小说，当时遇到了瓶颈，写得很不顺利。牛飙进每天在书房里，或踱着方步，或闭目思虑，或抓耳挠腮又拍大腿又拍脑袋的，有时咬着大拇指甲嘎嘣嘎嘣响，他的心里一直思索着，纠结着，苦闷着，像一头困在山谷里找不到出路的兽。

长篇小说的主人公原型，是牛飙进多年的老朋友，叫古昔生，是个雕塑家。两人说话不隔心，是可以掏心掏肺的铁哥们。古昔生断了一条胳膊，人起外号维纳斯，雕塑作品很多，不过仿品居多。有仿希腊雕塑家米隆的《掷铁饼者》，有仿法国雕塑家罗丹的思想者、吻，有仿意大利雕塑家米开朗琪罗·博那罗蒂创作的大卫，尤其是仿米洛斯的维纳斯竟可以达到以假乱真的程度。古昔生虽说是在雕塑艺术领域也有一定的名声，只是因为仿品居多，从没获得过大奖。牛飙进和古昔生，两人有点同病相怜惺惺相惜。不过，古昔生最有名的还不是他的作品，而是他六年多娶过三个妻子。为了追求雕塑艺术，他结婚很晚，四十多岁才结婚，可他一结了婚就把握不住，放开了干，不停地换，连续三个，都是他曾经的学生，一个比一个年轻，一个比一个漂亮。他的前两个妻子，一开始都表白自己酷爱雕塑艺术，都是雕塑家的热烈崇拜者，相见恨晚，能嫁给雕塑家那是三生有幸，兴奋得泪流满面。可一结婚就变了，完全变了，两天一小吵五天一大吵，摔杯子摔碗的，把家庭生活过得一地鸡毛。最后，两个妻子都愤然离去了。现在娶的妻子叫佟鸽，比雕塑家小了二十多岁，海誓山盟地愿一辈子献身于雕塑艺术，献身于雕塑家，让雕塑家一心一意搞创作，创作出更多的艺术精品奉献于社会。雕塑家老古很是感动,眼含热泪对新婚的妻子庄严发誓:一定不负妻望,争取获得大奖。他夜以继日地拼命雕塑,终于独创作出一个大型雕塑群——中原逐鹿五千年,赫然一炮走红,获得了全国大奖。不幸在领奖台上,雕塑家一头栽倒地上,脑出血把命丢了。出人意料的是,雕塑家年轻的妻子佟鸽并不悲伤,追悼会上,她面对众人脸色平静声音朗朗,像是在诵着一首哀悼的诗:"我的丈夫死了,但他死得其所,死得骄傲,死得光荣,死得比泰山还重,他是为雕塑艺术而献身的,他没有死。我要永远怀念他,永远尊敬他。"古昔生的遗体躺在鲜花翠柏丛中,现场气氛如死一般的寂静。他如果有知,会是啥感受?

  牛飙进心中有一种说不出的滋味。古昔生的婚姻爱情和短暂人生,雕塑家妻子们的表现,让他很长一段时间心里无法安宁。人怎么能够这样?直到有一天,他冷静下来,开始反思艺术家的人生,反思艺术家的婚姻与爱情。终于,他决心以古昔生和他的三任妻子为原型,写一部长篇小说。因为在艺术圈里,他发现有几个艺术家,比古昔生的名声大,更是敢干,娶过五六个妻子,像是一年四季穿衣服一样不停地换,有的年龄相差达半个多世纪,比重孙女还小,犹如一头连下牙都掉光了的老牛却一口一口地专啃鲜嫩的草。理由和原因自然很多。但不管怎么说,这种艺术圈里的时髦是很多人感兴趣的。以这些为素材写部长篇小说,解剖解剖艺术家们的恋情世界,这应该是一个有读者群的选题。几年前,牛飙进曾有过打算,也积累了一些材料,可一直像干葫芦漂浮在水面上,深入不下去,原因就是了解起实情来难,太难了,不是遇上闭门羹就是被辱骂,再就是挨耳光棍子和刀子,没有像古昔生这样知根知底,知心知己,多年的交情。古昔生的骤然离世,给牛飙进提供了一个机遇。牛飙进动手很快,夜以继日地写,写了几个月,几乎是一气呵成。初稿一出来,牛飙进把稿子送给老阚看,老阚把稿子翻阅一遍说:

  "写得不好,尤其是结尾部分。"

  "为啥?"

"你这几乎是写实。你写雕塑家死了,父母早亡,又没有子女,留下了一栋带庭院的花园式别墅,还有一笔巨额资金,啥意思?"

牛飙进没有吭声。

"现实不是这样的。艺术家们一般都居住在豪宅,手里也很有钱,有的人不节制,短命,一死,年轻寡妇很快就跟着别的男人跑了。有的人还没死,妻子就憋忍不住,和帅哥猛男小鲜肉勾搭上了。还有个徒弟跟着师傅学艺,学着学着把年轻的师娘弄走了,师傅一口气没过来人就挂了。这些舆论炒得多凶,你没看见?"

"看到过,但那些毕竟还是少数。"

"少数?一滴水能反射出太阳。可你写的这个主人公,娶的第三个妻子这么年轻漂亮,成了寡妇,她还坚定不移地固守着一座空城,一腔忠贞,像是要立贞节牌坊,这都啥年代了,读者能相信吗?"

"读者信不信,那是读者的事。"

"小说的结尾部分不符合人性。"老阚的口气变得不容置疑,"人性与幸福相关,它涉及人生观、价值观和爱情观,文学作品要遵循人性,人性有它的规律性,规律是形形色色现象中统一的东西,它决定着事物发展的必然趋向,不以人的意志为转移,是不可抗拒的。"

"我看到的,这就是客观,这就是现实,我和古昔生的遗孀佟鸽交谈过,我了解她,她现在就是这个态度,她对老古的爱忠贞不渝坚定不移。什么固守空城,什么立贞节牌坊,这些对佟鸽来说全都是零。文学作品不能玷污一个纯洁的妻子对亡夫忠贞的爱情。"

"眼前看到的不一定就是现实,不一定就是客观。事物都在发展,结果才能说明一切。"老阚咽了一口唾沫,冒出了一句没头没脑的话,"完全是神圣的驴性!"

"驴性?神圣?"牛飙进如坠雾里。

"噢,这你可能不知道。"老阚回过味来,歉意地一笑,"欧洲文艺复兴时期,有个哲学家叫乔尔丹诺·布鲁诺。他认为,中世纪教会的僧侣和修道士们完全弃绝人性，即人的七情六欲，提倡禁欲主义。他们都是神圣的驴子，他们提倡的那些说教都是神圣的驴性。乔尔丹诺·布鲁诺斥责僧侣和修道士们用神圣的驴性，扼杀了人性，扼杀了人的自然属性，最后被驴们烧死在罗马鲜花广场的街头。乔尔丹诺·布鲁诺为了反对驴性献出了生命。因此，文学创作刻画人物，就要符合人性，就要遵循人性发展的自然规律。我们的作家，不能再像欧洲中世纪的僧侣和修道士那些驴们一样，用文学作品来扼杀人性，去提倡神圣的驴性。"

牛飙进并不知道，老阚是个名牌大学毕业的哲学博士，对哲学尤其是人生哲学颇有研究。可惜牛飙进读的书太少了，什么中世纪、文艺复兴、教会、僧侣、修道士、人性和驴性，他听着心里一片茫然，一时不知道该说些啥。

"你看过薄伽丘的《十日谈》吗？"没等牛飙进说话，老阚讲，"薄伽丘是欧洲中世纪意大利文艺复兴时期著名的作家，他认为人是有血有肉的物体，追求尘世的欢乐，享受人间的幸福，这是不可抗拒的自然规律。他在《十日谈》里讲了一个老头，为了把儿子培养成一个干净纯洁、没有七情六欲的人，特意把儿子放到一个荒无人烟的地方，不让他接触女人。儿子长大后，老头自认为培养成功，便带他进了佛罗伦萨城，儿子看到了很多新鲜东西，尤其对那些花枝招展的姑娘们非常感兴趣，便问父亲那些是什么。父亲怕儿子产生邪念，便说那些都是绿鹅。儿子神情激动，一再央求父亲给自己买一只绿鹅带回去。"

"绿鹅？姑娘们？"牛飙进的脸上露出惊奇，他看着老阚，"买一只绿鹅带回去？"他觉得这个故事很有趣，简直是有点天方夜谭。

"伏尔泰知道吗？"老阚继续着他的说教，"18世纪法国人，一位著名的哲学家、文学家、政治家和历史学家，是当时欧洲思想界的泰斗，整个欧洲都倾听他的声音。他认为人是客观世界的产物，有正常的生理器官，就必然会去追求享乐，以满足自己生理器官的需要。他在哲学小说《查第格》中讲了这样一个故事：查第格的妻子大骂一个年轻的寡妇，原因是她的丈夫刚刚死去时,她发誓,只要那条溪水在丈夫的坟墓旁边流淌一天,她就在丈夫的坟旁守一天,绝不改嫁。这个年轻寡妇,大有我国汉代乐府民歌中表达对爱情忠贞不渝的坚定:山无棱,江水为竭,冬雷震震,夏雨雪,天地合,乃敢与君绝。可是遗憾得很,没过多久,这个寡妇便把那条溪水改道,让溪水离开坟墓往别的地方流走了。查第格看着义愤填膺的妻子,一脸的忠贞,相信妻子是十分爱他的。不过,他想试试,想假装死亡,考验一下妻子是否真心爱他。没过多久,查第格就假装死亡。可他绝对没有想到,他刚一死,妻子就有了新情人。更让他没有想到的是,当妻子听说新情人有病且治疗这种病需要一个死人的鼻子时,妻子便毫不犹豫地掂着一把锋利的刀(老阚脑子里浮现出王小兔拿刀子削大花梨的情景),来割查第格的鼻子。查第格大惊,这时才认清了女人对待爱情上的真实面貌。以至于后来在欧洲,人们讽刺不守承诺不忠于丈夫的妻子,便说这个女人,拿刀割过她丈夫的鼻子。《红楼梦》看过吧?《好了歌》是怎么唱的?'世人都晓神仙好,只有娇妻忘不了。君生日日说恩情,君死又随人去了。'这种情况,古今中外都有,过去有,现在有,将来也会有。人性的自然规律不可违背。"

老阚真不简单,装了一肚子的学问,知道的真多。他说的这些不仅有趣,而且发人深省耐人寻味。书读少了人矮三分。老阚讲的这些,牛飙进像在听天书,半天没有说话。

老阚又拿出一本《人生幸福论》,递给牛飙进:"我写的,刚出版,是有关人生哲学方面的,刚才说的书里都有。文学就是人学。哲学是关于世界观的学问。搞文学创作,要学点哲学,要了解人性,才能在文学作品中对人物刻画得真实,刻画得深刻。可以说,只有把哲学与文学结合起来,用哲学的思维方式,用文学的创作手法,把逻辑思维与形象思维结合起来,才有可能创作出有深度的文学精品。"

牛飙进忽然意识到,自己这么多年的作品,绝大部分都是写恋情的,为什么平庸?为什么没有精品?为什么会像雨滴落在鸭背上没有留下痕迹？除了深入生活不够，老阚的这番话，可谓一针见血，针针点中了自己的要害。文学绝不是单一的，它是综合知识的结晶，尤其不可或缺哲学。知识的清泉涓涓流淌，气息清新奇特而迷人。

文学评论大家老阚，果然不是一个凡人，知识渊博学贯中西思深如海，不服不行。

## 3

这段时间，老阚因写牛飑进传记，来牛飑进家次数多了，成了常客，待的时间也长了，话也越来越多，气氛也越来越融洽。老阚这人学问很深，却性格随和，言谈话语显示着自信、认真、执着，只要问起牛飑进的事，就盯着王小兔看：

"嫂子，你这么多年支持老牛，到底是为了什么？说真话，不许假。"

"我已经说过多少次了？我喜欢小说，喜欢写小说的作家。"

"这老牛，从来没有获过大奖，各种文学奖项都与老牛无缘，无名无利，可你却一直支持他，默默无闻，无怨无悔，这真是太难得了。有很多作家，很有潜力，很有希望，但后来都夭折在半路上，不了了之了，原因之一，就是没有遇到像嫂子这样的贤内助。一个不成功的女人，很可能毁了一个原本会成功的男人。比如大哥我，提起来就……"老阚的眼角有泪花闪动。

王小兔听了，心里也有些湿漉漉的。

老阚告诉了王小兔很多关于自己的事，他把王小兔带进了一片未知的天地。老阚说，他曾经为文坛的几个作家都写过传记，这几个作家后来也都成了文坛大咖，在全国都很有名。老阚的意思很明确，写传记文学他是一把好手，经他之手，将来的牛飑进也会名扬文坛。老阚的这几把火，烧得王小兔很兴奋，脸上洋溢着甜蜜的微笑，一看就知道是发自内心的，抑制不住。她觉得，终于有人关注了丈夫，丈夫这是遇到了贵人，丈夫出名看来是有了希望。因此上，对于老阚想了解的事，王小兔总是有问必答，尽力配合。未知领域的新鲜感诱惑，是女人的天敌，第一杀手。

老阚发现，厅里有两个开放的书柜，书柜里全都是牛飚进的作品，王小兔精心整理按照时间顺序摆放着。书柜前的条几上，摆放着一盆水仙花，嫩黄色的花朵散发出淡淡的清香。王小兔，一个有思想有内涵，情调高雅的女人。老阚想到了富矿与开矿人。他看着水仙花，告诉王小兔："这场景，让我想起了关帝庙大殿里关老爷读春秋塑像前的几案上，那燃烧着的香火，那飘散着的香烟，绵绵悠长。香客虔诚，关老爷有光。"

王小兔捂着嘴笑，脸上泛起红晕，没说话。

接触多了，王小兔发现，老阚是个幽默有趣的人，感觉他就像是一块磁铁浑身缠满了线圈，一说话就像通了电流，话音带磁性，荡漾出迷人的磁场。他让她兴奋，他让她欢乐。长期禁锢在小家庭里的王小兔，突然发现自己爱听老阚说话。老阚除了向王小兔了解写传记需要的素材，也讲一些社会上流行的段子，附带着讲些人性和人生哲学，现实加理论，通俗加深刻，王小兔常听得津津有味，忍不住时会开怀大笑。古人讲，听君一席话胜读十年书。王小兔切身感受到了，她的精神面貌有了大的改变，人也显得更加年轻。几天不见老阚，就觉得心里缺了点什么。只有一次，老阚讲了一个段子让王小兔无言以对很是尴尬：

"一对作家夫妻，自己弄不出孩子来，用现代科技搞人工受孕，医院没少跑，专家没少找，各种药没少吃，花了很大一笔钱，费尽了周折，孩子终于生出来了。结果一测DNA，孩子与男的没有一点关系，细一追查，原来错放了别人的精子。看来，不通过正常的自然渠道，单纯靠科技弄出的结果，常常会出错，害人。"

这老阚！牛飚进和王小兔结婚多年来一直没有孩子，他是知道的。和尚面前不讲秃，断腿人前不说瘸，瞎子面前不夸灯亮，孤寡人前不聊子孙，这些都是古训。不管老阚是无意还是有意，反正讲的这个段子，显然是有些不妥。不过，后来又发生了一件事，让王小兔终生难忘，对老阚感恩不尽。

那是一天深夜,一点多钟,老阚突然接到王小兔电话:"老阚吗?求求您,快来……我家一趟……"没等老阚说话,电话断了。老阚大惊失色。他预料,一定是发生了什么大事,搞不好人命关天。他手忙脚乱的,两只脚丫子光着,一只脚上蹬着皮鞋,另一只脚上穿着布鞋,着急忙慌开着车直奔王小兔家。到了王小兔家,发现门半开着,推门进去,屋里亮着灯,王小兔穿着睡衣,蜷曲着躺在门口地上,脸色苍白表情痛苦,呕吐了一地,满屋都是难闻的气味,人已昏迷过去,手机扔在地上。他大喊牛飙进,没人回答,这才意识到家里没人。老阚火烧火燎地抱起王小兔往下楼跑,开车打着双闪连闯几个红灯,把王小兔送到了医院。原来,王小兔是独生女,父母很有钱,常大把大把地给王小兔塞钱。遗憾的是王小兔和牛飙进结婚多年,一直没能怀上孩子,父母心里着急,王小兔更急。现在很多人家生活条件好了,不缺钱不缺车不缺房子就缺孩子,有的妻子急得天天跳广场舞,甚至想往欧洲拉丁美洲非洲跑。牛飙进的老家在几百公里外的农村,父亲早已去世,只有母亲健在,牛飙进回农村老家看望年迈的母亲。王小兔趁这个机会往医院跑,挂了生殖专家号,做了输卵管、性激素、感染八项和常规检查,专家给她开了不少调理身体用的药。没想到王小兔怀孕心切,不遵医嘱,用药过量,差点把命要了。

自打这件事过后,王小兔把老阚看成自己的救命恩人,每次老阚要到家里来,王小兔总是怀着报恩的喜悦往菜市场跑,哼着欢快的曲子买肉买菜,除了辣椒青笋荠白苦瓜西红柿等,鲫鱼海参大虾大葱是必买的,老阚说,他最爱吃她做的葱烤鲫鱼、葱烧海参和油焖大虾。还有坦卡门啤酒,这可是世界名牌。据说这种啤酒的配方最先是在埃及太阳神庙的一个角落里被发现的,后来剑桥大学实验室的专家们又让这种啤酒重见了天日,现在全世界生产销量有限,每一瓶都有编号,美国一瓶五十多美元。王小兔不仅拿好菜名酒招待老阚吃喝,私下里还给老阚买袜子,买衬衣,买裤头,买各种营养品。王小兔重感情,是个知恩感恩的人。

再说牛飘进。

牛飘进现在的心思丝毫没有放在老阚为自己写的传记上,他正一心一意竭尽全力,想突破写作中遇到的难关。闲暇之余,他翻看过老阚的《人生幸福论》,想了解一点人的本性,就像老阚说的那样,把哲学与文学结合起来,力求把手头的这部长篇小说写成精品。他约古昔生的遗孀佟鸽,两人常在"茶语轩"里喝茶、吃饭、喝酒、聊天。以古昔生为原型的小说,佟鸽是不可绕过的主要人物,而且要通过她,了解一些重要的东西,包括古昔生这个只有一只胳膊的雕塑家外人很难知道的生活细节,还有佟鸽那心灵深处的真实世界。细节决定成败。写小说如果没有细节,如果不触及心灵深处,小说就没有细胞,就没有血肉和灵魂。如路遥所说,一枝一叶都要考察清楚。女人心大海针,不下功夫不行。

又是一个晚上。"茶语轩"一楼的一间小茶室,紫罗兰色的花瓣吊灯在头顶上亮着,光线柔和,笼罩着一块幽淡的世界。临着院落的一面是落地玻璃墙,墙外的红色玫瑰、粉色雏菊和洁白的风信子优雅地盛开着。另三面是木质花阁隔断,披散着生机勃勃的吊兰,菊花、水仙花洋溢出迷人的芳香。佟鸽的手机放在茶桌上,手机的视频里正播放着豫剧《秦雪梅》:

"见夫灵悲声大放,哭一声商公子,我那短命的夫郎。实指望结良缘妇随夫唱,又谁知婚未成你就撇我早亡……商郎夫啊,你莫怨恨,莫把我想,咱生不能同衾死也结鸾凰……"

字正腔圆,奶音震颤,唱得凄惨惨悲切切,听着让人肝肠寸断,忍不住热泪盈眶。佟鸽一把彩发捆扎在脑后,露出娇嫩光滑的脖子,上身穿浅绿色的短袖衫,上面爬满了淡粉色的小细花,高档而不扎眼。脸上略施粉黛,口红也很淡,整齐的小牙光洁如玉。她坐在竹藤圈椅里,一脸肃穆,静听着秦雪梅哭夫。牛飘进来的晚点,他听见了如泣如诉的秦雪梅哭夫,没敢进去,在茶室外悄悄站着,直到他听完才进了茶室。他装着是刚到的，歉意地打着招呼，在佟鸽对面竹藤圈椅里坐下。佟鸽赶紧关了手机，站起来给牛骠进倒上一杯热茶，叫服务生开酒上菜。

佟鸽点的菜肴高档精致而丰盛，大虾、海参、蜗牛、大马哈鱼籽、水果沙拉等，一人一条河豚。一瓶53度的《古温液》。一瓶法国罗曼尼康帝酒庄的拉塔希红酒已经打开，大概是为了醒酒，佟鸽已在两个勃艮第水晶高脚杯里斟满了红酒。看着眼前的摆设，牛骠进的脑子里突然闪现出刚才《秦雪梅》哭夫的那句唱词："妻如今来作吊祭品摆上，初献爵啊……初献爵祝亡魂速来灵堂……"他的心像有根针扎，不由颤抖了一下。

人一旦死去，活着的人不是说他驾鹤西去，就是说他进入了天堂。父母子女或余悲，他人转瞬亦如常。室外夜色静谧，花圃的远处是深幽的黑暗。茶室里的牛骠进和佟鸽面对面坐着，两人谈得很投机，喝得也很尽兴。53度的《古温液》白酒很快喝光了。接着，两人又端起了勃艮第水晶高脚杯喝拉塔希。佟鸽不仅好酒量，也是个很直爽的人，很健谈，借着酒胆啥都谈。她把丈夫前两任妻子离婚的原因简单概括为：丈夫一进雕塑室就浑身激动，满脸激情。一出雕塑室像个木头人，见到妻子话也懒得说，一脸的冰冷。她们发现雕塑家除了雕塑别的方面都不行，别的方面知道吗大作家？别的方面。她们的共同感受是夫妻是人不是雕塑，有血有肉有六欲七情，过日子哪能像雕塑艺术品，一团泥一堆铁冷冰冰的？古昔生常挂在嘴边的话是全身心地投入雕塑艺术创作，为雕塑艺术献身。妻子们很愤怒，既然你全身心地投身雕塑艺术，那还娶老婆干什么？丈夫像是一根木头，一只胳膊残疾不要紧，可恨的是他别的方面也残疾，夫妻间没有交流，没有生活，妻子们年轻血热，需求旺盛，无法满足就摔碗筷摔茶杯的，很快就厌倦了，再下去就不可忍受，最后就离婚了。

"这倒是符合人性，不是神圣的驴性。"牛骠进心里暗想。他给佟鸽面前的杯里斟满了红酒，把一只大红虾的皮剥脱下来，夹到佟鸽的盘子里，洁白赤裸的虾肉上爬满红丝，"那你，为什么能不离不弃，一直坚持和丈夫生活在一起？"

"我热爱雕塑艺术，更爱古昔生本人。"

"来，喝！"牛飙进端起酒杯和佟鸽一碰，一杯红酒灌进了肚里，"难道你能够忍受他的冰冷，不觉得他像根木头？"

佟鸽喝了一大口拉塔希红酒："万事不能求全，我图他人好。您应该知道，老古做事，对人，很执着很专一，不仅对雕塑艺术，对我和家庭也是这样，一心一意的，从不三心二意在外面拈花惹草。这是做人的一种品味，一种品质。现在像他这样的男人，尤其是搞艺术出了名的男人，太少了。"

"老古六年多娶了三个妻子，有人说他是花心。"

"这与花心无关，我丈夫前两次离婚，都是他两个前妻子提出来的。"

"现在，古昔生人走了，你以后的生活有什么打算？"

"我和他虽说是无儿无女，但他留下了一生的雕塑作品，这就是他一生的财富，是无价之宝。我准备把他留下的这栋别墅办成一个雕塑艺术馆，展览他的所有作品，包括成品和半成品，还有他对艺术的追求和人生经历，我要把它们都展示出来，留给社会，留给未来。我爱老古，永不变心。"佟鸽端起酒杯，把剩下的红酒全喝进了肚里。

不知什么时候，外面下起了小雨。借着室内透出的灯光，玻璃墙外的玫瑰、雏菊和风信子花瓣上泪珠斑斑。淅淅沥沥的雨声，让佟鸽的话语显得更加清晰、纯真而坚定。

牛飙进看着佟鸽，没有说话。

佟鸽信誓旦旦，一脸的忠贞。她给牛飙进夹了一只海参，又给他斟上了满满的一杯红酒，然后坐下，自己掏出一支香烟，优雅地点上，深深地吸了一口，吐出来一片烟雾。隔着淡淡的烟雾，佟鸽若有所思地看着牛飙进。说实话，经过这段时间接触，她打心眼里敬重钦佩这个作家，人憨厚，有才华，不高调，写出过那么多的小说（牛飙进赠送过佟鸽一些自己的作品）。这一次，他要是能以老古和自己为原型，创作出一部有分量的长篇小说，将来一出版，再改编成电视连续剧，电视台一播，那将来的自己，会是一种什么样的人生？还有老古，我那短命的夫郎……

"办一个雕塑博物馆？"牛骤进很是惊讶，很是激动。佟鸽的这个打算，这种真情，是牛骤进万万没有想到的。只有挚爱自己的丈夫，挚爱雕塑艺术，且有一定的追求和胸怀的妻子才会这样。他端起酒杯，把佟鸽给他刚刚斟满的酒喝了一大口，借着酒胆，他问了一句憋了很久一直没敢出口的话，"你想没想过，将来再找一个伴侣？"牛骤进之所以这么问，是因为他的脑子里，一直浮现出那个把溪水改道的寡妇，那个拿刀割查第格鼻子的妻子，他想印证老阚说的那一套。再说，正在写的小说，这是一道关键的坎，绕不过。

"啥？再找一个伴侣？"佟鸽像是被蝎子蜇了一样，尖叫一声站了起来，她有些生气，也可以说是愤怒。她杏目圆瞪，盯着牛骤进看，"老古一死，有人就这么说，风言风语的，没想到您也这么想。"接着是口气坚定不容置疑，"既然你问，那我就郑重地告诉你，这是不可能的，绝对不可能。雕塑艺术馆就是我的人生寄托。我今生今世只爱老古一个人，海枯石烂，永不变心，与雕塑博物馆共存！"

很明显，眼前的佟鸽，让牛骤进觉得老阚讲那一套错了，老阚说的那些都是书上写的，书上瞎编胡侃的多了。再说，那个寡妇和那个割丈夫鼻子的妻子，即使真的，也都在中世纪。即使在那个年代，也有罗密欧与朱丽叶。拿中国来说，有千里寻夫哭倒长城的孟姜女，有织女与牛郎、白娘子与许仙、祝英台与梁山伯……对爱情忠贞不渝的多了，俯拾皆是脍炙人口，这些被誉为中华民族的婚姻爱情美德，优良传统千年传颂。佟鸽作为现代女性，何尝不能是一名现代的孟姜女、织女、白娘子和祝英台？

小说的原先构思，基本框架和情节不变。

"小佟，你对老古的爱，真是太专一，太真挚，太令人感动了！老古他，如果地下有知，也一定会笑醒了翻身坐起来，紧紧拥抱你！"牛骤进思绪翻滚很是动情，他站起身来，一口喝完了剩下的杯中酒，拿起酒瓶子给自己又斟满了一杯，端在手里离开了座位，走到佟鸽身边，一脸真诚地表达心中的真情,"他老古生前能获得大奖,与你的全力支持是分不开的,应该说,你是老古的妻子,也是老古的贵人。我作为老古多年的朋友,知己,我代表老古,真心地谢谢你!"牛飚进把杯子往佟鸽面前一晃,满满的一杯拉塔希红酒全倒进了肚子里。

白酒和红酒在牛飚进的肚子里肆意泛滥,像是着了火,开始烈烈地燃烧起来。眼前的佟鸽,唤醒了他那种男性天生的兴奋。他的脸发烫,心跳加速,头有点晕,眼前团团祥云飘忽,心中涌起的激情像是波浪滔天的大海。终于,他还是没有忍住。他一把握住佟鸽白嫩纤细的手:"你这么漂亮,这么年轻,将来的路,还很长,这老古,他真不该,抛下你,就那么走了,留下你,一个人,多孤独,多寂寞,你的情,他没报,他,真是太不该了。人要事业,更要生活,你太年轻,太漂亮了……"牛飚进显然是酒喝得有点多了,舌头有点发硬,像是缠着一团乱麻,说话磕磕绊绊的,轻飘而无序。

牛飚进万没有料到,他的手,他的话,像是给佟鸽接通了电流,正、负极电流相碰撞,在佟鸽的心里爆起噼噼啪啪的火花,她浑身发麻颤抖,有被电晕电死般的感觉。佟鸽突然放开了牛飚进的手,把另一只手里的大半截香烟扔在地上,扑了过来,一头扎进他的怀里。她双手紧紧拥抱着他,像在大海的风浪中抱住了一根可以寄托生命的木头。佟鸽仰起了那张娇嫩的小脸,那小脸被酒烧成了粉红色,犹如一朵盛开的野牵牛花,她的眼睛里噙着晶莹欲滴的泪珠,那红润的小嘴唇犹如清水浸泡过的熟透了的鲜草莓,微微颤抖满含着激情与渴望不顾一切地伸向了牛飚进……

牛飚进的脑子也乱了,腾云驾雾一般,眼前是一片空白,他胡子拉碴的嘴,接纳了那颗熟透了的鲜草莓,意味深长地品着,手里的酒杯砰一声掉在地上,摔得粉碎。他鬼使神差地伸开了双臂,拥抱着佟鸽娇小的身躯,紧紧的。佟鸽在他怀里,蜂腰像蛇一样扭动,酥胸波澜起伏,小嘴欲张欲合呼哧呼哧地喘气:

"我对老古……发过誓……对他忠诚……绝对的……忠诚……"

"你……这只……小鸽子……"

一道耀眼的电光闪过,随之一声惊天炸雷,夜空在颤抖着。"茶语轩"外面的雨,突然大了起来,倾盆如注,犹如江河决堤浪涛翻滚涌泄而下。不知谁家的狗,在大雨中狂叫着,无助、孤独而凄凉。

## 4

几年过去了。

世间发生了一连串的事,有的是惊天的,爆炸性的,也可以说是血淋淋的,冷酷而残酷。有些事,对于牛飚进来说,几乎是毁灭了他,让他欲哭无泪欲死不能。

王小兔和牛飚进离婚了。就在"9·11"那天,柳林区婚姻登记处的大厅里,电视里正滚动播放着美国航空11号班机波音767以每小时490英里的速度撞向世界贸易中心北楼,随即175次班机以每小时590英里的速度撞向南楼,南北两座招摇世界的地标性建筑姊妹楼瞬间烈火熊熊,警笛鸣叫,撕心裂肺的,人们哭喊着奔跑着,画面惨烈目不忍睹,仿佛世界末日到了。大厅里,所有的人都目瞪口呆鸦雀无声,所有的动作也都定格下来,而王小兔却面色平静神色坚毅,她没有丝毫的犹豫,同牛飚进办理了离婚手续。不久,又发生了一件事:王小兔嫁给了再婚的老阘。

牛飚进彻底崩溃了,他几乎要疯。他觉得天昏地暗,饭食不思夜不能寐,脑子里不停地闪现出那个男"同志"掂着的那把半尺长的切西瓜刀,闪现出那个七十多岁老头敲他脑袋的榆木龙头拐杖……他差一点去跳楼,甚至想提刀拿棍子去杀人。在他欲死欲活的日子里,他听说,王小兔和老阘生了一个女孩儿。

接着,伊拉克战争爆发了,大约是在萨达姆被美军抓获被判处绞刑前后,佟鸽同古昔生的一个学生结了婚,据说那个学生也是搞雕塑的,比佟鸽小七八岁,高大英俊风流倜傥。佟鸽和她的新任丈夫,把古昔生的别墅办成了一个雕塑艺术馆,这对年轻夫妇居住在古昔生的别墅里,搞雕塑,卖雕塑,尤其是被处决的萨达姆雕像销量极好,两人赚了很大一笔钱。

再后来,听说王小兔和老阚又生了一个儿子。

眼前看到的现实,一个接着一个,彻底粉碎了牛飙进的三观。这些都是他做梦也想不到的,但别人都一步一步地做到了。人怎么能够这样?牛飙进这时才想起了老阚曾经说过的话:事物都在发展,结果才能说明一切。

牛飙进在后来国际上有了名声的小说《维纳斯的恋情》里,借主人公古板(原型古昔生)的嘴,在他受尽了欺骗、背叛与折磨临死前,说出了一段刀刀溅血的话:"女人的心一旦被热恋的猪油涂抹上,她们的话是万万不能当真的,她们往往说反话。说你真坏,其实是你真好;说不行不行绝对不行,其实是可以可以完全可以;说你走开走开,却一直往你怀里钻;说永远爱你,对你绝对忠诚,其实既没有永远,也没有绝对,任何事物都是一个过程。你要是真的信了她说的话,那就是太天真了。请铭记一百多年前弗里德里希·尼采对男人的告诫:你要去女人那里吗?别忘了带你的鞭子。"

俱往矣,一切的一切都过去了。

太阳依旧东出西落,地球依然在转动。这世间依然日复一日,依然平凡平淡。时间抹去了一切,仿佛以往任何事情都没有发生过。只是留下了最痛苦、最孤独、最凄惨的牛飙进。

牛飙进毕竟是个男子汉,他的心里聚积了一腔的感受,都是刻骨铭心的,必须要倾诉,要发泄,不然会把他憋死。他写下一条幅挂在书桌前墙上:"西伯拘而演《周易》,仲尼厄而作《春秋》,屈原放逐乃赋《离骚》,左丘失明厥有《国语》,孙子膑脚,兵法修列,不韦迁蜀世传《吕览》,韩非囚秦《说难》《孤愤》,圣贤发愤《诗》三百篇。"在天塌地陷般的人生灾难中,牛飙进读了不少的书,尤其是那本《名人的磨难》,篇篇让他的心灵震颤:在血泪中长大的瘸腿诗人拜伦,在苦涩的爱河中浸泡的诗人海涅，终生充满坎坷与不幸的巴尔扎克，诞生在棺材架上的苦孩子安徒生，凄怆悲凉备受艰辛的短命作家果戈理，被监禁被流放的屠格涅夫，从被判处死刑即将被枪决的刑场上赦免的陀思妥耶夫斯基，那沦落天涯的疯子尼采，在没有疯前说：无法将我置于死地的，更令我坚强。还有契科夫的话："苦难与折磨对于人来说，是一把打向坯料的锤，打掉的应是脆弱的铁屑，锻成的将是锋利的钢刀。"

所有这些，犹如一块块炽热的火炭填进了牛骊进的胸膛，燃烧着现实塞给他的一肚子磨难。他振奋起来，有时一天只吃一顿饭，煮方便面，啃干馒头喝凉水，废寝忘食夜以继日地写他的长篇小说。他常常想起路遥，懈怠时翻看路遥的《早晨从中午开始》。人一旦有了精神，经常会不饿不困。他的那双看上去有些迷糊的眼睛，时而流泪泪如泉涌，时而放射出刚毅犀利的光。他的心头，不时地闪现出中世纪的绿鹅，那个把溪水改道的年轻寡妇，那个拿刀子去割查第格鼻子的妻子，还有老阚、王小兔、古昔生和他的妻子们、佟鸽和她的新任丈夫古昔生生前的学生……

人啊，多情而无情，残酷而绝情。

牛骊进没有想到，就此之后，他的小说后来竟然写得很顺利，也很成功。思考再三，他最后定名为《维纳斯的恋情》。没想到，良知出版社出版了这部小说，且一下子轰动了文坛。这些犹如做梦一样。

人们很惊诧：到底是什么成就了他牛骊进？

翻开《维纳斯的恋情》，扉页上，读者第一眼就会看到牛骊进写着的一句话：血泪浇灌的花朵，能让观花者的心头流血眼睛流泪。

老阚是个眼光敏锐且很会借势而上的人。牛骊进在国际上有了名声后没多长时间，他运用王小兔提供的大量素材，撰写并出版了一本传记文学《一个获奖的作家》，传记中的一些情节引人注目：

"……作家每天起床后洗漱完进书房看书，早饭后又进入书房泡上茶开始写作，午饭后躺在书房的沙发上小憩半个多小时后继续写作，晚饭后独自一人下楼遛弯回来又进入书房写作。日复一日，多年不变。作家每次外出体验生活，妻子总是把换洗的衣服、饼干、麦片、茶叶等穿的吃的喝的准备的齐全妥当。每当他外出体验生活回来，家里总是整整齐齐窗明几净，温馨可人。妻子就像是作家雇来的丫鬟保姆，温顺勤快，整日里买菜做饭洗衣服，把家里收拾得井井有条，也从不多言多语。"

"……作家有自己的苦恼：老子写的小说如果真的不行，为什么能在国家级文学杂志上发表？为什么能在出版社出版？后来，经一个文学评论家点拨，他终于明白了：能不能获奖，水太深了。因为获奖，绝不只是奖项和名声，还有奖金，几万几十万上百万的都有，真金白银啊。有了奖金再去投资，再奔往下一个奖项，这叫良性循环。文坛上复合型人才居多。更有人因获了大奖，会跨入文坛的官员队伍，甚至会进入政坛官职升迁。作家感叹道：文学遇到了金钱，立刻弯下了神圣的腰，哪还能有精品问世？作家回到家里倾诉，妻子就是他的忠实听众，唯一的听众。妻子很有涵养，很有耐心，听完了莞尔一笑：随你，你怎么想，就怎么说怎么做，只要你高兴。一次，妻子告诉他，听评论家说，欧洲有一句名言：当利润达到10%的时候，便有人蠢蠢欲动；当利润达到50%的时候，有人敢于铤而走险；当利润达到100%的时候，他们敢于践踏人间一切法律；当利润达到300%的时候，甚至连上绞刑架都毫不畏惧。因此上，每次省里、全国评奖前，省城和北京的高档宾馆住着不少参评的人。作家听完愤然说道：我不是那种人！"

"……刚结婚后的一天，妻子喜气洋洋地敲开书房，大声喊着老公请喝茶，把一杯热气腾腾的茶放到书桌上。没料想作家勃然大怒，抓起茶杯啪的摔到地上，厉声呵斥她：你打断了我的思路！你知道吗？一个作家，最怕的就是思路突然被人打乱，你，立刻给我滚出去，以后只要我在写作，就不要让我看见你！吓得妻子浑身发抖，一句话也没敢再说。刚结婚不久，作家就以这种方式给妻子定下了规矩。都说作家有怪癖，话少脾气爆，妻子真真切切地感受到了。"

"……作家最大的悲哀，就是他不该和老谷那年轻漂亮的小寡妇在

"茶雨轩"（避讳"茶语轩"）里幽会，那是个雨夜，雷电交加，大雨如注，狗在狂叫，让前去送雨具的妻子看到了她最不该看到的那一幕，当即就昏倒在地上……"

传记文学中，老阚虽说是避开了真名实姓，但作家是谁？妻为何人？圈子里的人一看便知。这老阚！

据佟歌后来讲，当她把书摊上买来的《一个获奖的作家》送给了牛骠进，告诉他这书眼下最畅销，作者捞了一大笔稿费。牛骠进惨淡一笑，接过书翻览了一阵，面色阴沉如水令人可怕，啪的一声把书扔在地上，长叹一声，半天说出来一句话：女人一旦变心，比仇人还狠。

## 5

牛骠进在国际上有了名声后，让人们意想不到的是，几天一过，文坛依然很冷静，现实依然很冷酷，就像二踢脚在高空炸响后，青烟飘散，很快就消失了，消失得无影无踪。圈子里的人，有眼睛瞪得像鹌鹑蛋，老熟人，远处看见他，转身往别的地方走了。有人迎头碰上了，光笑不说话。也有人抬头直往天上看。甚至有风言风语："花在墙外开，根长在哪啊？""给他断了，玩谁难堪呢！"没多久，牛骠进人就变了：

上身穿一件旧的蓝色翻领夹克，衣襟上油渍污迹斑斑点点。领口露出的衬衣上一层油腻，已看不清了底色和花色。下身穿一条咖啡色裤子，肥大宽松裤脚长短不齐。脚上一双旧皮鞋，鞋面爬满皲裂。又过了一段时间，老牛的头发变得稀疏花白，蓬乱的犹如废弃的鸟窝。他的面色憔悴，黝黑呆板僵硬，额头布满了沟壑，神情阴郁淡漠，见了人就躲。两颗门牙掉了，嘴瘪塌下去，说话气若游丝唯唯诺诺，听不清楚他说的是啥。他人更瘦了，背勾得更弯，腰窝得更低，走起路来步履蹒跚，像是脚踩棉花，无根无基摇摇晃晃。没人时，一个人默默地流泪。总之，他突然间衰老了，像是经历了一场恶战耗尽了自己全部兵马一样，彻底垮了，整个人变得邋遢猥琐呆滞落魄，精神也明显不正常起来，有点像流落街头的憨囚球。唯一让牛飙进得以宽慰的是，自从《茶语轩》那个暴雨之夜后，佟鸽始终没有忘记他，再婚以后，还常买些东西来看他。她有他房门的钥匙。人们还发现，自从老牛获得大奖后，就不再和圈子里的人来往了，也再没有写过一篇作品，好像他从来就不会写，文坛上从来就没有过他这个人一样。作品活了，作者死了。文坛上有人这么说。有人多嘴，竟然又提起了吴敬梓讲的那个几百年前的老范进，三十五年的希望和期盼一旦成真，他疯了。也是，历史往往有惊人的相似。

人们感叹：真怀念那个没有出名的牛飙进。

又一年冬天，西伯利亚的寒流过来了，寒风凛冽，冷到了骨头缝里。佟鸽给牛飙进买了一件羊绒毛衣，一条毛裤，还有一件羽绒服。她给牛飙进打电话说：

"天冷了，您多保重，过几天我去看您。顺便和您商量商量，把《维纳斯的恋情》改编成电视连续剧剧本的事，我以前给您说过。您现在是名人了，我已经找好了导演和投资方，各方对这部剧的市场前景都十分看好，大家对未来都充满着希望，去时，我带着签约的合同。"

牛飙进听了，半天没有说话。在当下，名人就是吸金石和摇钱树，谁能抓住一块抱上一棵，就会活得风生水起，很潇洒。佟鸽放下电话，对后夫说：

"太执拗，真是一头犟牛，怎么说也不开窍。"

"这人也是，有了名，不会炒作，也不会运作，自己看不起自己，那谁还能看得起他？我们这是在关心他，共同发财嘛。现在谁不是没名时借钱去出名，有了名借名再去弄钱？不识时务，整个一出土文物。"

佟鸽看了后夫一眼，没有吭声。佟鸽结婚后才发现，后夫在雕塑艺术方面很一般，说喜欢雕塑艺术也只是个幌子，骨子里是躺平了的那一类流行青年，不愿付出只想收获，喜欢钱也喜欢女人，更喜欢坐享其成，他与老古和牛飙进完全是两类人。佟鸽单纯善良，她喜欢老古和牛飙进，他们为人正派，为雕塑、为文学拼了命的奋斗，可她天天面对的现实就是这个后夫。理想与现实脱节，但生活就是这样。佟鸽被架在这两种人之间，挣扎着，煎熬着，整个人有被撕裂、被扯断般的痛苦。

寒流过后下大雪，鹅毛大雪纷纷扬扬的，下了一天一夜。一大早，佟鸽给牛骉进打电话，告诉他今天上午来看他。电话关机。佟鸽心里一沉，赶紧拉着后夫往牛骉进家跑。打开屋门，眼前的一幕让佟鸽夫妇俩惊呆了：牛骉进死了。屋里阴冷，牛骉进孤独地死在书房里那张破旧的藤圈椅里。书桌上，放着一个装安定药的空瓶。瓶的旁边是一张《华X报》，一本打开的书和一份遗言。

《华X报》头版，一条标题赫然醒目：X市文联主办的文学艺术有奖征文获奖名单揭晓（标题用红铅笔圈着）。据本报记者X年X月X日报道：本次文学艺术有奖征文活动由X市纪委监委、X市文联联合主办，市各相关协会和X市《X州X声》杂志编辑部承办。一等奖500元，二等奖400元，三等奖300元，鼓励奖200元。近日，获奖名单揭晓：一等奖2篇，二等奖5篇，三等奖6篇，鼓励奖10篇，共计23篇获奖作品。获奖名单显示，乔某笠有12篇作品获奖，一等奖1篇，二等奖1篇，三等奖4篇，鼓励奖6篇。《华X报》新闻记者注意到，乔某笠系承办本次活动的《X州X声》杂志编辑部主编，23篇获奖作品中，18篇均为《X州X声》杂志编辑部成员。

一本打开的书，是关于路遥的，书页上一段话用红色彩铅笔圈着：

《平凡的世界》获中国第三届茅盾文学奖！然而，听到自己获奖的消息，路遥一则以喜一则以忧。喜的是，一切如他所料，40岁之前完成了一部大书。忧的是，他根本没有去领奖的路费。路遥弟弟王天乐在文中回忆说："路遥在电话上告诉我，去领奖还是没有钱，路费是借到了，但到北京得请客，还要买100套《平凡的世界》送人，让我再想一下办法。"王天乐好不容易筹到足够的钱，并想出了一个无后顾之忧的办法："今后再不要获什么奖了，如果你拿了诺贝尔文学奖，我找不来外汇。"路遥只说了一句话："×他妈的文学。"

空瓶子的下面压着一张白纸，上面是牛飙进的笔迹，写着他的遗言：

"佟鸽：上个月，我的老母亲走了，九十五岁，找我父亲去了。从此后，这个世界上我再无牵挂。我的后事托你办理，直接拉殡仪馆火化即可，不要告知任何人。骨灰不要了，留给火葬场处理吧。谢谢你！这房子、存款和屋里的一切都留给你独自一人所有（遗嘱、存折和密码、房产证在中间抽屉里），我走了！

这辈子最大的悲哀，就是写了《维纳斯的恋情》。天堂里见到老古，我要向他深深地鞠上一躬，表达我发自肺腑的歉意。我会告诉他，佟鸽这个妻子你没有选错，古昔生雕塑艺术馆办得很好。碰见路遥，我一定告诉他：一是您老兄真是有先见之明，说文学圈子向来不是个好去处。这里无风也起浪。这里出作家，也出政客和二流子。二是人世间完全变了，和您在的时候大不一样了，您那时得了大奖没钱去领奖，愁的你直骂娘。现在看看这份《华X报》就明白了，为什么有人一旦获得了国内大奖，会听见人们兴奋地大喊：我的妈呀文学。

呜呼，愿人间文学之花尽情开放！"

佟鸽哭了。她眼含泪水，拿着牛飙进的遗言，轻轻地抚摸着牛飙进冰冷的脸庞。他人已经僵硬了。看着他，她感觉到，他的身上散发出一种气息。这种气息她熟悉，刻骨铭心，随着呼吸钻进了她的心扉，蔓延到她的全身，令她战栗。她那当雕塑艺术馆副馆长的后夫呆呆地站着，一头彩发像是被冷冻定型了一般，满脸的木然，整个头像犹如一个三流雕塑家的作品。他的神色表明，他对眼前发生的一切完全不可理解：人怎么能够这样？牛飙进面前地上的脸盆里，是焚烧东西的灰烬。佟鸽蹲下去，扒拉着没有烧透的灰烬，从断断续续的残留物可以看出，那是两本书，一本是长篇小说《维纳斯的恋情》（上、下卷），另一本是传记文学《一个获奖的作家》。这对年轻夫妇端详着牛飙进的遗容：上身穿一件白色的新衬衣，外套着黑呢子短大衣，下身穿一条大半新的深蓝色裤子，脚上穿着一双布鞋。花白的头发被梳得丝丝不乱，看上去文质彬彬，干净利落，神态安详。他的两眼，有流过清泪的痕迹。花白的髭须上，挂着几滴泪珠。仔细看，那是一张庄重倔强而绝望的脸，嘴半张着。他把这张脸最后留给了世界。老牛啊老牛，您咋能这样……佟鸽哭得撕心裂肺。

牛飙进去世后不久，佟鸽就和后夫分手了。